AF187502

Erinner mich an Liebe

© 2016 Julia Beylouny

als Ebook erschienen bei
Ullstein Forever, 2016

Bibliografische Information der Deutschen Nationalbibliothek:
Die Deutsche Nationalbibliothek verzeichnet diese Publikation in
der Deutschen Nationalbibliografie; detaillierte bibliografische
Daten sind im Internet über: //dnb.dnb.de abrufbar.

Herstellung und Verlag:
BoD – Books on Demand, Norderstedt

ISBN: 9783746009049

Für Elisabeth und Hermann,
weil die Liebe das Wertvollste ist.

„Wow!", rief Emma und musterte sie von oben bis unten. „Du weißt schon, dass dich niemand durch das Mikro sehen kann, oder?"

„Ja, ich weiß. Aber irgendwie fühle ich mich besser, wenn ich ..."

„... im schwarzen Minikleid im Sender aufschlage, schon klar. Aber, okay, wieso nicht?"

Katie lächelte. Ganz egal, was Emma dachte. Der Anlass war ein offizieller, und sie würde dort nicht in verwaschenen Bluejeans und Wollpulli aufkreuzen. Eines der Dinge, die sie schon früh zu Hause gelernt hatte, war, dass man sich den Anlässen gegeben kleidete.

„Komm, lass uns reingehen." Ihre Freundin deutete auf ein Straßencafé. „Da drüben ist ein Tisch am Fenster frei. Wir haben noch eine gute Stunde Zeit, bis du los musst. Bist du aufgeregt?"

Was für eine Frage!

„Ich denke schon", murmelte Katie.

„Natürlich bist du aufgeregt! Ich bin es ja sogar. Schade, dass du im *Elders* gekündigt hast."

Sie setzten sich, und Emma winkte die Bedienung an den Tisch. Zu dieser Tageszeit war das Café noch nicht überfüllt. Ein paar Touristen und Geschäftsleute gönnten sich einen Tee in der Vormittagssonne. Leise Musik tönte aus den Deckenboxen. Die Luft duftete nach Vanillearoma. Das *Elders*. Wenn Katie an ihren alten Job zurückdachte, überkam sie Wehmut. Das Altenheim hatte ihr gut gefallen. Und ihr Chef würde sie jederzeit wieder einstellen, hatte er ihr versprochen.

„Für mich bitte einen Caffè Latte", gab Emma ihre Bestellung auf. „Was trinkst du, Katie?"

„Ähm, eine Schokolade mit doppelt Sahne."

„*Doppelt* Sahne?"

„Ich brauche Kalorien. Sonst stehe ich das gleich nicht durch."

„Da haben Sie's", rief ihre verrückte Ex-Kollegin der Bedienung zu. „Caffè Latte und doppelte Kalorien für die Dame im schwarzen Mini."

Katie warf einen Blick aus dem Fenster und fragte sich, ob es eine gute Idee gewesen war, sich vorher mit Emma zu treffen. Ihre schräge Art war eher geeignet, jemanden aufzubauen oder aus einer Depri-Phase zu locken. Wenn man jedoch nervös war – und das war sie – heizte sie einen nur noch mehr auf.

„Und du willst das sicher durchziehen?"

„Auf jeden Fall. Ich glaube, eine Veränderung wird mir gut tun."

„Ich werde dich im Heim vermissen", sagte Emma und zog ein Mitleid einforderndes Gesicht. „Ehrlich. Du hast ein Händchen für die alten Menschen. Allein schon, was Mrs Calby betrifft. Die Ärmste sucht doch pausenlos nach ihrer Handtasche. Du weißt ja, wie das ist. In jeder Sekunde denkt sie an diese Tasche, und mir gehen irgendwann die Nerven durch. Wie soll ich das ohne dich nur schaffen?"

„Ach, die gute Mrs Calby. Das ist nun mal so, wenn man dement ist. Du machst das schon. Da bin ich sicher."

„Was bringt dich eigentlich aus der Ruhe?"

„Du?"

Emma lachte und zwei Kerle im Anzug schauten auffällig unauffällig in ihre Richtung.

„Im Ernst, Em. Ich hatte nie vor, mich ewig im *Elders* aufzuhalten. Und das wusstest du auch", fuhr Katie fort.

„Ja, das wusste ich. Aber irgendwie hatte ich wohl gehofft, dass dir die Arbeit dort Spaß machen und du einfach bleiben würdest."

„Es hat mir sogar großen Spaß gemacht. Vor allem, mit dir in einer Schicht zu arbeiten. Das ist doch das Wichtigste an der Sache, oder? Dass wir uns kennengelernt haben."

Sie lächelten sich über den Tisch hinweg an, als die Bedienung die Getränke brachte.

Eine halbe Stunde später standen sie vor dem Eingang des größten Londoner Radiosenders. Emma umarmte Katie ermutigend und schob sie durch die gläserne Drehtür. Katie winkte ihr von drinnen zu, ihre Freundin hob die Daumen und wünschte ihr Glück.
Da war sie also. Auf eigenen Wunsch. Es hatte eine Zeit in ihrem Leben gegeben, in der sie einen Hang zum Verrückten gehabt hatte. Aber in diesem Moment schlotterten ihr die Knie. Der Tag war gekommen, etwas Neues auszuprobieren. Katie war Mitte zwanzig, und das Leben lag vor ihr. Es schrie förmlich danach, spontan sein zu wollen. Und flexibel. Wenn nicht jetzt – wann dann?
„Kann ich Ihnen helfen?", fragte die Dame am Empfang und lächelte in ihre Richtung.
„Ja, sehr gern. Ich habe einen Termin in Studio Drei. In zwanzig Minuten. Bei Jefferson Barns."
„Studio Drei ist in der zweiten Etage. Nehmen Sie einfach den Lift am Ende der Halle."
„Danke."
„Viel Erfolg!"
„Danke."
Katie holte tief Luft. Im Fahrstuhl dudelte das aktuelle Programm vor sich hin. Die erste Vorankündigung zu *Find your Job*. Emma saß sicher längst in der Küche der WG, und während das Radio lief, hockte Pie in einer Ecke und hatte striktes Redeverbot. Die Fahrstuhltüren schwangen auf, und ein roter Button über Studio Drei blinkte. *On Air*.
Auf dem Flur standen vier Stühle. Zwei davon waren besetzt. Ein Teenager in Bluejeans hing lässig in seinem Sitz, kaute Kaugummi und sah aus, als würde er den ganzen Tag nichts anderes tun, als über einen Radiosender

nach einer neuen Arbeitsstelle zu suchen. Neben ihm saß eine ältere Dame und strickte an einem Schal. Beide schauten auf und musterten sie.

„Was geht ab?", fragte der Junge.

„Ähm, bin ich hier richtig bei ...?"

„Hi, Sie müssen Katie Hendriks sein", sagte eine junge Frau, die in diesem Moment aus einem Nebenzimmer kam.

„Ja, das bin ich. Hallo."

„Sie sehen toll aus! Ich bin Jen." Die Mitarbeiterin des Senders streckte ihr zur Begrüßung die Hand entgegen. Gleich darauf schob sie ihr einen Fragebogen auf einem Klemmbrett zu. „Füllen Sie das einfach aus. Sie sind erst in vierzig Minuten dran."

„Okay, danke."

Katie setzte sich neben die ältere Dame und überflog die Fragen auf dem Zettel.

Name, Alter, Geburtsort, berufliche Qualifikationen, bisherige Arbeitsstellen.

„Ich wünsche Ihnen alles Gute, Liebes", sagte die Frau neben ihr, ohne noch einmal vom Schal aufzuschauen.

„Ich bin heute auf der Suche nach einer Haushälterinnenstelle. Babysitterin, Tagesmutter, Ersatzoma. Alles wäre mir recht."

„Da drücke ich Ihnen die Daumen. Sie finden bestimmt etwas."

„Das hoffe ich."

„Tim?" Jen erschien wieder auf dem Flur und bat den Teenager, ihr zu folgen. Er war der erste Kandidat für die Sendung. Im Vorbeigehen zwinkerte er Katie zu und warf einen Blick auf ihre langen Beine.

Es dauerte eine halbe Ewigkeit, bis sie endlich an der Reihe war. Dann ertönten Schritte, Jen schwebte über den Flur, holte sie ab und führte sie in das Studio. Jefferson

Barns, Katies absoluter Lieblingsmoderator, schob seinen Kopfhörer ein Stück zurück und grinste. Er trug ein gelbes T-Shirt und saß inmitten von Knöpfen und Reglern.

„Hallo! Nimm Platz. Du weißt, wie das hier funktioniert?"

„Ein bisschen."

„Sollte wohl reichen. Ist ja heute Amateurradio", sagte er mit einem Zwinkern. „Hübsch siehst du aus. Wenn der Song vorbei ist, legen wir los, okay? Du musst einfach locker auf meine Fragen antworten. Vermeide es, zu husten oder rumzuhampeln. Das geht alles mit raus, kapiert?"

„Alles klar."

Sie setzte sich, strich ihre langen Haare zurück und versuchte, seine Anweisungen zu befolgen. Dabei war ihr speiübel vor Aufregung. Der Song endete, Jefferson schob an einigen Reglern herum und witzelte warmherzig Sprüche ins Mikro.

„Leute, ich weiß, ihr könnt meine nächste Bewerberin nicht sehen. Aber ich sage euch, ihr verpasst was! Vor mir sitzt die megasüße Katie Hendriks in einem enganliegenden schwarzen Minikleid und strahlt mich mit ihren wasserblauen Augen an. Katie, erzähl uns was über dich. Wie alt bist du, und welche Berufserfahrungen bringst du mit?"

„Hi, Jeff", begann sie zaghaft. Er bedeutete ihr mit dem Zeigefinger, näher ins Mikro zu sprechen. „Ähm, tja, also … Ich bin sechsundzwanzig Jahre alt und habe eine abgeschlossene Krankenpflegeausbildung."

„Eine Schwester! Wer hätte das gedacht? Was genau erhoffst du dir von *Find your Job*?"

„Naja, nachdem ich zwei Jahre in der Pädiatrie und ein Jahr in der Altenpflege gearbeitet habe, suche ich jetzt nach neuen Herausforderungen. Gern auch in der häuslichen Pflege."

„Leute, wenn ihr nicht sofort zum Telefon greift und dieser Frau ein Jobangebot macht, dann entgeht euch die heißeste Schwester, die ihr je gesehen habt! Katie kommt sogar zu euch nach Hause, und wenn sie euch so pflegt, wie sie aussieht, dann seid ihr schneller gesund, als euch lieb ist! Ruft uns an, wenn ihr Katie ein Angebot machen wollt. Sie sitzt hier direkt neben mir und wird all eure Fragen beantworten. Das ist Jefferson Barns und *Find your Job*." Er schob wieder an den Reglern herum, spielte ein Lied ein und schmiss sich lässig in seine Lehne.

„Häusliche Krankenpflege also?"

„Ganz genau."

„Pah! Dazu wäre ich mir zu schade."

Sie musste nicht lange überlegen, um zu antworten.

„Wenn du darauf angewiesen wärst, wärst du dankbar für jede Hilfe, die du kriegen könntest."

Für einen Moment war er sprachlos. Jens Stimme ertönte aus dem Nebenraum. Sie wurde direkt in das Studio übertragen.

„Jeff, du hast zwei Anrufer auf der Vier."

„Sehr gut. Halte sie in der Schleife, bis ich sie dran nehme. Katie? Jetzt wird's ernst!" Das Lied endete und Jeff schaltete den ersten Anrufer live. „Da sind wir wieder mit der bezaubernden Krankenschwester Katie und *Find your Job*. Wir haben ein erstes Angebot, wie ich höre. Mit wem spreche ich?"

„Hallo?" Ein Rascheln ertönte in der Leitung.

„Hallo! Wen haben wir denn da?"

„Hier spricht Paul. Ich wollte mal fragen, ob du auch ein Zimmer suchst, Katie."

„Ein Zimmer?" Sie hob die Brauen und schaute verwundert in Jeffersons Richtung.

„Ja", sagte Paul in der Leitung. „Ich will eine Vierundzwanzigstundenbetreuung. Ich bin bettlägerig und könnte dir ein Zimmer gleich neben meinem anbieten. Damit du jederzeit da bist, wenn ich was brauche."

„Nun, eigentlich habe ich schon eine Wohnung. Wo leben Sie denn?"

„Westend."

Jeff warf Katie einen vielsagenden Blick zu und rieb Daumen, Zeige- und Mittelfinger aneinander, um ihr zu symbolisieren, dass der Typ unglaublich viel Geld haben musste.

„Okay ... Wie genau würde meine Arbeit bei Ihnen aussehen, Paul?"

„Und wagen Sie es nicht, ihr ein unmoralisches Angebot zu machen", fiel Jeff ein, noch ehe der Anrufer antworten konnte. „Sonst fliegen Sie augenblicklich aus der Sendung."

„Also, wie gesagt, ich bin bettlägerig. Habe ein paar Pfunde zu viel auf den Hüften und leide an Dekubitus. Ich liebe Fußmassagen und Fast Food."

„Verstehe."

„Da ist so eine Klingel an meinem Bett. Wenn ich sie betätige, heißt das, dass ich was brauche. Dann musst du sofort zu mir kommen."

„Alles klar, Paul, vielen Dank für Ihren Anruf. Meine reizende Mitarbeiterin Jen wird jetzt Ihre Daten aufnehmen, und sollte Katie Interesse haben, meldet sie sich bei Ihnen."

„Sehr schön. Ich bin sicher, dass sie sich meldet. Mein Haus im Westend ist unübersehbar und die Bezahlung, die ich biete, wird ihr keine Wahl lassen."

„Ganz Ihrer Meinung ..." Jeff schnippte an einem Regler und spielte eine Coverversion von *Diamonds Are a Girl's Best Friend* ein.

Emma würde sofort zusagen, dachte Katie. Allein schon wegen des Geldes. Sicher lag sie in dem Moment kreischend vor der Lautsprecherbox.

11

„Mal ehrlich, der Typ hat sie nicht mehr alle, oder?", fragte Jeff und rollte die Augen. „*Da ist so eine Klingel an meinem Bett.* Wie abgefahren ist das denn?"

„Warten wir doch einfach ab, wer sich sonst noch meldet."

„Katie, du bekommst 'nen Job hier beim Sender. Dafür sorge ich. Wenn du da hingehst, dann ... dann schmeiße ich die Sendung."

„Danke, aber wen sollte ich hier pflegen?"

Er brach in Gelächter aus und klopfte sich aufs Bein. „Du bist echt gut!"

Einige weitere Anrufer meldeten sich. Ein junger Mann suchte Hilfe für seine Großmutter, die mehr und mehr unselbständig wurde. Eine Frau namens Nancy in Katies Alter erkundigte sich nach ihren Kenntnissen über Demenz. Sie fingen eine Diskussion an, die damit endete, dass Jeff einen Song einspielte und Nancy aus der Leitung flog.

„Also los, Leute", rief er ins Mikro. „Jetzt oder nie! Katie sucht nach einem Job im Bereich Pflege. Wer ist der nächste Anrufer? Die Zeit wird langsam knapp. Her mit euren Angeboten!"

Ein letztes Lied, dann ertönte ein angenehmer Bariton aus den Lautsprechern.

„Guten Tag, mein Name ist Bayless."

„Bayless!", wiederholte Jeff. „Lassen Sie mich raten! Sie sind Oberarzt in der Geriatrie und suchen eine fähige Stationsleitung. Sagen Sie mir, dass Sie meiner hübschen Katie ein seriöses Angebot mitbringen."

„Das tue ich. Seriös, einwandfrei und ehrlich."

„Dann haben Sie das Wort!"

„Hallo, Katie", sagte Bayless, und beim Klang seiner Stimme bekam sie eine Gänsehaut.

„Hallo."

„Zunächst möchte ich Ihnen sagen, wie mutig Sie sind. Eine hübsche junge Frau, die einen waghalsigen Sprung ins Ungewisse tut."

„Wer sagt, dass sie hübsch ist?", rief Jeff und zwinkerte ihr zu. „Sie glauben doch wohl nicht alles, was im Radio erzählt wird?"

„Schon gut, Jeff. Lassen Sie uns hören, was Bayless zu sagen hat."

„Vor ein paar Jahren hatte ich einen Autounfall", begann er zu erzählen. „Ich habe fünf Monate in Krankenhäusern und Rehakliniken verbracht. Jetzt geht es mir einigermaßen gut. Ich suche niemanden im Sinne von Krankenpflege, Katie."

„Sondern?"

„Ich suche jemanden, der mir vorliest."

„Ach, du Sch...", Jeff schlug sich die Hand an den Mund und drehte sich vom Mikro weg.

„Sind Sie bei dem Unfall erblindet, Bayless?", fragte sie mit ehrlichem Interesse.

„Nein, das bin ich zum Glück nicht."

„Wieso wollen Sie dann, dass ich Ihnen vorlese?"

„Weil ich Ihre Stimme mag. Sie klingt sehr beruhigend. Und wenn ich mich nach etwas sehne, dann ist es Ruhe. Dieser Unfall ... er hat mein ganzes Leben verändert. Er hat mich aus der Bahn geworfen und alle Karten neu gemischt. Vielleicht ist dies die Chance, die ich ergreifen muss. Denken Sie über mein Angebot nach. Sie lesen mir vor, und ich bezahle dafür. Ich wohne zwar nicht im Westend, aber ich zahle ehrliches Geld."

„Vielen Dank für Ihren Anruf. Das war's für heute mit *Find your Job*." Jefferson schaute sie mitleidig an. Ihre Gedanken rotierten.

„Tut mir leid, die große Auswahl an vernünftigen Angeboten hast du ja nicht gerade. Am besten, du gehst direkt zum Jobcenter und lässt dich ordentlich beraten."

13

„Nein", sagte sie.

„Nein?"

„Ich denke, ich habe mich entschieden, Jeff."

„Entschieden ... für was?"

„Bitte sagen Sie Jen, dass ich gern die Kontaktdaten von Bayless hätte."

„Wen hast du genommen? Wen hast du genommen?", kreischte Emma durch das Treppenhaus. Sie stand in der offenen Wohnungstür und hüpfte aufgeregt von einem Fuß auf den anderen. „Jetzt sag doch was! Paul? Hast du Paul genommen? Das mit dem Zimmer kann er sich aber abschminken. Kohle – ja! Aber du ziehst hier nicht aus, versprochen?"

Katie lachte und kam ganz außer Puste oben an. Ihre Knie schlotterten noch immer ein bisschen. *Ich hab's getan*, hallte es durch ihren Kopf. *Ich hab was Verrücktes getan und es fühlt sich so gut an!*

„Hallo, Katie", sagte Pie monoton und lugte durch den Türspalt. „Du warst im Radio. Wir haben dich im Radio gehört. Haben wir das nicht, Emma?"

„Jetzt spann uns doch nicht noch länger auf die Folter!" Ihre Freundin zog sie in die Wohnung und stieß die Tür zu. Pie warf ihr seinen bettelnden Hundeblick zu. Katie konnte nicht sagen, wieso, aber der Typ hatte sie schon immer an Spike aus dem Film *Notting Hill* erinnert. Eigentlich hieß er Abner Adam Dale. Aber weil er sogar morgens um fünf schon einen ganzen Apfelkuchen verdrücken konnte, hatten Emma und sie ihn auf den Namen Pie getauft.

„Gibt's noch Kaffee?", fragte Katie.

„Wen. Hast. Du. Genommen?"

„Da ist noch Kaffee von gestern in der Kanne", sagte Pie und kratzte sich am Hinterkopf. Emmas Gesicht lief langsam rot an.

„Ich hab mir die Adresse von Bayless geben lassen."

„Von ... *Bayless*?"

„Ich wusste es!", sagte Pie. „Hab ich es nicht gewusst, Emma? Lass mich raten. Du findest seine Stimme sympathisch. Findest du seine Stimme sympathisch, Katie?"

„Seine Stimme ist megasympathisch."

„Und was ist mit Paul? Du lässt dir einen Job im Westend entgehen? Wegen einer *sympathischen Stimme*?" Emma quiekte beinahe.

„Ruf *du* ihn doch an", schlug Katie vor.

„Er hat eine Klingel am Bett", sagte Pie. „Ich will auch eine Klingel am Bett. Und immer, wenn ich klingle, muss einer von euch beiden kommen und mir was bringen. Das wäre schön. Apfelkuchen um Mitternacht."

„Ich fass es nicht!" Emma sank auf einen Stuhl. „Du bist verrückt. Und wo wohnt dieser Bayless? Vielleicht in Wales? Oder im äußersten Norden der Isle of Lewis?"

„Ich hab noch nicht nachgesehen. Schau doch mal in meine Handtasche. Diese Jen hat mir einen Zettel gegeben." Katie nahm eine Tasse aus dem Schrank und setzte frischen Kaffee auf. Emma grabschte nach der Tasche und kramte neugierig darin herum.

„Vielleicht gehe ich auch mal hin", sagte Pie. „Zu *Find your Job*. Dann komme ich auch mal ins Radio. Ich war noch nie im Radio. Wie ist es da so, Katie?"

„Oh, es ist gruselig, Pie. Glaub mir, das ist nichts für dich. Zu viele Knöpfe und Tasten und Regler, und du musst absolut still sein und darfst nicht auf deinem Stuhl rumrutschen. Und Jefferson Barns trägt ein gelbes T-Shirt. Du weißt, was mit gelben T-Shirts im Sommer passiert, oder, Pie?"

Er nickte. „Die kleinen schwarzen Käfer."

„Ganz genau. Sie fliegen alle auf gelbe T-Shirts."

15

„Du hast recht, Katie. Ich denke, das Radio ist nichts für mich."

„Er kommt aus Weymouth." Emmas Stimme klang frustriert. „Bayless wohnt in Weymouth."

„Er kommt aus Nordfrankreich?", fragte Pie.

„Weymouth liegt in der Grafschaft Dorset, du Trottel!"

„Oh, mein Gott! Er lebt in Nordfrankreich."

„Könnt ihr bitte damit aufhören?", schimpfte Katie und schaute böse in die Runde. „Ihr benehmt euch wie kleine Kinder. Und wenn schon! Dann kommt er eben aus Weymouth! Und wenn ich da hingehe, gehe ich da hin! Ihr werdet mich ganz bestimmt nicht davon abhalten."

„Dann verlässt du uns?" Emma zog ein Gesicht wie sieben Tage Regenwetter.

„Ich weiß es nicht." Der Kaffee war fertig. Katie goss sich eine Tasse ein und setzte sich zu den beiden an den Tisch. „Vermutlich rufe ich ihn mal an oder fahre hin. Ich schaue mich um, und wenn es mir gefällt und er gut bezahlt ... Wieso sollte ich die Stelle nicht nehmen? Einfach, um Erfahrungen zu sammeln."

„Hallo? Im *Vorlesen*? Du bist Krankenschwester! Verkauf dich doch nicht unter Wert! Das ist verschwendete Zeit, und du kommst total aus der Routine."

„Ich könnte es tun." Pies Augen leuchteten. „Ich könnte hinfahren und ihm vorlesen. Mein Job im Supermarkt ist nicht gerade das, wovon ich geträumt habe."

Das Telefon schellte. Emma nahm den Anruf an, während Katie sich vor Lachen kringelte.

„Pie, du bist so süß! Wie wäre es, wenn du einfach die Fortbildung zum Filialleiter machst, die dir schon hundertmal angeboten wurde?"

„Katie?" Emmas Stimme klang belegt. Mit der freien Hand hielt sie die Muschel des Telefons zu. „Deine Mutter ist dran. Soll ich sagen, dass du ...?"

Katie schluckte. Mit einem Schlag war die gute Laune dahin. Der Kaffee drückte in ihrem Magen.

„Nein", stammelte sie. „Schon okay. Ich ... ich rede mit ihr. Gib schon her."

Emma und Pie tuschelten leise miteinander, während Katie die Küche verließ und sich in ihr Zimmer zurückzog.

„Hey, Mom. Wie geht es dir?", fragte sie, darum bemüht, fröhlich zu klingen. Es war mal wieder an der Zeit, mit ihrer Mutter zu telefonieren. Katie hatte sich bereits die letzten drei Male verleugnen lassen.

„Catherine, schön, dich zu hören. Du scheinst ja immer sehr beschäftigt zu sein."

„Ja ... Der Job im *Elders* ... Du weißt schon."

„Und ich hoffe, du weißt, dass du dich nicht zu sehr überanstrengen sollst. Wann warst du das letzte Mal beim Arzt?"

„Mom, bitte, hör auf damit. Es geht mir mehr als gut."

„Ich mache mir nur Sorgen."

„Das musst du aber nicht."

„Gut. Wenn du meinst." Ihre Mutter atmete hörbar aus.

„Gibt es sonst etwas Neues?"

„Naja ... Eigentlich nicht. Und bei euch?"

„Alles beim Alten. Nur, dass dein Dad etwas kürzer treten wird. Immerhin wird er im August dreiundsechzig. Und Ethan ..."

Ethan. Bei dem Namen wurde Katie speiübel. Ethan war einer der Gründe, wieso sie mit alldem abschließen wollte.

„Was ist mit ihm, Mom?"

„Nun ja. Er ist pflichtbewusst wie eh und je. Er trägt immer mehr Verantwortung, verfügt über ein sehr umfangreiches Fachwissen. Er ist jung und bringt viel Dynamik mit. Wie es aussieht, ist er so weit, die Kanzlei zu übernehmen."

„Das ist ja schön für ihn", brachte sie heraus und zog eine Grimasse. „Da hat er endlich, was er immer wollte."

„Liebling, wann kommst du zurück nach Hause?"

„*Wie bitte*?"

„Du hast mich schon verstanden. Diese alberne Weglauferei muss endlich ein Ende finden. Du gehst auf die Dreißig zu und solltest langsam ans Heiraten denken. Daran, dass du aus gehobenen gesellschaftlichen Kreisen stammst. Die Leute fangen schon an zu reden. Jeder hatte Verständnis für deine Situation. Aber so langsam kann ich dein Lotterleben nicht mehr decken."

Katies Mund stand weit offen. Aber sie brachte keinen einzigen Ton heraus.

„Ich hatte zudem ein längeres Gespräch mit Dr. Finnigan. Er ist auch der Ansicht, dass du hier viel besser aufgehoben wärst. Er kennt deine Diagnose und ist eine wahre Koryphäe auf dem Gebiet der ..."

„Mom, es tut mir leid. Ich muss zur Arbeit. Danke für deinen Anruf."

Sie beendete das Gespräch, ließ sich auf ihr Bett fallen und sank tief in die Kissen.

Katie spazierte entlang der Themse, und als sie am Chelsea Physic Garden vorüberkam, setzte sie sich auf eine Bank, genoss das Sonnenlicht auf ihrem Gesicht und versuchte, das Gespräch mit ihrer Mutter zu vergessen. Es war ihr gelungen, sich unbemerkt aus der Wohnung zu schleichen. Sonst hätten Em und Pie sie vermutlich einem Verhör unterzogen.

Hoch oben in den Zweigen der exotischen Bäume zwitscherten Vögel. Katie kam oft her, sie genoss die Ruhe und die Natur in dem ältesten Botanischen Garten Londons. Sie saß da, beobachtete die Besucher und lauschte dem Wind, der durch das Laub ging.

Ein kleines Mädchen lief mit seiner Mutter über die gepflegten Kieswege, erkundete die Beete und Hecken und erfreute sich an den Knospen und Ameisen, die es entdeckte. Ein Anblick, der Katies Herz anrührte. Wie gern hätte sie auch eine solche Mutter gehabt.

Die warmen Maitage lockten Bienen hervor. Katie schaute ihnen zu, wie sie mit ihren Leibern in den Blütenkelchen verschwanden, um den klebrigen Nektar an ihren Beinen zu sammeln, und dann weiterflogen. Dabei entspannte sie sich. Sie war es satt, wie ein hilfloses Kind behandelt, mit Samthandschuhen angefasst und wegen ihres Zustands in Watte gepackt zu werden. Niemand wusste besser als sie, was es hieß, ein Gefühl von *Watte* in sich zu haben.

Das war ein für alle Mal vorbei. Sie würde nicht länger zulassen, dass irgendjemand ihr ein schlechtes Gewissen oder Pflichtaufgaben einredete, die zu erfüllen sie nicht bereit war.

Du gehst auf die Dreißig zu und solltest ans Heiraten denken ... gehobene gesellschaftliche Kreise ... Dr. Finnigan ... Lotterleben ... Ethan.

Katie schloss die Augen, schüttelte den Kopf und lehnte sich zurück. Das alles klang nicht nach ihrem Leben. Nicht nach ihr. Das klang es ganz und gar nicht. Sie hätte gern gewusst, was nach ihr klang. Und plötzlich wusste sie es. Sie griff in die Tasche ihrer Jeans, zog das Handy heraus und wählte eine Nummer. Ein Kribbeln ging durch ihren Körper, während der Drang nach dem Unbekannten sie erfüllte. Die Leitung war frei. Es klingelte einige Male, bevor am anderen Ende eine Stimme ertönte, die ihr erneut eine Gänsehaut einflößte.

„Hallo?", sagte der angenehme Bariton.

„Hallo, Bayless. Hier ist Katie. Katie Hendriks. Von der Radiosendung *Find your Job*."

„Ja, ich erinnere mich an Sie, Katie. Schön, dass Sie anrufen. Wie geht es Ihnen?"

Ein Lächeln umspielte ihre Lippen. Sie ertappte sich dabei, wie sie ihn sich vorstellte. Groß, gut gebaut, kurze schwarze Haare, grüne Augen.

„Danke, mir geht es gut. Und wie geht es Ihnen?"

„Ausgezeichnet. Ich sitze gerade an meinem Lieblingsplatz am Fenster und schaue aufs Moor hinaus. Am Horizont schmiegt sich die Sonne in die Dünen, begleitet vom Kreischen der Seevögel. Und noch dazu rufen Sie mich an – was soll ich sagen? Der Abend könnte nicht schöner sein."

Gütiger Himmel, wagte er es, mit ihr zu flirten? Ein wildfremder Kerl? Klang das wirklich nach ihr? Dass sie nicht auflegte, sondern das, was er sagte, genoss? Vielleicht sollte sie wirklich mal wieder einen Arzt aufsuchen.

„Wollen Sie denn gar nicht wissen, wieso ich anrufe?"

Er lachte.

„Doch, natürlich. Wieso rufen Sie mich an, Katie?"

„Vielleicht, um Ihnen abzusagen? Vielleicht, weil ich die Stelle bei Paul angenommen habe und mich nur noch mal vergewissern wollte, nicht die falsche Wahl getroffen zu haben?"

„Ist das so? Sagen Sie es mir. Wenn es das ist, was Sie wollen. Sich nachts um drei von einer Klingel herumscheuchen zu lassen, um einem launischen Menschen Snacks ans Bett zu tragen."

Diesmal war sie es, die lachte. Merkwürdig, dass sie auf Anhieb den gleichen Sinn für Humor hatten.

„Ein scheußlicher Gedanke!"

„Also, wieso rufen Sie mich an, Katie?"

Sie atmete kurz und heftig durch die Nase aus. Ihre Fußspitzen malten kleine Kreise in den Kies. „Um ehrlich zu sein ... Ich weiß es nicht. Vermutlich bin ich zu neugierig auf den Job, den Sie mir anbieten. *Vorlesen*. Ist das Ihr Ernst? Ich meine... klar, ... ich kann Ihnen gern mal was vorlesen. Aber ist das alles? Brauchen Sie sonst keine Hilfe? Wer pflegt Sie nach dem Unfall? Welche Einschränkungen haben Sie? Ich bin Krankenschwester, Bayless. Haben Sie mal darüber nachgedacht?"

„Ja, das habe ich."

„Und?"

„Wie wäre es, wenn Sie einfach vorbeikommen und sich alles anschauen? Wir lernen uns kennen und dann entscheiden Sie, ob Sie den Job wollen oder nicht."

„Klingt vernünftig."

„Sehe ich auch so."

„Gut. Also, dann melde ich mich."

„Ich werde hier sein."

Sie beendete das Gespräch mit einem guten Gefühl. Als sie den Heimweg antrat, versank die Sonne in der Themse und Katie stellte sich vor, dass irgendwo dort draußen jemand saß, der genau die gleiche Szene beobachtete – nur über einem Moor.

„Wo bist du gewesen?", fragte Emma, als Katie längst unter ihrer Bettdecke lag und ihre Lieblingsserie *Stargate* schaute. Em kletterte zu ihr und kuschelte sich an sie.

„Spazieren."

„Wegen deiner Mom?"

„Auch."

Emma seufzte.

„Hast du morgen nicht die Frühschicht?", fragte Katie, weil sie keine Lust hatte, zu plaudern.

„Hab getauscht." Em griff in die Chipstüte, die auf dem Schränkchen neben Katies Bett lag. „Cool, was macht denn MacGyver in deiner Alienserie? Bastelt er Raumschiffe aus Kaugummi und Streichhölzern?"

„Ich glaube, du gehst jetzt."

„Nicht, bevor ich weiß, was deine Mutter wollte. Pie hat einen Flipchart in der Küche aufgestellt und mehrere Theorien skizziert, wieso sie angerufen hat."

„Das hat er nicht!"

„Eine der Theorien besagt, dass sie dich im Radio gehört hat, hinter dieser Bayless-Nummer steckt und dich damit zurück in ihre Fänge locken will."

„Klar!" Katie schlug sich auf den Schenkel. „Dann hat Ethan also einen Logopäden bezahlt und seine Stimme herausgeputzt. Ihr seid verrückt! Und *wie*, bitteschön, sollte meine Mutter mich im Radio gehört haben? *Hallo?*"

„Keine Ahnung. Heutzutage ist doch alles möglich", erwiderte Emma und zeigte auf den Flachbildschirm, wo im selben Moment das letzte *Chevron* aktiviert wurde, das ein Wurmloch im *Stargate* erzeugte.

„Schön wär's ... Wenn meine Familie auf einem entfernten Planeten leben würde ..."

„Und Bayless?"

„Was soll mit ihm sein? Übrigens, macht es Spaß, die Chips in mein Bett zu krümeln?"

„Hast du schon darüber nachgedacht, ob du den Job nimmst?"

Katie schwieg. Emma hampelte unruhig hin und her.

„Sag schon!"

„Ich möchte den Film sehen."

„Ach, komm schon, Katie!" Emma rüttelte an ihrer Schulter und setzte den gleichen Bettelblick wie Pie auf.

„Ich fahre am Wochenende hin und schaue mir alles an. Danach entscheide ich, was ich mache."

„Nimmst du mich mit?"

„Wieso sollte ich das tun?"

„Na, wenn er ein Psychopath ist?"

Katie lachte, weil sie denselben Gedanken bislang hartnäckig verdrängte.

„Dann bringt er uns am Ende beide um. Also bleibst du hier, um im Notfall Jefferson Barns anzurufen und es im Radio verkünden zu lassen."

Emma machte ein trauriges Gesicht. Katie tätschelte ihr die Wange.

„Keine Sorge. Er ist kein Psychopath. Da bin ich ganz sicher."

Am Freitag besorgte sie die Tickets für die Bahnfahrt. Bis Weymouth würde sie gute zweieinhalb Stunden unterwegs sein. Mit gemischten Gefühlen sank Katie auf eine Bank im Bahnhof und dachte über die bevorstehende Reise nach. Vielleicht sollte sie Em doch mitnehmen. Aber das könnte auch nach hinten losgehen.

Einerseits war sie aufgeregt und freute sich auf die Abwechslung, auf das Meer und auf neue Herausforderungen. Andrerseits wusste sie nicht, was auf sie zukam. Und sie würde ihre Freunde sehr vermissen. Was ihre Mutter anging ... Die dürfte es auf gar keinen Fall erfahren, sollte Katie eine *niedere* Stelle annehmen. Noch wusste sie selbst nicht, was sie von dem Angebot halten sollte. Denn in einem Punkt hatte Emma recht: Irgendwann würde sie sich unterfordert fühlen. Dabei hegte Katie die heimliche Hoffnung, doch noch auf einen pflegebedürftigen Patienten zu stoßen. Immerhin hatte Bayless einen Autounfall gehabt und beinahe ein halbes Jahr im Krankenhaus verbracht.

Am Samstag war es dann soweit. Ein wunderschöner, frühlingshafter Tag Ende Mai, der sie mit Sonnenschein und Vogelgezwitscher weckte. Katie stieg aus dem Bett, nahm eine Dusche und suchte ihren Lieblingsrock und ein Shirt aus dem Schrank. Angenehme Kleider für die Zugfahrt. Die lockigen braunen Haare band sie zu einer unkomplizierten Frisur zurück und packte ein paar Sachen

23

für die Übernachtung ein. Und ein Kleid für das Vorstellungsgespräch. Katie hatte sich ein Zimmer in einem Bed & Breakfast in Weymouth gebucht, um wegen der langen Fahrt nicht am gleichen Tag wieder abreisen zu müssen.

Als sie in die Küche kam, saß Pie vor einer Tasse Tee und aß seine Spiegeleier.

„Guten Morgen", begrüßte sie ihn.

„Guten Morgen." Er schob ihr einen Zettel zu, der in der Mitte des Tisches lag. „Das ist eine Botschaft von Emma an dich. Sie musste leider zur Frühschicht und hat so laut geschimpft, dass ich davon aufgewacht bin. Wieso bist du nicht aufgewacht?"

„Keine Ahnung." Sie überflog die Nachricht und freute sich über Emmas Zeilen. Ihre Freundin wünschte eine gute Reise und hoffte, dass Katie sich halbstündlich bei ihr meldete.

„Ich mache mir jedes Mal Sorgen, wenn du nicht aufwachst."

„Pie, ich bin doch wach. Siehst du?" Sie winkte ihm zu. „Hier stehe ich und bin hellwach."

„Du hast keine Ahnung, wie erleichtert ich bin."

„Hast du heimlich mit meiner Mutter telefoniert?"

„Sehe ich aus wie ein Maulwurf?"

„Bitte verlang nicht, dass ich darauf antworte."

Sie angelte nach einer Tasse und kochte sich einen starken Kaffee.

„Da sind noch zwei Eier in der Pfanne", erklärte ihr Mitbewohner. „Und im Kühlschrank ist ein Stück Apfelkuchen. Nachdem du von Emmas Geschimpfe nicht aufgewacht warst, hatte ich beschlossen, dir ein Stück übrigzulassen. Die Vorstellung, dass du vielleicht nie wieder aufwachst, hat mich sehr traurig gemacht. Ich glaube, ich hätte das Stück Apfelkuchen für den Rest meines Lebens aufbewahrt. In Erinnerung an die wunderbare Katie Hendriks."

„Oh Mann. Und Emma befürchtet, Bayless könnte der Psychopath sein ..."

„Soll ich dir den Kuchen für die Fahrt einpacken?"

Pie hatte ihr den Kuchen tatsächlich eingepackt, und als Katie im Zug saß und ihn herausholte, fühlte sie sich auf sonderbare Weise geborgen. Sie war allein im Abteil, genoss die Ruhe und die wunderschöne englische Landschaft, die an ihr vorüberzog. Kühe, Schafe, alte Bauernhäuser, grüne Hügel und Wiesen, soweit das Auge reichte. Steinkreise, Fahrradwege, Moore. Nur hin und wieder unterbrachen graue Ortschaften die Idylle. Während der zweieinhalbstündigen Reise legte sie sich zurecht, was sie sagen wollte, wenn Bayless ihr öffnete. Sie malte sich aus, wie er wäre. Wie er aussah, wie er roch und wie er lebte. Immer wieder blätterte sie durch ihre Zeugnisse und Referenzen. Sie würde sich ganz gewiss nicht damit zufrieden geben, ihm bloß vorzulesen. Ob man ihm die Folgen des Unfalls noch ansah? Wie schwer war er verletzt worden, und was war passiert? Fragen, auf die sie hoffentlich sehr bald Antworten erhalten würde. Den Gedanken, dass Weymouth ihr nicht gefallen könnte, schob sie weit von sich. Alles war besser, als auf der Stelle zu treten. Sie wollte leben. Und vor allem: *spüren*, dass sie lebte.

Kurz vor Bovington ließ ihre Euphorie rapide nach. Das frühe Aufstehen, die Aufregung; eine bleierne Müdigkeit überkam sie. Katie nickte ein, bis irgendwann jemand sanft an ihrer Schulter rüttelte.

„Miss? Sie müssen jetzt aussteigen. Der Zug endet hier." Die Schaffnerin schaute sie freundlich an.

„Oh ... danke. Sind wir schon da? In Weymouth?"

„Ja, strahlender Sonnenschein und eine frische Meeresbrise erwarten Sie."

„Das klingt gut."

Sie nahm ihren Koffer aus dem Gepäcknetz und atmete tief durch. Das Abenteuer konnte beginnen.

Das kleine Bed & Breakfast, in das sie sich eingemietet hatte, war nicht schwer zu finden. Es lag direkt an der Strandpromenade, unweit der Jubilee Clock. Die bunte Uhr war eine der Hauptattraktionen der Stadt und zog alle Touristen magnetisch an. Katies beschauliche Unterkunft war ein rotes Backsteinhaus mit weißen Sprossenfenstern und fliederfarbenen Fensterläden. Es war halb zwei am Nachmittag, als sie eincheckte. Für drei Uhr hatte sie den Termin mit Mr Monahaughn vereinbart.

„Guten Tag", begrüßte sie die alte Dame hinter dem Empfang. Im Foyer roch es übertrieben nach Lavendel. Als diente der penetrante Duft dazu, den Zigarettenrauch zu überdecken. „Katie Hendriks. Ich habe ein Zimmer reserviert."

„Katie Hendriks ...", wiederholte die Frau und fuhr in Zeitlupe mit ihrem Papyrusfinger über die Buchungen. „Hier ist schwer was los in der Stadt, wissen Sie? Im Mai werden wir von Touristen geradezu überrannt. Wieso finde ich Ihren Namen bloß nicht? Ernest? *Ernest*!"

Katie bemühte sich um ein Lächeln und ließ sich die Nervosität nicht anmerken.

„Komm mal hier nach vorn und sag mir, wo du die junge Dame eingetragen hast."

„Wer, ich?", tönte es aus einem Hinterzimmer.

„Ja, du! Du schwerhöriger Kerl von einem Gastwirt." Die alte Frau zog ein finsteres Gesicht, woraufhin ihre Falten sich deutlich vervielfachten. Leises Stöhnen und Schlurfen ertönten aus dem Hinterzimmer. Ein älterer Mann in Baumwollunterhemd und Cordhose erschien. Die grauen

Haare standen von seinem Kopf ab, als hätte er sie einen Monat lang nicht gewaschen.

„Guten Tag, Miss."

„Guten Tag", antwortete Katie.

„Sie heißt Katie Hendriks und sagt, sie habe hier ein Zimmer reserviert. Aber ich finde keine Katie Hendriks. Hast du das angenommen?", fragte die alte Dame ungeduldig.

„Lass mal sehen." Er setzte die Brille auf, die an einem Band um seine grau behaarte Brust baumelte. „Vielleicht habe ich vergessen, es einzutragen."

Katie verlagerte nervös ihr Gewicht von einem Fuß auf den anderen.

„Für wie viele Tage wollten Sie das Zimmer haben?"

„Ähm, eigentlich nur für eine Nacht."

„Tja, sieht schlecht aus." Der Mann kratzte sich am Hinterkopf, während seine Frau leise vor sich hin meckerte und die Augen rollte. „Wir sind vollkommen ausgebucht. Aber wenn's nur eine Nacht ist ... Wir könnten das Hinterzimmer herrichten. Nicht wahr, Netty?"

„Klar könnten wir das. Sie müssten es sich bloß mit dem Kater teilen. Und es gibt nur eine Schiebetür. Ist dafür billiger als ein normales Zimmer."

Katie lachte zynisch auf. „Ist das Ihr Ernst?"

„Natürlich."

„Ähm, ... Nein, vielen Dank. Ich habe gleich einen Termin und muss vorher noch zu Mittag essen. Vielleicht schaffe ich den Abendzug. Dann reise ich heute wieder ab. Wenn ...", sie schaute sich um, „wenn ich vielleicht kurz Ihre Toilette benutzen dürfte?"

„Da drüben. Lassen Sie sich ruhig Zeit. Und wenn Sie das nächste Mal hier buchen, verlangen Sie am Telefon nach mir. Der alte Kerl hier kriegt's ja doch nicht auf die Reihe."

„Danke." Am liebsten hätte sie laut aufgeschrien und vor den Tresen getreten. Stattdessen drehte sie sich um und lief zum WC, um sich frisch zu machen. In dem kleinen Bad griff sie nach ihrem Handy und schrieb eine Nachricht an Emma.

Hey, Em. Ich komme doch heute zurück. Mit der Pension ist was schiefgelaufen. Könntest du mir den Abendzug buchen? Ich fürchte, ich schaffe es nicht rechtzeitig. Melde mich, sobald ich bei Bayless raus bin. Hab dich lieb! Danke! :*

Katie schaltete das Handy lautlos, öffnete den kleinen Koffer und nahm etwas Mascara heraus. Sie erneuerte ihre Frisur, legte einen Hauch Schminke auf und schlüpfte in ein beigefarbenes Sommerkleid. Es war mit Spitze überzogen, wirkte zugleich schick, luftig und leger. Emma hatte es ihr empfohlen und gemeint, es würde am besten zu ihrem Teint und den dunkelbraunen Haaren passen. Als sie fertig war, verließ sie das Bad, um noch einmal auf den Tresen zuzugehen. Die alte Dame schaute, als würde sie ein Gespenst sehen.

„Mädchen, sind Sie das? Du meine Güte! Was haben Sie denn vor, dass Sie sich so rausgeputzt haben?"

„Ich habe einen Termin ... in der *Watercourse Lane*. Wie komme ich dort am besten hin?"

„Water...? Ernest! Wo war noch gleich die Watercourse Lane?"

„Ich glaube, das muss an der West Fleet sein", rief Ernest aus dem Hinterzimmer. „Mit dem Auto gute zwanzig Minuten von hier entfernt."

„Was wollen Sie denn da, Miss? Soweit ich weiß, gibt es da nichts außer das Moor und das Meer."

„Oh ... verstehe. Vielen Dank. Zwanzig Minuten? Da werde ich mir wohl ein Taxi nehmen müssen."

Katie drehte sich um und verschwand. Sie hatte nicht vor, den beiden zu sagen, wieso sie hergekommen war.

Um zwei Uhr verließ sie das B & B und machte sich auf die Suche nach einem kleinen Restaurant. Wenn sie zwanzig Minuten für die Fahrt zu diesem Monahaughn benötigte, blieb ihr lediglich Zeit für einen schnellen Imbiss. Sie zog den Rollkoffer über das rumplige Straßenpflaster hinter sich her und seufzte. Damit hatte sie nicht gerechnet. Dass alles schiefgehen würde und Bayless irgendwo außerhalb von Weymouth in der Einöde hauste. Zudem würde sie sich abhetzen müssen, um den späten Zug nicht zu verpassen. Nur weil die Pension es nicht auf die Reihe bekommen hatte, ihr ein Zimmer zu buchen. Vielleicht würde sie sich später eine andere Unterkunft suchen. Aber zuerst musste sie etwas essen und sich auf den Weg zur West Fleet machen.

Die Strandpromenade war mit Menschen überfüllt. Die salzige Gischt, die vom Ufer heraufzog, verlieh der Luft einen würzigen Geschmack. Stimmen, Fahrzeugmotoren und Straßenmusik hallten an Katies Ohren, als sie an einer Fish and Chips-Bude stand und eine Kleinigkeit zu sich nahm. Der Typ, der die Pommes Frites zubereitete, pfiff eine Melodie vor sich hin.

„Von wo kommen Sie?", fragte er.

„Aus London."

„Tatsächlich? Dann steht die Hauptstadt also noch?"

„Bis heute Morgen hat sie das jedenfalls."

Er grinste, während sie ihre Pommes aß.

„Gibt es hier einen Taxistand?"

„Gleich da drüben." Er zeigte mit der Fischzange die Straße hinunter. „Oder Sie warten zehn Minuten. Dann übernimmt mein Partner Pete die Bude und ich fahre Sie, wohin immer Sie wollen."

„Vielen Dank für das Angebot", sagte Katie und warf die leere Chipstüte in den Abfalleimer. „Leider habe ich schon ein Date."

„Zu dumm aber auch."

Katie wandte sich zum Gehen.

„Vielen Dank für das Essen und die Auskunft."

„Immer wieder gern!"

Sie verabschiedete sich und machte sich in Richtung Taxistand auf.

Der Wagen fuhr stadtauswärts. Gleich hinter den letzten Häusern von Weymouth begann die Einöde. Das Moor roch faulig und torfig. Die Sumpflandschaft wechselte sich mit Weideflächen ab, auf denen blökende Schafe standen. Mehr und mehr verwandelte die Straße sich in einen Feldweg, und Katie fragte sich, wie weit es noch wäre, bis sie die Watercourse Lane erreicht hätten.

„Und Sie sind sicher, dass Sie hier raus wollen?", fragte der Fahrer zum wiederholten Mal.

„Ja und nein. Gibt es hier denn sonst keine Häuser?"

„Nur das der Monahaughns. Und zwei Farmen. Aber die liegen drei Meilen weit auseinander."

„Kennen Sie einen Bayless Monahaughn?"

Der Taxifahrer legte ein nachdenkliches Gesicht auf.

„Hab mal was von einem gehört. Muss ein sehr zurückgezogener Kerl sein."

Das war alles, was er zu sagen hatte. Und es trug nicht gerade dazu bei, dass Katie sich wohler fühlte.

„Da wären wir", verkündete der Fahrer und sie glaubte, er machte einen Spaß mit ihr. „Soll ich warten?"

„Das ist ... das ist doch kein Haus! Wo ist es? Wo muss ich hin?"

„Wir stehen direkt davor." Sein schmieriges Grinsen führte dazu, dass ihr heiß und kalt wurde.

Das Taxi stand mit laufendem Motor vor einem uralten – verfallenen? – Schuppen. Das Haus würde als Scheune oder Schafstall durchgehen, aber nicht als Wohnhaus. Dicke Bruchsteine bildeten die Fassade, Moos wucherte aus den Fugen, die Tür war windschief und die Fenster sahen aus wie kleine Bullaugen eines U-Bootes. Das Dach ... *Lieber Himmel*, Katie konnte nicht glauben, dass es regendicht war! Riet, gepaart mit wilden Gräsern und Moosen. Das einzige Lebenszeichen war der dunkle Rauch, der aus dem Kamin aufstieg. Ein niedriger Holzzaun mit Törchen umgab das Grundstück, auf dem allerlei Frühlingsblumen, Bodendecker und Gräser wuchsen. So sah allenfalls ein Feenhaus aus dem Märchen aus. Aber kein Haus, in dem Menschen des einundzwanzigsten Jahrhunderts lebten.

„Gibt es hier überhaupt Handyempfang?"

Der Taxifahrer lachte.

„Mir wird sogar WLAN angezeigt. Keine Angst, Miss, ich warte auf Sie, wenn Sie das möchten."

„Das brauchen Sie nicht, danke. Wie viel schulde ich Ihnen?"

Sie bezahlte und schaute ein letztes Mal in das Dreitagebartgesicht.

„Könnten Sie um fünf wieder hier sein? Falls ich früher fertig bin, laufe ich Ihnen entgegen. Ich muss nur dem Feldweg folgen, richtig?"

„Verdammt richtig. Viel Erfolg, was auch immer Sie hier vorhaben."

„Danke."

Das Taxi brauste davon, während Katie allein zurückblieb. Sie sprach sich Mut zu, nahm ihren Koffer und lief durch das Törchen. Rosen rankten über den Zaun und wehten in der frischen Meeresbrise auf und ab. In der Ferne kreischten Seevögel. Eines sprach für Bayless: Er hatte am Telefon nicht gelogen, als er ihr den Sonnenuntergang über dem Moor beschrieben hatte. Sie ging zur Haustür und entdeckte hinter einem Mauervorsprung das Heck eines roten Pickups. Die Anzeichen von Zivilisation mehrten sich, was sie dazu ermutigte, weiterzugehen. Im oberen Drittel der Holztür lagen vier quadratische Butzenfenster, durch die man einen Eindruck vom Inneren des Hauses erhaschen konnte. Ein länglicher, hellblau gefliester Flur, eine Garderobe, an der ordentlich Mäntel, zwei Schirme und ein Hut hingen. Katie fasste sich ein Herz, klopfte an die schwere Tür und fragte sich, ob Bayless ganz allein dort lebte. Darüber hatte sie noch nicht nachgedacht. War er verheiratet? Ein knurriger Junggeselle? Schritte ertönten von drinnen. Das Herz rutschte ihr fast in die Hose. Und dann sah sie ihn. Er kam in leichtem Schlurfschritt über den Flur zur Tür. „Guten Tag", sagte sie, als er öffnete. „Hallo. Ich bin Katie. Katie Hendriks."

Sie reichten sich die Hände, um sich zu begrüßen.

„Wie schön, dass Sie gekommen sind, Katie."

„Ja. Ich meine, ... ich wusste nicht, dass Sie so weit außerhalb wohnen. Als ich hörte, dass Sie in Weymouth leben, dachte ich ... naja, *Weymouth* eben."

Seine Augen waren hellgrün und so klar wie ein Bergsee. Sie schauten sie aufmerksam unter buschigen Augenbrauen hervor an. Den Gedanken hatte Katie nicht in Erwägung gezogen: dass Bayless alt war.

„Sie glauben doch nicht, dass ich nicht weiß, wie es ist, in einer Stadt zu leben?", fragte er in dem angenehmen Bariton. Aber etwas war neu in seiner Stimme. Ein unüberhörbarer irischer Akzent, der ihr bei den Telefonaten nicht aufgefallen war. „Jetzt kommen Sie erst mal herein", sagte er und führte sie durch eine Tür in die Wohnstube.

„Ihren Koffer können Sie mir geben. Ich stelle ihn an die Garderobe, wenn Sie einverstanden sind."

„Danke, sehr gern."

Während er dies tat, schaute Katie sich in der gedrungenen Wohnstube um. Die weiß gekalkten Decken waren niedrig, ein Kaminfeuer züngelte in der Mitte des Raumes an zwei Torfbriketts. Davor standen zwei dunkelgrüne Ohrensessel, ein Zeitungsständer und ein Eichentisch. Nie im Leben hätte sie nach dem ersten Eindruck, den das Haus von außen vermittelte, gedacht, dass es im Inneren derart gemütlich sein könnte.

„Sie haben es schön hier", sagte sie, als Bayless wieder hereinkam. „Wirklich."

„Danke, danke. Setzen Sie sich doch. Ich habe einen kräftigen Schwarztee aufgesetzt. Möchten Sie eine Tasse? Vielleicht mit etwas Gebäck?"

„Ja, warum nicht?" Die raue Seeluft hatte ihr bereits wieder Appetit verliehen, obwohl sie kurz zuvor erst Fish and Chips gegessen hatte.

„Ich stamme ursprünglich aus Cork, wissen Sie?", erzählte Bayless, während er in der kleinen Küche nebenan mit Teetassen klimperte. „Wir hatten dort seit Generationen ein kleines Familienunternehmen, einen Restaurationsbetrieb. Wir haben alles restauriert. Kirchen, Fresken, Gemälde. Einfach alles. Dann starb meine Frau, der schwere Autounfall ... Und allein habe ich es nicht mehr geschafft. Daraufhin haben wir Irland vor ein paar Jahren verlassen und dieses verwunschene Häuschen gekauft. Es erinnert mich an die Mythen und Sagen meiner Heimat. Ich habe es das *Fairy Cottage* getauft."

Er kam zurück in die Wohnstube, stellte den Tee, die Tassen und einen kleinen Teller mit Gebäck auf dem Tisch ab und nahm in dem anderen Ohrensessel Platz.

„*Fairy Cottage*", wiederholte Katie und liebte es bereits, seinen Geschichten zu lauschen. „Ein bezaubernder Name. Und wie gut er zu dem Haus passt."

Der alte Mann goss ihnen Tee ein, und Katie beobachtete, wie sich der Wasserdampf verflüchtigte.

„Trinken Sie. Das wird Sie aufwärmen."

„Vielen Dank. Ich bin ganz gespannt darauf, was Sie mir über Ihr Jobangebot berichten wollen, Bayless."

Er nahm einen Schluck und schaute sie verwundert an.

„*Bayless?*", fragte er. Dann hellten sich seine Gesichtszüge auf, und er begann zu lachen. „Oh, nein, nein! Da haben Sie etwas missverstanden. Ich bin nicht Bayless. Mein Name ist Jonathan. Bayless ist mein Sohn."

„Bayless ist ... Ihr *Sohn*?"

„Genau so ist es. Entschuldigen Sie. Ich habe es ganz versäumt, mich vorzustellen."

Katie atmete erleichtert auf. Wer hätte das gedacht? Das erklärte auch, wieso sie keinen irischen Akzent am Telefon bemerkt hatte.

„Es war wohl meine Schuld", räumte sie ein. „Ich hatte ja keine Ahnung, wie er aussieht und wie alt er ist. Oder dass er mit seinem Vater unter einem Dach lebt. Aber ... wo steckt er denn? Habe ich mich mit der Uhrzeit vertan?"

Sie warf einen Blick auf ihre Armbanduhr.

„Nein, nein, drei Uhr, das passt schon." Jonathan nickte betreten. Er wärmte seine knorrigen Finger an der Teetasse. „Er ist oben. Bayless verlässt sein Zimmer nur sehr selten. Er hat ... Es hat was mit dem Unfall zu tun, wissen Sie? Er will nicht, dass ... Ich zeige Ihnen am besten den Weg nach oben. Sicher hat er mitbekommen, dass Sie da sind und wartet schon ganz ungeduldig."

„Natürlich." Katie stellte ihren Tee ab und erhob sich. „Darf ich Sie fragen, was genau passiert ist? Ich möchte nicht unhöflich erscheinen, aber ..."

„Das soll er Ihnen am besten selbst erzählen. Sie werden schon dahinterkommen. Früher oder später."

Der Flur erschien dunkler als zuvor. Die ausgetretenen Holzstufen der Treppe knarzten, als Katie Jonathan hinauf in das Dachgeschoss folgte. Merkwürdig, dass Bayless es nicht für nötig hielt, herunterzukommen und sie zu begrüßen. Wo sie doch einen Termin miteinander ausgemacht hatten. Oder war er tatsächlich so eingeschränkt, dass er es nicht konnte? Sie war gespannt darauf, ihn endlich kennenzulernen. Vor einer schmalen Tür am Ende des Gangs blieb Jonathan stehen.
„Hier ist es. Gehen Sie einfach hinein. Keine Sorge, er beißt nicht."
„Wie Sie meinen ..."
Er drehte sich um und verschwand wieder nach unten. Da stand sie also. Ganz allein in einem fremden Haus. Innerlich war es eine seltsame Parallele zu dem Tag, als sie genauso unbeholfen im Sender gestanden und sich gefragt hatte, was sie bei Jefferson Barns erwartete. Katie schloss die Augen, strich ihr Kleid glatt, fühlte über ihre Frisur und atmete tief durch, bevor sie an die Tür klopfte. Die vertraute Stimme vom Telefon bat sie herein.
„Hallo, Katie", hörte sie Bayless sagen, nachdem sie das Zimmer betreten hatte. Für eine Sekunde staunte sie über die Größe des Raumes. Es war ein Zimmer über Eck mit einer großen Fensterfront, die eine Aussicht über das Moor bis hinunter an den Strand freigab. Ein unbeschreiblich schöner Panoramablick. Sie hatte das Fenster von der Straße aus nicht sehen können, weil es auf der hinteren Seite des Hauses lag.
„Ich bin hier drüben", sagte Bayless, ohne dass sie ihm bislang geantwortet hatte. Mit den Augen suchte sie jeden Winkel nach ihm ab, konnte ihn aber nirgends entdecken.

„Etwa hinter dem Paravent?", fragte sie und wollte um den Raumteiler herumgehen, als Bayless sie mit den Worten „Bitte nicht" stoppte.

„Entschuldigen Sie, aber ich bin gerade etwas verwirrt", gestand sie.

„Das kann ich mir vorstellen. Dort drüben vor dem großen Fenster steht ein Tisch mit einem ziemlich gemütlichen Sessel. Haben Sie die Aussicht bemerkt? Ist sie nicht phantastisch?"

„Durchaus. Hören Sie, Bayless, dient dieses Versteckspiel einem bestimmten Zweck?"

Sie hörte, wie er sich bewegte. Wie er schwer atmete. Sie konnte ihn sogar riechen. Ein angenehmer Duft von Aftershave lag in der Luft. Und das Fenster, das sich offenbar in der abgetrennten Seite des Raumes befand, war leicht geöffnet. Eine frische, salzige Meeresbrise strömte herein.

„Wenn Sie sich setzen, finden Sie das Buch, aus dem Sie mir vorlesen sollen, eine Flasche Wasser, ein Glas, ein Lesezeichen und einige andere nützliche Dinge auf dem Tisch. Bitte verzeihen Sie, dass ich mich hierher verkrochen habe, Katie. Ich ... würde mich selbst als menschenscheu beschreiben. Seit dem, was geschehen ist, gehe ich nicht mehr gern unter Leute."

Lieber Himmel, dachte sie und empfand plötzlich großes Mitleid mit Jonathan. Der arme alte Mann hatte es gewiss nicht leicht mit seinem Sohn.

„Haben Sie mal darüber nachgedacht, eine Therapie zu machen?", fragte sie geradeheraus.

„Wie viele denn noch? Ich habe beinahe sechs Monate in Therapien und Rehakliniken verbracht."

„Und die alle haben zu keinem hilfreichen Ergebnis geführt?"

„So ist es. Ich bin zu dem Schluss gekommen, dass es mir nicht hilft, rauszugehen und in irgendwelche Kliniken zu

36

fahren. Dass alles, was ich brauche, Ruhe ist, und etwas Trost. Bücher schenken mir Trost. Und als ich …“ Er stockte und bewegte sich wieder. In einem Bett lag er jedenfalls nicht. So, wie es sich anhörte, knarrte ein Stuhl. „Als ich durch Zufall die Sendung *Find your Job* gehört habe, fand ich Ihre Stimme tröstlich. Ich denke, dass es mir sehr helfen könnte, wenn … *Sie* mir vorlesen.“ Irgendwie merkwürdig klang das ja schon. Vielleicht sollte sie einfach auf dem Absatz kehrt machen und verschwinden. Der Typ benötigte einen Psychiater, keinen Vorleser.

„Wieso gerade ich?“

„Weil Ihre Stimme wie geschaffen ist, um vorzulesen. Sie strahlt eine Ruhe aus, die ich viele Jahre lang ersehnt habe. Ich kann verstehen, dass Ihnen all das hier merkwürdig erscheint. Trotzdem bitte ich Sie von ganzem Herzen, mein Angebot anzunehmen, es zumindest erst einmal zu versuchen. Sie werden es nicht bereuen. Bitte sagen Sie ja, Katie.“

Sie fuhr sich durch die Haare und wusste nicht, was sie antworten sollte. Und wenn er doch total krank war? Vielleicht beobachtete er sie die ganze Zeit über durch einen kleinen Spalt in dem Raumteiler. Vielleicht war er so was wie ein Voyeur. Ein Spinner. Und irgendwann würde er unter lautem Gebrüll mit einem Messer in der Hand auf sie zuspringen. Gott, ihre Fantasie ging wieder mal auf kunterbunte Weise mit ihr durch.

„Also gut.“ Sie rang um einen klaren Kopf. „Mal angenommen, ich sage ja. Werde ich Sie irgendwann zu Gesicht bekommen? Ich meine, ich wüsste schon gern, mit wem ich es zu tun habe. Wem ich da vorlese. Nachdem ich Ihren Vater schon fast ins Herz geschlossen habe, fällt es mir schwer, zu glauben, dass Sie völlig aus der Art schlagen.“

Ein warmes Lachen hallte durch den Raum.

„Ich mag die Art, wie Sie die Welt sehen, Katie. Und ich verspreche Ihnen, dass Sie mich, sobald Sie das letzte Wort dieses Buches dort drüben gelesen haben, zu Gesicht bekommen werden. Ist das ein Deal?"

Sie ging schnurstracks auf den Tisch zu, öffnete die letzte Seite des Einbands und las das letzte Wort laut vor. Der Klang ihrer Stimme verhallte im Raum. Hing eine gefühlte Ewigkeit in der Luft, bis die Stille von seinem Lachen erfüllt wurde.

„Was ist?", rief Katie und stemmte die Hände in die Seiten. „Kommen Sie jetzt hinter dieser albernen Wand hervor oder nicht?"

„Merken Sie nicht, wie gut Sie mir bereits tun? Ich weiß nicht, wann jemand mich das letzte Mal so zum Lachen gebracht hat. Und Sie haben es schon mehrfach in weniger als zehn Minuten geschafft. Sie haben mich hinters Licht geführt, Katie, das war unfair. Ich meinte natürlich, dass Sie mir zuerst das Buch vorlesen müssen, und *dann* werden Sie mich sehen."

Er muss sehr hässlich oder sehr entstellt sein, schoss es ihr durch den Kopf. Und plötzlich überkam sie ihre größte Schwäche. Ihr Helfersyndrom. Ihr Mitgefühl für die Armen und Kranken, und sie war ganz kurz davor, sich zu ergeben.

„Wieso höre ich keinen Akzent bei Ihnen, wo Sie doch aus Cork stammen?"

„Ich habe ihn lange nicht benutzt", sagte er in waschechtem irischen Tonfall. „Schon in der Schule hing mir der Ruf an, ein wahrer Sprachkünstler zu sein. Ich kann beinahe alle Akzente sprechen, die Sie sich vorstellen können. Nord- oder Südstaaten Amerikanisch, Schottisch, Walisisch, einen russischen oder deutschen Akzent, indisches Englisch, ... Was immer Sie wollen. Derzeit lebe ich in England, also rede ich britisches Englisch."

„Das war wohl die arroganteste Antwort, die Sie mir geben konnten."

„Wäre Ihnen lieber gewesen, ich hätte gesagt, dass mein Vater lügt oder dass ich nicht sein Sohn bin?"

„Ist es die Wahrheit?"

„Sind Sie immer so anstrengend?"

Ein Schmunzeln huschte über ihr Gesicht. Und in ihrem Herzen hatte sie längst entschieden, dass sie den Job wollte.

„Also dann", sagte sie, nahm in dem Sessel vor dem Fenster Platz und griff nach dem Einband, den sie zuvor völlig desinteressiert auf den Tisch geknallt hatte. „Was ist das für ein Buch?"

Mit der Spitze ihres Zeigefingers zeichnete sie die geschwungenen Linien des Titels nach.

„*Die Geschichte von Dave und Alice*. Nie davon gehört."

„Dann wird es Zeit, dass Sie davon hören. Also lesen Sie mir vor?"

„Das ist doch der Grund, wieso ich hier bin, oder?"

„Voll und ganz."

„*Die Geschichte von Dave und Alice, Kapitel 1.* Ich lese nur das erste Kapitel. Danach muss ich mich vorerst verabschieden."

„Sie haben mein vollstes Verständnis." Sein Stuhl – oder worauf immer er saß – knarrte. Sein Atem ging ruhig und gleichmäßig. Allem Anschein nach entspannte er sich, um ganz ihrer Stimme lauschen zu können.

Endlich raus hier, dachte er, *zog die Gurte seines Rucksacks fester und lief über den grünen Seitenstreifen der Landstraße. Links und rechts von ihm gab es nichts als Wiesen, Felder und Wälder. Einzelne Gehöfte, Bruchsteinmauern und wilde Blumen. Hin und wieder rauschte ein Auto an ihm vorbei. Jedes Mal, wenn das geschah, blieb David stehen, streckte den Daumen aus und hoffte auf eine Mitfahrgelegenheit. Nicht, dass er bereits müde vom langen Laufen war. Aber die Gitarre sollte nicht unbedingt nass werden, falls es Regen gab. Und Regen würde es geben, glaubte man den tief herabhängenden Wolken, die von Norden her aufzogen.*

„Hey, wohin soll die Reise denn gehen?", fragte eine junge Frau, die in diesem Moment auf seiner Höhe anhielt und ihn durch das halb heruntergelassene Fenster anlächelte.

„Vergiss es", war seine Antwort, und er lief weiter über den Grünstreifen.

„Was soll das heißen? Machst du jetzt einen auf Anhalter oder nicht?"

„Ich fahre nur mit einem Mann mit. Nicht, dass es am Ende heißt, ich hätte irgendwen belästigt oder so. Ich will einfach nur keinen Stress. Nimm's nicht persönlich."

„Ach, du Scheiße! Soll das 'ne Diskriminierung sein? Vielleicht belästige ich dich am Ende!"

David grinste. Der Gedanke könnte ihm gefallen.

„Also, was jetzt? Letzte Chance."

„Fährst du zum Flughafen?"

„Könnte sein, dass er auf meinem Weg liegt." Sie stoppte den Wagen, zog die Handbremse an und stieg aus, um den Kofferraum ihres Vans zu öffnen. Im gleichen Moment fiel der erste dicke Regentropfen auf die Windschutzscheibe.

Katie stoppte, nahm das Glas und goss sich einen Schluck Wasser ein. Ihr Mund war bereits ganz trocken geworden. Bayless atmete tief durch. Sie könnte darauf schwören, dass er die Augen während des Lesens geschlossen hielt.

„Gefällt Ihnen der Einstieg?", fragte er in seinem schmeichelnden Bariton.

„Naja, mal abwarten, wie es weitergeht. Ich freu mich jedenfalls, dass die Gitarre nicht nass wird."

„Spielen Sie ein Instrument, Katie?"

„Nicht mehr. Ich habe früher mal Klavier gespielt."

„Und wieso tun Sie es nicht mehr?"

Ein leichter Schwindel überkam sie. Sie massierte ihre Schläfen und antwortete mit Verzögerung.

„Es hat seine Gründe, wieso ich es nicht mehr tue."

„Bitte, lesen Sie doch weiter. Ich habe gerade angefangen, den Regen zu riechen. Ich mag den Geruch von Regen auf Asphalt."

Er war ein bemerkenswerter Mensch. Und er schaffte es, obwohl sie ihn überhaupt nicht kannte, sie zu überraschen und irgendwo tief in ihrem Innern zu berühren. Ob das eine Masche war? Mit dem Paravent und seinem Versteckspiel?

Nachdem die Gitarre und der Rucksack im Kofferraum verstaut waren, stieg David auf der Beifahrerseite ein und legte den Sicherheitsgurt an. Die junge Frau tat dasselbe. Als sie anfuhr, ergoss sich der Regen wie aus Kübeln auf sie herab.

„Da hat wohl jemand ein Händchen für perfektes Timing", sagte David in ihre Richtung.

„Wer weiß? Vielleicht bin ich dein Schutzengel. Wohin verreist du denn mit so spärlichem Gepäck?"

„Wieso spärlich? Meine Gitarre ist alles, was ich brauche. Und der Rucksack enthält den Rest meines Lebens."

Sie nickte und folgte dem grauen Bach, durch den die Reifen sich hindurchpflügten.

„Mein Name ist übrigens Brenda. Ich bin Flugbegleiterin."

„Nicht im Ernst!"

„Ich sagte doch, dass der Flughafen auf meinem Weg liegt."

„Dann müsste ich ja fragen, wohin die Reise geht." David hatte sich ihr zugewandt und musterte sie von oben bis unten.

„Ich bin heute für Boston eingeteilt. Einen Tag Aufenthalt und zurück. Beneidenswert, oder? Ich freue mich jedes Mal auf den Jetlag."

„Glaub ich dir aufs Wort."

„Und du? Es wär nur fair, mir zu sagen, wohin du fliegst. Findest du nicht?"

Er schaute aus dem Fenster und beobachtete das kleine Rinnsal aus Wassertropfen, das über die Beifahrerscheibe wirbelte. David zuckte die Schultern.

„Weiß noch nicht. Ich bin da recht flexibel."

„Wie bitte?" Brenda starrte ihn mit glänzenden Augen an. Er musste nicht in ihre Richtung schauen, um das zu wissen. Beinahe jede Frau starrte ihn auf die gleiche Weise an. Er kannte diese Blicke.

„Soll das heißen, dass ...?"

„Ja. Ich fahre hin, zähle den vierten Flug auf der Tafel runter und buche ihn."

„Das ist ein Witz! Hör auf damit!"

„Kein Witz. Ich mache das."

„Wow! So was nenne ich spontan. Kein Job, keine Bindung, keine Verantwortung, die dich hier hält?"

„Sagen wir, ich genehmige mir eine kleine Auszeit über den Sommer. Hey, ich bin jung. Wenn nicht jetzt, wann dann?"

Sie nickte begeistert. Beinahe neidisch. Vielleicht wäre sie auch gern so frei gewesen. Vogelfrei. David wusste das zu schätzen und wollte seine Auszeit in vollen Zügen genießen.

„Okay, lass mich mal nachdenken", sagte Brenda und lenkte den Wagen auf den Motorway. „Wenn du von Shannon aus fliegst, hast du heute nicht gerade die große Qual der Wahl. Da gehen um diese Zeit nur Flüge nach Dublin, München, Birmingham, vielleicht einer nach Frankfurt. Boston ist wohl das weiteste, was heute geht. Enttäuscht?"

„Nicht im geringsten", sagte er und zuckte erneut die Schultern. „Ich zähle den vierten von oben ab. Wenn das gerade Dublin ist, habe ich eben Pech gehabt. Aber so mache ich es."

Katie nahm einen Schluck Wasser. Dieser Job könnte ihr die Stimme kosten. Aber das Buch machte sie neugierig. Bayless' Aftershave drang in ihre Nase.

„Verrückt, oder?", fragte er.

„Meinen Sie David?"

„Ich meine David. Würden Sie das auch machen? Einfach wild ins Blaue starten?"

„Ich?" Sie lachte und strich den Saum ihres Kleides glatt. „Naja, ich denke, ich bin gerade schon dabei, so was zu machen. Oder wie nennen Sie das hier? Wenn man einfach so ins Blaue fährt und einem abgedrehten Typen hinter einem Paravent was vorliest."

„Das fühlt sich gut an, oder? Es ist lange her, dass ich so vogelfrei war."

„Wie meinen Sie das?"

„Moment mal", sein Sitz knarrte. „Haben Sie mich eben *abgedreht* genannt?"

„Ja, habe ich. Und wie meinten Sie das? Dass es lange her sei, dass Sie so vogelfrei waren?"

„Es ist wegen des Unfalls, Katie. Ich wünschte, ich müsste mich nicht verstecken."

Seine Worte weckten Mitleid in ihr. Was war ihm passiert? Es würde ihr keine Ruhe lassen, bis sie es herausgefunden hätte. Ihr Blick fiel durch die große Fensterfront aufs Moor hinaus. Am Horizont zogen dunkle Wolken auf. Von irgendwoher vernahm sie ein leises Vibrieren. Als sie bemerkte, dass es aus ihrer Handtasche kam, zuckte sie zusammen. Katie hatte die Zeit vergessen. Sie suchte nach ihrem Handy, zog es aus der Tasche und schaute aufs Display. Mit einem Satz sprang sie auf.

„Oh, Shit, es ist kurz vor fünf! Mein Taxi kommt jeden Augenblick. Und ... und ..."

Fünf Anrufe in Abwesenheit. Zehn Benachrichtigungen.

„Und was?", fragte Bayless.

„Ich muss mich beeilen, es tut mir leid!", rief sie und hörte die Mailbox ab. Es war Emma. Völlig aufgelöst.

Katie, was ist los mit dir? Lebst du überhaupt noch? Geh doch mal ran, verdammt! Ich rufe sonst die Polizei. Ist der Kerl ein Psychopath? Du wolltest dich melden, wieso meldest du dich nicht?

Ich habe deine Nachricht vorhin erst bekommen. Der späte Zug ist ausgebucht ... Du musst dir doch eine Bleibe für die Nacht suchen. Bitte ruf mich an!

„Mist!" Katie warf das Handy in die Tasche und lief auf den Raumteiler zu.

„Gibt es ein Problem?"

„Ich muss ... mein Taxi ... Bayless, ich melde mich bei Ihnen. Ich denke, ich nehme den Job ... Auf Wiedersehen ... Naja, Wieder*sehen* ist wohl der falsche Ausdruck ..."

Ein Zimmer. Sie musste dringend eine Unterkunft finden. Und das Taxi erwischen. Ihr Puls überschlug sich. Wieso hatte sie die Zeit vergessen? Das war nicht typisch für sie.

„Dann vielen Dank fürs Vorlesen. Ich freue mich, von Ihnen zu hören. Kommen Sie gut heim, Katie."

„Ja, ich bemühe mich ..."

Sie lief zur Tür, die Treppe hinab und landete beinahe in Jonathans Armen. In Windeseile verabschiedete sie sich von dem verdutzten alten Mann, packte ihren Rollkoffer und stürzte aus dem Haus. Sie lief den schmalen Feldweg entlang und hielt Ausschau nach dem Taxi. Gleichzeitig wählte sie Emmas Nummer.

„Gott sei Dank! Mann, ich hab mir Sorgen gemacht!", rief ihre Freundin.

Katie erzählte, dass sie das Handy lautlos geschaltet hatte und wie es bei den Monahaughns gelaufen war. Nebenher fragte sie sich, ob sie in die falsche Richtung lief. Vom Taxi war weit und breit nichts zu sehen.

„Das hört sich an, als würdest du die Stelle nehmen." Em klang betrübt.

„An den Wochenenden komme ich euch besuchen", versprach Katie und konnte selbst kaum glauben, wie entschlossen sie klang. Sie würde eine Wohnung benötigen, wenn sie für Bayless arbeitete.

„Aber der Kerl hat sie nicht mehr alle!", wagte Emma einen Einwand. „Ich meine, *hallo*, er versteckt sich hinter 'nem *Raumteiler*?!"

„Keine Sorge. Dahinter hole ich ihn schon hervor. Hey, Em, ich muss jetzt aufhören, okay? Ich melde mich, sobald ich ein Zimmer gefunden habe. Liebe Grüße an Pie."

Ihr Handy verschwand wieder in der Handtasche, während Katie mit Sorge zum Himmel blickte. Die Wolken zogen bedrohlich schnell herauf. Wenn das Taxi nicht bald käme, würde der Schauer sie eiskalt erwischen. Der Wind frischte auf. Salzige Böen wehten vom Meer herüber und zerzausten ihre Frisur. Wer hätte das gedacht? Dass sich das zuvor so sonnige, frühlingshafte Wetter um hundertachtzig Grad drehen und in einen herbstgleichen Sturm verwandeln würde? Sie begann zu frieren. Ihre nackten Beine schlotterten und ihre Faust umklammerte den Griff des Koffers. Der Taxifahrer hatte sie allem Anschein nach vergessen. Und sie war so blauäugig gewesen, ihn nicht nach seiner Nummer zu fragen. Dann setzte der Regen ein. Harter, unbarmherziger Regen, der so eisig war wie das Arktische Meer. Erst kleine Tropfen, dann trommelte und prasselte es so stark, dass sie kaum weiter als zwei Meter sehen konnte. Ein dichter, grauer Vorhang aus Kälte und Wasser peitschte auf sie ein. In Sekundenschnelle war sie bis auf die Haut durchnässt. Das Kleid klebte an ihrem Körper, die Haare hatten sich aus dem Zopfband gelöst und hingen schwer tropfend auf ihren Schultern. Katie blieb stehen, während der Feldweg sich in einen schlammigen Bach verwandelte. Sie hatte kein Glück wie David. Niemand würde kommen und zur richtigen Zeit am richtigen Ort sein, um sie zu retten. Oder irrte sie sich? Waren dort nicht Motorengeräusche zu hören, die näher kamen? Vielleicht das Taxi?

Bitte, Gott, flehte sie mit klappernden Zähnen, *lass es das Taxi sein!*

Und tatsächlich hielt ein Wagen auf ihrer Höhe. Aber es war nicht das erhoffte Taxi, sondern ein roter Pickup. Jonathan saß drinnen und winkte ihr zu, einzusteigen. Sie ließ sich nicht zweimal bitten. Triefnass und begleitet von einem Schwall Regenwasser kletterte sie auf den Beifahrersitz. Den Koffer zog sie in den Fußraum, schlug die Tür zu und versuchte, sich gegen das Zittern zu wehren.

„Mädchen, Mädchen, wieso haben Sie denn nichts gesagt?", fragte er mit besorgtem Gesicht. „Ich hätte Sie doch nach Weymouth gefahren."

„D… danke, ich ha…hatte ein T…Taxi bestellt."

„Wo ist denn Ihre Unterkunft?", wollte er wissen und drehte die Heizung auf Maximum.

„Ich ha…habe noch k…keine."

Ohne ein weiteres Wort machte Jonathan kehrt, fuhr zurück zum Haus und parkte den Wagen in der Auffahrt.

„Jetzt haben Sie eine. Sie nehmen erst mal ein heißes Bad, während ich das Gästezimmer herrichte."

Sie wagte nicht zu widersprechen. Allein der Gedanke an ein heißes Bad klang zu verlockend, um abzulehnen. Sie würde sich aufwärmen, ein Taxi rufen und nach dem Unwetter nach Weymouth fahren.

„Machen Sie sich wegen m…mir keine Umstände."

„Umstände? Was sind denn daran Umstände? Für eine Nacht werden Sie wohl bleiben können. Kommen Sie. Ich nehme den Koffer."

Sie liefen zur Haustür, Jonathan schob Katie in den Flur und hinein ins Trockene.

„Das Bad ist oben. Die erste Tür links. Nehmen Sie sich alles, was Sie brauchen. Ich stelle Ihren Koffer in der Zwischenzeit an das Kaminfeuer."

„Vielen Dank!"

Wie gern wäre sie ihm um den Hals gefallen.

Katie zog ihre nassen Kleider aus und hängte sie über den Heizkörper, während das Bad einlief. Im Schrank fand sie ein Handtuch und Badezusatz. Seufzend ließ sie sich in die Wanne sinken und lauschte dem leisen Knistern, mit dem die Schaumbläschen zerplatzten. Die Wärme des Wassers wirkte Wunder. Während von draußen der Regen auf das Dachfenster prasselte, hatte sie es drinnen wohlig und gemütlich. Sie dachte an Bayless und fragte sich, ob er wusste, dass sie dort war. Ob er noch immer hinter dem Raumteiler saß? Sie spitzte die Ohren, als Schritte über den Flur gingen und die Treppe knarrte. Laufen konnte er also. Die beiden Männer unterhielten sich gedämpft. Vielleicht würde sie ihn doch noch sehen. Mit jeder Minute wuchsen ihre Aufregung und die Neugier darüber, wie er wohl aussah und was der Unfall mit ihm angestellt hatte.

Als die Hitze des Bades ihren durchgefrorenen Körper aufgeheizt hatte und ihre Fingerkuppen schrumpelig wurden, stieg sie aus der Wanne, ließ das Wasser ab und schlüpfte in das Frotteehandtuch. Katie trocknete sich ab und bemerkte, dass sie nichts zum Anziehen hatte. Ihr Kleid war noch immer regendurchweicht, und Wechselzeug hatte sie unten in ihrem Koffer. Sie schaute sich in dem kleinen Badezimmer um und fand einen Bademantel, der an einem Haken hing. Er gehörte natürlich Jonathan oder seinem Sohn, aber die Alternative wäre gewesen, im Handtuch runterzulaufen, um ihren Koffer zu holen. Also entschied sie sich für den Bademantel.

In der Wohnstube loderte das behagliche Kaminfeuer und tauchte das Mobiliar in gelborangefarbenes Licht. Katie hatte ihre nassen Kleider mitgebracht und breitete sie vor dem Kaminsims zum Trocknen aus. Nebenbei hörte sie, dass die beiden Männer sich noch immer leise unterhielten. Sie mussten in der Küche sein. Ein schneller Blick in ihren Koffer verriet, dass alles, was sich darin befand, genauso nass war wie ihr Kleid. Also entnahm Katie die Kleider und legte sie ebenfalls zum Trocknen aus.

„Oh, Sie sind schon fertig", sagte eine Stimme hinter ihr.

„Ja."

Es war Jonathan, der aus der Küche ins Wohnzimmer gekommen war. Die knarrende Treppe verriet, dass Bayless wieder nach oben verschwand. *So ein Feigling!*, dachte Katie und ärgerte sich über sein kindisches Benehmen. „Ich fürchte, all meine Sachen sind durchnässt."

„Das tut mir leid. Sie können einen Schlafanzug von mir bekommen. Ist ja nur für eine Nacht."

„Vielen Dank, Jonathan. Sie haben mir bereits sehr geholfen. Wenn es Ihrem Sohn nicht recht ist, dass ich die Nacht über hier bleibe, nehme ich mir ein Taxi und ein Hotelzimmer in Weymouth. Das ist gar kein Problem."

„Wieso sollte Bayless etwas dagegen haben?" Er ließ seine buschigen Augenbrauen auf und ab wippen.

„Naja, er ist einfach nach oben verschwunden. Ohne ein Wort. Da habe ich gedacht, dass er vielleicht verärgert ist."

Jonathan lachte und zeigte dabei sein schiefes Gebiss. „Bayless und verärgert? Also, da müssten Sie sich schon mächtig daneben benehmen, um ihn zu verärgern. Sie wissen doch ...", sagte er, und sein Lachen ebbte ab. „Er hat Komplexe. Der arme Junge."

„Und Sie sehen einfach tatenlos dabei zu? Ich meine, das kann doch nicht so weitergehen. Will er den Rest seines Lebens hinter einem Paravent verbringen?"

Er schaute betreten ins Feuer. Vielleicht war sie einen Schritt zu weit gegangen. Sie hatte ja keine Ahnung von dem, was geschehen war und kein Recht, sich einzumischen.

„Es tut mir leid. So war es nicht gemeint. Sie haben ganz gewiss alles getan, um ihm zu helfen."

„Ich hole Ihnen dann mal einen Schlafanzug", sagte er und verschwand über den Flur.

Jonathan zeigte ihr das Gästezimmer, wo Katie sich umzog und in das weiche Flanellhemd und die graue Hose schlüpfte. Beides war ihr viel zu groß. Unter dem Butzenfenster stand ein Bett aus dunkler Eiche, das mit Schnitzereien verziert und dessen Daunendecke so dick aufgebläht war, dass Katie keinen Zweifel daran hatte, es in der Nacht gemütlich zu haben. Auf dem Fensterbrett stand eine Kerze, auf einem Tisch lagen ein paar Bücher, und der Schrank roch muffig und unbenutzt. Gäste gab es dort offenbar selten. Katie fand einen kleinen, ehrlichen Wandspiegel, der ihr verriet, dass sie ebenso zerzaust aussah, wie sie sich fühlte. Sie fuhr mit den Fingern notdürftig durch ihre Haare, als es an die Tür klopfte.

„Kommen Sie herein."

„Hallo", Jonathan räusperte sich. „Ich hoffe, das Zimmer gefällt Ihnen. Es ist das einzige im Haus, in dem es nicht spukt."

„Oh, wirklich? Dann haben Sie wohl eine ganze Schar irische Kobolde, Feen und Trolle mitgebracht."

„Und ob! Die wird man gar nicht los, wissen Sie?"

„Jonathan, das Zimmer ist perfekt. Meine Ansprüche sind recht bescheiden."

„Es freut mich, dass Sie sich wohlfühlen." Er zögerte. „Es ist so ... Mein Sohn sagt, wenn Sie nicht zu müde sind, würde er sich darüber freuen, wenn Sie ihm noch ein oder zwei Kapitel aus dem Buch vorlesen könnten."

Sie lächelte. Wenn sie ehrlich war, hatte sie gehofft, noch einmal hochgehen zu können. Nicht nur, dass ihr die

Geschichte gefiel. Irgendetwas dort zog sie magisch an. Und sie wollte unbedingt herausfinden, was es war.

„Ist das nicht merkwürdig?", fragte sie. „Man sagt den Iren nach, dass sie die besten Geschichtenerzähler seien. Jetzt lerne ich welche kennen und ich bin diejenige, die eine Geschichte erzählen soll."

„Ja, da haben Sie recht. Das ist in der Tat sehr merkwürdig", sagte er und drehte sich zur Tür.

„Jonathan, eine Frage noch. Ähm ... Haben Sie einen Föhn?"

Er schob sein Kinn vor und begutachtete ihre nassen Haare. „Da müsste einer im Bad sein. Nehmen Sie sich alle Zeit der Welt. Mein Sohn kann warten."

„Vielen Dank."

Als sie die Treppe hinaufstieg, hörte sie ihn in der Küche pfeifen. Er trällerte eine lustige Melodie vor sich hin und klapperte mit Töpfen und Geschirr.

Wie erwartet, saß Bayless in seinem Versteck, als sie ins Zimmer trat. Der Himmel hinter der riesigen Glasscheibe klarte auf, Sonnenstrahlen blinzelten goldrot über das Moor.

„Wunderschön, nicht wahr?", fragte der Bariton in ihrem Rücken.

„Unbeschreiblich."

„Schön, dass Sie noch einmal raufgekommen sind."

„Das Taxi hat mich sitzenlassen. Und der Regen hat ganze Arbeit geleistet."

„Und das Kleid hat Ihnen so viel besser gestanden als der ausgelatschte Schlafanzug meines Vaters."

„Danke für das Kompliment." Sie hatte es gewusst. Bayless konnte sie also doch durch den Raumteiler sehen.

„Leider ist mein Kleid durchnässt und der Schlafanzug bequem und praktisch zugleich."

„Da muss ich Ihnen wohl recht geben."

Katie nahm Platz und griff nach dem Buch.

„Haben Sie Ihrer Freundin Bescheid gesagt, dass es Ihnen gut geht?"

„Woher wissen Sie von meiner Freundin?"

„Als Sie heute Nachmittag die Mailbox abgehört haben, habe ich einige Wortfetzen mitbekommen. Bitte schimpfen Sie nicht mit mir. Für mein Gehör kann ich nichts. Es ist eines der wenigen Dinge, die bei mir noch vollkommen intakt sind."

„Du liebe Güte, verschonen Sie mich damit! Ich will nichts davon wissen, was bei Ihnen intakt ist und was nicht. Es sei denn, Sie überlegen wirklich noch, ob Sie meine Dienste als Krankenschwester in Anspruch nehmen wollen."

„Wenn Sie das so gut können wie Vorlesen, denke ich tatsächlich noch mal darüber nach."

„Jetzt seien Sie still, Bayless, damit ich anfangen kann, zu lesen. Ich will wissen, wohin der vierte Flug von oben führt. Und – ja. Ich habe Emma eine Nachricht geschrieben, dass ich eine Unterkunft gefunden habe. Vielen Dank, dass ich in Ihrem Gästezimmer übernachten darf."

„Sehr gern. Sie sind immer willkommen."

Katie nahm das Lesezeichen heraus und schlug das Buch an der Stelle auf, wo sie nachmittags geendet hatte.

Brenda parkte den Wagen. David stieg aus, ging zum Kofferraum, um sein Gepäck herauszunehmen und bedankte sich für die Mitfahrgelegenheit.

„Ist das alles?", fragte sie enttäuscht. „Danke und auf Wiedersehen? Du gibst mir nicht mal deine Handynummer?"

Er strich sich eine Haarsträhne aus den Augen und schaute in ihr hübsches Gesicht.

„Das ist alles", erwiderte er. „Keine Handynummer – nichts. Nur die Gewissheit, dass man sich immer zweimal im Leben sieht, Brenda. Wir könnten uns einfach darauf freuen, oder?"

„Na los, verschwinde schon", rief sie, und als er es tat, schaute sie ihm so lange nach, bis er in der Eingangshalle des Flughafens verschwunden war und ihr klar wurde, dass er die Art von Mann war, der man ganz bestimmt kein zweites Mal über den Weg lief, und dass sie gerade jemanden hatte gehen lassen, um den es sich zu kämpfen gelohnt hätte.

„Wieso tut er das?", rief Katie und klopfte auf das Buch. „Wieso hat er ihr keine Nummer gegeben? Sie scheint okay zu sein, oder nicht? Andererseits, wieso rennt sie ihm nicht hinterher?"

„Erstens: Ja, sie ist okay", erklärte Bayless, der das Buch ohne Zweifel in- und auswendig kannte. „Aber *okay* ist nicht ausreichend, um jemandem seine Nummer zu geben, oder? Zweitens: Männer wie David würden es albern finden, wenn Frauen wie Brenda ihnen nachliefen. Und drittens: Warten Sie es ab, Katie. Wie gesagt, man sieht sich immer zweimal im Leben."

Sie spürte, wie ausgeglichen er war. Es ging ihm richtig gut. Wenn man einen Menschen nicht zu Gesicht bekam und nur seine Stimme hörte, dann lernte man schnell, herauszuhören, in welcher Stimmung er gerade war. Eine faszinierende Entdeckung, fand Katie.

„Also, gut."

In der Abflughalle war kaum Betrieb. Shannon war eben nichts weiter als ein Provinznest in einem Provinzland, das er sehr bald verlassen würde. David stellte seinen Gitarrenkoffer vor sich auf dem Fliesenboden ab und warf einen Blick auf die Anzeigetafel. Der erste Flug ging nach München. Der zweite nach London. Der dritte nach Dublin und der vierte ... Ein breites Grinsen verformte seine Züge. Mit dem Ziel konnte er leben. Das Schicksal hatte also entschieden. Er lief auf den Ticketschalter der British Airways zu und kaufte einen Platz in der Economy Class. Eine Stunde später checkte er ein und ließ sich abenteuerlustig in den Sitz fallen. Das Stimmenwirrwarr um sich herum blendete er aus. Dave schloss die Augen und sehnte sein Reiseziel herbei. Er hatte keinen blassen Schimmer, wo er in der kommenden Nacht schlafen oder was er essen würde, geschweige denn, wovon er leben sollte. Auf Anhieb fiel ihm niemand ein, den er in jener Stadt kannte, bei dem er hätte unterkommen können. Gut, dort gab es weit entfernte Verwandte seiner Mutter, die einen Pub betrieben, das wusste er. Und sicher würden sie ihm ein Kissen für die Nacht reichen. Aber darum ging es nicht. Er wollte sich selbst durchschlagen. Und der Gedanke, sich auf irgendeinen belebten Platz zu stellen, seine Gitarre auszupacken und sich den Unterhalt mit Straßenmusik zu finanzieren, ließ sein Herz höher schlagen.

„Das glaube ich jetzt nicht“, hallte es an seinen Ohren. Er öffnete die Augen und schaute in das hübsche Gesicht der Flugbegleiterin. „Ich sagte doch, man sieht sich immer zweimal im Leben.“

„Echt jetzt?“, fragte Brenda und half einer alten Dame dabei, ihr Handgepäck zu verstauen. „Boston war wirklich der vierte Flug von oben? Oder hast du geschummelt, weil du mich wiedersehen wolltest?“

„Boston war wirklich der vierte Flug von oben. Und ich wusste, dass ich dich wiedersehen werde.“

„Okay, das reicht jetzt“, sagte Katie und klappte das Buch zu. „Ich will das nicht mehr lesen. Es … es macht mich irgendwie traurig.“

„Es macht Sie *traurig*?“, Bayless’ Stimme klang überrascht. „Ja.“

„Wieso das?“

„Was passiert mit ihr? Stirbt Brenda am Ende? Sagen Sie es mir. Ich kann damit umgehen. Ich will es nur vorher wissen.“

Sein warmes Lachen berührte ihr Herz.

„Nein. Keine Sorge, in diesem Buch stirbt niemand."

„Und wieso kriegen sie sich nicht? Der Titel lautet *Die Geschichte von Dave und Alice*. Nicht *Die Geschichte von Dave und Brenda*. Aber ich mag Brenda. Und offenbar ist sie bereits Hals über Kopf in ihn verliebt. Das ... das ist unfair."

„Katie!" Sie konnte seinen heiteren Gesichtsausdruck beinahe sehen. Oh, wie sie wünschte, dass sie ihn sehen könnte! „Schauen Sie, Dave und Alice sind füreinander bestimmt. Das hier, das ist ihre Geschichte. Verstehen Sie? Wenn Sie Alice erst einmal kennenlernen, dann wird sie Ihnen bestimmt viel besser gefallen als Brenda."

„Pah! Das kann ich mir nicht vorstellen."

„Lassen Sie uns eine Pause machen", schlug er vor.

„Tanzen Sie, Katie?"

„*Wie bitte?*"

„Ob Sie tanzen."

„Ich ... ähm ... eher selten. Und wenn, dann ganz sicher nicht im Schlafanzug. Wieso fragen Sie?"

„Nur so. Mir ist gerade einfach danach zumute."

„Nach *Tanzen?*"

„Ja, nach Tanzen. Wenn Sie Lust haben und mir versprechen, Ihre Augen zu schließen, komme ich zu Ihnen rüber."

„Haha ..."

Machte er Scherze?

„Das ist mein Ernst", sagte er.

„Tja, wenn das so ist ..." Sie strich ihre Haare zurück. Ein Kribbeln ging durch ihren Körper. Sie konnte sich nicht erinnern, wann und mit wem sie das letzte Mal getanzt hatte. Wahrscheinlich in irgendeinem Club. Mit Ethan.

„Sind Ihre Augen geschlossen?"

„Und wenn sie das nicht sind?"

„Dann bleibe ich hier sitzen."

Katie hatte keine Ahnung, was das sollte. Was er bezweckte oder vorhatte. Es gab nur zwei Erklärungen: Entweder er war total durchgeknallt oder total spontan. Sie entschied sich für die zweite Variante. Weil sie neugierig darauf war, ihm zu begegnen. Vielleicht würde sie heimlich die Augen öffnen und ihn anschauen. Vielleicht würde sie auch einfach nur tanzen.

„Okay, meine Augen sind geschlossen."

Ihr Herz klopfte aufgeregt, als sie hörte, wie er sich erhob und langsam aus seinem Versteck zu ihr herüberkam. Es wäre so einfach. Wenn sie die Augen öffnete, dann wüsste sie es. Wie er aussah und wer der Mann mit der attraktiven Stimme war. Der Mann mit dem ausgesprochen interessanten Charakter. Dann stand er vor ihr. So dicht, dass sie seine Wärme auf ihrer Haut spürte. Er griff nach ihren kalten Händen, die in ihrem Schoss lagen. Seine Berührung war weich und behutsam. Katies Atem beschleunigte sich, als er sie aus dem Sessel zog.

„Und wehe, Sie schummeln", flüsterte er in ihr Ohr.

„Was haben Sie denn vor, wenn ich es tue?"

„Ich könnte Ihnen die Augen verbinden."

„Wieso fürchten Sie sich davor, dass ich Sie sehe, Bayless? Denken Sie, dass ich den Job dann nicht mehr will? Oder sind Sie durch den Unfall so entstellt, dass Sie fürchten, Sie könnten mir Angst einjagen?"

Während sie sprach, legte er seine Arme um ihre Taille. Sie hielt die Luft an und fragte sich, wann ein Mann sie zuletzt auf diese Weise berührt hatte. Er zog sie näher an sich und begann, sie sanft hin und her zu wiegen. Nicht zu fassen. Er tanzte mit ihr. Einfach so. Sie hätte nie geglaubt, wie intensiv die Nähe eines Menschen sein konnte, wenn man ihm mit geschlossenen Augen begegnete.

„Schsch", machte er und vergrub sein Gesicht in ihren Haaren. „Sagen Sie nichts, Katie."

Sie legte ihre Hände in seinen Nacken und berührte seinen Haaransatz. Bayless war ein Stückchen größer als sie, er trug ein T-Shirt, durch dessen Stoff sie seine Muskeln fühlte. Ihr Herz schlug so schnell, dass sie taumelte. Wieso tat er das? Wieso war sie dort und tanzte mit ihm? Mit einem wildfremden Mann? Em würde in Ohnmacht fallen, wenn sie davon erfuhr.

Katie strich über seine Oberarme. Und da fühlte sie es. Narben. Schlimme Narben. Vielleicht von einer Operation oder von Verbrennungen. Bayless blieb augenblicklich stehen, umklammerte ihre Handgelenke und schob sie zurück in den Sessel.

„Tut mir leid", sagte sie schnell.

„Schon gut. Vielleicht verstehen Sie es jetzt."

Sie hörte, wie er in sein Versteck zurücklief, dann öffnete sie ihre Augen.

„Es ist mir egal. Ich beurteile einen Menschen nicht nach seinem Aussehen. Außerdem bin ich Krankenschwester und habe ganz bestimmt schon Schlimmeres gesehen. Sie haben ja keine Ahnung!"

„Ich wäre jetzt gern allein."

„Wie Sie meinen. Dann ... gute Nacht, Bayless."

„Gute Nacht, Katie."

Sie erhob sich, ging zur Tür und drehte mit zitternden Fingern den Knauf herum. Irgendwas war passiert. Er hatte etwas in ihr geweckt, das sehr lange im Verborgenen gewesen war. Ihr war bewusst, dass sie am kommenden Tag zurück nach London musste. Aber am liebsten wäre sie bei ihm geblieben.

In der Nacht träumte sie von Bayless Monahaughn, wie er an ihrem Bett stand und sie anschaute. Und er sah genauso aus, wie sie ihn sich vorgestellt hatte: groß, gut gebaut, schwarze Haare und grüne Augen. Sein Lächeln umhüllte sie wie eine wärmende Decke und das Glitzern seiner Augen war wie das Leuchten der Sterne.

Als sie am Morgen erwachte, duftete das *Fairy Cottage* nach frischem Kaffee, nach einem Torffeuer und gebratenen Eiern mit Speck. Katie holte ihren Rollkoffer ins Zimmer und stellte erleichtert fest, dass ihre Kleider allesamt getrocknet waren. Hatte Jonathan ihre Wäsche etwa gefaltet und in den Koffer gelegt? Wie aufmerksam von ihm! Katie schlüpfte in Rock und Shirt, dieselbe Kleidung, die sie bereits auf der Hinreise getragen hatte, wusch sich und machte ihre Haare. Sie schüttelte das Daunenbett auf und kippte das Fenster an.

Bevor sie in die Küche ging, hielt sie einen Moment inne. Ein warmer Strom fuhr durch ihren Körper, wenn sie an den Vorabend dachte. An den Tanz mit geschlossenen Augen. Ob Bayless sich zum Frühstück blicken lassen würde? Ob sie ihm noch ein paar Seiten vorlesen würde, bevor Jonathan sie zum Bahnhof fuhr? Der Gedanke gefiel ihr. Aber dann schüttelte sie entschlossen den Kopf. Nein. Keine gute Idee, Gefühle für ihren Chef zu entwickeln.

„Guten Morgen, Katie", rief der alte Mann, als sie die Küche betrat. „Ich hoffe, Sie haben gut geschlafen."

Eine hübsche kleine Cottageküche. Der uralte Herd musste befeuert werden, um darauf kochen zu können. In den Butzenfenstern hingen Häkelgardinen, und Katie fühlte sich wie in einer Puppenstube.

„Guten Morgen, Jonathan. Vielen Dank! Auch dafür, dass Sie meine Wäsche zusammengefaltet und in den Koffer gelegt haben. Ich habe es gestern Abend völlig vergessen und in Ihrem Gästebett geschlafen wie ein Stein."

„Gern geschehen. Ich hatte mir schon gedacht, dass Sie es vielleicht vergessen könnten. Aber jetzt setzen Sie sich. Sie haben bestimmt einen Bärenhunger. Das machen Moor- und Seeluft."

Sie nahm Platz und bemerkte, dass nur für zwei gedeckt war. Wie hatte sie annehmen können, dass Bayless herunterkommen würde? Aber die Gesellschaft seines Vaters tat ihr so gut, dass sie ihn für kurze Zeit vergaß und den Geschichten über Cork und den Restaurationsbetrieb lauschte. Sie hatte Jonathan bereits ins Herz geschlossen.

„Vielen Dank für alles", sagte sie, als sie das Frühstück beendet hatten. „Ohne Sie hätte ich mich heillos verirrt und die Nacht im Regen verbracht, oder wäre einer Lungenentzündung erlegen."

„Gerne, gerne, Mädchen. Es war übrigens Bayless' Idee, Ihnen hinterher zu fahren. Er hat wohl durch das Fenster gesehen, wie Sie einsam und triefnass durch den Regen liefen."

„Wirklich? Es war seine Idee?"

„So war es."

„Ich würde mich gern von ihm verabschieden. Und dann muss ich wohl auch los, sonst verpasse ich noch meinen Zug."

Sie schob den Stuhl an den Tisch, trug ihr Geschirr zur Spüle, während der alte Mann sich verlegen räusperte.

„Wissen Sie, Katie ..."

„Ja?"

„Es geht ihm heute Morgen nicht besonders gut. Er möchte ungestört sein. Aber ...", Jonathan zog etwas aus seiner Hosentasche, „... ich soll Ihnen das hier von ihm geben. Tut mir leid."

Sie nahm den Brief und starrte auf das Kuvert.

„Ist das ... Ich meine, will er nicht mehr, dass ich für ihn arbeite?" Ein kalter Schauer rieselte über ihren Rücken.

„Oh doch, keine Sorge, es ist nicht, was Sie vielleicht denken. Er freut sich, dass Sie den Job annehmen. Keine

Ahnung, was er zu sagen hat. Schauen Sie doch einfach rein."

Sie war erleichtert über seine Worte. Für eine Sekunde hatte sie befürchtet, Bayless könnte ihr kündigen, bevor sie richtig angefangen hatte.

„Kommen Sie, ich fahre Sie nach Weymouth. Muss ohnehin ein paar Besorgungen machen."

Die hübsche Touristenstadt lag weit hinter ihr. Katie hing ihren Gedanken nach. Den Gedanken an das vergangene Wochenende, an das *Fairy Cottage*, an die Menschen, denen sie dort begegnet war, an den Regen, das Bad, den Tanz. An Bayless. Sie bereute, ihre Augen nicht doch heimlich geöffnet zu haben.

So konnte sie sich lediglich an seinen Geruch erinnern, an sein Aftershave, an ihre Hände in seinem Nacken, bevor sie die Narben entdeckt hatte. An die Kälte, mit der er sie zurückgewiesen und dass er sie am Morgen nicht verabschiedet hatte.

Katie teilte sich das Zugabteil mit einer anderen jungen Frau. Sie saß ihr gegenüber, hörte Musik über ihre Kopfhörer und blätterte in einer Modezeitschrift. Katies Blick fiel auf ihre Handtasche, in der sich der ungeöffnete Brief von Bayless befand. Langsam glitt ihre Hand hinein, zog das Kuvert heraus und öffnete es. Mit zitternden Fingern entfaltete sie den Briefbogen und begann zu lesen.

Katie,

ich wünschte, Sie wüssten, was mir das vergangene Wochenende bedeutet hat. Dass Sie hergekommen sind, den Job angenommen und begonnen haben, mir vorzulesen.
Vielleicht verstehen Sie das nicht, aber Sie sind eine der wenigen Personen, die ich seit langer Zeit an mich herangelassen habe. Um

ehrlich zu sein, sind Sie, mein Dad und jemand anders die einzigen Menschen, die mir nahe sind (mal abgesehen von Ärzten und Physiotherapeuten). Danke, dass Sie sich auf dieses ungewöhnliche Abenteuer –Jobangebot – einlassen.

Anbei finden Sie Ihren Arbeitsvertrag. Wie Sie schnell sehen werden, zahle ich ein Gehalt, das dem Ihres erlernten Berufes entspricht. Was Ihre Arbeitszeiten angeht, können Sie diese flexibel gestalten. Mir ist bewusst, dass niemand acht Stunden am Stück vorlesen kann.
Wenn Sie einverstanden sind, könnten Sie hin und wieder meinem Vater zur Hand gehen. Er ist nicht so stark, wie es den Anschein macht.

Ich wünsche Ihnen eine gute Heimreise. Bitte machen Sie sich keine Gedanken um eine Unterkunft in Weymouth. Ich würde mich bereiterklären, Ihnen eine kleine Wohnung anzubieten. Sie gehört einer treuen Seele, die derzeit im Ausland lebt. Währenddessen habe ich freie Hand, was die Vermietung des Apartments betrifft; derzeit steht es leer. Zu der Wohnung gehören sämtliches Inventar sowie ein Fahrrad.
Sofern Sie zusagen, verrechne ich die Miete mit Ihrem Gehalt. Andernfalls lassen Sie es mich wissen.

Zuletzt möchte ich Sie bezüglich meines indiskreten Verhaltens aufrichtig um Verzeihung bitten. Es gehört nicht in ein Arbeitsverhältnis, mit seinen Angestellten zu tanzen. Was auch immer mich überkommen hat, es tut mir leid und wird sich nicht wiederholen.
Dass Sie eine bemerkenswerte und interessante Frau sind, muss ich nicht erwähnen.
Danke, dass Sie mir das Gefühl geben, lebendig zu sein.

Bayless Monahaughn

Sie las den Brief zweimal, schaute den Vertrag durch, der auf den ersten Blick ganz in Ordnung zu sein schien. Aus ihr unerklärlichen Gründen schmerzte etwas in ihrer Brust. Aber sie kam nicht dahinter, was es war. Später, nahm sie sich vor, würde sie ihn anrufen und für die Wohnung zusagen. Eine nette Geste, die sie vorerst annehmen wollte. Falls sie tatsächlich länger dort leben würde, könnte sie sich immer noch etwas Eigenes suchen. Aber eine Starthilfe war ihr ganz recht.

Als Katie den Brief in ihrer Tasche verstaute, klingelte ihr Handy. Sie nahm an, es wäre Em, die sich danach erkundigen wollte, wann der Zug ankam. Ihre Freundin würde sie vom Bahnhof abholen.

„Hey, Em, schön, dass du dich meldest!", rief Katie ins Telefon, ohne vorher auf die Nummer im Display geachtet zu haben.

Ein Räuspern am anderen Ende der Leitung ließ ihre Glieder erstarren.

„Hallo, Catherine."

„*Mom*?"

„Ich habe schon mehrfach versucht, dich zu erreichen. Im Heim und bei dir zu Hause. Leider ohne Erfolg. Du kannst dir vielleicht denken, in was für einem Ausnahmezustand ich mich befinde. Ich habe schon das Schlimmste befürchtet!"

„Es tut mir leid, ich ..."

„Du hast mich belogen", sagte ihre Mutter mit eisiger Stimme. „Im Heim sagte man mir, dass du dort nicht mehr arbeitest."

Katie schwieg.

„Ist das wahr? Du hast gekündigt?"

„Ja. Es ist wahr."

„Und wieso weiß ich nichts davon? Wovon lebst du denn jetzt? Für den Fall, dass du glaubst, du könntest deinem

Vater wieder auf der Tasche liegen, hast du dich geirrt. Du weißt, dass er ..."

„Mom!", unterbrach sie energisch. „Ich habe einen neuen Job. Ich komme gerade von dem Einstellungsgespräch zurück. Mit dem Vertrag in der Tasche. Also bitte, beherrsch dich!"

„Du hast einen neuen Job. Mal wieder. Und als was, wenn ich fragen darf? Nein, für dein Lotterleben habe ich kein Verständnis mehr, Catherine. Wann willst du endlich Verantwortung übernehmen, länger als ein oder zwei Jahre in einer Anstellung bleiben, ohne andauernd zu kündigen und weiterzuwandern? Ich denke, es ist an der Zeit, andere Register zu ziehen. Dr. Finnigan sagt, du müsstest dringend ins MRT. Deine letzten Befunde sind älter als drei Jahre. Vielleicht hat es neurologische Gründe, wieso du einfach nicht zur Ruhe kommst. Ich mache mir Sorgen um dich."

„Mir geht es gut." *Ein Funkloch*!, wünschte sie sich und schaute in die vorüberziehende Landschaft hinaus. *Wieso gibt es hier kein Funkloch?*

„Und wo arbeitest du jetzt?"

„In Weymouth. Ich habe eine Stelle als Krankenschwester. Privat. Mit sehr guter Bezahlung." Niemals würde sie ihrer Mutter erzählen, dass sie jemandem *vorlas*.

„In Weymouth. Privat? Das kannst du nicht leisten, Catherine. Du bist ganz allein für einen kranken Menschen verantwortlich? Du bist selbst krank! Was, wenn du einen Anfall bekommst und ..."

„*Mom*!", rief sie so wütend, dass die junge Frau gegenüber aufschaute. „Du willst, dass ich Verantwortung übernehme, und wenn ich es tue, ist es auch nicht richtig? Weißt du was? Halt dich raus aus meinem Leben! Ich bin alt genug, für mich selbst zu sorgen!"

Sie beendete das Gespräch und knallte ihr Handy in die Tasche. Die Frau gegenüber nickte zustimmend und schaute wieder in ihre Zeitschrift.

Als Katie ausstieg, wartete Em bereits auf dem Bahnsteig. Sie war – wie immer – kunterbunt geschminkt, trug ein grünes Kleid, und die Haare standen wild von ihrem Kopf ab. Katie lief ihr entgegen und ließ sich herzlich begrüßen.
„Erzähl! Ich will alles wissen!", rief Emma. „Wie ist er denn so? Hast du ihn endlich zu Gesicht bekommen? Und nimmst du die Stelle?"
Katie nickte. Auf der Heimfahrt in Emmas Auto erzählte sie alles, was sie erlebt hatte. Einschließlich des Telefongesprächs mit ihrer Mutter.
„Ja, in der WG hat sie auch angerufen. Tut mir leid. Was hast du denn jetzt vor?"
„Na, was schon? Ich gehe natürlich nach Weymouth. Ich lasse mir doch von ihr nicht sagen, was ich zu tun oder zu lassen habe."
Emma zog ein trauriges Gesicht.
„Ich würde es auch so machen", sagte sie leise. „Aber ich will nicht, dass du gehst."
„Hör auf damit! Pie und du, ihr kommt mich besuchen und ich komme natürlich auch mal nach London."
„Hey, ich habe … Naja, du weißt schon. Ich habe da jemanden kennengelernt und …"
„Du hast jemanden kennengelernt?", kreischte Katie, als sie an einer roten Ampel hielten.
Emma grinste. „Nicht so, wie du denkst. Er hat eine Patientin im Heim."
„Eine Patientin. Verstehe."
„Jetzt halt die Klappe und hör zu, was ich sagen will." Em fuhr an. Nicht mehr lange und sie wären daheim. „Er ist Neurologe. Was hältst du davon, wenn wir mal in seine Praxis gehen? Versteh mich nicht falsch, aber … Du ziehst

63

bald weg und ich ... Ich will einfach sicher gehen, dass du fit bist. Bitte schlag mich nicht, okay?"

Katie schaute aus dem Fenster, an dem im gleichen Moment der Buckingham Palace vorüberzog. Die Flagge war gehisst, was bedeutete, dass die Queen anwesend war. „Dann sind die Sorgen meiner Mutter also berechtigt? Verhalte ich mich denn irgendwie auffällig?"

„Überhaupt nicht. Aber ... vielleicht kann er dir helfen."

„Ich will das alles nicht, Em. Sei nicht böse. Mir geht es endlich wieder so gut wie nie. Ich habe eine neue Stelle, fühle mich pudelwohl. Können wir das Kapitel nicht einfach abschließen? Und im Notfall – es gibt auch Ärzte in Weymouth."

Es war besser, Emma nichts von den Schwindelanfällen zu erzählen. Sonst würde ihre Freundin sie nie gehen lassen.

„Wie du meinst", sagte Emma und lenkte den Wagen in die Tiefgarage. „Denk drüber nach, okay?"

„Versprochen."

„*Wow*, und er stellt dir eine Wohnung? Fast so nett wie Paul, hm?"

„Ich kann dir ja Bescheid geben, ob es dort eine Klingel gibt, mit der er mich ruft, wenn er nachts Schokotörtchen serviert bekommen will."

„*Schokotörtchen?*" Em schaute an ihr hinunter.„Ist klar."

„Lass uns hochgehen. Pie wartet sicher schon."

Es war spät, als Katie sich in ihr Zimmer zurückzog. Sie hatte einen schönen Abend mit ihren Mitbewohnern verbracht, Pies selbstgekochtes Stew gegessen und etwas zu viel Wein getrunken. Sie öffnete ihr Fenster, das über die Dächer eines Londoner Hinterhofes ging, lehnte sich auf die Bank und schaute in die Dämmerung. Irgendwo miaute eine Katze. Der Lärm der nahen Straße drang zu ihr hinauf. Aber sie beachtete das alles nicht. Sie schaute zum Horizont und stellte sich vor, in der Ferne den dunklen Streifen des Moores zu erkennen. Oder das leise Rauschen des Meeres zu hören. Konnte es sein, dass sie Bayless vermisste? Einen wildfremden Menschen?

Sie dachte an den Tanz. An den verrückten, spontanen Tanz mit geschlossenen Augen. Wer konnte schon behaupten, je eine schriftliche Entschuldigung für einen Tanz bekommen zu haben? Und ein Versprechen, dass so etwas nicht wieder vorkommen würde?

Vielleicht schläft er längst, fuhr es ihr durch den Kopf, als sie ihr Telefon am Ohr hatte und das Freizeichen ertönte. War es unhöflich, so spät noch anzurufen?

„Hallo, hier ist Katie", sagte sie und zog eine schuldbewusste Miene. „Entschuldigen Sie die späte Störung ... Ich habe nicht nachgedacht, als ..."

„Und das ist auch gut so", erwiderte Bayless. „Sonst wüsste ich nicht, ob Sie wohlbehalten angekommen sind."

„Das bin ich. Danke."

„Es tut mir leid, dass ich heute Morgen nicht in der Stimmung war, Sie zu verabschieden, Katie. Hoffentlich nehmen Sie mir das nicht übel."

„Ach, was. Alles bestens. Ihr Vater hat mich gut unterhalten. Und mir Ihre Nachricht gegeben. Vielen Dank für Ihr Angebot wegen des Apartments."

„Dann nehmen Sie es an?"

„Sehr gern sogar."

„Prima! Dann wäre das schon mal geklärt."

„Ja, wäre es", sagte sie und hätte gern noch länger mit ihm gesprochen. Aber es gab keinen Grund, das Telefonat unnötig in die Länge zu ziehen. Sie hätte nicht geglaubt, zu solch irrationalen Handlungen fähig zu sein, einfach nur seiner Stimme lauschen zu wollen. „Dann schlafen Sie gut, Bayless. Ich denke, dass ich Mitte der Woche zurück in Weymouth bin. Ich und ... der unterzeichnete Vertrag."

„Ich werde auf Sie warten. Ich und ... die kleine Wohnung nahe der Stadt."

Sie lächelte, verabschiedete sich und schloss das Fenster.

Ob es wirklich eine gute Idee war, für ihn zu arbeiten?

Am nächsten Morgen erwachte sie mit einem Schrei. Wie sonst sollte man reagieren, wenn man die Augen öffnete, der Mitbewohner einem direkt vor der Nase saß und einen anstarrte, als plante er einen Mordanschlag?

„*Pie! Spinnst du?*", rief Katie, raufte sich die Haare und legte die Hand auf ihr pochendes Herz. „Wieso erschreckst du mich so? Hast du nichts Besseres zu tun, als in mein Zimmer zu schleichen und mich anzuglotzen?"

„Guten Morgen, Katie", erwiderte er monoton, ohne seine Position zu verändern. „Ich sitze hier und präge mir ein, wie wunderschön du aussiehst, wenn du schläfst. Weißt du, sehr bald werde ich dich nie wiedersehen. Ich kann dir nicht mehr beim Schlafen zusehen oder dabei, wie du deine Nase rümpfst, während du träumst. Du wirst mir fehlen, Katie. Ich wünschte, ich wäre Bayless. Mir hast du noch nie etwas vorgelesen. Aber vielleicht hast du es nie getan, weil ich dir nie Geld dafür geboten habe. Würdest du mir vorlesen, wenn ich dir Geld dafür biete?"

„Em? *Emma*! Bist du da? Wir brauchen hier eine Zwangsjacke!"

„Em ist zur Frühschicht."

„Gut. Dann tu mir einen Gefallen und verschwinde aus meinem Zimmer!"

Er schaute wie ein Hund, dem man sagte, dass er furchtbar dumm war und der trotzdem mit dem Schwanz wedelte.

„Ich habe dir eine Freude gemacht", erklärte Pie und zeigte Richtung Flur. „Ich habe dir zehn große Pappkartons aus dem Supermarkt mitgebracht. Für deinen

Umzug. Ich würde dir auch helfen, all dein Hab und Gut hineinzupacken, damit du es am Mittwoch einfacher hast. Und sollte ein Karton übrigbleiben, dann klettere ich hinein und du musst mich auch mitnehmen. Einverstanden?"

Bei seinen Worten schmolz sie dahin.

„Oh, Pie, du bist so süß. Danke. Klar. Wenn einer übrigbleibt, dann nehme ich dich mit. Versprochen. Und jetzt verschwinde, damit ich mich anziehen kann."

Sein Gesicht strahlte. Sofort stand er auf, stellte den Stuhl zurück an den Schreibtisch, und bevor er durch die Tür verschwand, drehte er sich um und sagte: „Ein Mann hat angerufen. Für dich. Ich habe gesagt, dass du schläfst. Und dass du unglaublich süß dabei aussiehst. Dann hat er aufgelegt."

„*Was?* Ein Mann? Pie! *Warte!* Wer war der Mann? Wer hat für mich angerufen?"

„Ähm ..." Er stand im Türrahmen und zuckte die Schultern. „Vergessen."

„War es Bayless? Hat Bayless angerufen?" *Bitte, bitte, nicht Bayless.* Er durfte nichts von Pie erfahren. Pie war gruselig und Bayless würde das nicht verstehen ...

„Nein. So hat er nicht geheißen. Es war nicht Bayless." Katie atmete erleichtert aus. Aber wer könnte es sonst gewesen sein? Vielleicht der Chef vom *Elders*? Gab es etwas, was noch zu klären war?

„Denk nach, Pie. Denk nach. Wenn du dich erinnerst, dann lese ich dir aus der Zeitung vor, okay?"

„Oh, prima! Jetzt fällt es mir wieder ein. Er hieß Ethan. Ein Ethan hat für dich angerufen."

Katies Magen drehte sich. Ihr wurde ganz flau zumute. Ethan. Ethan Miller wagte es tatsächlich, sie anzurufen.

„Du bist so blass, Katie. Geht es dir gut? Ist es, weil du mir vorlesen musst? Du musst das nicht tun, wenn du nicht willst. Ich verstehe, wenn du es nicht tun willst."

„Hat er gesagt, was er wollte?"

„Er wollte dich sprechen. Und dann, als ich sagte, wie süß du beim Schlafen aussiehst, hat er es sich anders überlegt."

„Danke, Pie."

„Keine Ursache. Ich bin dann in der Küche. Und warte auf dich. Mit der Zeitung."

War es Panik? Oder Unwohlsein? Die schlechten Erinnerungen, vielleicht das Wissen darüber, dass ihre Mutter andere Register ziehen wollte? Oder die Tatsache, dass Ethan jetzt wusste, dass Pie wusste, wie süß sie beim Schlafen aussah? Vermutlich war es die Summe aus allem, die ihre Hände zittern und ihre Knie butterweich werden ließ. Wenn Ethan eines konnte, dann war es, rasend vor Eifersucht zu werden. Und wenn jemand wie Abner Adam Dale einem Fremden am Telefon sagte, dass die Frau, die Ethan für sich allein beanspruchte, süß beim Schlafen aussah, dann war das alles andere als lustig.

Katie schlüpfte in ihre Kleider, als gäbe es kein Morgen mehr. Sie zitterte so stark, dass sie tollpatschig und ungeschickt wurde. Auf dem Flur stolperte sie über die Pappkartons, verlor auf der Treppe beinahe das Gleichgewicht, und als sie von draußen ein Auto hupen hörte, bekam sie einen Riesenschreck. Sie wollte nur noch eines: abreisen. So schnell wie möglich. Es war nicht schwer, sich auszumalen, dass Ethan früher oder später in der WG aufkreuzen und sie zur Rede stellen würde. Er würde all seine Anwaltskünste und -drohungen aufbringen, um sie zurückzuholen. Dessen war sie sicher. Und im Grunde war das sein Recht. Sie hatte ihm nie gesagt, dass sie nicht zurückkommen würde. Sie hatte ihn und ihre Eltern stets vertröstet. Sich eine Auszeit genommen. Und jetzt – spätestens, seit sie Bayless kennengelernt hatte – würde sie ganz sicher nicht mehr zurückkommen.

68

„Hier ist sie", sagte Pie und klopfte auf den Papierstapel auf dem Tisch. „Die Zeitung."

„Hör zu ...", stammelte Katie geistesabwesend. „Ich ... ich muss jetzt ganz schnell etwas essen. Und dann ... dann könntest du mir dabei helfen, die vielen Kartons zu füllen ..."

„Oh. Du liest mir also nichts vor, richtig?"

„Ein anderes Mal. Ehrenwort."

„Fährt die große, gelbe Ente auch mit nach Weymouth?", wollte Pie wissen und zeigte auf das riesige Kuscheltier, das sie mal an einer Losbude auf der Kirmes gewonnen hatte. „Ich denke, am Meer würde es ihr besser gefallen, als in der Stadt."

„Nein, die Ente bleibt hier. Du kannst sie haben."

„Ich kann sie haben? Ist das dein Ernst, Katie? Ich darf sie behalten?"

„Ja, ja, nimm sie dir schon." *Gott, wie alt ist er eigentlich?* Katie nahm die Bilder vom Regal. Fotos, die ihr im Grunde nichts bedeuteten, aber weil sie ein Teil von ihr waren, wickelte sie die Bilder in Papier ein und legte sie vorsichtig in den Karton.

„Em wird staunen, wenn sie die Ente in meinem Zimmer sieht. Oder sie wird denken, ich hätte sie heimlich gestohlen. Könntest du ihr sagen, dass ich sie nicht gestohlen habe, Katie? Dass du sie mir geschenkt hast?"

„Klar. Ich sag's ihr."

„Du wirst mir fehlen, Katie."

„Du mir auch, Pie."

Aus dem Schrank nahm sie nur ihre Lieblingskleider heraus. Wenn sie hin und wieder zu Besuch kam, wollte sie noch Wechselzeug haben. Es sei denn ...

„Denkst du, ihr werdet mein Zimmer wieder untervermieten?", fragte sie vorsichtig.

„Ich weiß es nicht. Das musst du Em fragen. Aber ich werde für dich stimmen und sie bitten, es für dich freizuhalten. Vielleicht kommst du ja wieder zu uns zurück, wenn du das Buch zu Ende gelesen hast. Ist es sehr dick? Das Buch, aus dem du ihm vorliest?"

„Es geht so. Aber er hat sicher mehr als eins."

„Oh."

Immer wieder schaute sie aus dem Fenster. Dann zur Uhr, die leise an der Wand tickte. Ihre Gedanken kreisten um Ethan. Ununterbrochen. Ob er bereits auf dem Weg war? Vielleicht steckte er in einem wichtigen Prozess und konnte nicht einfach so herkommen. *Bitte, bitte, mach, dass er in einem wichtigen Prozess steckt!*

„Was tut ihr denn da?", hörte sie Emmas Stimme durch den Flur hallen. „Was ... was geht hier vor? Katie?"

„Em!", rief sie und stürzte auf ihre Freundin zu. Sie fiel ihr um den Hals und konnte ihre Tränen nicht länger zurückhalten. Endlich brach der Kloß in ihrer Kehle entzwei.

„Was, du packst? Jetzt schon? Wieso ... wieso weinst du denn? Was ist passiert?"

Pie senkte verlegen den Kopf. Er nahm die Ente und verschwand. Katie wusste, dass er nichts mit weinenden Frauen anfangen konnte. Es war gut, dass er sich verzog.

„Hey ...", sagte Emma, schloss die Tür und führte Katie zum Bett hinüber. „Erzähl doch mal."

„Ich muss ... Ich muss ...", sie bemühte sich, nicht mehr zu schluchzen. „Emma, Ethan hat angerufen. Und Pie war am Telefon. Er hat ihm gesagt, wie süß ich aussehe, wenn ich schlafe."

„Ach, du Scheiße. Dieser dämliche Vogel!"

„Er kann nichts dafür ... Er weiß doch gar nicht, was er da gemacht hat." Katie rappelte sich auf, wischte die Tränen aus ihrem Gesicht und ballte die Hände zu Fäusten. „Ich muss fort von hier. Gleich morgen früh. Verstehst du?"

„Ja, das verstehe ich." Em zog sie an sich und drückte sie herzlich. „So ein Mist! Nur wegen ihm reist du zwei Tage eher ab. Und sollte er es wagen, hier aufzukreuzen, dann … dann …"

Emmas Umarmung wurde fester. Eine herrliche Vorstellung, wie sie Ethan in den Schwitzkasten nehmen würde …

„Ich muss Bayless anrufen", sagte Katie und befreite sich aus dem Klammergriff ihrer Freundin. „Hoffentlich ist er nicht zu überrumpelt, dass ich die Wohnung jetzt schon benötige."

„*Überrumpelt?*" Em grunzte. „Ich wette, er freut sich, dass seine Privatvorleserin ab sofort verfügbar ist. Ach, und sag ihm, dass wir dich mit dem Wagen bringen und persönlich in Weymouth absetzen. Immerhin wollen Pie und ich sehen, wie du von nun an wohnen wirst."

„Bist du übergeschnappt? Du, ja. Aber *den* nehme ich garantiert nicht mit! Ehrlich, Em, er macht mir manchmal Angst."

„Ach, stell dich nicht so an. Wenn er zu sehr nervt, setzen wir ihn einfach auf dem Seitenstreifen aus."

In der Nacht fand sie keinen Schlaf. Ständig fuhr sie hoch, schaute zur Tür und bildete sich ein, Ethans Schatten vor ihrem Bett stehen zu sehen. Er hatte nicht mehr angerufen. Was bedeutete, dass er beschlossen hatte, herzukommen. Es war gut, dass sie am nächsten Tag abreiste. Katie vermisste ihr Leben in London bereits. Ihre Freunde. Emma und Pie, die Wohnung, ihr Zimmer. Em war von Anfang an für sie dagewesen. Immer, wenn es ihr schlecht ergangen war, hatte sie ihr ein offenes Ohr geschenkt, eine Tasse heißen Tee gekocht und sie in allem unterstützt. Em hatte sie nie bedrängt, ihr niemals Druck gemacht. Sie war genau das Gegenteil von Ethan und ihren Eltern. Em hatte sie aufgefangen, ihr Mut zugesprochen und sie da abgeholt, wo sie gestanden hatte. War es richtig, so weit fortzugehen? Ihre beste Freundin zurückzulassen? Um einem fremden Mann vorzulesen? Plötzlich kam ihr der Gedanke dämlich vor. Albern und kindisch und dumm.

Bayless hatte so nett geklungen, als sie ihn am Abend angerufen und gefragt hatte, ob es okay wäre, wenn sie schon am nächsten Tag einzöge. Er hatte direkt zugesagt und ihr versichert, dass es kein Problem sei. Er hatte keine Fragen gestellt, und sie hatte ihm nicht gesagt, dass sie eigentlich auf der Flucht vor ihrem ... vor *Ethan* war. Bevor die Müdigkeit sie übermannte, gestand sie sich ein, dass er es war, den sie ununterbrochen vor Augen hatte, obwohl sie gar nicht wusste, wie er aussah. Bayless Monahaughn. Ihr neuer Chef.

Der Tag begann viel zu früh. Katie gähnte und streckte sich, schlug auf den kreischenden Wecker ein und kroch gerädert aus den Federn. Sie hatte keine vier Stunden geschlafen, was ihr Spiegelbild bestätigte: Dunkle Ränder zeichneten sich unter ihren wasserblauen Augen ab. Sie wusch sich, kämmte die langen Haare und flocht einen Seitenzopf hinein. Für die Fahrt nach Weymouth hatte sie sich Shorts und ihr blaues Lieblingsshirt herausgesucht. Die Sonne schien in letzter Zeit viel zu oft für Londoner Verhältnisse. Aber Katie genoss es. Hoffentlich begleitete das Frühlingswetter sie bis in die Grafschaft Dorset. Mit schnellen Handgriffen verstaute sie die letzten Dinge, die sie mitnehmen wollte, in ihrer Tasche, schaute noch einmal durch das vertraute Zimmer und zog die Tür hinter sich zu. Vielleicht würde sie bereits am Wochenende zu Besuch kommen. Wer wusste das schon? So rasant, wie die Dinge sich in den vergangenen Tagen entwickelt hatten, war alles möglich.

„Guten Morgen", begrüßte Em sie, als Katie die Küche betrat und den Kaffeegeruch inhalierte.

„Guten Morgen!"

„Du siehst total fertig aus. Was ist passiert? Hast du von Pie geträumt?"

„Das hätte ich bestimmt, wenn ich mehr Zeit zum Träumen gehabt hätte. Ich glaube, ich habe keine vier Stunden geschlafen."

„Wow. Wie zu alten Zeiten", rief Em und grinste.

„Nachtschicht, Frühdienst ... Dazu warst du nie wirklich geboren."

„Hast du es endlich begriffen?"

„Ich sehe es ein, ja. Ein solider Job im Vorlesen. Das passt zu dir."

„Sag", Katie griff nach einem Milchbrötchen und tunkte es in ihren Kaffee, „wieso hast du überhaupt Zeit, mich zu fahren? Hast du dir extra frei genommen? So kurzfristig?"

„Überstunden. Die Stationsleitung sagt, wenn ich sie jetzt nicht endlich abbaue, verschenken sie die Stunden an Martha."

„Verstehe. Und wo steckt unser Mitbewohner?"

„Der packt all deine Kartons in den Wagen. Bin gespannt, ob sie reinpassen."

Die Kartons passten. Darin war Pie wirklich gut, im Stapeln von Umzugskisten. Es war für ihn wie Tetris spielen.

Die Fahrt mit dem Wagen dauerte knapp eine Stunde länger als die Zugfahrt. Pausen nicht mit inbegriffen. Aber es war okay. Katie genoss es, die Zeit mit ihren Freunden zu verbringen, weil sie wusste, dass sie beide sehr bald vermissen würde. Mittags hielten sie an einer Raststätte, wo sie Hot Dogs und Burger kauften. Pie verputzte drei ganze Cheeseburger, zwei Hot Dogs und einen halben Liter Cola. Daraufhin durfte er nach vorn auf den

Beifahrersitz, weil ihm auf der Rückbank übel wurde. Mit ihm zusammenzuleben war ein gutes Training, um sich auf Kinder vorzubereiten, wie Katie fand. Emma sah das auch so, und gemeinsam hatten sie entschieden, noch eine Weile zu warten, bevor sie kleine Pies in die Welt setzten. Ihr Freund redete wie ein Wasserfall. Er erzählte von der Bewerbung zum Filialleiter, die er endlich eingereicht hatte und von seinem Talent, Kartons zu stapeln. Darin war er der Beste. Das hatte er im Supermarkt gelernt. Katie hörte nicht mehr hin. Sie war todmüde. Ständig fielen ihr die Augen zu. Die schlaflose Nacht saß ihr in den Gliedern, und das monotone Summen der Räder auf Asphalt tat sein Übriges. Immer wieder nickte sie ein.

„Aufwachen!", rief Em und strahlte sie im Rückspiegel an. „Wir sind da! Willkommen in Weymouth!"
„Ich war noch nie in Nordfrankreich", drangen Pies Worte in ihr verschlafenes Bewusstsein.
„Halt endlich die Klappe und steig aus!", maulte Em, während Katie sich streckte und gähnte.
„Wow, ist das schön hier! Da werd ich glatt neidisch auf dich und deine neue Heimat." Emmas Augen leuchteten.„Wann triffst du dich mit diesem Monahaughn? Schaffen wir es noch, über die Strandpromenade zu flanieren und ein Eis zu essen?"
„Auf jeden Fall!" Katie warf einen Blick auf die Uhr. Es war kurz nach zwei am Nachmittag. Um vier würde sie Jonathan treffen und den Schlüssel für die Wohnung erhalten.
„Schade, dass ihr nicht über Nacht bleibt", sagte sie traurig. „Es gibt bestimmt eine Couch, auf der ihr schlafen könntet."
„Ich weiß ... Aber ich muss morgen wieder arbeiten. Und du übrigens auch." Em zog den Schlüssel aus der Zündung. „Und jetzt komm! Ich will ans Wasser!"

Weymouth war ein malerisches Städtchen. Die Jubilee Clock stand mitten auf der Promenade und spiegelte sämtliche Farben ihrer Umgebung wider. Das Rot war wie das Rot der Dächer und Backsteinhäuser, das Gold ähnelte dem der Sonne und des breiten Sandstrandes, das Blau war die Farbe des Meeres und des Himmels, und das Weiß erstrahlte wie die hübschen Hausfassaden. Katie hatte sich längst in den Ort verliebt, das wurde ihr in dem Moment klar. Sie würde sich wohlfühlen, ganz bestimmt. Als sie ihren Freunden ans Wasser folgte, ertappte sie sich dabei, wie sie die Männer am Strand musterte und sich vorstellte, einer von ihnen wäre Bayless. Wenn es so wäre – sie würde ihn nicht mal erkennen.

Sie zog ihre Sandalen aus, nahm sie in die Hand und lief durch den weichen Sand. Möwen schwammen in den seichten Wellen oder verfolgten Kinder mit Eistüten, in der Hoffnung, einen Krümel zu ergattern. Die Luft roch nach Salz und gebratenem Fisch. Ein herrlicher Tag, um in ein neues Leben zu starten.

Katie verbrachte den Nachmittag mit ihren Freunden am Strand. Sie wateten durch das Wasser, schleckten Eis und genossen die warme Frühlingssonne. Die Zeit verstrich viel zu schnell. Um kurz vor vier machten sie sich zum Wagen auf und fuhren zu der Adresse, die Bayless ihr gegeben hatte.

„Ich will ihn sehen, Katie. Kann ich ihn sehen? Ich frage mich die ganze Zeit über, wie er wohl aussieht. Der Mann, dem du vorliest. Sehen wir ihn?"

„Nein, Pie, wir sehen ihn nicht", antwortete sie und hielt Ausschau nach der richtigen Hausnummer. „Fahr mal langsamer, Em."

„Hier ist erst die Vier. Dein Haus hat die Achtundzwanzig."

„Wieso sehen wir ihn nicht?"

„Ich habe ihn ja selbst noch nie gesehen. Wieso sollte er sich dir zeigen? Warte, da ist Nummer Zwölf ..."

„Es muss weiter außerhalb sein", sagte Em.

„Du weißt nicht, wie er aussieht? Du hast deinen Chef noch nie gesehen? Das verstehe ich nicht. Hat er dich denn gesehen?"

„Ja, er hat mich gesehen, Pie. Schau mal da! Da vorn! Emma, der rote Pickup! Das ist Mr Monahaughns Wagen. Das ist Jonathan. Fahr ihm einfach hinterher!"

„Aye-aye, Sir."

„Also ich weiß, wie mein Chef aussieht. Er ist einen Kopf größer als ich. Aber das ist nicht besonders schwer. Fast jeder ist größer als ich. Mr Bennet hat schwarze Haare. Eigentlich schon grau meliert. Und er trägt diese Brille, die aussieht wie die von ..."

„Pie!", schrie Em und schaute böse in den Rückspiegel. „Niemanden hier interessiert es, wie Mr Bennet aussieht! Also hör auf damit."

„Ich mag seine Hände. Sie sind sehr geschickt beim Einscannen der Waren."

„Hilf mir, Katie! Ich muss gleich noch mit ihm zurück nach London!"

„Du wolltest, dass er mitkommt."

„Kann ich ihn nicht bei dir lassen?"

„Nein. Kauf ihm unterwegs einen Milchshake. Da vorn war eine Apotheke. Die haben sicher Beruhigungsmittel. Davon mischst du ihm was unter."

„Ich höre, was ihr sagt", flüsterte Pie. „Ich habe hier und hier jeweils ein gesundes Ohr. Seht ihr? Diese Dinger sind ziemlich ausgeklügelt. Und ich werde den Milchshake nicht anrühren."

Jonathan folgte der Straße und Emma folgte Jonathan. Die Lücken zwischen den Häusern wurden breiter und Katie seufzte, als sie bemerkte, dass ihre neue Wohnung irgendwo zwischen dem Stadtzentrum und der Einöde lag, die zu dem Haus der Monahaughns führte.

„Du wirst ganz allein im Nirgendwo leben", flüsterte Pie in seiner irren Tonlage. „Du wirst London gegen ein Nest eintauschen und bald schon verlernen, wie man ein U-Bahnticket löst. Du wirst vergessen, wie grau Beton ist und deine Augen werden sich an die grellen Farben des Moores gewöhnen."

„Halt die Klappe!", rief Em.

Katie lachte, dass ihr der Bauch wehtat.

„Mir ist ein Chef, der geschickte Hände beim Einscannen der Waren hat, lieber als einer, von dem ich nicht mal weiß, wie er aussieht."

„Wir sind da", sagte Emma, als der rote Pickup in eine Hauseinfahrt lenkte. „Schau mal. Ist das das Haus?"

„Ja. Das muss es sein. Nummer Achtundzwanzig." Katie drehte sich zu Pie um. „Hör zu, du bekommst all meine Kuscheltiere, die ich zurückgelassen habe, wenn du mir versprichst, dich vor Mr Monahaughn gut zu benehmen. Einverstanden?"

„Sollte ich mich nicht gut benehmen, nimmst du mir dann auch die gelbe Ente wieder weg?"

„Davon kannst du ausgehen."

„Okay. Ich verspreche, dass ich mich gut benehme."

Das Haus war hübsch. Ein gelb verputzter Altbau, in dem vier Parteien wohnten. Katies Apartment lag im Dachgeschoss. Eine helle Wohnung mit Flur, Bad, Schlafzimmer, Wohnküche und Balkon. Sie wusste, dass das Apartment jemandem gehörte, der zurzeit im Ausland lebte und gut mit Bayless befreundet war. Ob es ein Bekannter oder eine Bekannte war, wusste sie nicht. Auch das Mobiliar sagte nicht viel über seinen eigentlichen

Besitzer aus. Die Wohnung war stilvoll und modern eingerichtet und gefiel nicht nur Katie auf Anhieb.

„Du meine Güte! Hier würde ich mich glatt zum Urlaub einmieten!", schwärmte Em. Pie hatte seine Hände auf dem Rücken gefaltet und wagte nicht, ein Wort zu sagen. Er folgte Jonathan auf Schritt und Tritt, nickte, wenn er nickte, wackelte mit den Brauen, wenn er es tat und benahm sich wie ein Gerichtsvollzieher, der sich die Vorzüge der Wohnung anhörte, um über das Startgebot für eine Zwangsversteigerung nachzudenken. Aber – er benahm sich.

„Nett, dass ich auf diese Weise auch Ihre Freunde kennenlerne, Katie", sagte Jonathan und nickte Em und Pie freundlich zu.

„Passen Sie bloß gut auf unsere Katie auf. Wir wollen nicht, dass sie verlorengeht", erwiderte Em mit einem Zwinkern.

„Hier bei uns ist alles recht beschaulich. Da geht keiner so schnell verloren."

„Ja. Nur die, die zu tief ins Moor laufen", flüsterte Pie.

„Was sagten Sie?"

„Nichts. Ich sagte gar nichts, Mr Jonathan." Pie zeigte sein schönstes Lächeln. Dann schaute er zu Boden, und als er sich Katies und Emmas Blicken sicher war, fügte er leise hinzu: „Moorleichen. Ich hab mal eine gesehen. Würde dir nicht stehen, Katie."

„Das hier sind die Schlüssel", sagte der alte Mann und überreichte sie ihr. „Das Fahrrad finden Sie im Keller. Wenn sonst alles geklärt ist, würde ich dann jetzt fahren. Sehen wir uns morgen?"

„Ja, wir sehen uns morgen. Vielen Dank für alles, Jonathan. Richten Sie Bayless Grüße aus."

„Von mir auch", sagte Pie. „Sind seine Hände eigentlich sehr geschickt?"

„Wie darf ich das verstehen?"

78

„Vergessen Sie's", rief Em. „Unser Freund möchte sich gern den Balkon anschauen. Stimmt's, Pie?"

„Möchte ich das?"

„Oh ja. Schau mal. Es gibt sogar Blumenkästen. Denkst du, da würden Geranien reinpassen?"

Pie schaute durch die Tür, Emma schob ihn hindurch und sperrte ihn aus.

„Also dann, bis morgen", sagte Jonathan, als er zur Wohnungstür lief.

„Auf Wiedersehen, Mr Monahaughn. Ein wunderschönes Apartment. Wirklich." Em strahlte, und Katie wusste, dass ihre Freundin öfter mal zu Besuch kommen würde. Nachdem Jonathan sich verabschiedet hatte, fiel Emma ihr um den Hals.

„Ist der nett! Ich freu mich für dich. Das hier, das wird richtig gut, das spüre ich. Hast du die Vase mit den Blumen auf dem Küchentisch gesehen? Sind die von dem Alten? Wie aufmerksam!"

„Ja, ich hab sie gesehen. In der Tat aufmerksam."

„Und die Einrichtung! Der Wahnsinn! Hey, sag mal, du willst sicher noch ein paar Sachen für den Kühlschrank einkaufen, oder? Was hältst du davon, wenn ich das erledige, während du deine Sachen auspackst?"

„Oh, Em, das ist so lieb von dir! Aber ihr habt noch die lange Rückfahrt vor euch. Macht euch besser zeitig auf den Weg, und ich kümmere mich um die Einkäufe."

„Bist du sicher?"

„Ja, danke für dein Angebot. Du fehlst mir jetzt schon!"

„Du mir auch!"

„Und danke, dass du hergekommen bist und mich unterstützt. Du weißt gar nicht, wie viel mir das bedeutet. Du hast so viel für mich getan ... während der letzten Jahre."

„Hey, das hätte doch jeder getan. Du hast alles Glück der Welt verdient, nach allem, was du durchgemacht hast.

Und wenn es dir mit diesem Bayless zu blöd wird, dann kommst du einfach zurück und fängst wieder im *Elders* an, okay?"

„Versprochen!" Sie umarmten sich herzlich, und Katie schluckte die aufkommenden Tränen hinunter. Es war zu spät, um zu jammern. Sie hatte es so gewollt.

„Also gut. Pie?", rief Em und schaute sich um. „Pie? Los, mach dich nützlich und trag die Kartons hoch! Wir müssen los."

„Ähm ..."

„Wo steckt dieser Idiot?"

„Du ... du hast ihn ausgesperrt. Schon vergessen?"

Sie lachten, liefen zum Balkon hinüber und öffneten die Tür.

„Hallo", begrüßte er sie. „Die Kästen sind perfekt. Und Geranien lieben die Sonne. Du hast Glück, es ist Pflanzzeit. Aber warte nicht zu lange. Sonst können sie sich nicht mehr richtig entfalten."

Katie hasste Abschiede. Nachdem ihre Freunde fort waren, saß sie zwischen all den Pappkartons und fragte sich, wann sie das letzte Mal so einsam gewesen war. Sie fragte sich, welche Wendung ihr Leben wohl nehmen würde. Ob Ethan in London nach ihr suchte. Welche Pläne ihre Mutter schmiedete, und was Bayless gerade tat. Nach und nach räumte sie ihr weniges Hab und Gut in die Schränke ein, stellte Bilder und hängte Fotos auf, schaute sich genauer in der Wohnung um und trat schließlich in die Küche. Das Herz eines Hauses, wie sie fand. Die Blumen, die in der Vase auf dem Tisch standen, rochen nach Frühling und Meersalz. Es war ein Strauß wilder Blumen, wie sie oft in den kleinen Gärten oder am Straßenrand wuchsen. Katie erfreute sich an ihnen, als ihr die Karte auffiel, die zwischen einer Gilia und einer Kornrade steckte. Sie war winzig, gerade so groß, dass ein

Gruß oder ein Einzeiler Platz darin fand. Vorsichtig nahm sie die Karte heraus und öffnete sie.

Fühlen Sie sich wie daheim.
B.M.

B.M. Wer konnte das bloß sein! Katie schüttelte den Kopf. Der Mann war verrückt. Verrückt und sehr zuvorkommend. Katie zog eine Schublade auf, um nach einem Kugelschreiber zu suchen. Sie wollte eine Einkaufsliste schreiben und ein paar Kleinigkeiten für das Frühstück besorgen. Als sie einen Blick in den Kühlschrank warf, konnte sie nicht glauben, was sie sah. Etwas Käse, ein wenig Speck, Butter, Milch, Eier. Toastbrot. Vielleicht sollte sie Bayless anrufen, um sich zu bedanken? Oder um ihn auszuschimpfen. Aber das könnte sie auch persönlich tun. Am nächsten Tag, wenn ihr Job begann.

Als sie am Morgen erwachte, fühlte sie sich gut und ausgeschlafen. Das lag sicher daran, dass sie todmüde gewesen und das Bett doppelt so bequem war wie ihr altes in der WG. Noch kam ihr alles neu und ungewohnt vor. Das Bad mit den schönen Fliesen, das Geräusch der Duschbrause, das Klappern der Balkonkästen, wenn der Wind mit ihnen spielte, das Getrappel der Kinder, die offenbar in der Wohnung direkt unter ihr wohnten. Wie lange würde sie brauchen, um sich einzugewöhnen? Um das Gefühl zu haben, daheim zu sein, keine Fremde und nicht im Urlaub zu sein?
Sie freute sich auf den Tag. Ihr erster Arbeitstag in Weymouth. Nachdem sie geduscht und sich die Haare gemacht hatte, schlüpfte sie in ein Jerseykleid. Es war hellblau mit weißen Punkten. Ihr Lieblingskleid, weil es das erste gewesen war, das sie beim Shoppen mit Em

81

gekauft hatte. Sie briet sich Eier zum Frühstück und trank ein Glas Milch. An Kaffee hatte Bayless nicht gedacht. Vermutlich weil er nicht wusste, ob sie lieber Kaffee oder Tee trank.

Und dann lief sie in den Keller, um das gelbe Fahrrad heraufzuholen. Es gefiel ihr. Keine fünfzehn Minuten später hatte sie das *Fairy Cottage* am Ende der Watercourse Lane ausgemacht. Wie gut, dass Jonathan ihr den Weg mehrfach beschrieben hatte.

Das verwunschene Haus sah aus, als wäre es über die Jahre mit Torfmoosen und Schnabelried verwachsen. Schilf wehte im Wind, das Törchen zum Garten stand leicht geöffnet, und die Heidekräuter trugen fliederfarbene Blüten. Ein Arbeitsplatz, von dem manch einer träumen mochte. Katie stieg vom Rad ab, schob es über den Weg und lehnte es an die Hauswand. Als sie näher trat, entdeckte sie einen kleinen Zettel, der in einer Scheibe der Haustür hing. Eine Nachricht von Jonathan.

Guten Morgen, Katie,
gehen Sie einfach rein. Mein Sohn erwartet Sie. Ich bin bis mittags unterwegs. Viele Grüße!

Als sie den Knauf herumdrehte, fand sie die Tür unverschlossen. Drinnen war es still. Das Ticken der alten Standuhr und das Knistern des Feuers waren das einzige, was die Stille durchbrach. Jonathan konnte noch nicht lange fort sein. Die Scheite waren frisch aufgelegt. Es roch nach Rauch und Lavendel und nach den vielen Jahren, die das Haus bereits im Moor verbracht hatte. Katie legte ihre Tasche auf dem Garderobenschränkchen ab, warf einen schnellen Blick in den Spiegel und bemerkte ihre von der Radfahrt geröteten Wangen. Ein paar widerspenstige Haarsträhnen waren der Frisur entkommen und hingen ihr ins Gesicht. Sie strich sie hinter die Ohren und ging die knarrende Holztreppe hinauf. Ihr Herz raste vor Aufregung. Oben angekommen, klopfte sie an die Tür zu Bayless' Zimmer. Es dauerte nicht lange, da bat er sie herein.

„Guten Morgen", hörte sie ihn sagen. Wie erwartet, hatte er sich in sein Versteck zurückgezogen. „Dann haben Sie die Nachricht meines Vaters erhalten?"

„Ja, habe ich. Guten Morgen, Bayless."

„Es freut mich, dass Sie schon eher nach Weymouth gekommen sind. Wie gefällt Ihnen die Wohnung?"

„Danke, sie ist sehr hübsch", antwortete sie und trat an die große Fensterfront. Sie hatte das Moor noch nicht oft gesehen. Dennoch war ihr nicht entgangen, dass es zu jeder Tageszeit anders aussah. „Das wäre übrigens nicht nötig gewesen."

„Doch, das war es", erwiderte er, und wusste offenbar gleich, wovon sie sprach. „Wir Iren sind für unsere Gastfreundschaft bekannt, wissen Sie?"

„Dann haben Sie also einen Ihrer Kobolde geschickt, um mir Blumen und Käse zu bringen?"

„Einen vom *kleinen Volk*? Könnte gut möglich sein. Ich hoffe, Sie haben sich bei ihm bedankt. Sonst wird er Sie von nun an necken und seinen Spaß mit Ihnen treiben." Katie lachte. Keine gute Idee, sich verbal mit ihm zu duellieren.

„Also gut: Vielen Dank für die Blumen und den Käse."

„Sagen Sie ihm das."

„Wem?"

„Ihrem Kobold."

„Bezahlen Sie mich heute fürs Scherzen?"

„*Bezahlen*? Ich habe noch keinen unterschriebenen Vertrag gesehen. Also arbeiten Sie offiziell noch gar nicht für mich."

Katie griff nach dem Briefumschlag, den sie zuvor aus der Tasche genommen und mit heraufgebracht hatte, zog ihren Vertrag heraus, ging zum Paravent und schob das Papier unter dem Spalt hindurch auf die andere Seite. Dann lauschte sie einem Rascheln, bevor er sagte: „Es ist beinahe zehn Uhr. Sie sind eine geschlagene Stunde zu spät zur Arbeit erschienen. Ist Ihnen das bewusst?"

„Oh, das muss daran liegen, dass ich mir sehr viel Zeit genommen habe, um heute Morgen fertig zu werden. Ich habe unter der Dusche getrödelt, den halben Weg hierher geschoben, weil es bergauf ging und ich viel zu unsportlich bin, um mich auf dem Rad abzustrampeln. Das liegt daran, dass ich sonst nur U-Bahn fahre. Außerdem steht in dem Vertrag, dass meine Arbeitszeiten flexibel sind und dass ich …"

„Können wir dann anfangen?"

„Wie bitte?"

„Mit dem Buch. Ich will es schnell durch haben. Im Nebenraum steht ein ganzes Regal voller Bücher, aus denen Sie mir vorlesen sollen."

„Sie sind der Chef." Katie lief zum Tisch, setzte sich und nahm den Einband, um ihn an der Stelle aufzuschlagen, wo das Lesezeichen vom letzten Mal steckte. „Ich muss zugeben, ich bin neugierig, wie es weitergeht."

„Das bin ich auch."

Für einen Moment hielt sie inne. Meinte er das Buch oder meinte er …?

„Das glaube ich jetzt nicht", hallte es an seinen Ohren. Er öffnete die Augen und schaute in das hübsche Gesicht der Flugbegleiterin. „Ich sagte doch, man sieht sich immer zweimal im Leben."

„Echt jetzt?", fragte Brenda und half einer alten Dame dabei, ihr Handgepäck zu verstauen. „Boston war wirklich der vierte Flug von oben? Oder hast du geschummelt, weil du mich wiedersehen wolltest?"

*„Boston war wirklich der vierte Flug von oben. Und ich wusste, dass
ich dich wiedersehen werde."*

„Die Stelle hatten wir schon", unterbrach Bayless.
„Das weiß ich."
„Wieso lesen Sie sie noch einmal vor?"
„Damit Sie und ich wieder in die Geschichte finden."
„Oh, das ist aber sehr professionell von Ihnen. Das gefällt
mir, Katie."
„Ich schlage vor, Sie lehnen sich zurück und hören
einfach zu, okay?"
„Mit dem größten Vergnügen."

*„Darf ich dir einen Tee anbieten?", fragte Brenda, als sie mit dem
Getränkewagen durch den schmalen Gang kam.
„Gibt's auch was anderes? Vielleicht ein Bier oder so?"
Dave trank ein Kilkenny, schaute aus dem runden Fenster und
freute sich auf seine Auszeit in Boston. Der Flug verlief ruhig. Kurz
vor der Landung erschien Brenda im Gang, kam auf ihn zu und
sagte: „Ich habe einen Tag Aufenthalt. Dann fliege ich zurück. Ich
wünsche dir eine schöne Zeit in den Staaten. Vielleicht sieht man
sich ja auch dreimal im Leben."
„Ja, vielleicht", erwiderte David. „Aber sicherheitshalber gebe ich dir
meine Handynummer."*

„Na, das wurde aber auch Zeit!", rief Katie und atmete
erleichtert auf. „Ich wusste, dass diese Brenda noch
irgendeine Aufgabe hat. Sonst hätte der Autor sie nicht so
ausführlich erwähnt."
„Es macht Spaß, Ihnen dabei zuzuhören, wie Sie
mitfiebern. Ich habe genau die richtige Vorleserin
erwischt. Lesen Sie das nächste Kapitel. Ab da wird es
wieder spannend."
„Ich habe vorher noch eine Frage."
„Fragen Sie."

„David hat überhaupt kein Visum für die USA, oder? Wie kann er sich in einen Flieger setzen und lustig durch die Welt reisen, ohne ein Visum zu haben? Das ist unrealistisch."

Bayless lachte und zauberte damit eine angenehme Gänsehaut auf ihre Arme.

„Katie, es ist ein *Buch*. Ein Roman, nichts weiter."

„Das sehe ich anders. Es spielt in dieser Welt und sollte sich an die Regeln dieser Welt halten, finden Sie nicht?"

„Hm ..." Sein Atemgeräusch verriet, dass er grübelte. „Da leider nichts darüber erwähnt wird, schlage ich vor, wir beide überlegen uns was, das Sie zufrieden stellt."

„Sie zuerst. Was sowas angeht, bin ich ziemlich unkreativ. Und die Iren sind sehr gute Lügner. Das meine ich nicht böse. Nur, dass sie es verstehen, jemandem einen Bären aufzubinden."

„Dann passen Sie mal auf, mir ist nämlich gerade ein riesiger Bär über den Weg gelaufen", sagte er und räusperte sich theatralisch. „David hatte ursprünglich schon mit dem Gedanken gespielt, in die USA zu gehen. Im Zuge dessen beschaffte er sich ein Visum plus die Erlaubnis, mit seiner Straßenmusik ein wenig Geld einzunehmen. Und weil er ja nicht ausschließen konnte, dass der vierte Flug von oben zufällig in die Staaten ging, nahm er die Papiere sicherheitshalber mit sich. Reicht Ihnen das? Sie sind ja eine echte Paragraphenreiterin."

„Tja, da ich aus einer Anwaltsfamilie stamme, muss ich leider darauf bestehen. Aber ja, der Bär gefällt mir. Was passiert bis zum nächsten Kapitel? Wenn Sie wollen, dass ich etwas überspringe, müssen Sie mir sagen, was bis dahin geschieht. Sonst entsteht bei mir eine Lücke in der Handlung."

Er seufzte. Aber die Unterhaltung schien ihm Spaß zu machen. Er bekam ja nicht viel an Unterhaltung geboten, wenn er sich immer nur verkroch.

„Es passiert nicht besonders viel. Brenda nimmt seine Nummer, er verlässt das Flugzeug und bekommt einen ersten Eindruck von Boston. Dann nimmt er sich ein Taxi und fährt in die State Street. Genau da beginnt das nächste Kapitel."

„Wieso wollen Sie eigentlich, dass ich Ihnen aus einem Buch vorlese, das Sie so gut wie auswendig kennen? Wäre es nicht spannender, wir lesen etwas, was wir beide nicht kennen?"

„Nein", sagte er nach einer kurzen Pause des Schweigens. „Ich will genau *dieses* Buch."

„Und aus welchem Grund?"

„Weil Alice darin vorkommt. Ich will, dass Sie sie kennenlernen."

„Du meine Güte, sie ist eine fiktive Person. Kennen Sie Mister Darcy? Also, der wäre es meiner Meinung nach auch wert, ihn kennenzulernen."

„Bitte tun Sie mir den Gefallen und lesen weiter, Katie."

Alice, dachte sie und rollte die Augen. Die einzige Assoziation, die sie in dem Moment mit dem Namen hatte, stammte aus einem Lied. *Alice, Who the F*** is Alice?*

Die State Street konnte sehr beeindruckend sein, wenn man aus einem kleinen Nest in Irland stammte und zum ersten Mal in eine Großstadt kam. Und David war beeindruckt. Er besah sich das Old State House und einige andere interessante Sehenswürdigkeiten, bevor er seinen Gitarrenkoffer auf den Asphalt legte, ihn öffnete und seine Cort Luce herausnahm. Eine Westerngitarre aus Mahagoni. Nicht die teuerste ihrer Art, aber die klangvollste und vor allem eine, die er sich über ein Jahr lang hinweg erspart und von seinem eigenen Geld gekauft hatte. David legte sich den Gurt um und begann zu spielen. Nichts war befreiender, nichts entspannender, als nach einem Achtstundenflug in einer fremden Stadt, wo niemand ihn kannte, einfach draufloszuspielen. Sein Repertoire war beachtlich und nach kurzer Zeit hatte sich eine kleine Gruppe von Zuhörern um ihn versammelt. Die Leute schwangen oder klatschten im Rhythmus mit und im Nu war das Straßenkonzert in voller Fahrt. Sein aufgeklappter Koffer füllte sich mit Cents und Dollars. Am Ende des Tages war David nicht nur todmüde, sondern auch höchst zufrieden mit dem, was er eingenommen hatte.

„Soll das schon alles gewesen sein?", hörte er eine Stimme, als er seine Gitarre im Koffer verstaute und das Geld einsteckte. Er sah auf und schaute in das Gesicht eines jungen Mädchens. Sie stand mit verschränkten Armen auf dem Gehweg, und kleine Grübchen tanzten frech um ihre Mundwinkel.

„Was meinst du damit?", wollte er wissen.

„Oh, du bist Ire? Hätte ich mir ja denken können. Ihr verdammten Musiker."

„Pass auf, was du sagst. Wir machen nicht nur gute Musik, sondern sind auch unglaublich streitlustig. Und eine vorlaute Amerikanerin wie du würde ganz sicher den Kürzeren ziehen."

„Hey, bleib mal locker, so war's nicht gemeint." Sie lächelte das unwiderstehlichste Lächeln, das er bis da hin gesehen hatte und streckte ihm die Hand entgegen. „Ich bin Alice."

„Hi."

„Und du bist ...?"

„Müde und hungrig."

„Prima, müde-und-hungrig. Ich kenne da einen netten Pub, wo man gut essen kann. Lädst du mich ein? Hast ja Geld genug, wie ich gesehen habe."

„Entschuldigen Sie, Bayless. Aber was soll an dieser dreisten Person so toll sein, das es wert wäre, sie kennenzulernen?"

„Ach, Katie. Sie haben ja keine Ahnung."

„Das ist wahr. Möchten Sie, dass ich eine Pause einlege? Kann ich Ihnen vielleicht einen Tee machen oder etwas zu essen bringen?"

Er lachte wieder. Sie mochte den Klang seines Lachens. Und wie sie den mochte!

„Möchten *Sie* vielleicht einen Tee?", fragte er.

„Haben Sie denn einen Wasserkocher in Ihrem Geheimversteck?"

„Das wüssten Sie gern, hm?"

„Ich kann mich kaum im Sessel halten, so neugierig bin ich!"

„Ich bin im Augenblick sehr zufrieden. Wenn Sie allerdings etwas essen oder trinken möchten, machen wir eine Pause."

„Verstehe", sie schlug die Beine übereinander und zupfte ihr Kleid zurecht, sodass es die Knie bedeckte. „Sie möchten wohl lieber mit Alice in den Pub und ein literarisches Stew verdrücken. Gut, wegen mir können wir weiterlesen."

Er antwortete nicht. Sie stellte sich vor, wie sehr er sich wohl danach sehnte, ein Stew in einem Pub zu verdrücken. Irgendetwas geschah mit Katie. Sie konnte es nicht in Worte fassen. Aber sie spürte, dass der Mann hinter dem Raumteiler etwas in ihr bewegte. Irritiert über die aufkommenden Gefühle las sie weiter, um nicht länger darüber nachzudenken.

„Und wo genau ist dieser Pub?"

„Gleich da drüben. Die Straße runter. Ich hab da mal gejobbt."
Alice lief los und David folgte ihr. Ihr selbstbewusstes Auftreten
gefiel ihm. Diese Art von Frauen hatte ihn schon immer fasziniert.
Er konnte es nicht ausstehen, wenn ein Mädchen naiv und
schüchtern in der Ecke stand und darauf hoffte, angesprochen zu
werden. Aber Alice war anders. Das, ihr hübsches Gesicht und das
Sommerkleid, das luftig um ihre schlanke Taille tanzte, ließen ihn
ihr willenlos folgen.
„Seit wann bist du in Boston?", wollte sie wissen, als sie die Straße
überquerten. David warf einen Blick auf seine Armbanduhr und
zuckte die Schultern.
„Seit etwa sechs Stunden."

„Das ist ein Scherz!" Sie blieb stehen und starrte ihn mit großen Augen an. „Und wo warst du davor?"

Vielleicht hatte sie gedacht, er würde in Boston leben. Er grinste, genoss ihren süßen Gesichtsausdruck und sagte: „Ich war in einem Flugzeug. Und davor war ich in Shannon am Flughafen. Und davor bin ich über eine Landstraße gelaufen und bin getrampt. Und du?"

„Das ist ja total irre!" Sie schlug ihm auf die Schulter. „Ein frischgebackener Neuling! Ich hoffe, du reist nicht gleich wieder ab, oder?"

„Keine Ahnung. Ich habe noch keine großen Pläne gemacht, wenn ich ehrlich bin."

„Dann hast du dich einfach in den Flieger gesetzt, bist drauflosgedüst, ausgestiegen, hast die Gitarre rausgeholt, und jetzt ..."

„... gehe ich mit Alice in einen Pub. Genau so ist es."

Sie schüttelte ungläubig den Kopf. Dabei wehte der Wind durch ihre ungebändigte Lockenmähne. David beobachtete sie, als sie die Glastür des Lokals schwungvoll öffnete und ihm fiel kein Grund ein, wieso er sie nicht auf der Stelle küssen sollte. Außer, dass sie ihm vermutlich gehörig eine verpasst hätte.

„Und welches Hotel hast du gebucht?", wollte sie wissen, nachdem sie an einem gemütlichen Zweiertisch Platz genommen hatten. Sie drehte ihre Haare zu einem Strang, legte ihn über die Schulter und schaute aufmerksam in sein Gesicht. David grinste und stellte sicher, dass sein sperriger Gitarrenkoffer nicht im Weg stand.

„Bis jetzt noch gar keins."

„Was?" Ihre Stimme klang schrill und aufgedreht. „Du hast noch keinen Schlafplatz für die Nacht?"

„Nein. Ich bin in Boston. Hier leben wie viele Millionen Einwohner? Da wird wohl das eine oder andere Bett frei sein. Ich finde schon was."

„Und ich hab auch schon eine Idee", sagte sie mit funkelnden Augen. Sie griff nach seiner Hand und flüsterte: „Komm einfach mit mir mit! Ich wohne etwas außerhalb. Das heißt, ich wohne dort nicht

wirklich. Ich verbringe die Ferien auf dem Gestüt meines Onkels.
Ich weiß, wo du unbemerkt im Stroh übernachten kannst. Und
morgen früh stelle ich dich dem Stalljungen vor. Die suchen immer
Aushilfen für die Pferde. Verstehst du was von Pferden?"
"Von Pferden? Ich? Nicht die Spur."
"Ach, egal. Dann lernst du es. Und jetzt hab ich Hunger!"
Er hätte Einwände haben müssen. Er war von zu Hause
abgehauen, um bis zum Beginn seiner Ausbildung sein eigener Herr
zu sein. Die Welt zu erkunden. Er hätte Nein sagen und sich selbst
nach einer Unterkunft umsehen sollen. Aber er hatte keine
Einwände. Nicht, wenn er in ihrer Nähe sein konnte. Das
Mädchen hatte ihn verzaubert. Vielleicht war er zu jung, zu
spontan und zu dumm, um darüber nachzudenken, dass das, was
zwischen ihnen beiden geschah, Konsequenzen haben könnte.

„Ist das kitschig!", rief Katie und klappte das Buch zu.
„*Kitschig*?", fragte Bayless ungläubig.
„Total! Von Ihnen hätte ich erwartet, Thriller zu lesen.
Krimis oder von mir aus auch Sci-Fi. Aber *Liebesromane*?
Ich weiß nicht, aber ... Das passt irgendwie nicht. Und
jetzt sagen Sie nicht wieder *Ach, Katie. Sie haben ja keine
Ahnung*."
„Ach, Katie. Sie haben ja keine Ahnung."
Mit einem lauten Knall warf sie das Buch auf den Tisch.
Ein Lachen entfuhr ihm, und sogleich schlug ihr Herz
höher.
„Ich habe Hunger!", beschloss sie, stand auf und lief zur
Tür.
„Wohin gehen Sie?"
„Es ist beinahe Mittag. Ich will nachsehen, ob Ihr Vater
zurück ist und ob ich ihm zur Hand gehen kann, was das
Kochen angeht. Sie erinnern sich? Im Vertrag steht was
davon. Dass ich Jonathan zur Hand gehen soll."
„Gut, schauen Sie nach. Aber das mit dem kitschig
überlegen Sie sich noch mal. Einverstanden?"

„Eher nicht." Sie öffnete die Tür und hörte im Rausgehen, wie sein Telefon klingelte. Aus irgendeinem Grund blieb sie stehen und bekam mit, wie er den Anruf entgegennahm.

„Hallo, Liebes."

Katie erstarrte unwillkürlich. Sie blieb im Türspalt stehen und bemerkte, wie sanft seine Stimme plötzlich klang.

„Ja, ich habe jemanden gefunden ... Sie ist perfekt ... Nein, du musst dir keine Sorgen machen. Alles läuft wie besprochen. Du kannst dich auf mich verlassen."

Ein kalter Schauer rieselte über ihren Rücken. Konnte es sein, dass er über *sie* sprach? Wie paralysiert verharrte sie in ihrer Position.

„Wann sehen wir uns?", fragte Bayless. „Ich vermisse dich."

Wieso schmerzten seine Worte sie? Es gab keinen Grund dafür. Trotzdem versetzten sie ihr einen Stich.

„Ich freu mich. Und nein, das Geld ist selbstverständlich für dich. Darüber will ich nicht mehr reden ... Ich dich auch. Pass auf dich auf."

Vollkommen lautlos verschloss Katie die Tür. Ihr Herz klopfte so laut, dass sie Angst hatte, es könnte sie verraten. Sie schnappte nach Luft und lief über den Flur und die Treppe hinab. Natürlich! Wieso sollte er allein sein? Wieso sollte er niemanden haben? Und in der Zwischenzeit benötigte er ein wenig Abwechslung. Wie weit würde er wohl gehen? Sie würde jedenfalls nicht dabei mitspielen. *Vorlesen*. Dafür wurde sie bezahlt. Alles andere konnte ihr doch egal sein. Sein Privatleben. Seine ... persönlichen Bekanntschaften. Was auch immer. Warum nur war es so schwer, das klarzubekommen? Was war es, das sie magnetisch zu ihm hinzog?

„Hallo, Katie", sagte Jonathan, und sie erschrak so heftig, dass sie einen kleinen Schrei ausstieß. „Gütiger Himmel, ich wollte Sie nicht erschrecken. Es tut mir leid. Ist alles in Ordnung?"

„Ja, ja … Ich … ich war gerade ganz in Gedanken …", sie taumelte, hielt sich am Sessel vor dem Kamin fest und fuhr sich über den Kopf.

„Geht es Ihnen wirklich gut?"

„Ja, ich hatte nur nicht damit gerechnet, dass Sie schon zurück sind."

„Bin eben erst zur Tür herein. Ich habe Ihr Fahrrad an der Hauswand gesehen. Ist es okay? Können Sie gut damit fahren? Es stand schon eine ganze Weile lang im Keller, wenn ich mich nicht irre."

„Das hintere Schutzblech schleift ein wenig. Aber es ist nicht der Rede wert." Katie hatte ihre Gedanken gesammelt und schaute sich um. In der Küche stand ein großer Korb mit Einkäufen auf der Anrichte. „Kann ich Ihnen vielleicht helfen, Jonathan? Beim Einräumen der Einkäufe oder beim Kochen?"

Der alte Mann lächelte, kratzte sich am Kinn und zuckte mit den Augenbrauen.

„Lieb von Ihnen, Mädchen. Ich kann mir schon denken, dass mein werter Herr Sohn dahintersteckt. Er hat Sie geschickt, hab ich recht?"

Sie schaute zu Boden und konnte ein Schmunzeln nicht unterdrücken. Bayless unterschätzte seinen Vater offenbar.

„Wissen Sie", sagte er, „ich bin längst nicht so senil, wie er annimmt. Und – wenn ich ehrlich bin – ich brauche es, ein wenig zu tun zu haben. Nach dem Tod meiner Frau und nachdem wir unseren Betrieb aufgeben mussten, bin ich in ein Loch gefallen, Katie. Bayless' Unfall hat mir nicht gerade geholfen. Aber jetzt bin ich wieder soweit, dass ich mich erholt habe. Und ich möchte die kurze Zeit, die mir in meinem Alter an Fitness noch bleibt, genießen und tun, was ich kann, solange es geht. Das werden Sie mir doch nicht nehmen wollen, oder?"

Sie folgte dem Impuls, ihn in die Arme zu nehmen. Jonathan erwiderte ihre Geste. Er genoss es und sagte: „Ist das schön, wieder eine Frau im Haus zu haben. Und sei es nur zum Vorlesen. Wir haben Sie vermisst, Katie. Obwohl wir Sie gerade erst kennenlernen."

„Ich habe Sie auch vermisst, Jonathan. Sie wären der perfekte Vater für mich gewesen. Zu meinem habe ich leider kein besonders inniges Verhältnis."

Seine grünen Augen wurden feucht, als er sich abwandte und in die Küche schlurfte.

„Gehen Sie nach oben", sagte er. „Ich koche Ihnen einen kräftigen Tee und einen leckeren Eintopf. Gehen Sie schon."

Als sie das Zimmer betrat, schien die Sonne durch die große Fensterfront herein und traf genau auf den Platz, wo sie zum Vorlesen saß. Das Moor leuchtete in sattem Grün, das Schilf wiegte sanft im Wind auf und ab. In der Ferne liefen große, schwarze Vögel umher, die wie Hühner aussahen. Auf dem Kopf trugen sie orangefarbene Hütchen.

„Birkhühner", hörte sie Bayless sagen, als hätte er ihre Gedanken gelesen. Aber sie ahnte ja bereits, dass er sie sehen konnte.

„Sie sehen witzig aus."

„Das sind sie", erwiderte er. „Sie versammeln sich oft vor Sonnenaufgang, um zu balzen oder ihr Revier zu verteidigen. Die Hähne fauchen dabei, sträuben die schwarzen Federn und zeigen die darunterliegenden weißen Unterschwanzdecken. Sie sind vom Aussterben bedroht. Wie so viele ihrer Art."

„Ich habe solche Vögel noch nie gesehen."

„Es gibt sie in London auch nicht. Sie leben ausschließlich im Moor oder im Wald."

„Interessant", sagte sie und nahm in ihrem Sessel Platz.

„Die Natur hat so viel Hübsches hervorgebracht. Nicht einmal hässliche Tiere würden auf die Idee kommen und sich hinter einem Raumteiler verstecken."

Sie biss sich auf die Zunge und wusste selbst nicht, woher der Kommentar gekommen war.

„Es tut mir leid", sagte sie. „Das war dumm und unüberlegt von mir. Manchmal übertreibe ich es mit meiner Bissigkeit."

„Wie stellen Sie sich mein Aussehen vor, Katie? Und damit meine ich nicht die Verletzungen durch den Unfall."

„Wie ich Sie mir ...?"

„Ganz genau. Schließen Sie die Augen und sagen Sie mir, was Sie sehen, wenn Sie meine Stimme hören."

Sie fühlte sich unwohl, weil ihr in dem Moment das Telefongespräch einfiel, das sie zuvor belauscht hatte. Aber war er nicht auch auf gewisse Weise unehrlich zu ihr?

„Katie?"

„Was? Wie bitte?"

„Sind Ihre Augen geschlossen?"

„Ähm ... ja. Sie sind geschlossen." Aufgeregt wand sie sich in ihrem Sessel hin und her.

„Gut. Dann sagen Sie mir, was Sie sehen."

Vom Klang seiner Stimme auf sein Äußeres zu schließen, ließ ihre Fantasie mit ihr durchgehen. Seine Stimme klang warm, samtig, wie ein Sommerwind über Kornfeldern. Aber das konnte sie ihm unmöglich sagen.

„Sind Sie eingeschlafen?"

„Was? Nein! Natürlich nicht!"

„Ich warte."

„Da fällt mir unser letztes Treffen ein", sagte sie. „Als wir getanzt haben. Demnach sind Sie etwa einen Kopf größer als ich. Und irgendwann wagen Sie sich anscheinend aus Ihrem Zimmer raus, um Sport zu treiben. Oder Sie tun es hier drinnen. Wegen Ihrer muskulösen Oberarme."

„Und weiter?"

Ihr wurde heiß und kalt. Wieso tat er das?

„Ich kenne Ihren Vater. Man sagt ja, dass Söhne ihren Vätern oft ähnlich sind."

„Also, graue Haare habe ich nicht. Ich schlurfe auch nicht beim Laufen."

Katie schwieg und schaute in ihr Herz. Sie konnte nicht sagen, wieso. Aber tief in ihr drinnen hatte sie ein Bild von ihm. Ob es nun der Wahrheit entsprach oder nicht. Genau so stellte sie ihn sich vor.

„Sie haben grüne Augen. So grün wie das Moor jetzt gerade im Sonnenschein. Und Ihre Haare sind schwarz. Vielleicht ein wenig gewellt. Ich glaube, dass Sie sehr gutaussehend sind, Bayless. Aber davon abgesehen haben Sie ein großes Herz. Sie stecken voller Lebenslust und verrückter Ideen. Sie sind aufmerksam und sensibel. Und das ist es doch, was wirklich zählt, oder nicht?"

„Ich wusste es", antwortete er sanft. In der Stimmlage, in der er zuvor am Telefon gesprochen hatte. „Ich wusste, dass Sie einen Menschen nicht sehen müssen, um ihn zu *sehen*, Katie. Und wenn das das Bild ist, das Sie von mir haben, dann sehe ich genau so aus."

Eine seltsame Antwort, wie sie fand. Für einen Moment herrschte Stille im Raum. Eine Stille, die nicht unerträglich war, sondern etwas Vertrautes in sich barg.

„Darf ich Ihnen etwas gestehen, Bayless?"

„Nur zu."

„Ich fürchte mich vor dem, was passiert. Vor dem, was ... was ich nicht greifen kann."

„Das weiß ich, Katie. Aber Sie müssen sich nicht fürchten. Seit meinem Unfall habe ich jeden Tag darauf vertraut, dass alles in meinem Leben so kommt, wie es kommen muss. Und genau das geschieht. Es kommt, wie es kommen muss. Haben Sie auch Vertrauen."

Ihre Hände waren ganz kalt. Wie schaffte er es bloß, sie so zu berühren? Plötzlich schwang die Tür auf, die Stille wurde durchbrochen, als Jonathan mit einem Tablett hereinkam.

„Was ist denn hier los?", fragte er und schaute Katie verwundert an. „Hat mein Sohn sich etwa schlecht benommen?"

„Nein, alles bestens. Danke für den Tee, Jonathan." Sie erhob sich, ging auf ihn zu und nahm ihm das schwere Tablett mit Teekanne, Tassen, Milch und Zucker ab.

„Gern. Der Eintopf braucht noch einen Moment."

„Nur keine Eile, Dad", sagte Bayless. „Wir sind sowieso noch nicht soweit."

„Tja, also dann will ich gar nicht länger stören. Lassen Sie den Tee noch zwei Minuten ziehen. Dann müsste er gut sein."

„Vielen Dank. Das werde ich tun."

Er räusperte sich verlegen, bevor er aus dem Zimmer verschwand.

„Ich mag Ihren Vater. Er ist unglaublich nett." Sie stellte das Tablett auf dem Tisch ab und bereitete die Tassen für den Tee vor.

„Ja, er ist mir eine sehr große Stütze. Und umgekehrt wohl auch."

„Nehmen Sie Milch oder Zucker?"

„Nur Milch, bitte."

„Darf ich Sie etwas fragen?"

„Schon wieder? Sie sind aber neugierig."

Ein Schmunzeln erweichte ihre Züge. Sie nahm Platz und wartete darauf, dass der Tee durchzog.

„Woran ist Ihre Mutter gestorben? Sie ... Sie müssen nicht antworten, wenn die Frage zu persönlich ist."

„Sie ist von einer Leiter gestürzt", sagte er in einem traurigen Bariton. „Wir hatten einen Restaurationsbetrieb, wissen Sie? Es ging um die Freilegung alter Fresken in einem Kloster in Lahinch. Meine Mutter hat ihre Arbeit sehr geliebt. Sie hat es aber auch oft übertrieben. Manchmal hat sie stundenlang auf der Leiter gestanden, vertieft in das, was sie tat. Sie hat darüber alles vergessen. Sogar, zu essen und zu trinken." Er lachte bei jener Erinnerung. „Als ich klein war, musste ich ihr immer eine Tasse Tee hochreichen. Mein Dad hat oft mit ihr geschimpft. Sie hat nicht mal bemerkt, dass sie immer älter wurde. Und zum Schluss war sie zu alt für ihre Arbeit. Das hat sie aber nie akzeptiert. Bis sie schließlich ..."

„Das tut mir leid."

„Ja, mir auch. Vor allem für meinen Vater. Er hat sehr lange unter ihrem Verlust gelitten."

„War das der Grund, wieso Sie Irland verlassen haben?"

„Es war einer der Gründe."

Sie nickte betreten.

„Der Tee ist durch. Milch, sagten Sie?"

„Ganz genau."

Sie goss das aromatische Getränk in die Tassen, gab Milch hinzu und für sich ein Stückchen Zucker. Dann nahm sie seine Tasse, stand auf und ging zum Paravent hinüber.

„Wie wollen Sie nun an Ihren Tee kommen?", fragte sie und suchte nach einer praktischen Lösung für das Problem.

„Tja, da weder Sie noch ich über die Fähigkeit verfügen, Materie zu manipulieren, schlage ich vor, dass Sie ihn mir einfach reichen."

Daraufhin erschien seine Hand hinter der Trennwand. Katie erschrak, als sie die Narben darauf erblickte. Sie hatte sie bisher nur einmal berührt. Neulich, beim Tanzen. Sie hatte nur raten können, welcher Natur seine Verletzungen waren. Jetzt sah sie es. Es waren Verbrennungen. Mindestens zweiten, wenn nicht dritten Grades. Vorsichtig übergab sie ihm die Tasse. Dabei berührten sich ihre Finger. Katie hielt die Luft an, er zog die Hand zurück und sie atmete aus.

„Vielen Dank.“

„Keine Ursache.“

„Wollen Sie weiterlesen?“, fragte er und nahm einen schlürfenden Schluck.

Sie nickte und ging zum Tisch zurück. Langsam bekam sie einen wirklichen Eindruck davon, wieso er sich hinter einer Wand verschanzte. Nicht, dass sie während ihrer Zeit im Krankenhaus keine Verbrennungen gesehen hatte. Das hatte sie. Schlimme. Auch bei Kindern. Aber bei ihm ...? Ihn so entstellt zu wissen, tat ihr weh. Er war ein guter Mensch. So was hatte niemand verdient. Er am wenigsten.

Das Essen im Pub war wirklich gut gewesen. Ebenso das Bier. Alice hatte eine Cola bestellt, und als sie an ihrem Getränk nippte, lachte sie in seine Richtung.

„Du musst dich ja wie zu Hause fühlen!“

„Glaub mir, das tu ich. Zumindest, was das Drumherum angeht. Ansonsten habe ich hier noch nicht einen einzigen Landsmann entdeckt.“

„Der alte Brian ist waschechter Ire. Wirklich. Ich muss es wissen, ich habe hier immerhin mal gejobbt.“

„Und wann war das?“

„Fragst du das, um hinter mein Alter zu kommen?“

„Wer weiß?“

Sie grinste verschmitzt, und er hoffte, dass sie ihn nicht schätzen lassen würde. Darin war er grottenschlecht, und er wollte vermeiden, sie zu beleidigen.

„Du schuldest mir zuerst eine Antwort", sagte sie stattdessen. „Müde-und-hungrig gilt als Name nicht mehr. Entweder du nennst dich jetzt nur noch ,müde' oder du sagst mir, wie du wirklich heißt." Er nahm einen Schluck kühles Bier. Sie war clever, schlagfertig und sehr attraktiv. Eine explosive Mischung, wie er fand. Und mit jeder Minute, die er mit ihr zusammen war, verdrehte sie seinen Kopf und sein Herz ein Stückchen mehr.

„David", gab er sich geschlagen. „Ich heiße David. Meine Freunde nennen mich Dave."

„Also gut, Dave. Geht doch", sagte sie und prostete ihm zu.

„Und wie alt bist du jetzt?", wollte er wissen.

„Also bitte. Man fragt eine Frau nicht nach ihrem Alter. Hat man dir auf deiner Insel denn keine Manieren beigebracht?"

Katie machte eine Pause und trank von ihrem Tee. Die Narben. Sie gingen ihr nicht mehr aus dem Kopf. Wie viel Prozent seiner Haut waren verbrannt worden? Er musste lebensgefährlich verletzt gewesen sein, wenn er ganze fünf Monate lang in Kliniken verbracht hatte. Und die Schmerzen ...

Als sie den Pub verließen, war es bereits dunkel. David konnte sich kaum mehr auf den Beinen halten. Er war mittlerweile an die zwanzig Stunden wach. Mal abgesehen von dem kleinen Nickerchen, das er im Flieger gehalten hatte, um dem Jetlag vorzubeugen.

„Mein Wagen steht dort drüben", sagte Alice und zeigte auf einen Parkplatz am Ende des Blocks. „Du siehst echt fertig aus. Soll ich deine Klampfe tragen?"

„Meine was?"

Sie lachte ein glockenhelles Lachen.

„Na, deine Gitarre!"

„Nenn sie noch einmal ,Klampfe', und du siehst mich nie wieder."

„Oh, da versteht wohl jemand keinen Spaß. So ernst, Fremder?"
Sie verzog das Gesicht zu einer Grimasse. David konnte ihr keine
Sekunde böse sein.

„Keine Panik, ich nenne sie nie wieder so. Komm, wir sind da. Der
blaue Chevy gehört mir."
Er blieb stehen und war plötzlich hellwach.

„Willst du mich vereimern? Das ist ein Camaro, oder? Ein
Neuwagen."

„Von Pferden keine Ahnung, aber Autos, hm? Ist ja typisch. Na
los, steig ein. Den Koffer verstaue ich hinten drin."

„Bis hierher", unterbrach Bayless. „Danke, Katie. Ich
danke Ihnen."

„Stimmt etwas nicht?", fragte sie und schaute in die
Richtung, aus der seine Stimme kam.

„Nein, nein, alles gut. Ich brauche nur … eine kleine
Pause."

„Wie Sie meinen. Soll ich … Soll ich runtergehen, damit
Sie sich ein wenig ausruhen können?"

„Nein, bitte bleiben Sie. Trinken Sie Ihren Tee und
genießen Sie die Aussicht aufs Moor. Zur Mittagszeit sieht
es wieder ganz anders aus. Ich liebe das Lichtspiel über
dem Sumpf."

„Das ist mir auch schon aufgefallen. Dass es immer
anders aussieht."

Er erhob sich und lief umher. Sie fragte sich, wie groß der
Teil des Raumes, in dem er sich befand, sein mochte.
Wieso war er so unruhig? Hatte sie etwas falsch gemacht?
Sie trank ihren Tee, der nach Vanille schmeckte.

„Er schläft während der Fahrt ein, wissen Sie?"

„Wie bitte?"

„David", sagte er. „Er schläft ein."

„Oh, tut er das? Naja, er ist immerhin sehr müde, oder?"

„Das ist er."

„Was ist dann so schlimm daran?"

„Nichts. Ich ... ich wollte es nur erwähnen."

„Okay", sagte sie und wunderte sich über sein Benehmen. „Dann können wir ja dort weiterlesen, wo er wieder aufwacht, einverstanden?"

„Ja, das können wir. Es wäre sinnvoll."

Sie hörte, wie er Platz nahm. Vielleicht raufte er seine Haare. Sie schlug das Buch wieder auf und blätterte zur vereinbarten Stelle vor.

„Hey, aufwachen!", hörte er eine Stimme und öffnete seine Augen. Alice saß im Fahrersitz und schaute ihn amüsiert an. Das Mondlicht ließ ihre Augen glitzern. „Du hast eine ganze Stunde lang gepennt."

„Echt? Tut mir leid. Muss am Schnurren des Motors gelegen haben."

„Weißt du was? Du bist der erste Mann, der in einem Wagen wie diesem einpennt!"

„Wie viele hast du denn schon mitgenommen?", fragte er und streckte sich.

„Das wüsstest du wohl gern! Da vorn", sagte sie und zeigte auf ein Gebäude nahe dem Parkplatz. „Das ist der Pferdestall. Dein Strohbett befindet sich in der ersten Etage. Auf dem Heuboden, sozusagen. Ich zeig's dir. Du kannst deine Gitarre mitnehmen oder sie im Wagen lassen, wie du willst."

„Du glaubst doch nicht allen Ernstes, dass ich sie hier zurücklasse?"

„Wie auch immer. Wir müssen uns beeilen. Sonst sieht uns noch einer."

Er nahm seinen Kram, und sie stiegen aus. Die Luft war angenehm warm. Es war Anfang Juni, und David würde im Stroh sicher nicht frieren.

„Und wo schläfst du?", fragte er.

„Noch so eine Antwort, die du gern hättest, was? Dreimal darfst du raten. Ich schlafe in dem schicken Herrenhaus am Ende des großen Gartens. Und wag es ja nicht, mir nachzustellen. Auf dem

Zierrasen sind Wassersprenger installiert. Die gehen an, wenn man ihn betritt. Wie Bewegungsmelder. Also, sieh dich lieber vor."

Sie führte ihn in eine Scheune, völlig lautlos wie eine kleine Maus. Ihre Bewegungen waren geschmeidig und schnell. David bemerkte den Duft von Pferden. Er hörte, wie sie sich in ihren Boxen bewegten, die Nüstern aufbliesen und sicher auch die Ohren spitzten.

„Keine Angst, die beißen nicht. Du musst die Leiter hinaufsteigen. Morgen früh komme ich und wecke dich. Bleib bloß so lange da oben, bis ich komme. Wenn mein Onkel dich entdeckt, könnte es passieren, dass er sein Gewehr rausholt und dich über den Haufen schießt. Er hasst Landstreicher. Also ganz egal, was passiert, warte, bis ich komme!"

„Schon kapiert. Ich schlaf mich erst mal aus."

„Also dann. Gute Nacht, Dave."

„Gute Nacht, Alice. Und danke, dass du mich hergebracht hast."
Er schaute sich um und suchte nach der Leiter, was mangels Licht nicht gerade einfach war. Alice rührte sich nicht vom Fleck. Stattdessen blieb sie einfach dort stehen und schaute ihn an, obwohl es so finster war, dass er Mühe hatte, überhaupt etwas zu erkennen.

„Ist noch irgendwas?", fragte er.

„Davon kannst du ausgehen", flüsterte sie, stellte sich auf die Zehenspitzen und zog seinen Kopf zu sich heran. Noch ehe er begriff, was sie tat, spürte er ihre Lippen auf seinen. Warm und sanft und so lebendig wie Alice selbst. Eine Sekunde zögerte er, dann übernahm er die Führung und küsste sie leidenschaftlich. David packte sie um die Taille, schob sie an die Stallwand und lauschte ihrem rasenden Atem. Er hatte nicht erwartet, sie bereits am ersten Abend zu küssen. Wenn es nach ihm gegangen wäre, hätte er es zwar schon getan, als sie den Pub betreten hatten, aber jetzt hatte sie ihn einfach überrumpelt. Ihr Körper war weich und schien vor Hitze zu glühen. Ihre Hände fuhren über seinen Rücken und zerzausten seine Haare. Es war verrückt, aber es kam ihm vor, als würde er sie schon sein ganzes Leben lang kennen.

„Da musste ich um die halbe Welt fliegen, um dich zu finden?", flüsterte er ihr ins Ohr.

„Hör auf, Dave. Lass mich los", erwiderte sie und befreite sich aus seiner stürmischen Umarmung. Er trat einen Schritt zurück, während sie Kleid und Frisur richtete. Trotz der Dunkelheit bemerkte er, dass sie beschämt zu Boden schaute.

„Ich ... ich muss mich entschuldigen", brachte sie hervor. „Ich weiß gar nicht, was da in mich gefahren ist. Normalerweise ... bin ich nicht so. Wirklich nicht. Es tut mir leid. Du denkst jetzt sicher schlecht von mir."

„Ich denke überhaupt nichts!"

„Gute Nacht, Dave", wiederholte sie und stürzte aus der Tür.

„Ende", sagte Katie und bemerkte, dass auch ihre Wangen ganz heiß waren. „Das Kapitel. Es endet hier. Soll ich ... soll ich weiterlesen?"

„Nein, danke." Bayless klang erschöpft. In seiner Stimme lag etwas Schmerzhaftes, das sie nicht einordnen konnte.

„Mein Vater wird sicher bald das Essen servieren. Würden Sie mich einen Moment allein lassen?"

„Natürlich. Kann ich irgendwas für Sie tun? Haben Sie ... *Schmerzen?*" Die Frage hörte sich komisch an. Aber Katie wusste es nicht besser. Sie wusste nicht mal, wie viel seines Körpers verbrannt und mit Narben übersät war.

„Nein, Sie können nichts für mich tun. Danke."

Als sie das Zimmer verließ, war es, als würde sich etwas in ihr lösen. Etwas, dessen Ausmaß sie nicht begriff.

„Er hat Sie also rausgeschmissen?", fragte Jonathan, als sie ihm in der Küche zur Hand ging.

„So würde ich das nicht nennen. Er wollte einen Moment allein sein."

Katie nahm ein Glas von der Spüle und trocknete es ab. Der alte Mann machte den Abwasch, während das Essen auf dem Herd köchelte.

„Ich muss Sie etwas fragen", wagte sie einen Versuch, um endlich die Wahrheit zu erfahren. „Ich habe die Narben auf seiner Hand gesehen. Die Verbrennungen. Wie schlimm hat es ihn damals erwischt, Jonathan?"

Er seufzte und schob den Unterkiefer nervös vor. Offenbar kamen mit ihrer Frage schlimme Erinnerungen bei ihm hoch.

„Wollen Sie das wirklich wissen, Mädchen?"

„Nur, wenn Sie darüber reden möchten."

Er schüttelte den Kopf und stellte sich ungeschickt beim Abwasch der Teekanne an. Katie hatte seine Ablehnung bereits akzeptiert, als Jonathan plötzlich doch zu erzählen begann.

„Die Ärzte sagten, er würde es nicht schaffen. Sie erklärten mir, dass keine Hoffnung für ihn bestünde. Dass ich mich von ihm verabschieden sollte. Ich bin dann zu ihm gegangen, habe mich an sein Bett gesetzt und ihn angeschaut. Er war nicht mehr der Junge, den ich kannte. Seine Haut war so versengt, dass sie ihn in feuchte Tücher packen mussten. Überall waren Schläuche und Monitore. Er lag in einem künstlichen Koma, wissen Sie? Ich hab gesagt, Bayless, wenn du mich auf diese Weise verlassen willst, dann tu es. Aber denk an deinen alten Vater, den du zurücklässt. Und ich habe Gott gefragt, was er sich dabei denken würde, erst meine Frau und dann auch noch meinen Sohn zu sich zu holen. Ich bin ein sehr gottesfürchtiger Mensch, Katie. Aber in dem Moment habe ich furchtbar mit mir gehadert. Tja, und nun danke ich ihm jeden Tag aufs Neue, dass er es so gut mit uns meint."

„Denken Sie, dass Bayless Sie gehört hat?"

„Er hat mich gehört. Und Gott hat mich auch gehört. Mein Sohn gibt nicht besonders schnell auf. Er hat gekämpft. Für mich und ... und für ein Mädchen, das ... er damals hatte."

Katie nickte und stellte die Teekanne ins Regal. Ob das Mädchen die Frau war, mit der er am Vormittag telefoniert hatte?

„Ich verstehe nicht, wieso er sich versteckt. Wenn er doch so gekämpft und es geschafft hat ... Wieso schämt er sich dann für sein Aussehen?"

„Ich bin sicher, dass Sie eines Tages von selbst dahinter kommen", sagte er und schaute verschmitzt unter den buschigen Augenbrauen hervor.

Das Klingeln ihres Handys riss sie aus den Gedanken und ihrem Gespräch. Katie zog es aus der Tasche ihres Kleides und starrte auf das Display.

„Ein wichtiger Anruf?", fragte der alte Mann. „Gehen Sie nur ran. Auf der Terrasse können Sie ungestört sprechen."

„Ja ... Da muss ich wohl rangehen ..."

Irritiert lief sie durch die Wohnstube zu der schmalen Glastür, die nach hinten hinausführte. Sie hatte das Haus bislang nur von der Straßenseite aus gesehen, und während sie den Anruf annahm, staunte sie über die hübsche Terrasse und den dahinterliegenden Garten.

„Hallo?", fragte sie mit klopfendem Herzen.

„Hallo, Katie", sagte der Mann am anderen Ende der Leitung. Sie fand eine Holzbank unter einer Trauerweide, nahm Platz und versuchte, den Kloß in ihrer Kehle hinunterzuschlucken. Wie gern hätte sie den Garten genossen und erkundet, anstatt dieses unangenehme Telefonat zu führen.

„Sie wissen, wer ich bin?"

„Natürlich weiß ich es", antwortete sie.

„Dann wissen Sie sicher auch, wer mich beauftragt hat, Sie zu kontaktieren."

„Meine Mutter, nehme ich an."

Dr. Finnigan lachte, was sie als Zustimmung deutete.

„Ihre Mutter ist eine sehr besorgte Frau. Und ich kann ihre Sorge verstehen, Katie. Wir haben uns lange nicht gesehen. Darf ich fragen, wie es Ihnen geht? Oder ob Sie mittlerweile in anderer Behandlung sind?"

Wut kam in ihr auf. Ihre Mutter behandelte sie wie ein Baby, das nicht in der Lage war, selbständig zu agieren. Wie albern, dass sie ihren Privatarzt auf sie ansetzte.

„Dr. Finnigan, es geht mir blendend, danke der Nachfrage. Mein Zustand hat sich weder verschlechtert noch verbessert. Und ich bin auch in keiner Behandlung, weil ich es satt habe, mich therapieren zu lassen, in dem Wissen, dass ohnehin nichts für mich getan werden kann. Das haben Sie mir doch selbst gesagt. Ich möchte einfach mit all dem abschließen. Können Sie das nicht verstehen? Ich möchte mein Leben so gut es geht leben und versuchen, normal zu sein. Oder gibt es neue Forschungserkenntnisse, die mir in irgendeiner Weise hilfreich sein könnten?"

„Leider nein."

„Wenn Sie es genau wissen wollen ...", sagte sie und schob den Kies unter der Bank mit den Fußspitzen zusammen. „Es ist meine Mutter, die mir zu schaffen macht. Ich kann einfach nicht zur Ruhe kommen. Oder was glauben Sie, wieso ich abgehauen bin? Sie will mich am liebsten in Watte packen, mit Ethan verheiraten und von einer Teeparty zur nächsten jagen."

„Oh", machte der Arzt und schien verwundert. „Heiraten Sie und Ethan denn nicht? Ich meine ... nicht, dass mich das etwas angeht. Es klang nur so ... *sicher*, als ich das letzte Mal mit Ihrer Mutter sprach."

Katie rollte die Augen und sank auf der Bank zusammen. „Alles, was meine Mutter beschließt, ist sicher."

„Verstehe." Sie hörte, wie er sich etwas notierte. Das war ein Albtraum, der offenbar niemals endete. „Darf ich Ihnen dennoch einige Fragebögen zuschicken? Es geht um verschiedene Tests. Nichts Besonderes. Nur über derzeitige Beschwerden oder Fortschritte. Es wäre hilfreich, um vielleicht eine neue Prognose zu erstellen." Katie seufzte. „Gut, wenn es sein muss ... Aber nur, wenn Sie mir die Wahrung der ärztlichen Schweigepflicht garantieren. Meine Mutter geht das nichts an."

„Selbstverständlich", antwortete Dr. Finnigan.

„Gut, dann schicken Sie es einfach an meine Adresse in London. Sollten Sie die Adresse nicht haben – meine Mutter hilft Ihnen sicher gern weiter."

Sie schüttelte resigniert den Kopf. Was sollte der ganze Quatsch überhaupt? Sie kannte ihre Prognose bereits.

„Danke, Katie", sagte Dr. Finnigan. „Es tut mir leid, dass Sie private Schwierigkeiten haben. Ich werde es Ihrer Mutter noch einmal deutlich sagen: dass jedweder Stress im sozialen Umfeld kontraproduktiv für Ihre Genesung ist."

„Ich glaube, sie will gar nicht, dass es mir gut geht. Denn dann hätte sie mein Leben nicht länger unter Kontrolle."

„Ich wünsche Ihnen alles Gute. Wir hören voneinander."

„Ja, danke für Ihre Mühen."

Die Luft war frisch und roch nach Frühsommer. Katie war nach Feierabend durch die Felder geradelt, hatte die blühenden Heidekräuter und Sumpfgewächse bestaunt. Sie schloss gerade ihre Wohnungstür auf, als das Handy erneut klingelte. Sie löste die Schuhe von ihren Füßen, warf sie unter die Garderobe und sank erschöpft auf das beigefarbene Ledersofa. Von dort aus hatte sie freien Blick durch das Fenster auf die Straße, die aus Weymouth herausführte.

„Hallo?", fragte sie in ihr Telefon.

Ein wohliges Seufzen war die Antwort.

„Wer ist denn da?" Sie hatte nicht auf die Nummer geachtet und wunderte sich über die merkwürdigen Geräusche am anderen Ende der Leitung.

„Ich vermisse deine Stimme. Hab ich schon gesagt, dass ich deine Stimme vermisse?"

„Pie!"

„Em hat die Spätschicht und ich bin aus dem Supermarkt zurück. Du bist nicht da, und jetzt bin ich ganz allein und langweile mich. Wie ist er denn so? Dieser Bayless. Weißt du mittlerweile, wie er aussieht? Sieht er besser aus als ich?"

„Keine Sorge, er sieht ganz sicher nicht besser aus als du", sagte sie, erhob sich und lief zum Kühlschrank, um sich eine Kleinigkeit zu essen zu machen. „Ich freu mich, dass du anrufst. Ist alles okay bei euch?"

„Hier ist alles okay. Die Sonne geht über den Dächern unserer kleinen Metropole unter und ..."

„Pie, gibt es irgendeinen wichtigen Grund, weswegen du anrufst?", fragte Katie, während sie sich ein Käsebrot schmierte. „Oder einfach nur, weil du meine Stimme vermisst?"

„Beides."

Sie wusste, dass er beschämt lächelte. Das tat er immer, wenn er sich ertappt fühlte.

„Und was ist der andere Grund?"

„Er war hier." Pie flüsterte, als würde jemand ihn belauschen.

„Was meinst du damit? Wer war bei dir?"

„Dieser Mann. Er war hier. Vor etwa fünfzehn Minuten. Er wollte dich besuchen. Aber du bist ja nicht da. Er hat mir nicht gleich geglaubt. Aber dann habe ich ihm die gelbe Ente gezeigt, die du mir geschenkt hast. Da hat er es geglaubt. Wieso sonst hätte ich sie haben sollen?"

Katie klammerte sich an die Arbeitsplatte. Ihr wurde schwindelig.

„Sag das nochmal."

„Wieso sonst hätte ich sie haben sollen?"

„Nein ... nein ... Meinst du *Ethan?* War Ethan bei dir, Pie?"

„Er ist so gutaussehend. Magst du ihn? Ich würde ihn mögen, wenn ich du wäre."

„Hast du ... hast du ihm gesagt, wo ich bin?"

„Ja, denn er hat mich gefragt. Wieso hätte ich in belügen sollen?"

Sie schluckte. Das Buttermesser fiel ihr aus der Hand. *Morgen*, dachte sie. *Morgen ist er hier.*

„Du hättest einfach ... Ach, vergiss es. Danke, Pie. Für deinen Anruf. Bitte bestell Em einen lieben Gruß von mir. Ich rufe sie morgen an."

„Habe ich dich verärgert?"

„Nein. Es ist nicht deine Schuld. Er hätte mich auch ohne deine Hilfe gefunden."

„Auf Wiederhören, Katie. Und bis bald!"

Sie legte auf und massierte ihre Schläfen. Sie musste nachdenken. Ganz dringend. Es hatte keinen Sinn, sich noch länger vor ihm zu verstecken. Sie würde um ein Gespräch mit ihm nicht herumkommen. Doch vielleicht war es gut so. Vielleicht konnte sie ihm begreiflich machen, was ihre Mutter nicht akzeptieren wollte. Katie setzte sich auf einen der Küchenstühle und dachte an die angenehmen Dinge zurück, die sie mit Ethan erlebt hatte. Denn es hatte sie gegeben, die angenehmen Dinge. Darauf musste sie vertrauen. Er war bei ihr gewesen, als Em es noch nicht gewesen war. Er hatte alles Erdenkliche getan, alle Hebel in Bewegung gesetzt, jede Tür eingerannt, jeden Spezialisten kontaktiert. Und er hatte ihr das Gefühl gegeben, sie so zu lieben, wie sie war. Trotz ihrer Krankheit hatte er ihr einen Antrag gemacht. Oder zwei. Oder drei. Bis sie eingewilligt hatte. Bevor sie weggelaufen war.

Sie musste sich auf die Begegnung mit ihm vorbereiten. Katie atmete tief durch, suchte in ihrem Handy nach seinem Kontakt und fragte sich, wieso er sie noch nicht selbst angerufen hatte. Das war ein Pluspunkt für sie. Dass sie ihm den Wind aus den Segeln nehmen konnte, indem sie ihn zuerst anschrieb. Mit ein paar Klicks öffnete sie einen Chat und tippte:

Hallo, Ethan. Du bist auf dem Weg zu mir? Wie wäre es mit morgen Nachmittag um fünf? Wir treffen uns an der Jubilee Clock. Die ist nicht zu übersehen.
Katie.

Er war online und las ihre Nachricht, ohne zu antworten. Vermutlich hatte er nicht damit gerechnet, dass sie derart selbstbewusst in die Offensive ging. Aber sie wusste, dass er kommen würde. Morgen also, um fünf. Und bis dahin musste sie sich auf alles gefasst machen.

Der nächste Morgen war verregnet. Dicke, graue Wolken hingen tief über den Dächern des Touristenstädtchens und vernebelten die Sicht mit Sprühregen. Katie fröstelte, als sie die schweren Vorhänge in ihrem Schlafzimmer aufzog und in die triste Landschaft blickte. Nicht, dass sie Regen aus London nicht gewohnt war. Aber der Gedanke, anstelle der U-Bahn ein Fahrrad benutzen zu müssen, gefiel ihr ganz und gar nicht. Sie schlüpfte in Jeans und Wollpulli, nahm sich ein Milchbrötchen und trank eine Tasse heißen Kaffee, bevor sie nach der Regenjacke griff und die Tür hinter sich zuzog. Das Wetter entsprach in etwa ihrer Laune, dachte sie an den Nachmittag und daran, Ethan zu begegnen. Sie würde es so schnell es ging hinter sich bringen. Mit schweren Beinen trat sie in die Pedale, während schmutzige Wassertropfen vom Asphalt aufspritzten und ihre Hose ruinierten. Vielleicht sollte sie sich von ihrem ersten Gehalt einen Kleinwagen leisten.

Einen ganz kleinen, alten. Alles war besser, als an einem kalten Junimorgen durch den Regen ins Moor zu radeln.

„Willkommen!", rief Jonathan, als er die Tür öffnete. Warme Kaminluft strömte Katie entgegen. Das Hausinnere war so heimelig, so einladend und gemütlich, dass ihre schlechte Laune verpuffte und mit dem Sprühregen draußen blieb. „Ist das ein Mistwetter!", sagte Jonathan.

„Da haben Sie recht." Katie zog die Regenjacke aus und ließ sie von dem alten Mann an die Garderobe hängen. „Wie geht es Ihnen?"

„Danke, danke. Ich kann nicht klagen." Er schaute an ihr hinunter und bemerkte die feuchten Hosenbeine. „Darf ich Ihnen eine Jogginghose anbieten? Die hier könnte ich vor den Kamin hängen, dann ist sie ruckzuck trocken."

„Ach, machen Sie sich keine Umstände, Jonathan. Das wird schon gehen."

„Wenn Sie krank werden, hat keiner was davon."

Er sah sie so freundlich und gutmütig an, dass sie nicht widersprechen konnte. Der alte Mann schlurfte in das Zimmer, in dem Katie bereits übernachtet hatte und kam wenig später wieder heraus.

„Die hier passt vielleicht am ehesten. Und wenn nicht, was soll's? Hier bei uns können Sie sich ganz daheim fühlen."

„Ob Sie's glauben oder nicht. Das tue ich bereits."

Trotz allem fühlte sie sich unwohl dabei, in einer viel zu großen Jogginghose mit Karomuster die Treppe hinaufzusteigen und das Zimmer am Ende des Flurs zu betreten. Ihr erster Blick fiel auf die große Fensterfront, durch die das triste Grau des verregneten Tages zu sehen war.

Katie atmete hörbar aus.

„Dann wünsche ich Ihnen lieber keinen guten Morgen, oder?"

„Wie bitte?" Sie drehte sich um und sah Zehenspitzen in dunklen Socken unter dem Paravent hervorschauen.

„Ihr Seufzen spricht Bände. So schlimm?"

„Ach, Bayless. Sie haben ja keine Ahnung."

Sein Baritonlachen strich wie eine warme Sommerbrise über ihre Haut.

„Wegen des Wetters?"

„Wegen des Wetters, wegen dieser schrecklichen Jogginghose und wegen ..." *Ethan*, brachte sie ihren Satz in Gedanken zu Ende.

„... mir?"

„Nein. Sie sind der einzige Grund, wieso ich heute aufgestanden bin."

„Ein Kompliment? Ein Flirtversuch? Ein Vertragsbruch?"

„Wir tanzen doch gar nicht."

Er lachte so herzlich, dass es ihr das Herz öffnete.

„Habe ich Ihnen schon gesagt, wie gut Sie mir tun?"

„Haben Sie." Katie nahm in ihrem Sessel Platz und zog die Beine an.

„Prima. Das Wetter geht vorüber", sagte er. „Deswegen muss man nicht seufzen. Die Jogginghose wäre ein kleiner Grund dafür. Also, wer oder was ist die wahre Ursache für Ihren Unmut?"

Sie fuhr mit dem Zeigefinger über das Buch, malte die Worte *Die Geschichte von Dave und Alice* nach und zuckte die Schultern.

„Alles zusammen vielleicht. Plus die Tatsache, dass mir heute ein sehr unangenehmes Treffen bevorsteht. Ach ... Lassen Sie uns einfach mit dem Lesen anfangen."

„Das tut mir leid", gestand er. „Das mit dem Treffen. Ich wünsche Ihnen Glück und hoffe, dass Sie es gut überstehen."

113

„Ja, ... das hoffe ich auch", erwiderte Katie und schlug das Buch auf. Sie wollte keinen weiteren Gedanken mehr an Ethan verschwenden. Und mit Bayless über ihn reden, das wollte sie erst recht nicht.

Etwas kitzelte seine Nasenspitze und seine Wangen. Als würde ein Insekt über sein Gesicht krabbeln. David schlug um sich, fuhr hoch und schüttelte die Haare aus. Ein glockenhelles Lachen ertönte zu seiner Linken. Alice saß im Schneidersitz im Stroh, machte ein unschuldiges Gesicht und spielte mit einem Getreidehalm.

„Guten Morgen, du Schlafmütze. Dachtest wohl, ich wäre eine Spinne, was?"

Er brummte etwas vor sich hin, sprang auf sie zu und wälzte sich mit ihr durchs Stroh. Sie kicherte, verteidigte sich mit ihren Armen, hielt sich die Hände vors Gesicht und rief: „Da hat wohl jemand Angst vor Insekten! Gibt es bei euch in Irland denn keine?"

Sie tollten herum wie kleine Kinder, bewarfen sich mit goldgelben Ähren, bis die Luft staubte und sie keuchend zu Boden gingen. Dave und Alice lagen dicht beieinander, während ihr heftiger Atem sich beruhigte. Durch das Scheunendach fielen Sonnenstrahlen herein, in denen die Staubpartikel flirrend tanzten. Plötzlich spürte er ihre Hand auf seiner Hand. Ihre Finger strichen über seine Knöchel, berührten sanft seine Haut. Er drehte seinen Kopf herum und schaute in ihr Gesicht. Sie war wunderschön. Fast erahnte er in ihren Zügen das Mädchen, das sie noch vor wenigen Jahren gewesen war. Ihre glasklaren Augen erwiderten seinen Blick. Eine Spur von Angst lag darin. Und eine Spur von Glück, Überwältigung.

„Ich war nicht sicher, ob du bleibst", flüsterte sie. „Ich konnte nicht schlafen, weil ich Angst hatte, dass du weg bist, wenn ich komme."

Er drückte ihre Hand und zog sie an sich. Seine andere Hand glitt durch ihre langen Haare, die wie flüssiger Honig über das Stroh flossen. Er pickte einzelne Halme aus den Strähnen, bevor seine Finger über ihre Wangen streichelten.

„Wieso sollte ich verschwinden?", fragte er und konnte seine Augen nicht von ihr lassen. „Weißt du was, Alice? Ich habe noch nie in meinem Leben etwas Schöneres gesehen als dich."

Sie hob den Kopf und lächelte. Während das Wiehern der Pferde zu ihnen heraufdrang, flüsterte sie: „Ich weiß, ich bin unverschämt und unersättlich. Und wir kennen uns gerade mal einen Tag. Aber ... würdest du mich küssen?"

Ohne ein Wort zog er sie an sich. Seine Lippen verzehrten sich nach ihr.

Das Knarren im Hintergrund nahmen sie nicht wahr. Und dann zerschnitt eine Stimme die aufgeheizte Stille.

„Was treibt ihr beiden denn hier? Seid ihr verrückt geworden?"

Alice zuckte zusammen, sprang auf, zog David an der Hand hinter sich her und kicherte.

„Lass uns abhauen! Schnell!"

„Das wird deinem Onkel sicher nicht gefallen, Kleine. Hey! Wer ist denn der Bursche?"

Der Stallknecht hatte eine Forke in der Hand und machte sich daran, das Stroh zusammenzuklauben. Er warf David einen bösen Blick zu.

„Bitte tun Sie mir den Gefallen und rühren seine Gitarre nicht an, Jimmy. Dann verrate ich meinem Onkel auch nichts von Ihrem Freund Jack Daniels, der hinter den Strohballen auf Sie wartet."

„Also, das ist doch ..."

„Danke", rief sie, als sie die Leiter hinabstiegen und fluchtartig die Scheune verließen. Alice warf sich draußen an die Stallwand, atemlos, rang nach Luft und lachte vor Glück und Übermut.

„Und was machen wir jetzt?", fragte sie. David schüttelte den Kopf. Dieses Mädchen hatte ihn verzaubert. Er war ihr auf Gedeih und Verderb ausgeliefert.

„Was wir jetzt machen?" Er fuhr sich durch die staubigen Haare. „Keinen Schimmer. Ich dachte, ich sollte mich von dem Typ einstellen lassen? Das war doch der Plan."

„Scheiß auf den Plan! Komm mit", sagte sie und packte ihn wieder bei der Hand. „Wir besorgen uns erst mal was zu essen. Ich habe einen Riesenhunger. Du etwa nicht?" Alice deutete auf seine Hosentasche. „Du hast doch sicher noch genug Geld, um mich in ein Café auszuführen. Und danach ... schauen wir, was das Leben uns zu bieten hat! Wir sind frei wie die Vögel. Und das nur diesen Sommer lang. Also genießen wir es, oder?"

Bei Gott, dachte David. Und ob wir das tun!

Katie sank tief in ihren Sessel und schaute aus dem Fenster zu ihrer Rechten. Der Nieselregen hatte aufgehört, und ein paar Sonnenstrahlen blinzelten zaghaft durch die Wolkendecke ins Moor hinab. Erst in diesem Moment bemerkte sie die Tränen in ihren Augen.

„Wieso hören Sie auf zu lesen?", fragte Bayless.

Sie fühlte sich ertappt und wischte sich durchs Gesicht. „Nur so ... Es war ... schon gut. Vergessen Sie's."

„Ich liebe diese Stelle", gestand er. „Es ist eine meiner Lieblingsszenen in diesem Buch. Ich lese sie immer und immer wieder. Und jedes Mal berührt sie mich aufs Neue. Jedes Mal öffnet sie eine andere Seite meines Herzens. Finden Sie nicht auch, dass die Szene etwas ganz Besonderes ist?"

„Wieso? Nur, weil zwei junge Menschen sich Hals über Kopf ineinander verlieben? Das passiert jeden Tag. Überall auf der Welt."

„Nein", sagte er mit Nachdruck. „Nicht auf diese Weise. Das zwischen Dave und Alice ist eine ganz besondere Liebe. Oder haben Sie sich schon mal binnen weniger Stunden aufs Heftigste in einen völlig fremden Menschen verliebt?"

„Ich denke nicht, nein. Sie denn?"

Er schwieg. Lang genug, um sein Schweigen als Ja zu deuten. Aber auch kurz genug, um ihr zu sagen, dass er nicht darüber reden wollte. Ob sie es war? Die Frau, mit der er am Vortag telefoniert hatte?

116

„Jetzt wissen Sie, wieso aus David und Brenda nie etwas werden konnte."

„Ja. Jetzt weiß ich es." Katie schlug die nächste Seite auf und las weiter.

Die Sonne schien von einem makellos blauen Himmel herab. Dave und Alice schlenderten über die schmale Straße, die zum Gestüt führte.

„Wieso hast du Irland verlassen?", fragte sie und spielte mit einem Grashalm. „Wie sieht dein Leben dort aus?"

Er schaute über die Felder und beobachtete die grasenden Pferde auf den Koppeln.

„Ich hab das letzte Jahr in der Schule geschmissen", sagte er. „Hatte einfach die Nase voll. Meine Eltern waren stinksauer. Hab hier und dort gejobbt, mir meine ... Klampfe ... gekauft und für den Flug gespart. Mein Dad hat einen Ausbildungsplatz für mich gefunden. Im August geht's los. Bis dahin schaue ich mir die Welt ein wenig an. Auf eigene Kosten, versteht sich."

Alice nickte und schaute auf den Weg vor ihren Füßen. „Dann gehst du also zurück."

„Ja. Spätestens im August."

Sie sah so traurig aus wie ein trüber Novembertag. Dave lächelte, rempelte gegen ihre Schulter und fragte: „Was ist mit dir? Wenn ich raten müsste, würde ich sagen, du stammst aus einer reichen Familie und studierst was ganz Abgefahrenes, um irgendwann einen genauso reichen und abgefahrenen Mann zu heiraten."

Sie kicherte und strich eine Haarsträhne hinter ihr Ohr.

„Laaangweilig!", rief David und rempelte erneut gegen ihre Schulter. Er erntete einen Knuff gegen den Oberarm.

„Kannst du reiten, du Dummschwätzer?"

„Reiten? Sehe ich so aus?"

„Großartig, dann bringe ich es dir bei!"

„Bayless", sagte Katie und ließ das Buch in den Schoß sinken.

„Ja? Ich bin hier hinten. Der Typ hinter der Trennwand."

„Können wir ... eine Pause machen? Ich muss, ich meine ..." Sie schloss die Augen und lehnte den Kopf zurück an das weiche Polster. „Ich glaube, ich brauche ein wenig frische Luft."

„Geht es Ihnen nicht gut?", fragte er besorgt, und sie hörte, wie er sich bewegte.

„Es ist wohl der Kreislauf. Vielleicht laufe ich eine kleine Runde durch das Moor."

„Ich sage meinem Vater Bescheid. Er macht Ihnen einen kräftigen Tee."

„Noch einen? Danke, nein ... Tee ... hilft mir nicht weiter." Sie massierte ihre Schläfen, um den Schwindel zu vertreiben. Vielleicht war es doch gut, dass Dr. Finnigan sie kontaktiert hatte. Man konnte nie wissen, wie sich ihr Zustand entwickelte.

„Verdammt ...", flüsterte er und ein dumpfes Geräusch ertönte. Als hätte er mit der Faust auf Holz geschlagen.

„Machen Sie sich keine Gedanken", sagte sie. „Ein Spaziergang und frische Luft werden mir gut tun."

„Das ist es nicht ..."

„Sondern?"

„Ich wünschte, ich ... Ich wünschte, ich könnte Sie begleiten."

„Sie können es. Es würde Ihnen sicher auch gut tun."

„Seien Sie auf der Treppe vorsichtig. Die Stufen sind ziemlich schmal."

„Sie machen sich Sorgen um mich?"

„Nun ja, immerhin arbeiten Sie für mich." Sein Tonfall hatte sich verändert. „Und ich komme für Ihre Versicherung auf."

„Natürlich."

Sie schwankte, als sie sich erhob. Sämtliches Blut sackte in ihre Beine. Katie wurde schwarz vor Augen. Sie umklammerte den Sessel und wartete ein paar Sekunden, bis es ihr wieder besser ging. Was geschah mit ihr?

Auf der Treppe gab sie tatsächlich acht. Sie schmunzelte, als es ihr auffiel. Wie sehr sie sich wünschte, Bayless würde sie begleiten. Wie sehr es in ihr brannte, endlich sein Gesicht zu sehen. Vielleicht war er der hübsche Mann, dem sie an der Tankstelle begegnet war, als Em bei ihrer Ankunft den leeren Wagen befüllt hatte. Aber war er das wirklich? Hübsch? Oder war auch sein Gesicht von Narben entstellt?

„Wollen Sie schon gehen?", fragte Jonathan und schaute verwundert aus der Küchentür.

„Nein, ich brauche lediglich etwas frische Luft."

„Warten Sie, ich gebe Ihnen Ihre Hose. Mit der Jogginghose gehen Sie besser nicht nach draußen. Die Birkhühner würden Sie auslachen."

„Oh, ist sie schon trocken?"

„Ja. Das geht vor dem Kamin ziemlich schnell."

Sie nahm die Hose dankend entgegen, und während sie hineinschlüpfte, kam ihr Kreislauf wieder auf Touren. Trotzdem verließ sie das Haus erst einmal Richtung Meer. Sie lief über den Feldweg, sog den süßen Duft der feuchten Wiesen ein und den salzigen Geruch der aufspritzenden Gischt des nahen Strandes. Der Wind blies ihr ins Gesicht, spielte mit ihren Haaren. Als sie einen Blick zurück zum Haus warf, glaubte sie, hinter der großen Fensterfront die Silhouette eines Mannes zu erkennen. Sein Ellenbogen ruhte auf dem Rahmen, während die Hand seinen Kopf stützte. Er war es. Bayless schaute ihr nach, und ohne es aus der Ferne erkennen zu können, wusste sie, dass sein Gesicht sorgenvoll war. Er gab ihr so viele Rätsel auf, dass sie nicht wusste, ob und wie sie je hinter seine Geheimnisse kommen würde.

Bevor sie den Strand erreichen konnte, setzte der Nieselregen wieder ein, also machte sie kehrt und lief

zurück zum Cottage. Sie wollte ihn zwar sehen.
Irgendwann. Sie wollte die West Fleet sehen, die Wellen,
die über den Sand rollten und leise schmatzend
versickerten. Aber zuerst wollte sie etwas anderes:
erfahren, wie die Geschichte mit Dave und Alice ausging.
Das Buch gefiel ihr besser, als sie sich eingestehen wollte.
Es fesselte, berührte sie. Und irgendwas sagte ihr, dass es
Bayless genauso ging.

„Geht es Ihnen besser?", fragte er, als sie das Zimmer
betrat. Die Enttäuschung darüber, dass er wieder hinter
dem Paravent verschwunden war, ließ sie sich nicht
anmerken. Vielleicht hatte sie sich auch getäuscht.
Vielleicht war der Schatten am Fenster nichts als eine
Illusion gewesen.
„Ich denke schon."
„Das freut mich. Mein Vater hat Ihnen einen neuen Tee
auf den Tisch gestellt. Und ein paar Scones. Für Ihren
Kreislauf."
„Danke, das wäre aber nicht nötig gewesen."
„Nein? Prima! Dann geben Sie mir doch was von dem
Gebäck. Werfen Sie es einfach herüber. Ich fange ziemlich
gut."
Katie lachte, als sie sich in den Sessel setzte und eine
Tasse Tee eingoss.
„Sehen Sie, jetzt geht es Ihnen schon bedeutend besser."
„Hören Sie auf damit, Bayless. Sie gefährden unser
Arbeitsverhältnis, wenn Sie zu nett zu mir sind."
„*Zu* nett? Glauben Sie mir, das bin ich nicht. Sie haben
keine Ahnung von meinem wirklichen Nettsein."
„Sind Sie bereit zum Ausreiten?", fragte sie und zog die
Beine wieder an, in der Hoffnung, das Flügelschlagen der
unzähligen Schmetterlinge in ihrem Bauch zu
unterbinden. Vielleicht hätte sie doch besser die Stelle bei

Paul angenommen. Kein Zeitpunkt ihres Lebens war ungünstiger, sich zu verlieben, als dieser.

„Darf ich zur Abwechslung erzählen, wie es weitergeht? Sie haben ja sicher längst erraten, dass ich das Buch auswendig kenne."

„Klar. Frei erzählen? Oder soll ich es Ihnen rüber werfen? Wo Sie doch so gut fangen können."

„Hier werden keine Bücher geworfen. Und ich fange nur Essen. Also hören Sie zu, Katie. Ich muss immerhin meinen irischen Ruf wahren und die Tradition des Geschichtenerzählens fortführen."

„Jetzt fangen Sie schon an. Ich bin ganz Ohr."

Die Idee, dass er erzählte, gefiel ihr. Nicht nur, dass sie nach zwei Tagen des Vorlesens ein leichtes Kratzen im Hals verspürte. Sie mochte den Klang seiner Stimme. Die angenehme Tonart, die Wärme und Aufrichtigkeit darin. Nur eines verstörte sie. Wieso wagte er es, mit ihr zu flirten, wenn er doch jemanden hatte, den er am Telefon *Liebes* nannte? *Wann sehen wir uns? Ich vermisse dich. Pass auf dich auf. Ich dich auch.* Worte, die Katie durch den Kopf schwirrten und sie nicht mehr losließen.

„Schließen Sie Ihre Augen, Katie. Der Geruch von Pferden steigt in Ihre Nase. Es ist Frühsommer, die Stallluft warm und erfüllt vom Duft der Tiere, vom Heu, vom Mist. Jimmy, der Stallbursche, hat sich den einen oder anderen Schluck Jack Daniels genehmigt und bemerkt nicht, dass Alice zwei hübsche Appaloosa aus den Boxen führt, die Hufe säubert und ihnen Pads und Sättel auf die Rücken hievt. David steht neben ihr, mit etwas Abstand, weil er Respekt vor den Tieren hat. Er beobachtet sie, wie geschickt sie den Pferden Westernzaumzeug anlegt. Er sieht die Zügel und sagt: ‚Die Dinger sind doch kaputt. Dieser betrunkene Stallknecht hat sie im Suff wohl durchtrennt.'"

Katie lächelte. Sie biss in einen der Scones und sah die Szene vor sich wie in einem Film. Bayless war perfekt im Geschichtenerzählen. Die Betonung und Emotionen, die er in die Worte legte. Sie wollte gar nicht, dass er je wieder aufhörte.

„Alice schaut ihn ungläubig an. Ihre hübschen Augen sprühen Funken. Am liebsten will er sie küssen.

,Das ist nicht dein Ernst, oder? Du hast ja wirklich absolut keine Ahnung vom Reiten. Bist du sicher, dass du dich oben halten kannst?', sagt sie.

Er zuckt die Achseln und schaut in ihr entsetztes Gesicht. Gestern erst ist er über die Landstraße in Irland gelaufen und getrampt, um zum Flughafen zu gelangen. Und heute hat er sich in ein Mädchen verliebt, von dem er nie geglaubt hätte, dass er es je finden würde. ,Ich vertraue einfach darauf, dass du mir einen Zossen gibst, der alt und träge und halbtot ist. So einer wird mich schon nicht abwerfen', sagt David.

,Wenn das hier ein *Zosse* ist, dann ist deine Gitarre eine *Klampfe*, kapiert? Und jetzt nimm die durchgeschnittenen Zügel und komm', antwortet Alice und reicht ihm die lederne Kandare. Sie schüttelt den Kopf über Daves Unbeholfenheit und kichert. Er schaut sie an, um sich ihren hübschen Anblick einzuprägen. Ihre schlanke Figur, die langen Haare, die sie zu einem hohen Zopf gebunden hat. Hinter der Scheune steigen sie auf. Alice reitet voran, während Dave ihr folgt."

„Und das kann er einfach so?", fragte Katie. „Ich meine, ich stelle mir gerade vor, wie er sich an den Hals des Pferdes klammert und vor Angst ganz panisch ist. Oder will er einen auf Macho machen und lässt sich seine Angst nicht anmerken?"

„Was glauben Sie?"

Sie nahm einen Schluck Tee und kuschelte sich tiefer in den Sessel.

„Ich will es hören. Erzählen Sie weiter."

„Also gut. Die beiden folgen einem schmalen, ausgetretenen Pfad. Zwischen Büschen, Hecken und Bäumen hindurch. David hält sich bislang ganz gut im Sattel. Hin und wieder schaut Alice zurück und ruft: ‚Du bist ja noch da, Fremder.'

‚Muss am Pferd liegen. Wahrscheinlich steht mein Hengst auf deine Stute. Ich muss gar nichts tun. Wenn ich gewusst hätte, dass Reiten so leicht ist ...'

‚Erstens', antwortet sie, während er nicht wirklich zuhört. Naja, wie die Männer eben so sind. Er starrt auf ihren Hintern, der den geschmeidigen Bewegungen des Pferdes folgt."

„Bayless!", rief Katie und hätte beinahe den Tee verschüttet. „Hören Sie auf damit!"

„Was denn? So naiv können Sie doch wohl nicht sein. Kennen Sie einen Mann, der nicht auf Alices Hintern gestarrt hätte?"

„Steht das auch so im Buch? Warten Sie, das muss ich nachschlagen ..."

„Nein, dann verpassen Sie meine Erzählung!"

Sie grinste und gab auf. „Na, dann erzählen Sie schon."

„Prima. Also, ‚Erstens', sagt Alice, ‚mein Pferd ist ein Wallach und deins die Stute. Und zweitens', sie ist wirklich gemein zu ihm, ‚zweitens ist Reiten überhaupt nicht leicht.'

Damit trabt sie an und geht in einen leichten Galopp über. Dave klammert sich mittlerweile tatsächlich an den Pferdehals, der Ärmste. Und plötzlich passiert es."

„*Was*? Was passiert?"

„Links, irgendwo auf einem der Felder, fährt ein Traktor über den Acker. Der Wallach von Alice erschrickt, er geht durch und sie verliert die Kontrolle. In rasendem Galopp sucht er das Weite, während sie versucht, das Tier zu bändigen. Sie schreit und Dave weiß, dass das kein Scherz ist, um ihn zu testen. Jetzt gibt er der Stute die Sporen und muss sein Geheimnis, dass er ein hervorragender Reiter ist, lüften, um sie zu retten."

„*Was*?", rief Katie und setzte sich aufrecht. „Er *kann* es? Er kann reiten und hat sie angeflunkert? Ich hätte es wissen müssen! Dieser Rüpel!"

„Innerhalb weniger Sekunden ist er auf ihrer Höhe, greift dem Wallach ans Gebiss und bringt ihn zum Stehen. Alice ist schweißgebadet. Ihre hübsche Frisur ganz zerzaust. Sie atmet heftig, schaut Dave an, während ihr Blick Bände spricht.

‚Komm her‘, keucht sie und zieht an seinem Arm. ‚Komm sofort her zu mir.‘

Er steigt ab, macht die beiden Pferde an einem Baum fest und zieht Alice aus dem Sattel. Sie sinkt in seine Arme, der Funke in ihren Augen entfacht ein Feuer in seinen. Dann küsst sie ihn. Leidenschaftlich, ein wenig verärgert darüber, dass er sie angeflunkert hat, und begeistert von seiner Heldentat.

‚Du hast mir das Leben gerettet‘, flüstert sie und spürt seinen erhitzten Körper auf ihrer Haut.

‚Dann gehörst du also mir?‘, fragt er und küsst ihre Wangen.

‚Ich denke, so ist es wohl.‘ Bekomme ich jetzt einen Scone?"

„*Wie bitte*?" Katie schaute entgeistert in Bayless’ Richtung. „*Das* fragt er? Er will zur Belohnung einen Scone?" Bayless lachte.

„Nicht David! *Ich*! Ich will einen Scone. Werfen Sie schon, Katie."

„Das kann unmöglich Ihr Ernst sein! Gerade, wo es am spannendsten ist, unterbrechen Sie für ein Stückchen Gebäck? Ich will wissen, wie es weitergeht!"

„Da müssen Sie jetzt durch. Na, los. Ich bin halb verhungert!"

Sie grummelte, nahm eines der kleinen Teebrötchen und warf es im hohen Bogen hinter die Trennwand. Dem Geräusch nach zu urteilen, fing er es tatsächlich auf.

„Mh! Mein Vater macht sie immer nach altem irischen Rezept. Vielen Dank. Haben Sie auch schon einen probiert?"

„Wie geht es weiter, Bayless?"

Katie trank ungeduldig von ihrem Tee.

„Sie sind wirklich grausam!", setzte sie hinzu.

„Gut möglich. Schlagen Sie doch einfach das Buch auf und lesen selbst weiter. Ich esse jetzt."

„Was muss ich tun, damit Sie es mir erzählen?"

„Hat meine Version Ihnen gefallen?"

„*Ihre* Version? Ist das denn nicht die gleiche wie die, die im Buch steht?"

„Könnte gut möglich sein", sagte er mit halbvollem Mund, „dass im Buch die eine oder andere Szene fehlt."

„*Was*?" Katie war außer sich. „Was hat das zu bedeuten?"

„Wissen Sie, mal abgesehen davon, dass Sie hinreißend sind, wenn Sie sich aufregen – ich habe die Angewohnheit, mir selbst manchmal die Dinge schöner zu reden. Wenn ich ein Buch lese und eine Szene kommt mir zu kurz, dann schmücke ich sie einfach ein wenig aus. Ist das denn verboten?"

„Dann ... dann hat es den Ausritt so nie gegeben?"

„Das haben Sie gesagt."

„Aber ..."

„Beruhigen Sie sich, Katie." Ein warmes Lachen brachte die Luft zum Summen. „Am Ende des Buches werden Sie es wissen. Ich verspreche es Ihnen."

Sie seufzte und versank tiefer im Sessel.

„Sie machen mich fertig, Bayless."

„Nein, damit habe ich noch gar nicht angefangen."

„Bitte, sagen Sie mir, wie es weitergeht."

„Mit wem treffen Sie sich heute?", fragte er, als er den Scone vertilgt hatte.

„So ein Mist, wieso mussten Sie mich daran erinnern? Ich hatte es gerade vergessen."

„Das tut mir leid."

„Zu spät." Ethans Gesicht war längst wieder vor ihrem inneren Auge aufgetaucht. Und sie konnte nicht leugnen, dass er in ihrer Erinnerung verdammt gut aussah. Da war noch etwas anderes, was ihr zu schaffen machte. Nicht nur seine offensichtliche Absicht, sie auf den Wink ihrer Mutter zurückzuholen. Sondern auch das verschwommene Gefühl, das sie einst dazu bewegt hatte, seinen Antrag anzunehmen. Katie hatte Angst vor der Begegnung mit ihm. Weil ihr Kopf Nein sagte. Und sie wollte, dass ihr Herz es auch tat.

„Ist es ein Mann?" Bayless blieb hartnäckig.

„Und wenn es so wäre?"

„Würden Sie es mir natürlich sagen, weil ich Ihr Chef bin und obendrein ein netter Kerl, dem Sie alles anvertrauen möchten."

Sie hielt sich den Bauch vor Lachen. Die Sehnsucht, endlich in seine Augen zu schauen, Bayless zu sehen, wuchs ins Unerträgliche.

„Es ist ein Mann", gestand sie, als sie sich entspannte.

„Sieht er gut aus?"

„Sehr sogar."

„Verstehe. Jetzt muss ich mir eine neue Antwort überlegen. Damit hatte ich nicht gerechnet. Dass Sie gut aussehende Männer treffen."

„Es ist auch eher die Ausnahme, wissen Sie? Ernsthaft. Ich date mindestens dreimal die Woche noch andere Männer, die sich hinter Raumteilern verstecken. Einer lebt in Dorchester, einer in Weston und einer daheim in London. Und ich radle überall mit meinem gelben Fahrrad hin."

126

Diesmal war er es, der lachte. Katie konnte sich nicht erinnern, je in ihrem Leben so viel Spaß gehabt zu haben wie in den vergangenen Tagen. Sie spürte, wie sie in seiner Nähe aufblühte und sich so wohl fühlte, dass es ihr fast unheimlich erschien.

„Helfen Sie mir, Bayless", sagte sie und klammerte sich an die Teetasse. „Das Treffen wird alles andere als lustig sein. Dieser Mann ist nämlich nicht nur gut aussehend, sondern auch manipulativ. Und ich habe Angst, dass ich einknicke."

Sie hörte, dass er sich bewegte. Vielleicht setzte er sich aufrecht, um besser nachdenken zu können. Oder er raufte sich die Haare. Wie gern hätte sie es gewusst, wie gern hätte sie in sein Gesicht geschaut, um seine Mimik zu deuten.

„Das werden Sie nicht", sagte er in sanftem Ton. „Sie knicken nicht ein, Katie."

„Sie kennen ihn nicht."

„Aber ich kenne Sie. Nicht sehr gut, aber gut genug, um zu wissen, dass Sie stark sind, und mutig und selbstbewusst. Sie kennen seine Waffen. Also können Sie sich dagegen verteidigen. Es wäre doch viel schlimmer, wenn Sie keine Ahnung von seinen Maschen hätten. Lassen Sie sich nicht manipulieren. Gehen Sie zu dem Treffen und machen Sie sich vorher klar, was Sie wollen. Und weichen Sie nicht von ihren Vorsätzen ab. Denken Sie in Ruhe über alles nach, machen Sie ihm keine Zusagen oder Versprechen. Schlafen Sie eine Nacht drüber."

Eine Gänsehaut überkam sie. Seine Worte machten ihr Mut und Hoffnung. Obwohl er nicht wusste, worum es ging oder wer Ethan war. Aber das, was er sagte, war genau der Rat, den sie gebraucht hatte.

„Danke", flüsterte sie.

„Habe ich Ihnen gerade das Leben gerettet?"

„So könnte man es nennen."

„Bekomme ich dafür einen Scone?"

Katie nahm grinsend ein Teebrötchen und warf es ohne Antwort in seine Richtung. Ein dumpfes Geräusch ertönte.

„Autsch! Das war mein Kopf!"

„Ups."

Sein Kauen war nicht zu überhören. Und er sprach erneut mit halbvollem Mund: „Ich könnte Sie während des Treffens auch auf dem Handy anrufen. Damit er merkt, wie begehrt Sie sind."

„Oh, ich denke, das weiß er schon. Dank Pie."

„*Pie*?"

Sie biss sich auf die Lippen. Sie hatte doch vermeiden wollen, dass er von Pie erfuhr. Weil Pie eines jener Geheimnisse war, die vermutlich jeder Mensch hatte und die meistens verdrängt wurden, weil sie einfach viel zu peinlich waren.

„Ja, Pie. Das ist ... ähm ..."

„Ein Apfelkuchen?"

„Auch das, ja." Sie pflückte einen Fussel von ihrer Jeans. „Pie ist mein Mitbewohner. In London. Er und Emma sind meine besten Freunde. Eher Emma als er."

„Interessant. Und Pie hat vor Ihrem geheimnisvollen Treffen dafür gesorgt, dass Sie begehrenswert erscheinen."

„Nein, er hat dafür gesorgt, vor meinem Treffen als total hirnverbrannt dazustehen und damit hat er mir einen zweifelhaften Ruf angehängt. Aber das ist nicht das Schlimme an der Sache. Das Schlimme an der Sache ist, dass es die Wahrheit ist. Pie ist total hirnverbrannt und er ist peinlich und ... einfach Pie eben."

„Jetzt machen Sie mich neugierig."

„Glauben Sie mir, Sie wollen ihm nicht begegnen."

Irgendwie bekam sie ein schlechtes Gewissen, während sie so über ihn sprach. Im Grunde war Pie eine herzensgute Seele.

„Gut, dann rufe ich Sie also während des Treffens an."

„Das lassen Sie schön bleiben!"

„Nein, tue ich nicht."

Jonathan hatte ein vorzügliches Essen gezaubert. Er machte sich wirklich gut als Koch. Katie kannte nicht viele Männer, die kochten und fragte sich, ob Bayless es konnte. Nachdem sie gegessen hatten, saß sie an ihrem Fensterplatz und schaute aufs Moor hinaus.

„Sind Sie nervös?", fragte Bayless.

Sie warf einen Blick auf ihre Armbanduhr. Es war kurz nach zwei.

„Merkt man mir das an?"

„Nein. Gar nicht. Sie scharren *immer* mit den Füßen, stimmt's? Und Sie trommeln *täglich* mit den Fingern auf dem Tisch herum."

„Tut mir leid ... Es ist nur, ich wünschte, ich hätte es schon hinter mir."

„Wissen Sie schon, was Sie anziehen?"

„Nein! Natürlich nicht."

„Ziehen Sie sich nicht zu sexy an. Das würde falsche Signale senden. Nicht, dass ich eine Ahnung davon hätte, was für Signale Sie senden möchten."

„*Wie bitte?*" Sie schaute in die Richtung, aus der seine Stimme kam.

„Sie könnten das blaue Kleid mit den weißen Punkten anziehen. Es ist schick und unaufdringlich. Das ist der Look, den Sie wählen sollten."

„Ach, Sie haben doch gar keine Ahnung. Außerdem regnet es. Ich lasse meine Jeans an. Vielleicht mit einer netten Bluse."

Sie schüttelte den Kopf und fragte sich, was für eine Unterhaltung das war. Was interessierte es ihn, was sie anzog?

„Nein", sagte Bayless. „Keine Jeans. Das blaue Kleid ist perfekt, glauben Sie mir. Im Laufe des Tages soll das Wetter aufklaren."

Katie rollte die Augen.

„Und wieso ist das Kleid perfekt?"

„Wenn er optische Waffen einsetzt, sollten Sie es auch tun, oder? Und das Kleid ist genau richtig. Nicht zu viel, aber auch nicht zu wenig. Die Haare sollten Sie zusammenbinden. Vielleicht ein moderner Dutt. Das wirkt seriös und erwachsen. Ein bisschen Make-Up, Perlenohrringe, und ich wette, seine psychologischen Waffen sind geschlagen."

Sie verlagerte ihr Gewicht und schlug die Beine übereinander.

„Ich weiß nicht, was ich von Ihnen halten soll", gestand sie. „Und ich dachte, Sie wären mal Restaurator gewesen. Kein Typberater oder Visagist."

Er lachte leise. Und sie wusste bereits, dass sie genau so zu dem Treffen mit Ethan gehen würde, wie er es gesagt hatte.

„Glauben Sie mir, Katie. Manche Dame, die unter einer Jahrzehnte alten Staubschicht durch meine Restaurierungen zum Vorschein kam, hätte Handküsse und Hofknickse gemacht, hätte sie eine Typberatung oder ein neues Kleid bekommen. Und jetzt verschwinden Sie", sagte er. „Sie sollen auf keinen Fall gestresst und abgehetzt wirken, wenn Sie zu Ihrem Treffen gehen."

„Naja, bis fünf habe ich noch genug Zeit."

„Um fünf ist es?"

„Ja. An der Jubilee Clock."

„Dann wünsche ich Ihnen Mut und viel Vergnügen. Auf jeden Fall müssen Sie mir später alles berichten."

„Gott, sind Sie eine Tratschtante!"

„Das muss ich wohl so stehen lassen."

Katie erhob sich. Sie wollte nicht gehen. Wie gern wäre sie bei ihm geblieben. Wie gern hätte sie den Rest des Tages damit verbracht, mit ihm zu reden, zu lachen und seine Nähe zu genießen. Wie konnte es sein, dass sie nach der kurzen Zeit bereits solches Vertrauen zu ihm hatte und so viel auf seinen Rat gab?

„Danke", sagte sie, bevor sie zur Tür lief. „Sie haben mir die Angst vor dem Treffen genommen."

„Das freut mich. Ich habe gern geholfen."

Auf dem Heimweg radelte sie durch den Sprühregen und telefonierte dabei mit Emma. Sie erzählte von Bayless, von dem bisherigen Tag, von dem anstehenden Treffen mit Ethan und von allem, was geschehen war, seit sie das letzte Mal miteinander gesprochen hatten. Em lauschte gebannt. Hin und wieder juchzte sie oder blieb sprachlos. „Weißt du was?", rief ihre Freundin. „Du machst mich wirklich neidisch! So wie du von ihm erzählst, ist er ein echter Held! Wieso hab ich immer Pech bei den Männern? Ich will auch einen Irren hinter 'ner Trennwand, der mir Tipps gibt."

„Naja, einen Irren hast du ja schon. Nur mit den Tipps von Pie kann man nicht viel anfangen."

Sie lachten und Katie fühlte sich lebendiger denn je. Es war die richtige Entscheidung gewesen, nach Weymouth zu gehen.

„Dann schaffst du das mit Ethan?"

„Ja, ich schaffe das."

„Oh Mann, lass dich nicht unterkriegen, versprochen? Ich trau dem Braten nicht."

„Ich muss doch gar nicht viel tun", sagte Katie und lenkte das Rad in die Hauseinfahrt. „Ich muss ihm nur sagen, dass ich nicht länger mit ihm verlobt sein will, dass ich

131

nicht heim komme, nicht über Los gehe, keine viertausend
Pfund einziehe, ...“

„Katie! Das ist nicht lustig!“

„Ich weiß. Mach dir keine Sorgen, okay? Bayless tut mir
so gut. Das lasse ich mir nicht kaputtmachen. Nicht von
Ethan, und erst recht nicht von meiner Mutter oder von
meiner Krankheit.“

„Ich wünsche dir alles Glück der Welt!“, sagte Em. „Du
hast es verdient.“

Gegen Viertel vor fünf machte Katie sich zur
Strandpromenade auf. Sie wollte zu Fuß gehen und würde
einige Minuten später als verabredet eintreffen. Das würde
Ethan zeigen, dass sie ihn schmoren ließ. Dass sie nicht
länger nach seiner Pfeife tanzte. Es hatte Zeiten gegeben,
da wäre sie überpünktlich gewesen. Aber damit war
Schluss.

Als sie das Haus verließ, warf sie einen Blick nach oben
und – tatsächlich: Die Regenwolken waren verschwunden
und der Himmel klarte auf, wie Bayless es vorausgesagt
hatte. Die Sonne strahlte und warf lange Schatten in die
schmalen Gassen der Stadt.

Katie trug das blaue Kleid mit den weißen Punkten. Sie
hatte die Haare zu einem modernen Dutt zurückgebunden
und ein wenig Make-Up aufgelegt. Das gab ihr das
Gefühl, als wäre Bayless ganz nah an ihrer Seite.

Mit klopfendem Herzen trat sie in das Zentrum von
Weymouth und erblickte die große, rote Standuhr in der
Mitte der Straße. Das Wetter lockte die unzähligen
Touristen aus den Hotels, und im Nu war die Promenade
von Menschen überfüllt. Kinder schleckten Eiscreme,
Erwachsene standen vor den Souvenirläden oder saßen in
Straßencafés. Die Luft war salzig. Gischt mischte sich mit
dem Geruch von Frittierfett und Abgasen.

An der Uhr angekommen, blieb Katie stehen und schaute sich um. Würde sie Ethan auf Anhieb erkennen? Immerhin hatte sie ihn zuletzt vor über einem halben Jahr gesehen. Er und ihre Familie hatten ihr sehr viel Zeit und Spielraum gelassen, ihre *Reife* zu finden, wie Mutter es nannte.

„Hallo, Katie", hörte sie eine Stimme hinter sich. Ihr Puls überschlug sich. Ein kalter Schauer rieselte über ihren Rücken. *Denk an Bayless*, machte sie sich Mut. *Denk an das, was er gesagt hat.* Sie drehte sich um und entdeckte zwischen all den fremden Menschen das markante und eiskalte Anwaltsgesicht, das sie so oft berührt und geküsst hatte. Eine Erinnerung, die ihr kaum mehr real erschien.

„Ethan."

Er sah gut aus. Aber das hatte sie vorher gewusst. Trotzdem war es etwas anderes, ihn in Fleisch und Blut vor sich zu sehen. Er war ihretwegen gekommen. Und er würde nicht ohne sie zurückgehen.

„Ich warte seit zehn Minuten", warf er ihr vor. Seine schmalen Lippen kräuselten sich zu einem Lächeln. Aber seine Augen blieben misstrauisch. Plötzlich bemerkte sie die unzähligen kleinen Makel in seinem Gesicht, die ihr vorher nie aufgefallen waren. War das da eine Narbe über seinem linken Auge?

„Nun, jetzt bin ich ja da", antwortete sie so selbstbewusst wie möglich.

„Du siehst gut aus. Die Luftveränderung scheint dir zu bekommen."

„Danke, Ethan. Dir scheint die Partnerschaft in der Kanzlei auch zu bekommen."

„Schlagfertig wie eh und je, mein kleiner Diamant." Er bot ihr seinen Arm an, und sie hakte sich unter. „Gibt es in diesem Nest auch ein vernünftiges Restaurant, in dem man sich keine Salmonellen holt?"

„Lass es uns herausfinden."

Sie liefen durch das Zentrum und hielten Ausschau nach etwas, das Ethan gebührte. Katie nutzte die Zeit und nahm seinen Anblick in sich auf. Er trug einen teuren Anzug und vermutlich Kontaktlinsen, weil seine Brille fehlte. Die kurzen Haare waren nach hinten gegelt und sein Gesicht so glatt rasiert, dass man darauf hätte ausrutschen können. Im Grunde war er noch genau derselbe Mann, der er schon immer gewesen war. Vielleicht einen Hauch abgebrühter und ein paar Jahre älter. Sie dagegen hatte sich zu ihrem Vorteil verändert, wie sie fand. London, Weymouth, Em, Pie und Bayless. Sie alle hatten sie zu einem neuen Menschen gemacht. Zu jemandem, der sie immer hatte sein wollen.

Ethan fand ein Restaurant, das seinen Ansprüchen gerecht wurde. Er suchte einen Tisch unter freiem Himmel aus, und sie nahmen Platz. Es dauerte nicht lange, da brachte der Kellner die Karten. Während Katie über die Preise stolperte, spürte sie, wie Ethan nach ihrer Hand griff und über ihre Finger strich.

„Du trägst meinen Ring nicht mehr?"

„Nein", gestand sie. „Er war zu unpraktisch und außerdem bei der Arbeit im Altenheim unerwünscht. Zudem hättest du sicher nicht gewollt, dass er bei der morgendlichen Pflege der alten Menschen schmutzig wird."

„Verschone mich bitte mit den Details. Wie geht es dir, Katie? Erzähl mir was über dich. Wir haben uns viel zu lange nicht gesehen."

„Mir geht es gut. Ich atme, ich arbeite, ich führe ein ganz schlichtes und normales Leben. Viel gibt es nicht dazu zu sagen."

Sie entschied sich für ein Gericht, klappte die Karte zu und legte sie beiseite.

„Wir wussten nicht, dass du es ernst meinst", sagte Ethan und gab dem Kellner ein Zeichen, dass er bestellen wollte.

„Damit, dass du London verlässt und ganz allein in diese Provinz ziehst. Was ist los mit dir? Wir machen uns wirklich Sorgen um dich."

„*Wir*?"

„Dein Vater, deine Mutter, Dr. Finnigan und ich. Ich ganz besonders."

„Ach, Ethan. Jetzt, wo die Sache mit der Partnerschaft in trockenen Tüchern ist, brauchst du mich doch gar nicht mehr." Sie konnte nicht glauben, wie selbstbewusst sie klang. Niemals hatte sie sich getraut, so mit ihm zu reden. Niemals. Das verdankte sie einzig und allein Bayless. Der Kellner kam an den Tisch, Ethan bestellte das Essen und dazu einen trockenen Rotwein. Als er verschwunden war, lachte Ethan, fuhr sich durch die Haare und wählte eine sanftere Tonart.

„Liebling, wieso bist du so böse mit mir?", fragte er und zog seinen Stuhl näher heran, als ein Mann am Tisch hinter ihnen Platz nahm. Er zog ihre Hand wieder in seine und streichelte darüber. „Was hat die Kanzlei mit uns zu tun? Mit dir und mir?"

„Sag du es mir. Hättest du dich so aufopferungsvoll um mich gekümmert, wenn mein Vater nicht der einflussreichste Anwalt der ganzen Stadt gewesen wäre?"

„Du weißt ja nicht, was du da sagst!", rief er und ließ verärgert von ihrer Hand ab. „Ein Jahr habe ich aufgebracht, um dir beizustehen, dir zu helfen und alles für dich zu tun, Katie! *Ein Jahr*! Weißt du, wie anstrengend das für mich war? Wie nervenaufreibend? Nebenbei die vielen Prozesse, die Verhandlungen, Revisionen, … Glaubst du, das habe ich alles nur getan, um bei deinem Vater zu punkten?"

„Hör dich doch an. Es geht mal wieder nur um dich. Was *du* auf dich genommen hast. Was *du* geopfert hast. Wie viele Nerven es *dich* gekostet hat. Hast du auch nur einmal daran gedacht, wie es mir in den vergangenen Jahren ergangen ist? Dass es *mein* Leben war und ist, das nie wieder so sein wird, wie es einmal war? Ihr habt doch alle keinen Schimmer davon, wie es mir wirklich geht. Niemand von euch steckt in meiner Haut, Ethan. Weder du noch meine Eltern noch Dr. Finnigan."

Der Kellner kehrte zurück und brachte den Wein. Katie nahm einen großen Schluck und spülte ihren Ärger hinunter.

„Hör zu, Liebling", setzte er erneut an. „Ich will nicht mit dir streiten. Ich will, dass wir von vorn anfangen. Wir haben beide einstecken müssen. Aber wir haben es geschafft. Zusammen, Katie. Ich weiß, dass du es schwer hast. Und ich hatte es auch schwer. Aber jetzt liegen diese Dinge hinter uns. Jetzt sind wir da, wo wir immer sein wollten. Ich habe beruflich erreicht, wovon ich immer geträumt habe, und wenn du mit mir zurückkommst, können wir das Leben führen, das du verdienst. Verstehst du das? Ich will, dass du sorgenfrei leben kannst."

Sie seufzte und verschränkte die Arme vor der Brust. Der Mann am Nebentisch lehnte sich so weit zurück, dass er beinahe auf Ethans Schoss saß.

„Verdammt, ist das eng hier", beschwerte der sich und zog den Stuhl zur Seite. „Katie, du hast mir ein Versprechen gegeben. Hast du das vergessen? Du hast meinen Heiratsantrag angenommen, und jetzt bin ich hier, um dich zurückzuholen. Bitte, komm nach Hause. Es gibt so vieles, was ich dir zeigen und ermöglichen will. Ich werde dir alles bieten, was du verdient hast. Du bist die Richtige für mich. Wir sind die perfekten Partner."

„Ja, das sind wir in der Tat", antwortete sie und warf einen Blick auf ihr Handy. Wie sehr sie wünschte, Bayless würde anrufen und sie retten. „Perfekte Partner. Aber weißt du was, Ethan? Ich denke, du hast etwas Wichtiges vergessen. Etwas Ausschlaggebendes."

„Und das wäre?"

„*Liebe*. Du hast nicht ein einziges Mal davon gesprochen, dass du mich vermisst. Dass du mich liebst oder mit mir zusammen sein willst, einfach, weil ich Katie bin."

„Das ist ein Witz, oder?", rief er. „Wenn ich es nicht erwähnt habe, dann nur, weil es für mich selbstverständlich ist, jemanden, mit dem man verlobt ist, zu lieben."

„Dann erzähl es mir nicht. *Zeig* es mir, Ethan."

„Das habe ich getan, als es dir schlecht ging. Und ich tue es in diesem Moment. Wieso sonst bin ich wohl hergekommen? Sicher nicht, weil dieses Nest so malerisch ist."

Sie schwiegen, als das Essen serviert wurde. Steak und Salat. Wenigstens bekam man davon keine Salmonellen. Obwohl Ethans Stück Fleisch beinahe roh war.

„Gibst du mir eine zweite Chance?", fragte er und erhob sein Weinglas. „Ich werde dir beweisen, dass du mich willst. Weil ich dir alles bieten kann, wovon du je geträumt hast. Bleib heute bei mir. Ich wohne in einem hübschen Hotel. Bitte, Katie."

In dem Moment stieß der Tischnachbar so hart an Ethans Stuhl, dass der Wein schwappte und sich auf seinen teuren Anzug ergoss.

„Verdammt, können Sie nicht aufpassen?", fuhr er den Fremden an. Der Mann entschuldigte sich mehrmals und setzte sich schließlich um. Noch während Ethan versuchte, den Fleck mit seiner Serviette zu säubern, klingelte Katies Handy.

„Hallo?", fragte sie in die Muschel. Ethan war zu sehr mit dem Wein beschäftigt, um zu bemerken, dass sie telefonierte.

„Alles gut bei Ihnen?", ertönte der warme Bariton. „Halten Sie durch?"

Katie spürte die Hitze, die in ihre Wangen stieg. Der Aufruhr in ihrem Magen rührte ganz sicher nicht vom Alkohol her.

„Bayless", flüsterte sie so leise, dass Ethan es nicht hören konnte. „Ich hatte Ihnen doch verboten, mich anzurufen."

„Sie sehen bezaubernd aus. Fast bereue ich, vertraglich geregelt zu haben, nie wieder mit Ihnen zu tanzen."

„Woher wollen Sie wissen, wie ich aussehe?", fragte sie mit Herzklopfen.

„Dieser verdammte Idiot!", motzte Ethan im Hintergrund und rubbelte über sein Hosenbein.

„Ich war es doch, der Ihnen gesagt hat, was Sie anziehen sollen. Schon vergessen?"

Sie lächelte und versuchte vergebens, sich gegen das Flügelschlagen der Schmetterlinge in ihrem Bauch zu wehren.

„Und jetzt genießen Sie die Zeit mit Ihrem Freund und den Anblick seines ruinierten Anzugs. Ich wünsche Ihnen einen schönen Abend, Katie."

„*Wie bitte*?", rief sie so laut, dass Ethan aufschaute. „Sagen Sie das noch mal!"

Sie drehte den Kopf nach beiden Seiten um und hielt Ausschau nach dem Mann, von dem sie nur den Rücken gesehen hatte. Der Mann, der am Nachbartisch gesessen und Ethan den Wein übergeschüttet hatte. War *er* das gewesen? War der Mann Bayless gewesen? Ihr Herz machte einen Sprung. Er war fort. Sie konnte ihn nirgends entdecken.

„Wo sind Sie?", fragte sie. „Wo verstecken Sie sich?"

Ein wunderbares Lachen, dann war die Leitung tot.

Ihr Körper kribbelte, als hätte jemand ihn unter Strom gesetzt. Lächelnd und in der beruhigenden Gewissheit, dass er ganz in ihrer Nähe war, ließ sie ihr Telefon in die Handtasche sinken.

„Wer war das?", ertönte Ethans scharfer Tonfall.

„Eine Freundin."

Sein harter, prüfender Blick traf sie. „Vielleicht sollten wir gehen. Du hast hier eine Wohnung, oder? Während du meinen Anzug reinigst, könnte ich mich ein wenig von der langen Reise erholen."

Sie schlug die Hand an den Mund und stieß einen Lacher aus.

„Du machst Scherze! Sehe ich aus, als wäre ich deine Putzfrau? Siehst du, Ethan, das ist es, was ich vorhin gemeint habe. Du kannst deine Sekretärin herumscheuchen. Aber nicht mich. Nicht deine Verlobte, von der du behauptest, sie zu lieben."

Er raufte sich die Haare. Sie nahm eine Gabel Salat und genoss das süße Dressing. Wie gut es tat, sich nicht aus der Ruhe bringen zu lassen. Das zeigte ihr, dass sie über ihn hinweg war.

„Also", sagte er. „Was schlägst du vor? Wie soll das mit uns weitergehen? Du in Weymouth und ich zu Hause. Wie lange willst du hier bleiben? Dein Vater feiert bald seinen Geburtstag. Die Vorbereitungen sind in vollem Gang. Zeitgleich wird er offiziell bekannt geben, dass ich sein Partner in der Kanzlei werde, um sie einmal weiterzuführen. Du weißt, dass du dort sein musst. Zu der Feier. Die halbe Stadt ist eingeladen. Der Bürgermeister, die Presse, alles, was Rang und Namen hat. Es wäre ein Affront, wenn du nicht erscheinen würdest."

Katie säbelte an ihrem Steak herum.

„Du musst vorsichtig sein", sagte sie. „Wie du mich behandelst, meine ich. Dr. Finnigan sagte, Stress im sozialen Umfeld sei kontraproduktiv für meine Genesung. Ihr könnt ja allen sagen, dass mein ... *Lotterleben* ... noch nicht vorüber ist. Dass ich in einem Sanatorium bin, in einer Spezialklinik. Euch fällt schon was ein. Lügen zählt ja bekannter weise zu den Qualifikationen eines Anwalts, hab ich recht?"

Ethan lief rot an. Er umklammerte das Messer in seiner Rechten, bis die Knöchel weiß hervortraten.

„Ich *will*, dass du mit mir zurückgehst", zischte er. „Und ich werde alle Hebel in Bewegung setzen, Katie. Du kennst mich. Ich bekomme immer, was ich will!"

„Dann ist die Partnerschaft also doch noch nicht endgültig in trockenen Tüchern? Wegen mir?"

Er antwortete nicht. Aber sein Gesichtsausdruck verhärtete sich. Natürlich. Er war nicht wegen ihr gekommen. Nur seinetwegen. Wieder einmal drehte sich alles nur um ihn.

„Das tut mir leid, Ethan. Was hättest du gemacht? Nachdem wir beide geheiratet und mein Vater dir die Kanzlei überschrieben hätte? Hättest du mich vor die Tür gesetzt? Mir die Scheidungsunterlagen übergeben? Oder nach außen eine heile Ehe vorgespielt, während du heimlich eine Affäre mit deiner Sekretärin hättest?"

Sie tupfte sich die Mundwinkel mit der Serviette ab, schob den Stuhl zurück und erhob sich.

„Ich danke dir für das Essen. Ich würde gern sagen, dass es schön war, dich wiederzusehen. Aber ich hasse es, zu lügen."

„Wenn du jetzt gehst, Katie, dann schwöre ich dir, wird jemand leiden. Entweder du oder … jemand anderes."

„Oh, du drohst mir? Ganz offiziell? Lieber Himmel, ist es so weit mit dir gekommen?"

Sie drehte sich um und verließ das Restaurant. Sobald sie hinter der nächsten Hausecke verschwunden war, rannte sie, so schnell ihre Füße sie trugen. Dabei raste nicht nur ihr Herz, auch ihre Gedanken überschlugen sich. Würde er sie verfolgen? Würde er herausfinden, wo sie wohnte? Auf wen war die Wohnung gemeldet? Nein, weder auf Bayless noch auf ihren eigenen Namen. Zudem war sie

140

erst ein paar Tage in der Stadt und hatte sich noch nicht offiziell umgemeldet. Ethan konnte lange suchen, bis er sie fand. Trotzdem zitterte sie vor Angst, als sie in ihren Hauseingang stolperte. In der Wohnung angekommen, zog sie sämtliche Vorhänge zu, ließ nur ein spärliches Licht brennen und schloss zweimal ab. Ob er sie über das GPS ihres Mobiltelefons ausfindig machen konnte?

„Hör auf damit!", flüsterte sie sich zu. „Du leidest an Verfolgungswahn."

Sie griff nach einer Wasserflasche, goss sich etwas zu trinken ein und setzte sich auf das Ledersofa. Sie musste einen kühlen Kopf bewahren. Nachdenken. Und zwar logisch. Was wäre typisch für Ethan? Wie würde er vorgehen? Er hatte ihr gedroht. Und sicher wusste er, dass sie Angst hatte, auch, wenn sie es nicht gezeigt hatte. *Jemand wird leiden.* Aber wer? Ihre Knie zitterten. Em? Pie? Würde er ihren Freunden etwas antun? Wie weit würde er gehen? Sie hatte keine Ahnung.

Das schrille Klingeln ihres Handys ließ sie aufschrecken. Ihr Herz setzte für eine Sekunde aus. *Nicht Ethan*, dachte sie erleichtert, als sie das Telefon zur Hand nahm. *Es ist nicht Ethan.*

„Hallo?", ihre Stimme zitterte.

„Geht es Ihnen gut?"

„Bayless!"

„Wo sind Sie, Katie?"

„In meiner Wohnung."

„Gut. Er hat das Restaurant vor zwei Minuten verlassen."

„Waren *Sie* das? Haben Sie ihm den Wein übergeschüttet?"

„Nein", antwortete er. „Kenneth ist ein guter Freund, der mir noch etwas schuldete."

„Und woher wissen Sie, dass Ethan ...?"

„Ich habe mich versteckt. So wie immer. Darin bin ich wirklich gut."

141

„Sie waren dort? Im Restaurant?" Sie stand auf und konnte nicht glauben, dass er sein Zimmer verlassen hatte.
„Ja, ich war dort. Gerade bin ich an Ihrer Wohnung vorbeigefahren. Mein Vater erwartet mich."
Er war ganz in der Nähe. Der rote Pickup war an ihrem Haus vorübergefahren. Eine Gänsehaut überkam sie.
„Denken Sie, ... denken Sie, er findet mich? Was glauben Sie, wohin er gegangen ist?"
„Soll ich meinen Vater bitten, Sie abzuholen? Fühlen Sie sich unwohl dabei, allein in der Wohnung zu bleiben?"
Der Gedanke an das gemütliche Gästezimmer gefiel ihr. Katie umklammerte das Wasserglas und rang mit sich selbst.
„Ich will Ihnen keine Umstände machen, Bayless. Das ist doch albern ..."
„Sie haben meine Frage nicht beantwortet. Fühlen Sie sich unwohl allein in der Wohnung?"
„Ein wenig."
„Dann kommt mein Vater und holt Sie zu uns. Vielleicht erzählen Sie mir dann, wer der Kerl war und was er von Ihnen will."
„Danke. Für alles, Bayless."

Es war dunkel, als sie die Wohnung verließ. Da das Haus am Stadtrand lag, war in den Straßen nicht viel los. Katie hatte sich ein paar Dinge für die Nacht eingepackt, und während Jonathan den Wagen fuhr, schaute sie in den Sternenhimmel, der sich leuchtend klar über das Moor spannte. Nie zuvor hatte sie so viele Sterne gesehen.
„Bayless meinte, dass Sie Gesellschaft gebrauchen könnten", sagte der alte Mann, und im Dunkel leuchteten seine weißen Haare wie Sternenstaub. „Ich weiß, wie Sie sich fühlen. Manchmal kann das Alleinsein einen erdrücken."

„Es tut mir leid, Sie damit zu belästigen." Katie schaute ihn an und fragte sich, wie viel er von der Wahrheit wusste.

„Wenn ich ehrlich bin, fehlen Sie uns, sobald Sie das Haus verlassen, Mädchen. Mit Belästigung hat das nichts zu tun."

Er schob das Kinn vor und lächelte. Wie konnte es sein, dass sie ein solches Glück verdiente?

„Da wären wir." Jonathan parkte den Wagen hinter dem Haus, und bevor sie ausstiegen, sagte er: „Ich muss Ihnen noch danken, Katie."

„*Sie mir*? Wofür denn?"

„Mein Sohn hat heute zum ersten Mal seit einer Ewigkeit das Haus verlassen. Ich weiß, dass er es Ihretwegen getan hat. Sie scheinen großen Einfluss auf ihn zu haben."

„Ja, ich ... war selbst völlig überrascht. Bitte sagen Sie ihm, dass ich nachher zu ihm komme. Ich muss kurz telefonieren."

Sie brachte ihre Sachen in das Gästezimmer, setzte sich aufs Bett und rief Em an. Ihre Freundin lauschte gebannt, als Katie ihr von dem Treffen mit Ethan berichtete.

„Der ist ja ein richtiger Psychopath. Glaubst du, er tut, was er dir angedroht hat?"

„Keine Ahnung. Eigentlich heißt es ja, dass bellende Hunde nicht beißen. Aber bei Ethan kann man nie wissen."

„Ich mache mir solche Sorgen um dich!"

„Das musst du nicht." Katie lächelte und fuhr mit dem Zeigefinger über die dunkle Bettwäsche. „Ich bleibe die Nacht über im *Fairy Cottage*."

„Wow!", rief Em erleichtert. „Diese Leute müssen Engel sein! Bin ich froh, dass du nicht zu Paul gegangen bist."

„Wie geht es Pie?", fragte Katie, um sich abzulenken.

„Ach, er hat sein Kopfkissen rausgeschmissen und schläft jetzt immer auf deiner gelben Ente. Und natürlich wartet er täglich ganz heiß auf Nachricht von der Personalabteilung. Wegen der Stelle als Filialleiter."

„Bestell ihm schöne Grüße von mir. Ich vermisse euch!"

„Oh, wir dich auch! Am Wochenende hab ich Bereitschaft, aber nächste Woche hab ich zwei Tage Urlaub! Vielleicht sehen wir uns?"

„Das wär toll! Schlaf gut, Em."

„Hey, bevor ich es vergesse. Da ist ein Brief für dich angekommen. Von einem Neurologen namens ..."

„Dr. Finnigan?"

„Ja, genau. Soll ich ihn dir schicken?"

„Ja ..." Katie rollte die Augen. „Aber keine Eile. Vielleicht werfe ich ihn direkt in den Papierkorb."

„Das lässt du schön bleiben!"

Aus der gedrungenen Wohnstube tönte leise Musik. Anscheinend schaute Jonathan eine Folkloresendung im Fernsehen an. Katie hatte ihren Dutt gelöst und die Haare gebürstet. Sie war in bequeme Kleider geschlüpft, hatte sich abgeschminkt und lief leise über den Flur und die knarrende Treppe hinauf. Wo Ethan wohl steckte? Ob er tatsächlich nach ihr suchte? Merkwürdig, dass er nicht mal anrief, um ihr noch mehr zu drohen.

Oben angekommen, verharrte sie einen Moment vor der geschlossenen Tür. Wie sehr wünschte sie sich, Bayless würde sich ihr zeigen. Immerhin war er an dem Tag in der Stadt gewesen. Menschen hatten ihn gesehen, er hatte ein Restaurant besucht. Wieso sollte er sich noch länger vor ihr verstecken? Nach kurzem Anklopfen drehte sie den Knauf herum und trat ein. Sie schaute sich um und ließ die Schultern sinken. Er enttäuschte sie.

„Hallo", sagte er. „Haben Sie sich ein wenig beruhigt?"

„Ja, vielen Dank." Sie lief zum Sessel und besah sich die kleine Tischleuchte, die den Raum in schwaches, warmes Licht tauchte. Zum Lesen wäre das eindeutig zu spärlich. „Ich hatte gehofft, dass Sie den Raumteiler nicht länger benötigen."

„Jetzt quält Sie die Frage, ob Sie mich vielleicht längst gesehen haben könnten, stimmt's? Vielleicht war ich der Kerl hinter der Zeitung. Oder der mit dem tief ins Gesicht gezogenen Hut. Eines kann ich Ihnen versprechen, Katie: Ich war nicht Ihr Gegenüber."

„Sehr witzig." Sie nahm Platz und musste plötzlich lachen. „Das mit dem Wein war grandios! Haben Sie Ethans Gesicht gesehen? Der Anzug muss ihn ein Vermögen gekostet haben."

„Ja, auf Kenneth ist Verlass, wenn man ihm erstmal die Pistole auf die Brust drückt."

Katie schwieg und genoss die Stille, den schwachen Duft von Bayless' Aftershave und die Gewissheit, dass sie hier vor Ethan sicher war.

„Möchten Sie mir erzählen, wer der Kerl ist?"

„Er ist mein Verlobter", gestand sie. Als er daraufhin hörbar durchatmete und sich knarrend in seinem Stuhl bewegte, fügte sie hinzu: „Genauer gesagt, mein *Ex*-Verlobter. Nur, dass er das nicht einfach so hinnehmen will. Es hängt zu viel daran."

„Dann waren Sie es, die Schluss gemacht hat?"

„So ist es."

„Obwohl er so gut aussehend ist?"

„Ich glaube, ich habe Ihnen schon einmal gesagt, dass ich einen Menschen nicht nach seinem Äußeren beurteile."

„Hm ...", machte er und schien zu grübeln. „Was kann es nur sein, das an einer Verlobung hängt, was man nicht einfach so aufgeben will?"

„Liebe?"

„Wäre eine Option."

145

„Sie sind ja noch neugieriger als ich, Chef!"

„Vermutlich habe ich heute zu viel frische Luft und Aufregung gehabt. Das bekommt mir gar nicht."

„Ethan wird die Kanzlei meines Vaters übernehmen. Vorausgesetzt, ich heirate ihn. Damit alles in der Familie bleibt, wissen Sie? Meine Eltern sind da sehr traditionell."

„Oh, verstehe. Da kann eine Lappalie wie Liebe natürlich nicht mithalten. Entschuldigen Sie die Frage. Aber Sie mussten sich erst mit ihm *verloben*, um dahinter zu kommen, dass er Sie nur als Karrieresprungbrett benutzt?"

„Nein, nein ... So stimmt das nicht ganz." Sie spielte mit ihren Haarsträhnen. Wickelte sie nervös um ihren Zeigefinger. „Es gab eine Zeit in meinem Leben, da hat er sich sehr um mich bemüht. Mir in vielerlei Hinsicht geholfen. Damals war ich nicht Herr über mich selbst und habe so einiges nicht erkannt. Das hat Ethan", sie holte tief Luft, „das hat er ausgenutzt. Vermutlich hätte ich mich zu der Zeit in jeden verliebt, der mir in irgendeiner Weise beigestanden hätte. Zum Glück ist es noch nicht zu spät, meine Entscheidung rückgängig zu machen."

„Dazu ist es nie zu spät, Katie. Mit jedem Morgen besteht die Möglichkeit auf einen Neuanfang."

„Ich weiß."

Es folgte eine Stille, die so viel sagte. Alles in Katie brannte. Ob er wusste, wie sehr sie sich danach sehnte, ihn anzuschauen? Wie gern sie aufgestanden und um den Paravent herumgegangen wäre, um in seine Augen zu blicken? Mit jedem Tag wurde der Wunsch größer und schmerzhafter. Oder war es genau das, was er beabsichtigte?

„Erzählen Sie mir von Dave und Alice?", fragte sie. „Ich würde gern hören, wie es weitergeht. *Ihre* Version."

„*Meine* Version?" Bayless räusperte sich. „Also, wenn das jetzt immer so läuft, dass ich der Erzähler bin, müssen wir noch mal über Ihr Gehalt reden."

Sie lachte schon wieder. Dann lehnte sie sich zurück und wagte etwas auszusprechen, worüber sie selbst erschrak: „Die Alternative wäre, ich knipse das Licht aus, Sie kommen aus Ihrem Versteck heraus und ... tanzen mit mir. Nur so eine Idee. Wo Sie doch wegen des Gehalts sowieso noch mal an den Vertrag ..."

„Knipsen Sie das Licht aus."

„Was?"

„Tun Sie's."

Ihre Finger zitterten, als sie nach dem Knopf tastete. Er hatte zugestimmt. Wieso? Es machte *klick* und der Raum lag im Dunkeln. Weil Wolken den Mond verdeckten, erschien die Nacht über dem Moor in spärlichem Licht. Auch wenn Katie sich anstrengen würde, sie würde Bayless kaum erkennen. Aber darum ging es nicht. Es ging darum, seine Nähe zu spüren. Das Blut pulsierte in ihren Adern, als sie seine Schritte vernahm. Sie erhob sich und ging langsam auf ihn zu.

„Sind Sie sicher", flüsterte sie, „dass das eine gute Idee ist?"

„Überhaupt nicht."

Er blieb dicht vor ihr stehen, nahm ihre Hände in seine und zog sie an sich. Katie lehnte ihren Kopf an seine Brust, hörte seinen Herzschlag, spürte seinen Atem in ihren Haaren und schloss die Augen. Vorsichtig legten ihre Arme sich um seine Hüften, ihre Hände auf seinen Rücken. Er wiegte sie sanft hin und her, umfing sie wie ein wärmendes Feuer in einer kalten Winternacht. Niemand wagte, die Stille mit Worten zu durchbrechen. Das Flattern in Katies Bauch wurde so stark, dass es beinahe schmerzte. Sie wünschte, sie hätte greifen können, was zwischen ihnen geschah. War es ein Traum? War es real? Sein Geruch, seine Wärme, das lebendige Pochen in seiner Brust. All das weckte in ihr die Gewissheit, dass sie endlich gefunden hatte, wonach jeder Mensch suchte. Sie ganz besonders. Während Bayless sie langsam durch den Raum führte, glitten seine Finger durch ihre Haare, berührten ihre Schultern, streichelten ihren Rücken. Jede seiner Berührungen hinterließ ein Prickeln auf ihrer Haut. Wie kleine Wellen, ausgelöst von einem Steinchen, das die Wasseroberfläche eines Sees kräuselt. Sein Gesicht war ihr so nahe, dass sie ihn einfach hätte anschauen können, nachdem ihre Pupillen sich der Dunkelheit angepasst hatten. Doch sie ließ die Augen geschlossen und konzentrierte sich auf das, was ihnen ohnehin verborgen geblieben wäre.

„Bayless", flüsterte Katie. „Wenn wir nicht sofort damit aufhören, bin ich nicht sicher, ob ich noch länger für Sie arbeiten kann."

„Ich weiß."

„Ich sollte jetzt gehen."

„Besser wäre es."

„Dann lassen Sie mich los."

„Versprechen Sie mir etwas."

„Ja?"

„Wenn Sie morgen früh durch diese Tür kommen ..."
Seine Stimme klang schwach. Zerbrechlich wie der Mann mit den Narben. Er schob sie von sich weg und fragte:
„Würden Sie so tun, als wäre das hier nicht passiert?"
Sie griff nach der Lehne des Sessels.

„Ich ... ich kann es versuchen."

„Danke. Verzeihen Sie mir, dass ich mein Versprechen gebrochen habe."

Er drehte sich um und verließ den Raum. Vom Flur her drang Licht in das Zimmer, sodass sie seinen Rücken sehen konnte. Und seine Haare. Sie waren schwarz.

Sie wusste nicht, wie lange sie dort stand. In seinem Zimmer. Sie hatte jedes Gefühl für Raum und Zeit verloren. Das, was passiert war, konnte sie nicht vergessen oder leugnen. Wieso verlangte er das von ihr? Wieso tat er etwas und bereute es im nächsten Moment? Spielte er mit ihr? Mit weichen Knien und einem Kribbeln im Bauch, das sie vermutlich zuletzt als Teenager empfunden hatte, ging sie die Treppe hinunter. Auf der letzten Stufe blieb sie stehen, als sie Stimmen hörte. Aber es waren nicht die von Vater und Sohn, wie sie zuerst angenommen hatte. Es war die Folkloremusik aus dem Fernseher und es war die leise Stimme von Bayless, der in einem Nebenraum telefonierte. Seine Stimme klang gedämpft. Als ob er vermeiden wollte, dass sie ihn hörte. Sie bekam zu viele Gesprächsfetzen mit, die sie besser nicht hätte hören sollen. Aber die Neugier und das Verlangen, sein Geheimnis zu lüften, ließen nicht zu, dass sie weiterging und sein Telefonat ignorierte.

„Nein, Liebes, hat sie nicht", hörte sie und erstarrte. Er sprach mit der Frau von neulich. Dann lachte er in seinem unwiderstehlichen Bariton. „Wieso *noch einmal* betrügen? Habe ich dich je betrogen?"

Katie spürte, wie ihr das Herz brach. Ein Bruch ging durch ihren Körper. Sie wollte fort. Fort und zurück nach London ... Am liebsten noch am selben Abend. Niemals würde sie sich in eine Beziehung drängen. Niemals. Sie musste es ihm sagen. *Morgen*, dachte sie. *Morgen kündige ich.*

„Am besten, du kommst her, damit wir uns sehen und ich nicht in Versuchung gerate, einen Fehler zu begehen", fuhr er fort. Dabei lief er offenbar im Zimmer auf und ab. Der Holzboden knarzte unter seinen Schritten. „Einen Fehler, den ich bereuen würde."

Katie suchte Halt an der Wand. Tränen stiegen in ihre Augen. Noch nie in ihrem Leben hatte sie sich mehr verraten gefühlt als in diesem Moment. Aber hatte sie überhaupt einen Anspruch auf ihn? Schließlich war er nichts weiter als ihr Chef. Ein Mann, der ihr einen Job angeboten hatte und der sie fürs Vorlesen bezahlte.

„Ja, das hoffe ich", sagte er in leisem Ton. „Ich brauche dich jetzt, Nan. Mehr als je zuvor ... Allein stehe ich das kein zweites Mal durch." Ein letztes, sanftes Lachen. „Ich dich auch ... Danke, und träum was Schönes."

Katie rappelte sich auf und lief auf Zehenspitzen in ihr Zimmer. Ihr war speiübel. Ein schwerer Klumpen Blei drückte auf ihren Magen und zerquetschte die vielen zarten Schmetterlinge. *Nan.*

Sie hatte nicht gut geschlafen. Nachts war immer alles schlimmer als am Tag. Die Gedanken waren düsterer, die Lösungen in weiter Ferne. Katie kletterte aus dem Bett, band ihre Haare zurück, wusch sich das Gesicht und schlüpfte in Jeans und Shirt. Sie wollte keine Minute länger warten. Noch vor dem Frühstück musste sie mit Bayless reden. Es ließ ihr keine Ruhe. Sie hasste es, Dinge unausgesprochen zu lassen, und eine Beziehung war etwas, das es zu schützen galt. Ein vorsichtiger Blick durch die Tür verriet, dass die Luft rein war. Unter keinen Umständen wollte sie über Jonathan stolpern, bevor sie Klartext mit seinem Sohn gesprochen hatte. Sie lief die Treppe hinauf und ordnete ihre Gedanken. Im Grunde spielte es keine Rolle, was sie sagte. Oder in welcher Reihenfolge. Es war besser, einfach auszusprechen, was sie fühlte. Sie klopfte auch nicht an, sondern ging schnurstracks auf den Raumteiler zu, hinter dem sie Geräusche vernahm.

„Guten Morgen", begann sie, und als Bayless sich räusperte, fuhr sie gleich fort: „Nein, bitte sagen Sie nichts. Und bitte unterbrechen Sie mich auch nicht. Ich habe ernsthaft mit Ihnen zu reden. Ich weiß, Sie haben mich darum gebeten, heute so zu tun, als sei gestern nichts passiert. Aber das kann ich nicht. Nicht, nachdem ich Ihr Gespräch gestern Abend mit angehört habe. Es tut mir leid, ich habe es nicht absichtlich getan. Aber als ich die Treppe hinuntergegangen bin, habe ich zufällig ein paar Fetzen mitbekommen. Ist ja auch egal ... Punkt ist, dass Sie mit dieser ... dieser Frau ... *Nan* ... Unter diesen Umständen weiß ich nicht ... ich weiß nicht, ob oder wie ... Ich meine, wieso tanzen Sie mit mir, *wieso* ...? Obwohl da diese Frau ist ... Ich kann das nicht, Bayless. Ich muss ... Ich glaube, ich muss kündigen."

Sie fuhr sich durch die Haare, bereute, was sie gesagt hatte, und war gleichzeitig erleichtert, dass sie es gesagt hatte. Ihr Puls raste, Bayless bewegte sich, und endlich sagte er auch mal etwas: „Er hat ... er hat mit Ihnen *getanzt*?"

Katie schaute irritiert auf und entdeckte Jonathan, der hinter dem Paravent hervorschaute.

„Gütiger Himmel!", rief sie und sank in sich zusammen. „*Sie*? Wo ist ... wo ist Bayless? Ich dachte, ..."

„Mein Sohn steht noch unter der Dusche. Das dürfen Sie nicht tun, Katie", flehte der alte Mann. „Sie dürfen nicht kündigen. Bitte, tun Sie das nicht."

„Ich werde mich ganz sicher nicht in eine Beziehung einmischen", verteidigte sie sich. „Und so, wie Ihr Sohn mich behandelt ... Ich meine, so was tut man nicht mit Angestellten. Verstehen Sie? Das ist unfair gegenüber dieser Nan. Und dann ruft er sie an und tut so, als wäre nichts passiert."

„Ist denn was passiert?"

„Nein ... nein, Sie verstehen das nicht. Ich muss ... Ich ...", sie raufte sich erneut die Haare. „Sagen Sie ihm, dass ich mir den Tag frei nehme."

Katie verließ das Zimmer, lief die Treppe hinunter und packte in Windeseile ihre Sachen zusammen. Das Wetter war herrlich, also würde sie heimlaufen. Die frische Luft

151

würde ihr den Kopf waschen und sie wieder klar denken lassen.

Am frühen Nachmittag kehrte sie aus der Stadt zurück. Sie hatte einige Einkäufe erledigt, das strahlende Wetter genossen, Fish and Chips an der Bude gegessen, an der sie bereits an ihrem ersten Tag gegessen hatte und sich nett mit Daniel, dem Imbissbetreiber, unterhalten. Er und Pete hatten dauerhaft gute Laune, die auf Katie übergegangen war. Ihr Handy hatte sie ganz bewusst in der Wohnung zurückgelassen, um Ruhe und Abstand zu gewinnen. Sie hatte nachgedacht und war zufrieden zu dem Schluss gekommen, sich nicht in etwas einmischen zu wollen, was nicht ihre Angelegenheit war. Bayless war ihr Chef. Punkt. Ja, er hatte sich falsch verhalten, indem er mit ihr getanzt hatte. Aber er hatte sich auch entschuldigt. Und schließlich war es ihre Idee gewesen, mit ihm zu tanzen. Sie kannte ihn ja nicht einmal wirklich. Er war in festen Händen und sie nicht berechtigt, sich in ihn zu verlieben. *Ab morgen*, dachte sie, *bin ich einfach nur die Angestellte, die ihm vorliest. Ende.*
Mit sich und der Welt im Reinen, schlenderte sie über den Gehsteig und erreichte ihre Haustür. Sie stellte ihre Einkaufstasche ab, suchte nach dem Schlüssel und öffnete. Sogleich strömte ein süßer Duft in ihre Nase. Katie lief ins Treppenhaus und stolperte beinahe über eine weiße Rose, die auf der untersten Stufe lag. Da hatte wohl jemand was verloren – und zwar nicht nur auf der ersten Stufe. Sie blieb stehen und sah auf den kleinen Treppenabsatz, der pro Tritt mit einer weißen Rose bestückt war. Katie lächelte und schaute auf die Wohnungstür im Erdgeschoss. Sie hatte mitbekommen, dass ihre Nachbarn gestritten hatten. Es ging doch nichts über eine romantische Versöhnung! Sie nahm ihre Tasche und lief vorsichtig an den Rosen vorbei nach oben. Da

bemerkte sie, dass die Blumenspur nicht vor der Tür ihrer Nachbarn, sondern vor ihrer eigenen endete. Katie schluckte und verspürte einen Kloß im Hals. Ihre Tür war über und über mit duftenden Blüten geschmückt, und inmitten der Pracht steckte eine kleine Karte. Sie stellte erneut die Tasche ab und griff mit zitternden Fingern nach dem Umschlag. *Bitte, lass es nicht Bayless sein. Bitte nicht!*, flüsterten ihre Gedanken. Vielleicht Em, oder ihretwegen auch Pie! Aber nicht Bayless. Sie hatte viel zu oft mitbekommen, dass Beziehungen scheiterten, weil einer der beiden sich in jemand anderes verliebte. Katie wollte nicht die Ursache für eine Trennung sein. Das wollte sie auf gar keinen Fall!

Ich bitte tausendfach um Verzeihung, las sie mit wild klopfendem Herzen. *Das alles war ein großes Missverständnis. Ich warte um fünf am Strand. Direkt unter dem Pier. Mit dem Wunsch, alles zu erklären.*

Sie war so gerührt, dass sie zu weinen anfing. Das war zu viel für ihre Nerven. Sie hatte keine Kraft für solche emotionalen Berg- und Talfahrten. Ihre Erkrankung und das, was in den vergangenen Jahren passiert war, hatten ihr so viel Kraft abverlangt, und sie spürte, dass ihre Akkus noch lange nicht wieder aufgefüllt waren. Bayless würde unter dem Pier auf sie warten. Und wenn er erneut ihretwegen sein Versteck verließ, musste sie ihm die Chance geben, alles geradezurücken. Sie sammelte die Blumen ein und verschwand in ihre Wohnung.

Die Sonne lag knapp über dem Horizont und ließ das Meer wie Milliarden kleine Diamanten glitzern. Seevögel kreischten, schwebten über den Wellen und stürzten sich hinein, um nach Fischen zu tauchen. Ein paar Schwimmer wagten sich in der Ferne ins eiskalte Wasser. Auf dem Pier war reger Betrieb, darunter hockte lediglich eine schmale Gestalt im Schatten und blickte in die Brandung. Katie schloss die Augen, atmete die salzige Brise ein und lauschte dem Puls in ihren Ohren. Sie konnte nicht leugnen, dass sie einen Riesenbammel hatte. Dass sie so aufgeregt wie ein Schulmädchen war, das zu ihrem allerersten Date ging. Sie konnte auch nicht leugnen, dass sie neugierig war, wie die Sache mit dieser Nan zu beurteilen war. Und ohne Zweifel: Sie konnte es nicht erwarten, Bayless im Abendlicht der untergehenden Sonne endlich in die Augen zu schauen. Eine letzte Sekunde verstrich, bevor sie auf ihn zu ging. Eine Sekunde, in der der Wind übermütig durch ihren luftigen Rock wehte, mit ihren langen Haaren spielte und sie ihr zerzaust ins Gesicht warf. Das leise Knirschen des Sands unter ihren Sandalen ließ ihn aufschauen. Er drehte sich um, als sie ihn erreicht hatte, und als ihre Blicke aufeinandertrafen, erschrak sie.

„Hallo", sagte er, erhob sich und kam näher. Alles Blut verließ ihre Wangen, als er sie ansprach. „Schön, dass du gekommen bist. Ich hatte bereits befürchtet, dich endgültig verloren zu haben."

„*Du*?", stieß sie hervor und starrte ihn ungläubig an. Er lachte irritiert.

„Ja, natürlich ich. Wen hast du denn erwartet?"

Sie biss sich auf die Lippen, um zu verhindern, dass der Schmerz ihnen entweichen konnte. Der Schmerz und die Enttäuschung darüber, dass es nicht Bayless war, der die Rosen in ihrem Haus verteilt und sie um ein Treffen gebeten hatte.

„Keine Ahnung ...", stammelte Katie und wehrte sich nicht dagegen, dass er sie in seine Arme zog. „Jedenfalls nicht dich, Ethan."

„Du zitterst ja. Ist dir kalt, Liebling?"

„Das muss es wohl sein." Eine Tonne Gewicht in ihrem Innern zog sie zu Boden.

„Komm, nimm meine Jacke." Er legte sie ihr um die Schultern und führte sie am Strand entlang. „Ich musste dich noch einmal sehen, bevor heute Abend um elf mein Zug geht. Hör zu, Katie, wegen gestern ... Es tut mir so leid, wie ich dir begegnet bin. Es war falsch und gemein, wie ich dich behandelt habe. Verzeihst du mir?"

Verzeihst du mir?, hallte es in ihr nach. Sie konnte nicht antworten. Die Watte in ihrem Kopf drückte von innen gegen den Schädel und machte sich so breit, dass ihr Hirn nicht mehr klar denken konnte. Ihr war furchtbar schwindelig.

„Ich verspreche dir, dich nicht länger unter Druck zu setzen", fuhr er fort und streichelte mit der Hand, die sie stützte, ihren Oberarm. „Du sollst alle Zeit der Welt haben, dich für mich zu entscheiden. Ich kann warten. Auch mit der Partnerschaft in der Kanzlei. Nur du bist wichtig. Alles andere kann warten."

Sie glaubte ihm kein Wort. Das war der Ethan, der an ihrem Bett gesessen hatte. Der sie und ihre Eltern und alle Welt belogen und ihnen Honig ums Maul geschmiert hatte. Diesen Ethan gab es in der Wirklichkeit nicht. Der echte Ethan war ihr am Vorabend im Restaurant begegnet. Aber sie hatte keine Kraft, ihm zu widersprechen. Sie fühlte sich schwach und ausgebrannt. Wie damals. Als hätte es die Zeit dazwischen, die Zeit mit Em und Pie und London, nie gegeben. Aber was, wenn Ethan ihr Anker war? Wenn es so war, wie alle sagten? Dass sie es allein nicht schaffen würde? Was, wenn Ethan ihr wirklich ein Leben bieten konnte, ein Leben, in dem es ihr gut ging, in dem sie alles hatte, was sie brauchte, um glücklich zu sein? Bayless ... Nein, sie musste aufhören, an ihn zu denken. Er gehörte zu Nan, und so sollte es sein. Ethan blieb stehen, drehte sich zu ihr und schaute sie an. Er legte die wilden Haarsträhnen hinter ihre Ohren.

„Katie, komm nicht meinetwegen zurück. Nur wenn du sicher bist, dass du mich wirklich willst. Aber komm wegen deines Vaters zurück. Wegen seines Geburtstags. Tu ihm das nicht an. Du bist sein einziges Kind. Auch wenn er es nicht oft zeigt, er liebt dich. Komm zu der Feier, ich bitte dich."

„Zu der Feier?"

„Ja, nur zu der Feier. Und danach entscheidest du allein, ob du zurück nach Weymouth gehst oder bei mir bleibst. Und ich verspreche dir, wenn du bei mir bleibst, dann wirst du es keinen Tag deines Lebens bereuen. Erinnerst du dich an das Haus, das du damals in der Bolton Street gesehen hast? An dem Tag, als du zum ersten Mal mit mir ausgegangen bist. Ich kann es kaufen! Ich habe den Makler kontaktiert und ich würde es für dich kaufen. Stell dir vor, wie du den riesigen Garten gestaltest. Davon hast du doch immer geträumt."

Das Haus in der Bolton Street. Katie erinnerte sich. Es war ein Haus, in das sie sich Hals über Kopf verliebt hatte. Ihr Traumhaus. Und der Garten ...

„Überleg es dir, Katie", sagte er und drückte sie an sich.

„Für wann ist die Feier denn geplant?"

„Sie findet in zwei Monaten statt. Im August. Es ist alles arrangiert. Die Big Band, das Zelt, die Torten sind bestellt. Ich war beim Probeessen dabei. Du wirst dahinschmelzen."

„Ich überlege es mir, versprochen", sagte sie, während er sein Gesicht in ihren Haaren vergrub. Er küsste ihr Ohr, ihren Nacken und sie stellte sich vor, wie es wäre, in dem Haus zu leben. Mit ihm. Und während er sie hielt, ihre Augen geschlossen waren und ihr Kopf an seiner Brust lag, dachte sie an Bayless und daran, wie er mit ihr getanzt hatte.

„Liebst du mich, Ethan?"

„Was ist denn das für eine Frage?"

„Wieso hast du mir dann gedroht?“

„Weil es das einzige ist, worin ich gut bin. Im Bluffen. Vor Gericht zieht das in den meisten Fällen. Aber bei dir …“ Er lachte. „Bei dir muss ich noch ein bisschen üben.“

Sie löste sich aus der Umarmung. Er griff nach ihrem Kinn, schaute ihr tief in die Augen und küsste sie. Sie hatte vergessen, wie es war, ihn zu küssen.

„Zu dumm nur, dass ich heute Nacht abreise“, flüsterte er. „Aber noch habe ich nicht ausgecheckt …“

Seine Hände wanderten an ihrem Rücken hinab. Katie stockte, schob ihn zurück und fuhr sich durch die Haare. „Ich … ich muss sehen, ob ich für August Urlaub bekomme. Wie du weißt, habe ich gerade erst eine neue Stelle angenommen.“

„Ja, schon klar.“ Ein leichter Hauch Verachtung lag in seinen Worten. Oder irrte sie sich? „Komm, ich begleite dich nach Hause, Liebling.“

„Wie hast du eigentlich herausgefunden, wo ich wohne?“

„Hast du vergessen, dass ich ein einflussreicher Anwalt bin? Du kannst dich nicht vor mir verstecken, Katie“, sagte er, und etwas in seiner Stimme flößte ihr Angst ein. „*Niemand* kann das.“

Katie stand am Fenster und beobachtete, wie Ethan in Richtung Innenstadt verschwand. Er hatte gehofft, dass sie ihn herein bitten würde, aber sie hatte es nicht getan. Daraufhin hatte er sich höflich von ihr verabschiedet, und sie hatte ihm eine gute Reise gewünscht. Wie konnte sie so dermaßen hin- und hergerissen sein? Einerseits sollte sie ihm eine zweite Chance geben. Andererseits zweifelte sie daran.

Kurz bevor er hinter einer Hausecke verschwand, sah Katie, wie er sein Telefon aus der Tasche zog und jemanden anrief. Er war nervös, lief auf und ab und gestikulierte wild mit den Händen. Hin und wieder warf er einen Blick zu ihrer Wohnung herauf. Katie wich zurück, trat hinter die Vorhänge, sodass er sie am Fenster nicht sehen konnte. Dann war er verschwunden.

Wie gern hätte sie Em angerufen. Aber ihre Freundin hatte Nachtschicht, und so musste sie mit der Unruhe und einem schlechten Gewissen schlafen gehen. Bayless hatte sich nicht gemeldet. Er hatte ihr einfach so einen freien Tag gewährt.

Der nächste Morgen war klar. Windig zwar, aber auf dem Weg ins Moor hatte Katie Rückenwind, sodass sie sich auf dem Fahrrad kaum anstrengen musste. Ihr Entschluss, nichts weiter zu sein als eine Angestellte, die ihren Job ausübt, stand felsenfest. Gegen neun erreichte sie das Cottage, stieg vom Rad ab und schob es durch das Törchen. Die wilden Gräser trugen Blüten, die Rosen wehten auf und ab, und die süße Moorluft wehte ihr um die Nase. Katie lehnte das Fahrrad an die Hauswand und spürte, wie durchgefroren sie war.

Der Wind war unberechenbar für Juni. Ein kurzer Blick nach hinten verriet, dass Jonathan mit dem Wagen unterwegs war; vom Heck des roten Pickups war nichts zu sehen. Katie drehte den Türknauf und fand das Haus wieder unverschlossen vor. Drinnen war es dunkel. Der Kamin war kalt und das heimelige Feuer, das für gewöhnlich darin loderte, erloschen.

„Hallo?", fragte sie und warf einen Blick in die Küche. Niemand war dort. Wenn Jonathan den Wagen genommen hatte, dann hockte Bayless vermutlich oben hinter seiner Trennwand. Sie legte ihre Garderobe ab und wollte die Treppe nehmen, als jemand an die Haustür klopfte. Als sie sich umdrehte, sah sie den Postboten, der durch die Butzenfenster lugte.

„Guten Morgen", begrüßte er sie, als sie öffnete.

„Hallo. Ziemlich windig heute."

Der Mann durchsuchte einen Packen Briefe, den er in der Hand hielt.

„Sie sind neu hier. Die Haushälterin?"

„Ähm, nein, ich bin ..."

„Der ist für Sie", sagte er und drückte ihr ein Einschreiben in die Hand. „Ich brauche eine Unterschrift. Einmal hier, bitte."

Sie nahm den Stift und setzte ihr Kürzel unter das Dokument. Dann warf sie einen Blick auf den Umschlag. „Moment mal. An Mr McClary?", Katie zog die Stirn kraus. „Hier wohnt kein Mr McClary. Das muss ein Irrtum sein."

Der Postbote hob den Arm zum Gruß, lief grinsend durch das Törchen auf die Straße und rief: „Ich mag Ihren Humor, Miss. Schönen Tag noch."

Verwundert blieb sie in der Tür stehen, den Brief in Händen und begriff nicht, was das alles zu bedeuten hatte.

Wenig später klopfte sie bei Bayless an, der sie in gewohnter Weise hereinbat. Ohne etwas zu sagen, trat sie ein, verschränkte die Arme vor der Brust, während ihre Finger über das Einschreiben strichen.

„Haben Sie Ihren freien Tag genossen?"

„Sie können mir die Stunden gern vom Gehalt abziehen."

„Oh, so förmlich heute Morgen?"

„Das ist es, wieso ich hier bin. Ich bin Ihre Angestellte, Privates interessiert mich nicht."

Bayless seufzte leise. Sein Stuhl knackte.

„Mein Vater hat mir erzählt, dass Sie das Telefonat vorgestern mit angehört haben."

„Wofür ich mich entschuldige. Es war nicht meine Absicht, Sie zu belauschen."

„Katie ... Das mit Nan ... Ich glaube, Sie haben da etwas missverstanden."

„Das glaube ich nicht", erwiderte sie und verlagerte ihr Gewicht. „Was Sie zu ihr gesagt haben, war eindeutig. Ich möchte nicht, dass ich für Sie oder Ihre Freundin eine Gefahr darstelle."

„Nan weiß über Sie Bescheid. Unsere Beziehung ist ..."

„Das interessiert mich nicht. Ich will gar nicht weiter darüber reden. Das Thema ist für mich beendet. Wagen Sie es nicht mehr, mir nahe zu kommen, Bayless. Ansonsten kann ich nicht länger für Sie arbeiten."

„Wenn Sie meinen."

„Da ist noch etwas."

„Ja?"

Sie ging auf den Paravent zu und schob das Einschreiben unter dem Schlitz hindurch.

„Das hat der Postbote gebracht. Ich habe ihm gesagt, dass hier kein Mr McClary wohnt, aber er hat mich ausgelacht."

Ein Rascheln ertönte, als er den Brief vom Boden aufnahm. Kurz darauf ließ er ein verächtliches Lachen hören.

„Das darf doch nicht wahr sein! Dieser ... Mistkerl! Ich hätte mir denken können, dass er keine Ruhe gibt ..."

„Ich höre gar nicht zu."

„Es tut mir leid, Katie", sagte er und legte den Brief irgendwo ab. Seine Stimme klang aufrichtig, tieftraurig und vielleicht ein wenig verzweifelt. „Sie müssen sehr durcheinander sein, was all die Vorkommnisse der letzten Tage angeht. Sie haben recht. Ich will Sie damit nicht belasten. Am besten, Sie nehmen Platz, schenken sich etwas zu trinken ein, und lesen an der Stelle weiter, wo wir aufgehört haben."

„Einverstanden."

„Es kommt nicht wieder vor. Ich meine mein Verhalten. Es war unüberlegt, und ich habe Sie in eine unangenehme Situation gebracht. Bitte entschuldigen Sie."

„Sie wollen nichts über meine unangenehme Situation wissen und ich nichts über Nan oder einen Mr McClary", sagte sie und schlug das Buch auf. „Trotzdem ... trotzdem danke ich Ihnen, dass Sie mir in der Sache mit Ethan beigestanden haben. Ich glaube, ich hätte das allein nicht so gut geschafft."

„Keine Ursache."

Sie schluckte und bemühte sich, ihre Gefühle zu unterdrücken. Innerlich raste sie. Ein regelrechter Sturm tobte in ihr. Die Neugier darüber, was es mit Nan und Mr McClary auf sich hatte, übermannte sie fast. Als Absender war auf dem Einschreiben eine Adresse in Irland angegeben.

Katie griff nach dem Buch und blätterte darin herum.

„Ich habe ein Lesezeichen hineingelegt", sagte Bayless. „Damit Sie wissen, wo es weitergeht, nachdem ich die Fortsetzung erzählt habe."

„Danke. Schon gefunden."

Ganz in der Nähe lag ein See. Dave und Alice hatten die Pferde am Baum zurückgelassen und waren Hand in Hand bis ans Ufer geschlendert. Alice kaute auf einem Grashalm, während David die Unberührtheit und die Weite der Natur bewunderte. Kaum zu glauben, dass sie nur eine gute Autostunde weit von der Metropole Boston entfernt waren.

„Woran denkst du, Fremder?", fragte sie zuckersüß und schmiegte sich an seine Brust.

„An meine Heimat. Der See und der Hügelkamm da hinten. Das erinnert mich an Irland."

„Oh, hast du etwa Heimweh?"

Er lachte und schubste sie zur Seite.

„Leg dich bloß nicht mit mir an!"

„Kommst du mit schwimmen?", fragte sie, zog im gleichen Atemzug ihr Shirt aus und schlüpfte aus der Jeans. Ihre Spontanität faszinierte ihn. David ließ seine Blicke über ihren schlanken Körper

schweifen und schaute ihr dabei zu, wie sie in Unterwäsche durch das Schilf tapste, um kurz darauf kreischend ins Wasser zu springen.

„Wuhuu, es ist so schön! Jetzt komm endlich!"

Er ließ sich nicht zweimal bitten. Das Mädchen war verrückt. Er hatte keine anderen Worte für sie und für das, was sie tat oder was sie mit ihm anstellte. Er warf seine Klamotten auf ihre und lief ins Wasser. Es war warm. Der sandige Boden gab unter seinen Schritten nach und färbte das Ufergewässer bräunlich. Dave tauchte unter und schwamm zu ihr hinaus, um dicht an ihrer Seite wieder aufzutauchen.

„Da bist du ja."

Er strich sich die nassen Haare aus der Stirn, zog Alice in seine Arme und küsste sie.

Katie machte eine Pause, nahm einen Schluck Wasser und fragte sich, wie jung oder naiv man sein musste, um zu glauben, dass man sich innerhalb kürzester Zeit derart heftig in einen Menschen verlieben konnte.

„Was ist das eigentlich für ein Buch?", wollte sie wissen und drehte es in ihren Händen hin und her. „Sie stehen ernsthaft auf Teenie-Romanzen?"

„Ich stehe auf jede Art von Romanzen. Aber wollen Sie das wirklich wissen? Viel zu privat, finden Sie nicht?"

„Stimmt. Mein Fehler." Sie schlug es wieder auf und fuhr fort.

Sie verbrachten beinahe den ganzen Tag am See, im Wasser oder im Gras unter den Weidenbäumen, die am Ufer wuchsen. Irgendwann lagen sie müde und erschöpft nebeneinander und schauten sich an, während Dave mit ihren nassen Haarsträhnen spielte. Ihre Augen reflektierten das Sonnenlicht, ihr Körper war leicht von der Sonne gebräunt, und ihre Nähe ließ ihn alles vergessen, was er je an Grundsätzen aufgestellt hatte.

„Weißt du was?", flüsterte Alice und zeichnete die Konturen seines Gesichts mit dem Zeigefinger nach. „Ich war noch nie im Leben so verliebt wie in diesem Moment."

„Und das soll ich dir glauben? Also, was mich angeht ..."

„Schsch, Fremder." Sie legte ihren Finger auf seinen Mund. „Ich meine es ernst, David. Es ist so verrückt, dass es mir Angst macht. Was du und ich in zwei Tagen miteinander erlebt haben, das haben andere nach zwei Jahren noch nicht erreicht."

„Schwimmen und Reiten? Kann ich nicht glauben."

Sie schlug ihm auf die Brust.

„Autsch!"

„Das kommt davon, wenn man mich nicht ernst nimmt!"

„Ist ja schon gut. Ich halte die Klappe."

Sie setzte sich auf, pflückte einen Grashalm und drehte ihn zwischen den Fingern herum. Ihre Unterwäsche war fast getrocknet.

„Du hattest recht", sagte sie und schaute auf den See hinaus. „Das, was du über meine Zukunft gesagt hast. Es stimmt. Wenn meine Ferien hier vorbei sind, muss ich zurück nach Hause. Zum Herbst bin ich in Harvard eingeschrieben. Der Studiengang, die Mädchen, mit denen ich auf dem Campus wohnen werde, sogar das Essen, das ich in der Mensa bestellen werde ... alles durchgeplant. Bis ins kleinste Detail." Sie drehte den Kopf herum und sah ihn an.

„Meine Eltern dürfen nie von dir erfahren, Dave. Sie würden persönlich kommen und mich hier abholen. Das ist es, was mir Angst macht. Also wäre es vielleicht besser, wenn du gleich deine Gitarre nimmst und so plötzlich aus meinem Leben verschwindest, wie du reingeplatzt bist."

„Apropos Gitarre", sagte er, schlang seine Arme um ihre Taille und zog sie zurück ins Gras. „Ich brauche Geld. Hast du Lust, mit mir in die Stadt zu fahren, damit ich ein bisschen was verdienen kann?"

„Klar doch." Sie klang deprimiert.

„Hey, jetzt vergiss mal deine Eltern. Sie müssen ja nicht von mir erfahren."

„Ich habe Angst, dass ich die kurze Zeit mit dir zu sehr genieße. Und dann ist der Sommer vorbei, du gehst zurück nach Irland und – das war's."

„Weißt du, was ich glaube?", fragte er, sprang auf, zog seine Jeans an und schlüpfte in sein Shirt. „Dass wir uns in zwei Wochen satt haben. Wie du sagst. Wir kennen uns kaum und haben bereits beschlossen, uns zu mögen. Wenn wir in diesem Tempo weitermachen, sind wir nach dem Sommer längst geschieden."

Sie lachte, er nahm ihre Hand und half ihr beim Aufstehen. Alice warf sich an seine Brust und schaute ihn mit ihren großen Augen an.

„Wenn wir in diesem Tempo weitermachen", flüsterte sie, „werde ich dich nach dem Sommer nicht wieder gehen lassen. Und ich werde meine Eltern vor vollendete Tatsachen stellen."

„Oder so. Und jetzt komm. Die Zossen und die Klampfe erwarten uns. Und langsam bekomme ich Hunger."

„Da sagt er was", unterbrach Bayless.

„Wie bitte?"

„Hunger. Haben Sie schon gefrühstückt?"

„Ein wenig. Sie denn nicht?"

„Schon sehr früh. Ich könnte wieder einen Happen vertragen."

„Dann gehe ich mal runter und sehe nach, ob Jonathan zurück ist."

„Ist er nicht", antwortete er. „Mein Vater hat ein paar Dinge zu erledigen. Das kann dauern."

„Denken Sie, ich darf mich an seiner Küche zu schaffen machen?"

„Wenn ich Sie darum bitte, dürfen Sie es."

„Dann bitten Sie mich doch."

„Würden Sie ... *bitte*?"

„Aber natürlich, Chef."

Sie stand auf und lief nach unten. Dort verschaffte sie sich einen Überblick über das, was sich in den Schränken befand und stellte erleichtert fest, dass in dem alten Herd noch Glut war. Ohne Feuer hätte sie nichts kochen können. In einer Nische neben der Tür lagerten Torfbriketts. Sie nahm eines, legte es in die Glut und fachte das Feuer neu an. Als die Platte heiß genug war, briet sie ein paar Eier in der Pfanne. Katie schnitt Speck dazu und toastete Weißbrot. Als sie den Tee aufsetzte, hörte sie, wie der Wagen vorfuhr. Jonathan war zurück. Kurz darauf klapperte die Tür. Der alte Mann murmelte etwas vor sich hin, kam in die Küche und schaute verwundert auf.

„Was tun Sie denn hier, Mädchen?"

„Guten Morgen, Jonathan. Möchten Sie mitessen?"

„Oh, das ist … das ist sehr freundlich. Aber ich hatte eben einen kleinen Imbiss in der Stadt."

„Tut mir leid, dass ich einfach in Ihre Küche eindringe. Ihr Sohn hat Hunger."

Er lächelte und stellte einen Einkaufskorb auf der Arbeitsplatte ab.

„Ich glaube eher, dass er Langeweile hat. Ich werde mal nach ihm sehen."

„Tun Sie das. Ich bin gleich soweit."

Er verließ die Küche und lief über die knarrende Treppe nach oben. Katie suchte nach einem Tablett und arrangierte Geschirr, Besteck, das Essen und den Tee darauf. Auf dem Weg nach oben hörte sie die Stimmen der beiden Männer, die sich zu streiten schienen. Katie seufzte und blieb stehen. Sie hatte keine Lust, einmal mehr Zeugin privater Angelegenheiten zu werden. Aber da Jonathan offenbar die Tür nicht verschlossen hatte, drangen ihre Worte bis zu Katie hinunter, wenn auch etwas gedämpft.

„Ich verstehe dich nicht, du bist ein Dickschädel!", rief der alte Mann.

„Na, von wem habe ich den wohl, hm?!"

„Du solltest diese verdammten Papiere einfach unterzeichnen, Junge! Oder willst du, dass der Prozess neu aufgerollt wird? Hast du etwa das Geld, um noch einmal alles zu bezahlen?"

„Ich glaube, du verstehst nicht, was hier gerade passiert, Dad! Auf diese Chance habe ich sieben Jahre lang gewartet! Und jetzt lasse ich mir das nicht kaputtmachen, nur weil dieser Mistkerl denkt, er könnte mich erpressen! Ich sage dir, was sein Problem ist: Er hat Angst vor mir!"

„Das reicht jetzt", murmelte Katie, setzte sich wieder in Bewegung und lief so laut über die Treppe, dass die Stimmen augenblicklich verstummten.

„Wir reden später noch darüber", hörte sie Jonathan sagen, bevor er aus Bayless' Zimmer kam. Er schnaubte und hatte einen hochroten Kopf, als er an ihr vorbei und nach unten lief.

„Hier kommt Ihr Essen, Mr McClary. Ich darf Sie doch so nennen?", fragte Katie und stellte das dampfende Tablett auf dem Tisch ab. Bayless grummelte.

„Ich will nicht darüber reden", sagte er.

„Oh, so ernst, Fremder?"

„Das ist nicht witzig."

„Stimmt. Vielleicht sollten Sie Ihre Privatangelegenheiten regeln, wenn ich gerade nicht im Haus bin." Sie füllte einen der Teller mit Rührei, Speck und Toastbrot, schenkte ihm Tee mit einem Schluck Milch ein und schob alles um den Raumteiler. „Ich kann nicht gerade behaupten, dass ich etwas wie ein Vertrauensverhältnis zu meinem neuen Chef habe. Sehen Sie, in meinem Vertrag steht, dass Sie Monahaughn heißen. Wie kann es nur sein, dass ein an Sie gerichtetes Einschreiben den Namen McClary trägt?"

„Ich will nicht darüber reden", wiederholte er. „Danke für das Essen."

„Gern geschehen. Ich wusste auch nicht, dass Sie einen Prozess am Hals haben. Schade, ich würde Ihnen diesbezüglich ja meine Hilfe anbieten. Aber mein Ex- oder Hin-und-wieder-Verlobter ist Staatsanwalt. Genau wie mein Vater. Allerdings könnte ich mich mal nach einem guten Verteidiger umhören."

„Bitte, Katie, halten Sie einfach den Mund. Vielleicht schieben Sie sich eine Gabel Rührei zwischen Ihre hübschen Zähne. Egal, was. Hauptsache, es hilft, um Sie ruhigzustellen."

„Ich muss Ethan mal fragen, ob so was unter die Rubrik ‚Belästigung am Arbeitsplatz' fällt."

„Das tut es ganz sicher."

Sie nahm einen Schluck Tee und setzte sich ans Fenster. Der Himmel hatte sich zugezogen und der Wind nachgelassen.

„Soll ich weiterlesen? Oder in die Küche verschwinden? Vielleicht möchten Sie gern allein sein."

„Ich hab noch nie so gutes Rührei gegessen. Wie haben Sie das gemacht?"

„Ich habe mit den Eiern gesprochen und sie gebeten, freundlicherweise den Anstand zu besitzen, gut zu schmecken."

„Vielleicht sagen Sie das meinem Vater. Er könnte seinem Essen hin und wieder auch mal was zuflüstern."

„Ich finde, er ist ein sehr guter Koch."

Sie erhob sich, stellte sich mit der Teetasse ans Fenster und schaute hinaus. Unweit des Hauses liefen Birkhühner durch das Moor. Sie suchten zwischen Weiden und Wollgras nach Nahrung. Ob Ethan daheim angekommen war? Ob er mit ihren Eltern über das Treffen gesprochen hatte? Während sie dort stand und nachdachte, aß Bayless genussvoll sein zweites Frühstück. Sie hatte es ihm nicht erzählt. Nicht mal Em hatte sie erreicht. Die innere

Unruhe quälte sie. Nervös schwenkte sie die vom Tee
erhitzte Tasse.

„Er hat mir Rosen geschenkt."

„Wer? Mein Vater?"

„Nein! Natürlich nicht Ihr Vater."

„Sondern?"

„Ethan. Er hat herausgefunden, wo ich wohne und das
halbe Treppenhaus dekoriert."

Bayless bekam einen kleinen Hustenanfall. Anscheinend
hatte er sich verschluckt.

„Ich dachte, den wären Sie ein für alle Mal los? Nach der
Sache mit dem Anzug und der Abfuhr."

„Das dachte ich auch. Aber das ist typisch für ihn. Wenn
es auf die harte Tour nicht klappt, dann kriegt er mich auf
die sanfte."

„So, dann kriegt er Sie also."

„Ich weiß es nicht", flüsterte sie. Ein Kloß steckte in ihrer
Kehle. „Es wäre eine Option."

„Eine *Option*?", rief Bayless und klang fast wütend. „Was
ist das denn für ein Mist! Sie lieben ihn doch überhaupt
nicht!"

„Und woher wollen Sie das wissen? Immerhin bin ich mit
ihm verlobt."

„Wunderschön. Meinen Glückwunsch. Wenn ich der
Verlobte von jemandem wäre, würde ich mich ganz sicher
nicht damit zufrieden geben, eine *Option* zu sein! Und
wenn Sie ihn wirklich lieben würden, wäre er sehr viel
mehr als eine Alternative. Er wäre Ihre erste Wahl, Katie.
Er wäre jemand, für den Sie Ihr *Leben* geben würden. So
sehe ich das."

„Was wissen Sie schon über mich?", fragte sie leise.

„Würden Sie mein Leben kennen, wüssten Sie, dass ich
kaum eine Wahl habe."

Er klimperte mit dem Geschirr, als er es irgendwo
abstellte.

„Soll ich Ihnen einen Rettungsring rüber werfen? Nur für den Fall, dass jenseits meiner Mauer jemand im Selbstmitleid ertrinkt. Entschuldigen Sie meinen Sarkasmus. Der Krüppel hier bin wohl ich und nicht Sie." Katies Hand schmerzte, als sie die Teetasse umklammerte. „Das kommt davon, wenn man seinem Chef zu viel Privates offenbart", knurrte sie, über sich selbst verärgert. „Nachdem man ihm klar und deutlich gesagt hat, dass er Selbiges zu unterlassen hat. Eigentlich wollte ich nur fragen, ob ich im August zwei Wochen Urlaub bekommen kann."

„Für Ihre Hochzeit?"

„Mein Vater hat Geburtstag. Er plant ein großes Fest, weil er gleichzeitig in den Ruhestand geht und die Kanzlei an Ethan übergibt."

Bayless seufzte und fuhr sich wohl mit der Hand durchs Gesicht.

„Natürlich können Sie Urlaub nehmen."

„Danke."

„Wenn Sie sich dann beruhigt haben, können wir weiterlesen. Es sei denn, Sie brauchen eine kleine Pause."

„Vielleicht erzählen Sie ein bisschen weiter. Das hat mir sehr gut gefallen beim letzten Mal."

„Wenn Sie das möchten."

Sein Stuhl knarrte. Katie zitterte am ganzen Körper. Kein Mann hatte je so klare Worte zu ihr gesagt. Vielleicht Ethan. Aber bei ihm wusste sie, dass er es tat, weil er arrogant war und glaubte, sie zu beherrschen. Ihr Vater hatte stets alles umschrieben und Dinge durch die Blume angedeutet. Bayless sagte, was er dachte, und das tat er, weil er aufrichtig war, und vielleicht auch, weil er ihr helfen wollte. Das war das Verwirrende an der Sache.

„Was gibt es zu erzählen?", fragte er in die Stille. „Dave und Alice verlassen den See. Sie gehen zu den Pferden und machen sie vom Baum los. Dabei bewundert Alice heimlich, wie geschmeidig er in den Sattel steigt. Sie ist ganz verliebt in ihn. Weil er viel besser reiten kann, als sie gedacht hat. Weil er ihr Leben gerettet hat, als das Pferd durchgegangen war. Dann kichert sie und ruft: ‚Ob *Jack Daniels* schon bemerkt hat, dass zwei Tiere fehlen?'

‚Nein. Das Gute an diesem Fusel ist, dass man damit doppelt sieht.'

Zurück im Stall stehlen sie sich davon. Sie fahren nach Boston, David hat die Gitarre dabei und nimmt an dem Abend auch ganz gutes Geld ein. Tja, so geht es eine Zeit lang. Vielleicht zwei oder drei Wochen. Die beiden unternehmen viel zusammen. Sie gehen aus, lernen sich kennen, liegen am See. Sie schwimmen und reiten, toben im Stroh. Alles ist perfekt. Bis ihr Onkel Wind von der Sache bekommt."

„Er bekommt Wind von der Sache?", fragte Katie und schaute auf.

„Ja. Früher oder später musste es so kommen. Die Heimlichtuerei, dann die Tatsache, dass David sich sozusagen auf dem Heuboden des Gestüts eingenistet hat. Gar nicht gut."

„Was passiert mit den beiden?"

„Das sollten Sie lesen. Ich könnte es nicht besser beschreiben."

Er hatte es geschafft, ihre Laune zu heben. Katie war aufgeregt und fieberte mit Dave und Alice um ihre Liebe. Sie blätterte im Buch und suchte nach der Stelle, als ihr Handy vibrierte.

„Oh, das ist Em. Meine Freundin. Da muss ich ran."

„Nur zu. Ich laufe nicht weg."

Sie sprang auf, nahm das Gespräch entgegen und ging auf den Flur.

„Hey, schön, dass du zurückrufst! Ich hatte es versucht, aber du warst in der Nachtschicht."

„Wie geht's dir?", fragte ihre beste Freundin besorgt.

Katie erzählte, was in den vergangenen Tagen passiert war, von Ethan und davon, dass sie nicht wusste, ob es eine gute Idee war, nach Hause zu gehen und an der Geburtstagsparty ihres Vaters teilzunehmen.

„Tu es nicht", sagte Em. „Du weißt, was dich dort erwartet. Sie werden dich kein zweites Mal gehen lassen."

„Ja, daran hab ich auch schon gedacht. Ich vermisse dich so. Bleibt es dabei, dass wir uns die Woche sehen?"

Emma schwieg und klang traurig, als sie weitersprach.

„Leider nein. In der Schicht ist jemand ausgefallen. Mein Urlaub liegt erst mal auf Eis. Aber kommst du denn nicht? Es ist doch Wochenende."

„Ich schau mal, was sich machen lässt."

„Pie hat die Stelle nicht bekommen."

„Was?"

„Die Personalabteilung hat jemand anderen eingestellt. Pie ist am Boden zerstört."

„Das kann doch nicht wahr sein! Der Ärmste. Richte ihm meine Grüße aus und dass es mir leid tut."

„Das mache ich", versprach Emma.

Für eine Sekunde schossen Katie Ethans Worte wieder durch den Kopf. Worte, die ihr einen Schauer über den Rücken jagten: *Jemand wird leiden.*

„Ich ... ich muss Schluss machen, Em. Ich melde mich, wenn ich es schaffe, zu kommen."

„Okay. Mach's gut und grüß deinen McClary-Monahaughn."

„Hahaha, sehr witzig."

Ethans Drohung ließ Katie keine Ruhe. Vielleicht litt sie wirklich unter Verfolgungswahn.

Es war eine laue Sommernacht. Alice trug ein weißes Kleid und hatte die Haare zu einem Pferdeschwanz gebunden. Nachdem sie wieder einmal einen Tag in Boston verbracht hatten, kamen sie viel zu spät zurück zum Gestüt. Sie ahnte, dass ihr Onkel vor Wut und Sorge brodelte. David hielt ihre Hand und machte keine Anstalten, sie je wieder loszulassen. Er folgte Alice durch die Kirschbäume und die zu Kegeln geschnittenen Zypressen. Der Himmel barg sie unter einem riesigen, dunkelblauen Zelt, das mit tausend Perlen bestickt war. Die Luft war vom Tag angeheizt und duftete nach Blüten und Pferden.

„Du musst mich jetzt gehen lassen", flüsterte sie.

„Und wenn ich das nicht tue?"

„Ich meine es ernst, David. Ich bekomme Riesenärger."

Seine Augen funkelten. Er zog sie in seine Arme, streichelte ihre Wangen und küsste sie. Seufzend lehnte sie sich an einen Baumstamm und wünschte, das Licht im Arbeitszimmer ihres Onkels würde einfach erlöschen.

„Du spielst mit dem Feuer, Fremder."

„Das ist mir egal." Seine Lippen wanderten über ihre Wangen, an ihrem Hals entlang. „Ich will nicht, dass nach dem Sommer alles vorbei ist. Ich will nie wieder ohne dich sein. Du machst mich wahnsinnig, Alice."

„Soso", sagte sie und schob ihn ein Stück zurück. „Und was ist mit dieser Brenda, hm? Sie hat dich heute zweimal angerufen. Ist wohl so eine Notlösung, für den Fall, dass alle Stricke reißen und du doch wieder zurück auf deine grüne Insel musst."

„Brenda." Er lachte, und seine weißen Zähne strahlten im Mondlicht. „Das ist doch nur die Flugbegleitung."

„Aber dies ist kein Flugzeug."

Alice riss sich los, rannte glucksend im Zickzack über den feinen Rasen, als würde sie Tretminen ausweichen.

„Du hinterlistiges Weib!" Dave nahm die Verfolgung auf, und als die Rasensprenger angingen, kreischte sie. Das rhythmische Geräusch der Sprinkleranlage übertönte ihr sanftes Kichern. Im Nu standen sie inmitten der rieselnden Schauer. Sein Shirt und seine Jeans waren nach wenigen Sekunden durchnässt, ebenso Alices Kleid. Der weiße Stoff wurde so transparent, dass ihre Unterwäsche durchschien.

„Du Idiot!", rief sie und trommelte verspielt auf seine Brust. „Jetzt sieh nur, was du angerichtet hast. Ich hatte dich doch vor diesem Rasen gewarnt!"

„Hast du nicht."

„Ganz bestimmt sogar!"

„Zu spät."

Er zog sie zu Boden und küsste sie. Das Wasser perlte über ihre Haut, ihre Haare waren längst von der Feuchtigkeit benetzt.

„Mein Onkel ...", sagte sie, als David den Lichtschein auf der Veranda bemerkte.

„Hallo?", rief eine Stimme durch die Nacht. „Ist da jemand?"

„Du musst verschwinden! Los, am besten, du krabbelst. Dann sieht er dich nicht. Da! Hinter die Zypresse!"

„Komm mit mir, Alice, bitte."

„Ich ... ich kann nicht. Na los! Hau ab!"

„Alice?" Die Stimme des Mannes wurde fordernder.

Ein letzter stürmischer Kuss. Dann robbte David im Schutz der Dunkelheit zu den Büschen.

Als sie ihn in Sicherheit wähnte, rappelte Alice sich auf, zupfte ihr Kleid zurecht und machte ein unschuldiges Gesicht.

„Tut mir leid, Onkel Ron. Ich wollte mich beeilen, hab die Rasensprenger vergessen und bin auf der matschigen Wiese ausgerutscht."

„Und wer ist da bei dir?"

„Hier? Bei mir?", ängstlich schaute sie sich um. „Niemand."

„Ins Haus mit dir. Aber schnell. Zieh dich um und dann komm in mein Arbeitszimmer. Dein Vater hat angerufen. Ich musste ihm dreimal sagen, dass du nicht da bist und dass ich nicht weiß, wo du steckst. Er ist ziemlich verärgert, wie du dir denken kannst."

„Puh", machte Katie. „Jetzt verstehe ich, wieso besser ich es lesen sollte. Das Mädchen tut mir echt leid."

„Mir auch."

„Aber er hat Dave nicht gesehen, oder?"

„Wieso lesen Sie nicht einfach weiter?"

„Ich muss ständig an Ethan denken", gestand sie und goss sich Tee nach. „Möchten Sie auch noch was trinken?"

„Gern."

Er schwieg, während sie mit der Kanne zum Paravent lief, die Tasse aus seiner Hand nahm und ihm einschenkte.

„Nicht auf die Art, wie Sie vielleicht denken", sagte Katie.

„Wie bitte?"

„Ich denke nicht auf diese Weise an Ethan."

„Auf welche Weise denken Sie dann an ihn? Immerhin ist er Ihr *Verlobter*."

„Habe ich Ihnen erzählt, dass er mir gedroht hat?"

Bayless schwieg. Katie lief zurück zum Tisch und nahm Platz. „Mein Mitbewohner, Pie, hatte sich auf einen höheren Posten beworben. Er hat die Stelle nicht bekommen. Das alles ... Naja, vielleicht leide ich auch an Paranoia."

„Sie meinen, er hat seine Kontakte spielen lassen?"

„Ist das sehr abwegig?"

Er atmete schwer.

„Nein. Ich kenne genug Anwälte, um zu wissen, dass es unter ihnen viele schwarze Schafe gibt. Aber ich verstehe das nicht. Hatten Sie ihm nicht versichert, zurückzukommen? Würde er sich trotzdem einmischen?"

„Das ist es ja, was mir Kopfzerbrechen bereitet. Ich weiß es nicht. Aber meine Hand dafür ins Feuer legen würde ich nicht." Sie nahm einen Schluck Tee. „Vielleicht glaubt er mir auch nicht. Vielleicht will er meine Zweifel beseitigen, indem er mir zeigt, wozu er fähig ist."

„Klingt gar nicht so abwegig. Sie haben keine Ahnung, wozu Menschen in der Lage sind, wenn es um Liebe, Eifersucht, Geld oder Macht geht. Glauben Sie mir. Ich spreche aus Erfahrung."

„Der Prozess, der wieder aufgerollt werden soll?", fragte sie zaghaft.

„Woher wissen Sie davon?"

„Sie und Ihr Dad hätten heute Morgen die Tür schließen sollen. Oder einfach leiser streiten."

Bayless murmelte verärgert etwas vor sich hin.

„Am besten lese ich weiter. Vergessen Sie einfach, dass ich gefragt habe", versuchte Katie ihn zu beruhigen.

„Danke. Das werde ich."

Alices Herz klopfte vor Aufregung. Das Blut pulsierte in ihren Halsschlagadern, als sie auf Zehenspitzen durch das Haus schlich. Sie wollte keine Sekunde zu früh auf Onkel Ron treffen. Sie wollte unbedingt diejenige sein, die die schwere Tür des Arbeitszimmers öffnete, um ihm gut vorbereitet zu begegnen. Die nassen Kleider hatte sie abgelegt, war in eine Jogginghose und ein Shirt geschlüpft und hatte sich die Haare getrocknet. Ob Dave den Heuboden unbemerkt erreicht hatte? Oder war er verschwunden, um sich zu verstecken und unentdeckt zu bleiben? Die Vorstellung zerriss ihr das Herz. Mit bleierner Faust klopfte sie an das Holz.

„Komm rein", hörte Alice die strenge Stimme. Der ältere Bruder ihres Vaters hatte selbst keine Kinder. Umso mehr bemühte er sich darum, ein Auge auf Alice zu haben. Zumal er es ihrem Vater versprochen hatte.

„Hallo, Onkel Ron", sagte sie mit fester Stimme. Sie wusste bestens, wie man ein Pokerface aufsetzte. Fluch und Segen, wenn man in eine mächtige Familie hineingeboren worden war. „Du wolltest mich sprechen?"

Onkel Ron saß hinter seinem Eichentisch und blätterte in einer Akte. Das Regal hinter ihm war überfüllt mit Rasse- und Zuchtbüchern über Pferde, mit Pokalen und Auszeichnungen. Zwei davon hatte Alice selbst errungen. Auf einem Springturnier in Connecticut.

„Willst du dich nicht setzen?", fragte er und schaute kurz auf. Sie nahm Platz und schlug die Beine übereinander.

„Dein Vater hat angerufen. Du weißt, dass ich dir hier während deiner Ferien viel Freiheit lasse, Alice. Du bist alt genug, um allein auf dich aufzupassen."

„Danke. Immerhin studiere ich ab dem Herbstsemester."

„Was ich aber nicht akzeptiere", sagte er, nahm die Lesebrille von der Nase und klappte den Ordner zu, „ist, dass du dich hinter meinem Rücken mit Jungs herumtreibst."

„Ich tue was?" Alice wurde rot.

„Na, jetzt reg dich nicht gleich auf. Ich will nur wissen, ob meine Vermutung wahr ist. Gibt es da jemanden, der dich interessiert?"

„Das muss ich nicht mit dir besprechen, oder? Wenn es so wäre, wäre ich auch dafür alt genug. Ich kann allein auf mich aufpassen."

„Darum geht es hier nicht!" Onkel Ron schlug auf den Tisch.

„Deine Eltern vertrauen mir. Sie wollten dir einen schönen Sommer gönnen, bevor der Ernst des Lebens beginnt. Und wenn dein Vater dreimal hintereinander nicht erfährt, wo du steckst, dann haben wir beide ein Problem."

Alice rollte die Augen.

„Da ist niemand. Ich fahre hin und wieder mit dem Wagen nach Boston, um ein paar Freunde zu treffen. Weiter nichts."

Sie hasste es, zu lügen. Leider gab es aber Situationen in ihrem Leben, die das erforderlich machten. Ihre Eltern – und auch Onkel Ron – würden die Hände über dem Kopf zusammenschlagen, wenn sie nicht mit einem mindestens Neureichen anbandeln würde. Und Dave war alles andere als das.

„Bist du sicher, dass da niemand ist?", hakte Onkel Ron nach. Alice schaute zu Boden und nickte. Ihr Onkel lehnte sich entspannt im Sessel zurück.

„Gut. Dann bin ich beruhigt. Du solltest deinen Vater anrufen und ihm erklären, wo du den ganzen Tag gesteckt hast. Was du so treibst und wie es dir geht. Er und Susan machen sich Sorgen."

„Meinetwegen. Kann ich dann gehen?"

„Selbstverständlich. Ach, ... was machen die Pferde? Reitest du aus?"

„Ja", sagte sie im Weggehen. „Ich reite aus. Es ist toll. Wie immer."

Katie legte das Buch aus der Hand und fuhr sich durch die Haare. Ihr Magen schmerzte. Ein leichter Schwindel überkam sie, und sie schloss für einen Moment die Augen.

„Das ist ja wie im Knast", flüsterte sie. „Was denken Sie? Nimmt dieser Ron ihr die Lüge ab?"

„Schön wär's, hm? Aber das Leben ist oft härter als jeder gute Roman."

„Wenn Sie einverstanden sind, würde ich gern für heute Schluss machen. Mir ist ein wenig ... Ich meine, ich fühle mich nicht besonders."

„Oh", machte er und bewegte sich im Stuhl. „Kann mein Vater sie heimfahren? Brauchen Sie einen Arzt?"

Einen Arzt. Alles, bloß keinen Arzt!

„Nein, danke. Die frische Luft wird mir gut tun. Zudem ist Wochenende, und ich spiele mit dem Gedanken, nach London zu fahren."

„Aber doch nicht, wenn sie krank sind?"

Sie lachte leise und warf einen Blick zum Horizont, wo das Meer rauschte.

„*Krank* ... Dieser Zustand ist relativ, finden Sie nicht? Das alles war ein wenig viel für mich. Die Sache mit Ethan. Ich bin wohl nicht sehr belastbar."

„Das verstehe ich. Dann fahren Sie zu Ihren Freunden. Wir sehen uns am Montag in alter Frische."

„Danke. Und nochmals sorry, weil ich Sie wegen des Prozesses gefragt habe. Das geht mich nichts an."

Sie verabschiedete sich, nahm das Tablett und das Geschirr, und trug es die Treppe hinunter in die Küche. Jonathan, der am Ofen stand und etwas kochte, drehte sich zu ihr um.

„Mädchen, das hätte ich doch auch tun können."

„Ja, hätten Sie." Katie zwinkerte ihm freundschaftlich zu. „Aber ich helfe gern. Das riecht fantastisch. Was kochen Sie da?"

177

„Roastbeef, Yorkshire-Pudding und Gemüse. Sie werden es lieben!“

„Da bin ich sicher ... Leider verabschiede ich mich für heute. Ich denke, dass ich den Zug nach London nehmen werde.“

„Oh, verstehe. Wie schade! Ich hatte gehofft, dass Sie das Wochenende bei uns verbringen. Es tut mir leid, dass Sie den Streit heute Morgen mitbekommen haben, Katie. Normalerweise kommt es nicht oft vor, dass mein Sohn und ich unterschiedlicher Meinung sind.“

„Normalerweise kommt es sicher auch nicht vor, dass ein Prozess gegen ihn neu aufgerollt wird, oder?“

Er starrte sie groß an.

„Sie wissen von dem Prozess? Hat Bayless was gesagt?“

„Nein. Ich glaube, er will nicht darüber reden.“

„Das denke ich auch ...“

„Wie dem auch sei. Ich muss dann los. Wir sehen uns am Montag, Jonathan.“

Er nickte und strich sich eine weiße Haarsträhne aus der Stirn, als plötzlich die Haustür klapperte und jemand mit fröhlicher Stimme rief: „Überraschung!“

Der alte Mann erblasste. Seine hellen Augen schauten abwechselnd zum Flur und in Katies Gesicht.

„Ist niemand zu Hause?“, fragte die Fremde. „Bayless? John?“

Stöckelschuhe liefen aus der Garderobe durch die Wohnstube, und als die Fremde schließlich die Küche betrat, staunte Katie nicht schlecht. Eine junge Frau, schätzungsweise in ihrem Alter oder etwas älter. Die blonden Haare trug sie zu einem Dutt gebunden. Die feinen Gesichtszüge waren dezent geschminkt und strahlten warmherzigen Charme aus. Ihrem Akzent nach zu urteilen musste sie Irin sein.

„Da bist du ja, alter Knabe“, rief sie lachend, zog Jonathan in ihre Arme und drückte ihn herzlich.

178

„Nan ... Wir haben vor morgen nicht mit dir gerechnet."

„Tja, daher habe ich ja auch *Überraschung* gerufen", sagte sie, musterte Katie von oben bis unten und lächelte freundlich. „Sie müssen die Vorleserin sein. Ich habe schon so viel von Ihnen gehört. Mein Bayless erzählt mir alles, wissen Sie?" Nan strich ihr graues Kostüm glatt, das ihren schlanken Körper zur Geltung brachte, und streckte Katie die Hand entgegen. „Schön, Sie kennenzulernen."

„Ha... hallo, Nan. Katie Hendriks."

„Sie gefallen mir! Ehrlich! Obwohl ich tierisch eifersüchtig bin, weil Sie ihn die ganze Woche über für sich haben und ich ihn leider nur an wenigen Wochenenden. Tja, so ist das. Sie machen Ihren Job und ich meinen. Aber jetzt habe ich zwei Tage frei! Und das muss ich genießen."

„Alles klar ... Ich muss dann auch los. Auf Wiedersehen. Nan. Jonathan. Ein schönes Wochenende."

„Hey, nicht so schnell", hielt Nan sie zurück. „Ich wollte noch kurz wegen ..."

„Ich bin sehr in Eile", unterbrach Katie sie. „Mein Zug ... Ich will meinen Zug nicht verpassen."

Sie stürzte aus der Tür, schnappte sich das Fahrrad und trat in die Pedale, als wäre der Teufel hinter ihr her. War es der Wind oder der leicht einsetzende Nieselregen, der Tränen in ihre Augen trieb? Sie wusste es nicht. Sie wollte nur noch eines: fort. Heim nach London, zu Em und Pie.

Ihre Freunde wussten nicht, dass sie kam, sie hatte es ja selbst erst vor wenigen Stunden beschlossen. Umso größer würde ihre Freude sein. Katie könnte ein lautes *Überraschung* durch den Flur rufen, ebenso wie diese Nan. Sie zog die Strickjacke enger um sich, lehnte ihren Kopf an das Abteilfenster des Zuges und kämpfte mit den aufsteigenden Tränen.

Reiß dich zusammen, ermahnte sie sich. Sie hatte es doch längst gewusst: dass es eine Frau in Bayless' Leben gab.

Nan. Die nicht alt und hässlich, keine Verwandte oder gar Schwester von ihm war. Gut, sie war auch kein Model. Aber sie hatte etwas. Eine positive, lebensfrohe Einstellung. Ihr Lächeln war bezaubernd, ihre Art freundlich und aufmerksam. Und ganz sicher wusste Nan, wie Bayless aussah. Vor ihr versteckte er sich nicht hinter einem Paravent.

Katie seufzte. Der Job in Weymouth war alles andere als einfach. Das hatte sie sich anders vorgestellt. Sie hatte sich auf das Meer gefreut. Auf neue Herausforderungen – aber die hatte sie ja auch bekommen. Sie schloss die Augen und fragte sich, ob der neue Stress eine zusätzliche Belastung für sie war. Oder ob es normal war, dass die Schwindelanfälle sich mehrten, dass sie während des Lesens oft einen innerlichen Schmerz verspürte und frische Luft brauchte? Hatte sie sich in etwas verrannt, was keine Zukunft hatte? Wenn sie tief in sich hineinlauschte, konnte sie nicht leugnen, sich auf eine Art in Bayless verliebt zu haben. Sofern das bei einem Mann, den man noch nie zuvor gesehen hatte, möglich war. Jeder Tag in seiner Nähe gab ihr neue Rätsel auf. Die Sache mit seinem anderen Namen, dem Prozess, dem mysteriösen Unfall, mit Nan.

Es hätte Katie nicht berühren dürfen. Aber das tat es. Und sie wusste nicht, wie lange sie diese zusätzliche Belastung noch aushalten würde.

Da war der Job im *Elders* weniger anstrengend gewesen. Natürlich hatte sie dort hart gearbeitet, und die ständige Unterbesetzung war schwer zu meistern gewesen. Aber sobald sie die Schicht verlassen hatte, hatte sie abschalten können. Sie hatte niemals Arbeit mit heimgebracht. Bayless dagegen ... Er beeinflusste ihr Privatleben. Er beeinflusste ihre Träume, ihre Gedanken, ihre Sehnsüchte. Das war nicht gut.

Sie raufte sich die Haare, suchte nach Abwechslung und zog den Briefbogen heraus, der in ihrem Postfach gelegen hatte, als sie am frühen Nachmittag nach Hause gekommen war.

Es waren die Unterlagen von Dr. Finnigan, die Em ihr nachgeschickt hatte.

Katie suchte nach einem Kugelschreiber in ihrer Tasche, klappte die erste Seite des Bogens auf und begann, die Fragen zu beantworten. Einige davon hatte sie schon gefühlte hundertmal beantwortet. Andere waren neu. Wozu sollte das gut sein? Wieso ließ er sie nicht endlich in Frieden? Als sie etwa die Hälfte des Bogens bearbeitet hatte, klingelte ihr Handy. Sie zog es heraus und rollte die Augen, als sie die Nummer erkannte. Der Anruf hatte lange auf sich warten lassen.

„Hallo, Mom", sagte sie monoton in die Muschel.

„Catherine! Ich kann nicht glauben, dass du heimkommst! Dann war es die richtige Entscheidung, Ethan zu dir zu schicken."

„Ich hab's gewusst. Er ist nicht von selbst auf die Idee gekommen."

„Sag so was nicht. Natürlich vermisst er dich und kann es kaum abwarten, dich vor den Altar zu bringen."

Katie nickte und hätte am liebsten laut aufgelacht. *Ethan, der Edelmann.*

„Sag, war es nicht schwer für dich, ihn gehen zu lassen? Er hat uns von dem romantischen Date mit den Rosen erzählt. Oh, ich wünschte, ich hätte dein Gesicht gesehen."

Gut, dass du es nicht gesehen hast.

„Ja, mein Herz blutet und ich kann kaum schlafen ohne ihn."

„Oh, Catherine!" Ihre Mutter war noch nie gut darin gewesen, Sarkasmus zu erkennen. „Louis und ich hatten doch diese Tortenverkostung, um die perfekte Mischung

181

für seine Feier zu finden. Stell dir vor, sie haben uns sogar vom Hochzeitssortiment gereicht. Sobald du hier bist, mache ich einen Termin aus. Du musst diese Kuchen probieren! Ich stelle mir eine vierstöckige Torte mit Marzipan und Mousse au Chocolat für euch vor. Oder mit Minze. Dazu ganz obenauf ein tanzendes Paar aus Fondant, das Ethan und dir wie aus dem Gesicht geschnitten ist. Eine Hochzeit! Wie sehr ich mich darauf freue! Hast du dir schon überlegt, wie dein Kleid aussehen soll? Im Golfclub gibt es diesen jungen aufstrebenden Designer, wart's nur ab, nächstes Jahr ist er *der* Designer schlechthin."

„Mom?"

„Ich habe einige seiner Skizzen gesehen und Louis meinte, wir könnten ihn fördern. Ein wenig finanziellen Anschwung geben, du weißt, was ich meine. Mit dem Auftrag, *dein* Brautkleid zu kreieren, würde er von heute auf morgen ..."

„Mom!"

„Vielleicht schafft dein Kleid es sogar auf das Cover der *Vogue*. Ach, deine Mutter hat Träume ..."

„Darf ich auch mal was sagen?"

„Natürlich, Liebes."

„Ich komme, weil Dad Geburtstag hat. Alles andere wird sich zeigen."

Die Leitung blieb stumm. Katie vernahm ein schweres Atmen.

„Hast du gehört, was ich gesagt habe, Mom?"

„Das geht nicht! Das kannst du nicht einfach so im Alleingang entscheiden. Da hat dein Verlobter auch ein Wörtchen mitzureden. Es ist alles geklärt ... Mit der Kanzlei. Die Hochzeit war Bedingung für die Partnerschaft. Catherine, dein Vater ist herzkrank. Du weißt das. Ich wünsche keine Unstimmigkeiten an seinem Festtag. Haben wir uns verstanden?"

„Die Hochzeit ist Bedingung? Moment, jetzt hörst du mir aber auch mal zu, Mom!"

„Katie. Du hast ein Leben in Freiheit geführt. Wir haben dir alles ermöglicht, was Eltern einem Kind nur ermöglichen können. Urlaube auf der ganzen Welt. Nur die elitärsten Schulen. Und jetzt auch noch diese …diese *Auszeit* in London. Für die Behandlung deiner Krankheit haben wir die besten Spezialisten hinzugezogen. Nie, *niemals* haben wir irgendwas dafür von dir verlangt! Und wenn dein Vater nun im Alter eine *einzige* Bitte an dich richtet, zickst du rum und meinst, sie mit Füßen treten zu können! Das ist also der Dank für all unsere Opfer und Bemühungen!"

„Eine *einzige* Bitte? Wisst ihr überhaupt, was ihr da von mir verlangt? Diese Bitte wird über mein ganzes Leben bestimmen!"

Es war zwecklos. Ihre Mutter redete sich mehr und mehr in Rage. Katie sah deren hochroten Kopf vor sich. Der Kloß in ihrer Kehle schmerzte und presste Tränen in Katies Augen.

„Ich will nicht länger darüber diskutieren", hörte sie die harte Stimme ihrer Mutter, die daraufhin das Gespräch beendete.

Katies Finger zitterten. Das Telefon fiel zu Boden. Als sie sich bückte, um es aufzuheben, rutschte auch der Briefbogen von Dr. Finnigan von ihrem Schoß herunter. Die vielen Zettel verteilten sich willkürlich im Zugabteil, ihre Tränen tropften darauf, und als Katie schluchzend zwischen den Sitzen hockte, um das Chaos aufzusammeln, verkündete eine elektronische Stimme aus den Lautsprechern die Ankunft am Reiseziel: London.

In einem desolaten Zustand, der sie an ihre Zeit nach dem Koma erinnerte, irrte Katie durch den Bahnhof und wusste nicht, wie ihr geschah. Sie ließ sich auf einer Bank nieder, zog das Handy raus und wählte Ems Nummer.

„Hallihallohallöle, meine herzallerliebste Busenfreundin. Was machen das Meer und der Strand und dein Fremder hinter dem Raumteiler?"

Katie lachte und weinte gleichzeitig.

„Süße, was ist los? Weinst du?"

„Em ... Kannst du mich abholen, bitte?"

„Aus Weymouth? *Jetzt?* Sofort?"

„Nein", sagte sie und schüttelte den Kopf. „Ich bin hier. Am Bahnhof. Und irgendwie ... geht es mir nicht gut."

„Scheiße! Ich bin in fünfzehn Minuten bei dir. Geh zu dem Bäcker am Haupteingang, okay? Bestell dir einen Tee und warte dort auf mich."

„Danke. Bis gleich."

Bäcker, am Haupteingang, rezitierte sie in Gedanken. *Em kommt und holt mich. Reiß dich zusammen, Katie Hendriks. Deine Mutter ist weit weg und kann dich zu nichts zwingen. Oder doch?*

Die Straßen waren überfüllt. Katie trank eine heiße Tasse Tee und schaute durch das Fenster auf die Metropole. Irgendwo dort draußen war Em und fluchte, während sie auf das Lenkrad einschlug und hupte, weil sie nicht schnell genug vorankam. Der Gedanke ließ Katie lächeln. Keine zwei Minuten später platzte ihre Freundin herein, lief auf sie zu und fiel ihr in die Arme.

„Da bist du ja! Ich hab mir echt Sorgen gemacht. War drauf und dran, die Bahnhofsmission anzurufen ..."

„Du bist ja verrückt."

„Was ist los, Katie? Ist dir was passiert? Hat dich jemand überfallen?"

„Nein." Sie verrührte den Kandis in ihrer Tasse. Em rief der Dame hinter der Brottheke zu, dass sie auch gern einen Tee hätte.

„Ach ... Die letzten Tage waren sehr anstrengend. Und dann hat meine Mutter im Zug angerufen ... Sie besteht darauf, dass ich Ethan heirate. Sie weiß schon, wie die Torte aussehen soll, wer sie macht und welcher Designer mein Brautkleid gestaltet. Ich will gar nicht wissen, was sie sonst noch alles geplant hat. Im August, wenn die Feier für meinen Dad stattfindet, wird es offiziell. Schließlich ist meine Heirat Bedingung, dass Ethan in die Kanzlei einsteigt."

„Wow!", rief Em und schaute betrübt. „Also manchmal wünsche ich mir ja auch, dass mein Leben ein wenig interessanter verlaufen könnte. Aber wenn ich so was höre ... Kein Wunder, dass du fertig bist."

Die Dame brachte Emmas Tee und zwei kleine Kekse. „Vielen Dank."

„Ich weiß nicht, was ich machen soll. Egal, was ich tue, es ist die falsche Lösung", schluchzte Katie.

„Na, umso einfacher. Du musst dich nur für die richtige falsche Lösung entscheiden."

„Das hilft mir ungemein weiter."

„Hey, jetzt bist du erst mal hier und erholst dich zwei Tage. Pie ist in Edinburgh. Er besucht seine Familie. Wir zwei sind also ganz allein. Wir könnten shoppen gehen, ins Kino, zu Madame Tussaud's. Was immer du willst. Ich hab mein dienstfreies Wochenende. Naja, zumindest so lange, wie ich nicht zur Bereitschaft gerufen werde."

„Das ist toll. Danke, Em. Ich weiß nicht, was ich ohne dich anstellen würde." Sie lächelte ihrer Freundin zu und bemerkte erst in diesem Moment ihr Outfit. „Emma? Bist du ...? Ich meine, du trägst einen rosafarbenen Frotteeanzug."

„Willst du das wirklich wissen?"

„Ich brenne vor Neugier."

Em beugte sich über den Tisch und flüsterte: „Ich trage nicht mal Unterwäsche." Sie kicherte. „Du hast mich nämlich aus der Dusche geholt. Und mir so einen Schock versetzt, dass ich keine Nerven hatte, mich noch richtig anzuziehen oder zu stylen. Wir sollten unseren Tee trinken und dann verschwinden."

„Es war gut, herzukommen. Die Erinnerung an meine Mutter verblasst bereits." Katie schmunzelte über ihre verrückte, herrlich spontane Freundin.

Das Wochenende war wunderschön. Katie und Em lachten unentwegt, unternahmen viel, trafen sich mit Freunden und ließen alles, was Weymouth, Ethan oder Katies Eltern betraf, außen vor. Durch den Abstand konnte sie wieder klar denken. Nur nachts lag sie lange wach, stellte sich vor, wie Nan und Bayless die freien Tage verbrachten und wünschte, ihr Kopfkino würde einen Filmriss erleiden.

Am Sonntagabend stieg sie schweren Herzens in den Zug, während Emma ihr winkte und am Bahnsteig auf die Abfahrt wartete.

„Wenn du unbedingt zu der Feier deines Vaters reisen möchtest, begleite ich dich gern", hatte ihre Freundin ihr noch angeboten. „Wir nehmen uns ein Hotelzimmer. Du und ich. Die können dich schließlich nicht dazu zwingen, in deinem Kinderzimmer zu übernachten, oder?"

„Du meinst, in meiner eigenen Etage."

„Ach, komm mir bloß nicht mit all dem Protz. Mit Geld überhäufen sie dich. Und alles andere bleibt auf der Strecke."

„Ich habe keinen einzigen Cent bekommen in den letzten Jahren. Und darauf bin ich echt stolz."

Der Zug fuhr an, und nach kurzer Zeit war Em nur noch ein kleiner, sich bewegender Punkt in der Ferne. Katie ließ sich in den Sitz fallen und schlug ein Buch auf, um sich abzulenken, was ihr jedoch nicht gelang. Je näher sie

Weymouth kam, desto unruhiger und aufgeregter wurde sie. Wenn sie ihre Gefühle das Wochenende über verdrängt hatte, strömten sie jetzt umso heftiger auf sie ein.

Der Montagmorgen war sonnig. Warme Strahlen legten sich auf Katies Gesicht, als sie mit dem Rad zur Watercourse Lane fuhr. Auf einer Weide in der Ferne grasten Schafe. Katie fühlte sich frisch und erholt. Während der Zeit in London hatte sie aufgetankt. Sie freute sich auf das Buch und die Geschichte von Dave und Alice.

Als sie das gelbe Fahrrad durch das Törchen schob, wehten die Rosenköpfe über die Mauer und nickten ihr wie zum Gruß zu. Sie würde Bayless nicht auf Nan ansprechen. Auch nicht auf den Prozess. Wenn er etwas zu sagen hatte, sollte er es von sich aus sagen. Und wenn nicht, würde sie nicht nachhaken. Das wäre das Beste so. Katie wollte ihre Nerven schonen. Ihren Job erledigen – weiter nichts. Der rote Pickup stand nicht wie üblich an seinem Platz. Jonathan war also früh aus dem Haus gegangen. Katie lehnte ihr Rad an das Bruchsteingemäuer, aus dessen Fugen wilde Gräser und Moose wuchsen, und lief zur Tür. Sie hängte ihre Strickjacke an die Garderobe und ging auf direktem Weg ins Obergeschoss.

„Guten Morgen", verkündete sie. Aus der Ecke, in der Bayless saß, strömte frische Luft durch ein angekipptes Fenster herein. Sie duftete nach Blüten und salzigem Meer.

„Guten Morgen."

„Wie geht es Ihnen heute?", fragte Katie und nahm am Tisch Platz. „Ich hoffe, Sie hatten ein angenehmes Wochenende."

„... in angenehmer Gesellschaft. Ja, das hatte ich. Danke, Katie. Und Sie? Waren Sie in London bei Ihren Freunden?"

Sie überhörte die Anspielung und wickelte die Kordel, die Teil des Gürtels ihres Sommerkleides war, um ihren Zeigefinger.

„Ja, ich war in London. Es ist jedes Mal so, als würde man die Stadt zum allererstens Mal sehen."

„Ich weiß, was Sie meinen", raunte er. „Ich war bisher nur einmal in London. Und es hat mich gleich gefangen genommen."

„Was haben Sie dort gemacht? Sightseeing?"

„Nein. Es ging um eine berufliche Angelegenheit. Eine alte Kapelle sollte restauriert werden."

„Haben Sie den Auftrag bekommen?"

„Allerdings. Die Kuppel der Kapelle stammte aus dem achtzehnten Jahrhundert und sah dementsprechend schlecht aus. Sie musste dringend renoviert werden."

Während er ihr darlegte, wie man beim Freilegen von Fresken vorging, wie Blattgold verarbeitet wurde und was man gegen Stockflecken im Gemäuer tat, genoss sie es, einfach in seiner Nähe zu sein. Seiner Stimme zu lauschen, und das Geheimnisvolle an ihm in sich aufzunehmen. Gleichzeitig wusste sie, dass sie nun nie wieder an dieser Kapelle vorübergehen konnte, ohne an ihn zu denken. Ohne sie zu betreten und in jeder Farbenfaser, in jedem noch so kleinen und liebevollen Detail seine Handarbeit, sein Herzblut zu finden.

Sie würde ihn vor sich sehen: wie er auf einem Gerüst stand, den Pinsel in der Hand, Farbklekse auf seinem Blaumann, leise summend und den Kopf zur Decke gerichtet. Sie würde sich vorstellen, wie er zu ihr herunterblickte. Wie seine Zähne im Sonnenlicht, das gebrochen durch die bunten Glasfenster fiel, aufblitzten, wenn er ihr zulächelte. Wie seine Augen strahlten. Seine klaren, hellen, grünen Augen, in denen der Schalk steckte, der Charme, den sie so an ihm liebte.

Du hast Nan vergessen. So etwas darfst du nie wieder denken.

„... zum Glück hat niemand was davon mitbekommen."

„Wovon?"

„Das habe ich doch gerade erzählt. Haben Sie denn nicht zugehört?"

„Ich ... ähm ... Mir fiel plötzlich etwas Wichtiges ein. Entschuldigen Sie. Könnten Sie es wiederholen?"

Sein warmes Lachen entmachtete sie. *Gott, hilf mir, dass ich ihn mir aus dem Kopf schlagen kann ...*

„Die Statue des heiligen Georgs, Schutzpatron von England."

„Oh, ... richtig. Sie hatten sie ..."

„... fallen lassen."

„Wie ungeschickt von Ihnen."

„Mein Vater und ich hatten sie glücklicherweise am gleichen Abend wieder ganz."

„Da war der heilige Georg sicher erleichtert, dem richtigen Mann aus der Hand gefallen zu sein."

„Sie wirken durcheinander, Katie. Geht es Ihnen nicht gut?"

„Doch ... doch. Alles bestens. Wo steckt denn Ihr Vater?"

„Er bringt Nan zum Flughafen."

Seine Worte trafen sie in die Magengrube. Was war nur los mit ihr? Sie war doch voller guter Vorsätze, voll Eifer und erholt zurückgekommen. Wieso, um alles in der Welt, fühlte sie sich so benommen? Der Wind trug den Duft seines Aftershaves direkt zu ihr herüber.

Ihre Handflächen waren verschwitzt, als sie nach dem Einband des Buches griff, um sich abzulenken.

„Sollen wir starten?", fragte sie unsicher. „Mit dem Lesen, meine ich."

„Wenn Sie das möchten."

„Ich möchte es."

189

„Dann fangen Sie an."

Katie räusperte sich, goss sich ein Glas Wasser ein und überschlug die Beine. Wo waren sie stehengeblieben? Sie hatte vergessen, das Lesezeichen zwischen die Seiten zu legen. Nervös blätterte sie durch das Buch.

Sie hasste es, zu lügen. Leider gab es aber Situationen in ihrem Leben, die das erforderlich machten. Ihre Eltern – und auch Onkel Ron – würden die Hände über dem Kopf zusammenschlagen, wenn sie nicht mit einem mindestens Neureichen anbandeln würde. Und Dave war alles andere als das.

„Da waren wir schon."

„Ja, ja, richtig. Ich habe es gerade bemerkt ...“

„Es geht da weiter, wo Alice das Arbeitszimmer ihres Onkels verlässt, um sich telefonisch bei ihren Eltern zu melden und ihnen zu sagen, dass alles gut ist und sie sich keine Sorgen machen müssen."

„Wo genau ist denn diese Kapelle?"

„Was?"

„Na, die, die Sie restauriert haben. Vielleicht kenne ich sie."

„Irgendwo in der St Cross Street, wenn ich mich nicht irre. Sie haben sie sicher schon mal gesehen."

„Möglich." Sie prägte sich den Straßennamen ein und nahm sich vor, bei ihrem nächsten Besuch in London nach der Kapelle zu suchen.

Im Haus war alles still. Es war weit nach Mitternacht. Alice hatte die Jogginghose ausgezogen, stand in nichts als Shorts und T-Shirt am offenen Fenster und schaute in die sternklare Nacht hinaus. Ihre Eltern hatten sich nicht gleich beruhigen lassen, als sie vor einer guten Stunde mit ihnen gesprochen hatte. Umso besser war es gewesen, daheim anzurufen.

Sie seufzte, verdrängte den Gedanken an ihr Zuhause und lauschte dem leisen Zirpen der Grillen im Gras. In der Ferne rief ein Käuzchen. Alice konnte nicht schlafen. Dazu war sie zu aufgewühlt und die Luft im Raum zu stickig. Die Hitze des Tages, die sich nicht mal mehr durch die Nacht vertreiben ließ, zeigte ihr auf grausame Weise, wie gnadenlos schnell der Sommer voranschritt. In wenigen Wochen würde sie Abschied von David nehmen müssen, ohne zu wissen, ob sie ihn je wiedersehen würde.

Im vergangenen Monat hatte sie ihren neunzehnten Geburtstag gefeiert. Bis dahin hatte es unzählige Jungs gegeben, die sie um ein Date gebeten hatten. Mit ein paar von ihnen war sie ausgegangen. Aber kein einziger hatte ihr gut genug gefallen, um sich ein zweites Mal mit ihm zu treffen. Bis jetzt. Bis sie Dave begegnet war. Ihr Herz stolperte aufgeregt, wenn sie nur an ihn dachte. Ihre Gedanken zerflossen wie warme Butter, wenn sie in seiner Nähe war, ihre Knie wurden weich. So was Verrücktes hatte noch nicht einmal Eve erlebt. Und Eve – ihre Freundin aus der High-School – hatte schon viele verrückte Dinge angestellt.

Ihr Blick wanderte über den feuchten Rasen, der sich unter ihrem Fenster bis zu den Ställen erstreckte. Alice verspürte ein Kribbeln im Bauch, wenn sie an Dave und die Sprinkleranlage dachte. Wie er über den Boden gerobbt war und sich in die Büsche geschlagen hatte. Was würde sie drum geben, wenn ...

Auf Zehenspitzen schlich sie zur Tür, öffnete sie einen Spalt weit und stellte erleichtert fest, dass das Licht in Onkel Rons Arbeitszimmer erloschen war und er ohne Zweifel tief und fest schlief. Alice schlich die große, geschwungene Treppe hinunter und verschwand durch die Haustür in die laue Sommernacht. Ihr Herz pochte bis in die Schläfen. Es war mehr als nur ihre blinde Verliebtheit. Es war der Drang nach Freiheit. Nach dem, was in den Augen ihrer Eltern verboten war. Es war das Ausbrechen aus ihrem goldenen Käfig und die Gewissheit, dass niemand sie hier und jetzt sehen konnte. Darum beneidete sie Dave. Um seine Freiheit, zu tun und zu lassen, was er wollte. Einfach durch die Welt zu fliegen, weil ihm gerade danach war, und den Blicken der Bewacher *zu entkommen. Das wollte sie auch. Frei sein! Sie wollte Verbotenes tun, um zu spüren, dass sie ein eigenständiger Mensch war. In der Lage, selbst zu entscheiden, selbst zu bestimmen.*

Allein der Gedanke, dass sie mitten in der Nacht heimlich in den Stall lief, gab ihr das Gefühl, zu fliegen.

Das Tor knarrte, die Pferde bliesen die Nüstern auf, als Alice durch einen schmalen Spalt hineinschlüpfte. Ob David dort war? Ob Onkel Ron ihn vertrieben hatte? Nein, nur das nicht!

„Dave?", rief sie halb flüsternd, halb bebend die Leiter hinauf. „Bist du wach, Fremder?"

Ein Rascheln ging durch das Stroh. Dann rieselten einige Halme auf sie herab.

„Sieh mal an, wen haben wir denn da?", fragte er, und seine Zähne blitzten im Silberschein des Mondes, der durch die Holzlatten der Scheune einfiel. „Gibt es Anlass zur Sorge, dass die Hausherrin persönlich erscheint und nach mir verlangt?"

Sie gluckste leise und kostete jede Minute ihrer Freiheit aus.

„Komm runter, na, mach schon. Und bring deine Gitarre mit!"

„Meine Gitarre?"

„Ja doch. Beeil dich!"

Während er tat, worum sie ihn gebeten hatte, öffnete Alice die Box ihres Pferdes, zäumte es auf und führte es aus dem Stall heraus.

„Bist du irre?", rief Dave. „Was hast du vor?"

Ihre Augen funkelten im nächtlichen Licht.

„Lass dich überraschen."

Sie führte den Appaloosa hinter die Scheune, wo das weiche Gras das Klappern seiner Hufeisen schluckte, und stieg auf.

„Jetzt du", sagte sie und machte eine Kopfbewegung über ihre Schulter nach hinten. „Denkst du, es klappt, wenn du die Gitarre mitnimmst?"

„Finden wir's heraus."

Mit einem Schwung saß Dave hinter ihr. Er trug seine Jeans und ein weißes Muskelshirt. In der einen Hand sein Instrument, die andere um Alices Taille geschwungen, ritten sie los.

Das Gras gab wie Samt unter den Hufen des Pferdes nach. Die Stimmen der Nacht begleiteten sie. Grillen zirpten, ein angenehmer, warmer Wind ließ die Büsche und Sträucher am Wegrand leise rauschen. David hatte schnell begriffen, dass sie das Tier Richtung See führte. Hinein in die einsamen Felder, fernab des Gestüts und des kleinen Ortes.

Er drückte seinen Oberkörper an ihren Rücken, schmiegte seine Wange an ihre Wange, knabberte an ihrem Ohrläppchen und flüsterte: „Was hast du vor, du verrücktes Ding?"

Sie lehnte sich zurück, genoss seine Wärme auf ihrer Haut und lächelte.

„Ich mache die Nacht zum Tag und den Sommer zu meinem Leben. Mein Onkel und meine Eltern wollen, dass ich mich benehme, sie waren ziemlich aufgebracht. Aber ich will endlich frei sein, David. Verstehst du das? Ich bin erwachsen und will nicht länger ihr Spielball sein. Heute Nacht will ich …", sie drehte den Kopf herum und schaute in seine Augen. „Ich will dich. Ich habe mich noch nie so lebendig und glücklich gefühlt wie mit dir."

„Dito", hauchte er, schob ihre langen Haare zur Seite, legte sie über ihre Schulter und küsste ihren Nacken, ihren Hals und die Schulterblätter. Eine prickelnde Gänsehaut legte sich mit seinen Küssen auf ihre Haut. Und als sie am Ufer des Sees angekommen waren, glitt sie vom Pferderücken direkt in seine Arme.

Katie nahm einen Schluck Wasser und ließ es durch ihre staubtrockene Kehle fließen.

„Woher wussten Sie das?", fragte sie in die Stille hinein.

„Woher wusste ich was?"

„Dass mir die Geschichte gefallen würde."

„Gefällt sie Ihnen?"

„Mehr als das." Sie strich den Saum des Kleides über ihre Knie. Er war während des Lesens durch das Wechseln ihrer Sitzposition höher gerutscht. „Ich kann mich absolut in dieses Mädchen hineinversetzen. Ich weiß, wie es ist, in einem Käfig zu leben. Der einzige Unterschied zwischen ihr und mir ist der, dass sie mit neunzehn begreift, dass sie so nicht leben kann. Und ich habe es mit sechsundzwanzig immer noch nicht geschafft, mich von meinen Bewachern zu lösen."

„Aber Sie leben allein in London. Kommt das der Freiheit nicht nahe?"

„Nach außen hin mag ich frei sein. Aber Sie haben keine Ahnung, wie es hinter den Kulissen aussieht."

„Das tut mir leid", sagte Bayless und es klang aufrichtig.

„Wenn ich ehrlich bin, hatte ich keine Ahnung, ob Ihnen das Buch gefallen würde. Aber das war auch nicht ausschlaggebend. *Mir* gefällt es. Und deshalb lesen Sie es vor."

„Wie egoistisch."

„Wir können nach diesem gern eines aus Ihrem Regal lesen."

„Darauf komme ich bestimmt zurück. Aber vorher", fügte sie hinzu, „vorher müssen Sie sich mir zeigen. Sie erinnern sich doch wohl noch an Ihr Versprechen?"

„An jedes einzelne Wort."

„Prima. Also, das Pferd wird an einem Baum festgemacht und schon sind wir wieder in der Geschichte."

„Habe ich einen Wunsch frei?", fragte Alice, schaute in Daves Gesicht und spielte mit den weichen Haaren in seinem Nacken.
„Nur einen?"
„Fürs Erste nur einen."
„Also gut."
„Ich möchte, dass du mir etwas auf deiner Gitarre vorsingst."
„Oh, das wird schwierig", sagte er, löste sich aus ihrer Umarmung und setzte sich ins Gras. „Weißt du, du hast kein Geld dabei. Das gute Stück hier ist sozusagen mein Ernährer. Ich möchte es nur ungern für lau einsetzen. Die Menschen in der Stadt sind viel freundlicher. Sie bezahlen für meinen Gesang."
„Wer sagt denn, dass ich nicht bezahle?"

„Und was zahlst du?"

Sie beugte sich zu ihm, flüsterte etwas in sein Ohr und schaute ihn verführerisch an.

„Unter diesen Umständen kann ich nicht widerstehen. Soll es ein bestimmtes Lied sein?"

„Bryan Adams. Everything I Do. Es war das Lied, das du gesungen hast, als du mir zum ersten Mal aufgefallen bist."

„Ich erinnere mich", erwiderte er. „Wie könnte ich diesen Moment je vergessen?"

Er griff nach seiner Gitarre, schlug ein paar Akkorde an und begann in seiner melodischen Stimme zu singen. Jedes Wort, jeder Klang der Saiten ging Alice unter die Haut. Dave spielte mit geschlossenen Augen, wurde Teil seiner Musik. Sie nutzte den Moment, ging barfuß durch das Schilf, streifte ihr Shirt ab, schlüpfte aus den Shorts und watete in den See hinein.

Sie tauchte in die Wellen, ließ sich auf ihnen treiben, von ihnen verführen, erlaubte ihnen, mit ihr zu spielen. Der See glich einem Meer aus Sternen und Mondschein, das sie verschluckte.

Am anderen Ufer, nahe dem Wald, quakten Frösche und vereinten sich mit Davids Gesang zu einem Konzert wie aus einem verwunschenen Märchen. Sie war frei. Frei von allen Zwängen. Das Wasser umfloss sie, berührte und liebkoste sie. Alice beobachtete die Himmelsreflexionen auf der Oberfläche. Und während ihr Blick in die Weite der Unendlichkeit glitt, folgte Dave ihr in den See.

Im Schein der Nacht sah er aus wie ein Waldelf, dessen weißer Leib aus den Tiefen des Gewässers emporstieg. Seine Arme umfingen ihre Taille, silberne Tropfen perlten über seine Wangen und seinen Oberkörper. Ohne ein Wort zog er Alice an sich. Ihre Blicke trafen aufeinander, hielten einander fest. Ihr Herzschlag vibrierte an seiner Brust, und als er sie küsste, gab sie sich ihm ganz hin, kostete den Geschmack seiner Haut und wünschte, die Zeit würde stehenbleiben. Ihre Körper begegneten sich unter Wasser. Wie zwei taumelnde Korken schwebten sie durch die Wogen, fest umschlungen, Zärtlichkeiten austauschend.

Als er sie auf den Armen zum Ufer trug, wusste sie, dass sie sich in dieser Nacht zum allerersten Mal lieben würden. Er legte sie in das Gras unter die Weide, bettete sie auf Moos, während eine Sommerbrise über ihren bebenden Körper wehte. Das Zirpen der Grillen, das Rauschen des Windes im Geäst der Bäume, alles rückte in den Hintergrund, als ihre Lippen sich fanden und Dave sie berührte, wie niemand es vor ihm getan hatte. Seine Liebkosungen entfachten ein Feuer in ihr, ließen sie nach ihm dürsten wie die Wüste nach dem Regen.

Und als sie eins wurden, war Alice klar, dass sie nie wieder in ihrem Leben jemanden aufrichtiger und leidenschaftlicher lieben würde als David.

Tränen des Glücks sammelten sich in ihren Augen.

„Du weinst?", flüsterte David und streichelte Alices Wangen. Sie umklammerte seine Schultern, schaute in seine Augen und verlor sich in seinen Blicken.

„Nimm mich mit, Dave", flehte sie. „Nimm mich mit nach Irland. Lass uns von hier weglaufen. Lass uns nach Irland gehen. Ich will nie, nie wieder von dir getrennt sein."

„Das will ich auch nicht."

„Dann tun wir es?"

Er zögerte. Wich ihrer Frage aus, indem er ihren Hals mit Küssen übersäte.

„Heirate mich. Und dann laufen wir von hier fort", platzte es aus Alice heraus.

Er erstarrte.

„Was sagst du, Dave?"

Sein Kopf sank auf ihre Brust und seine Hitze erfüllte sie.

„Alice, ..."

„Nimm mich mit. Ich will nicht länger in einem Käfig leben! Das hier ... du ... Lass mich Teil deines Lebens sein. Lass uns einfach verschwinden."

„Ich soll dich ... heiraten?"

„Nur so können meine Eltern uns nicht trennen. Du kennst sie nicht. Du hast keine Ahnung, wozu sie fähig sind."

David hob den Kopf, strich sich die feuchten Strähnen aus der Stirn und sank an Alices Seite. Die Muskeln in seinen Oberarmen zuckten.

„Alice, so einfach ist das nicht ... Ich meine, heiraten! Ich ... ich muss darüber nachdenken."

„Darüber nachdenken?", fragte sie und setzte sich auf.

„Ja. Wir haben uns gerade erst kennengelernt."

„Versteh schon ..." Sie griff nach ihrer Kleidung und zog sich an.

„Ich hätte es wissen müssen. So bin ich nun mal. Ich tue alles mit ganzem Herzen. Und wenn ich sage, dass ich dich liebe, dann tue ich auch das mit ganzem Herzen. Anscheinend empfindest du nicht dasselbe für mich, wie ich für dich."

Sie sprang auf, ging zum Pferd hinüber und machte es vom Baum los.

„Hey, jetzt sei nicht gleich eingeschnappt! Du weißt, dass das nicht stimmt."

„Mach's gut, Dave."

Sie stieg auf den Pferderücken und ritt davon.

„Ach, verdammt, sagen Sie mir, dass die Geschichte so nicht endet, Bayless! Das Mädchen ist ja wirklich zu bemitleiden."

„Das Mädchen?" Er lachte. „Wer sitzt denn jetzt allein am See und kann zusehen, wie er zurück auf den Heuboden kommt?"

„Naja, so weit ist es ja nicht. Und unterwegs hat er genug Zeit, um über ihre Frage nachzudenken. Die Männer sind doch alle gleich. Und reden Sie sich bloß nicht raus!"

„Inwiefern sind wir alle gleich?"

Katie nahm einen Schluck Wasser und legte das Buch auf dem Tisch ab.

„Wenn sie eine Frau ins Bett bekommen haben, dann verschwindet urplötzlich ihr Interesse an ihr."

„Irrtum, Katie. Da liegen Sie bei David aber gehörig daneben."

„Tue ich das?"

„Versetzen Sie sich doch mal in seine Lage. Sie hat ihn total überrumpelt. Er hat weder nein gesagt, noch behauptet, sie nicht zu lieben. Er hat einfach nur gesagt, dass er Zeit zum Nachdenken braucht."

„Das ist Männersprache! Alice ist aber kein Mann. Für sie bedeutet es, dass sie nichts weiter als ein Abenteuer für ihn war."

„Haben Sie Hunger? Ich könnte jetzt ein Steak verdrücken."

Sie warf einen Blick auf ihre Armbanduhr und erschrak. Es war beinahe Mittag.

„Ist Jonathan denn schon zurück?"

„Eher nicht. Nans Flug geht von Bournemouth. Und mein Vater wollte auf dem Rückweg noch ein paar Dinge in Dorchester erledigen. Er ist sicher nicht vor dem Nachmittag wieder da."

„Wohin fliegt sie denn?", fragte Katie und biss sich auf die Zunge. Die Neugier brannte wie Feuer auf ihren Lippen.

„Nan?"

„Mh-hm."

„Nach Irland. Beruflich."

„Es muss sehr hart sein, sie so selten zu sehen."

„Das ist okay. Wir telefonieren viel, und wann immer sie kann, kommt sie her."

„Gut ...", sagte Katie und atmete tief aus. Ihre Hände zitterten in ihrem Schoß. „Und wo bekommen wir jetzt ein Steak her?"

„Kennys Pub. An der Promenade."

„Soweit ich weiß, hat der keinen Lieferservice. Oder erwarten Sie, dass ich dorthin radle und die Steaks auf meinen Gepäckträger schnalle?"

„Ein süßer Gedanke. Reichen Sie mir mal das Telefon. Für *mich* liefert er."

Katie nahm das schnurlose Gerät, das auf einer Kommode lag und gab es Bayless in die Hand, die er bis zum Gelenk um die Trennwand streckte.

„Was sind Sie nur für ein toller Kerl, Bayless. Kenneth schuldete Ihnen was und mit einem Glas Wein auf Ethans Hose ist alles geklärt. Kenny liefert nur für Sie ein Steak ins Moor. Bezahlen Sie ihn mit Goldmünzen, oder was?"

„Es gab eine Zeit, da habe ich leidenschaftlich gern gepokert. Die beiden konnten ihre Schulden nicht bezahlen, und jetzt sind sie mir hin und wieder zu kleinen Diensten verpflichtet."

„Sie Schurke!"

„Möchten Sie es englisch?"

„Auf gar keinen Fall! Mir reicht ein mittelgroßer Salat mit Putenstreifen. Und ich glaube, zum ersten Mal, seit ich für Sie arbeite, werde ich mich glücklich schätzen, Sie hinter einer Wand zu wissen. Allein der Gedanke an das blutige Fleisch, das auf Ihren Teller tropft ..."

„... lässt mir das Wasser im Mund zusammenlaufen."

Während Bayless das Essen bestellte, lief Katie in die Küche hinunter, um eine neue Flasche Wasser zu holen. Ihr Handy klingelte. In der Hoffnung, es könnte Em sein, ging sie direkt ran.

„Hallo, Liebling", tönte eine Stimme an ihr Ohr.

Sie erschrak und lehnte sich an die Arbeitsplatte. Mit Ethan hatte sie nicht gerechnet. Ihre gute Laune verschwand abrupt.

„Hallo."

„Wie geht es dir?"

„Danke, gut. Und selbst? Schön, dass du heil zu Hause angekommen bist."

„Hast du dir etwa Sorgen gemacht? Das ist süß von dir. Ehrlich. Stell dir vor, ich habe Dr. Finnigan getroffen. Er hat nach dir gefragt. Hast du seine Unterlagen bekommen?"

„Ja, ich habe sie bereits zurückgesandt. Ethan, gibt es einen bestimmten Grund, wieso du mich anrufst? Du weißt doch, ich arbeite tagsüber."

„Ach, richtig, da war ja was. Deine kleine Nebenerwerbstätigkeit. Wie gesagt, das brauchst du alles nicht mehr, wenn wir erst mal verheiratet sind. Denn dann wartet das schönste Leben auf dich."

Sie schluckte ihren bissigen Kommentar herunter. *Dieser Idiot!*

„Hör zu, ich habe gerade eine kleine Verhandlungspause und Sehnsucht nach deiner Stimme. Außerdem möchte ich dir anbieten, den Frühbucherrabatt zu nutzen. Soll ich dir einen Flug für August reservieren? Nebenbei könnte ich mir die Meilen gutschreiben lassen und …"

„Du bist echt die Höhe, weißt du das?" Sie musste achtgeben, ihr Handy nicht zu zerquetschen. „Ich kenne niemanden, der es wagen würde, dich an Dreistigkeit und Unverfrorenheit zu überbieten. Danke, das ist sehr selbstsüchtig von dir, aber ich buche meinen Flug allein." Er lachte.

„Mein kleiner, zickiger Diamant. Hat Dena dir von den Kuchen erzählt? Ich stehe total auf Minz-Karamell. Aber was immer du willst, es wird für unsere Hochzeit das Beste sein."

„Ethan, darüber reden wir noch. Das habe ich auch meiner Mutter gesagt."

„Ist das so? Hm, ich wüsste nicht, was es da noch zu bereden gäbe. Weißt du, ich finde, dieser Dr. Finnigan hat in den vergangenen Jahren ziemlich nachgelassen. Vielleicht ist er nicht der richtige Arzt für dich."

„Was willst du damit sagen?", fragte Katie.

„Ich kenne da jemanden, der um einiges professioneller ist. Er veröffentlicht regelmäßig hervorragende Berichte in angesehenen Fachzeitschriften. Deine Eltern würden ihn lieben, da bin ich sicher. Und ...", Ethans Tonlage veränderte sich, „ich könnte mir vorstellen, dass er dir direkt nach der ersten Sitzung Unzurechnungsfähigkeit bescheinigen würde. Du willst doch sicher nicht entmündigt werden, Schatz?"

Katie fehlten die Worte. Das Telefon zitterte in ihrer Hand, als sie in der Küche zu Boden sank.

„Du ... du meinst ...?"

„Schau, Liebling, deine Mutter zweifelt schon lange an deinem Verstand. Die Sache mit London ... Komm schon, glaubst du, dass sie da noch lange mitspielt? Außerdem vertraut sie mir und möchte, dass ich mich um dich kümmere. Es wird Zeit, dass ich mich deiner annehme."

„Ethan, du kannst mir nicht drohen!", flüsterte Katie und kämpfte mit den Tränen. „Ein Wort zu meinem Vater und er schmeißt dich raus, ehe du …"

„*Drohen*" Ethan lachte. „So ein böses Wort! Ich will doch nur, dass es dir gut geht. Und was deinen Vater angeht: Er ist schwer herzkrank. Wenn die Hochzeit platzt, würde er das höchstwahrscheinlich nicht so gut wegstecken."

Katie unterdrückte ein Schluchzen.

„Wenn es dir so schlecht damit geht, schlage ich vor, wir lassen uns nach sechs Monaten einfach wieder scheiden, hm? Bis dahin ist das mit der Kanzlei geklärt. Wenn du mir diesen kleinen Gefallen tust, *Schatz*, verspreche ich dir, wirst du mich nach den sechs Monaten anflehen, dich nicht vor die Tür zu setzen. So gut werde ich zu dir sein. Also, Minz-Karamell?"

Als Katie die Treppenstufen bewältigte, stützte sie sich mit beiden Händen an den Wänden ab, um den Halt nicht zu verlieren. Er erpresste sie also. Er drohte ihr mit der Herzkrankheit ihres Vaters und mit ihrer eigenen vermeintlichen Unzurechnungsfähigkeit. Immerhin hatte er nichts mit der Sache mit Pie zu tun ... Dennoch, gab es überhaupt einen anderen Ausweg, als ihn zu heiraten? Katie konnte nicht klar denken. Sie taumelte in Bayless' Zimmer und stellte sich mit dem Rücken zu ihm an die große Fensterfront.

„Wo ist das Wasser?"

Sie antwortete nicht.

„Wollten Sie nicht eine neue Flasche holen?"

Über dem Moor lag ein wunderschöner Regenbogen, der sie zu Tränen rührte.

„Katie?"

„Sie hatten recht."

„Ich hatte recht? Ja, klingt nach mir."

Ihr war nicht nach Scherzen zumute.

„Ethan hat ... Er droht damit, mich entmündigen zu lassen, wenn ich ihn nicht heirate."

Bayless schwieg. Sein Stuhl knarrte. Ob er darüber nachdachte, zu ihr zu kommen, um sie in die Arme zu nehmen und zu trösten? Ihr zu versichern, dass alles gut würde und sie keine Angst zu haben brauchte? Wie sehr sie wünschte, er würde es tun. Wie sehr sie sich nach einer Umarmung sehnte. Aber er kam nicht. Er gehörte zu Nan.

„Wie stellt er sich das denn vor?", fragte er schließlich. „Man kann jemanden nicht einfach ohne Grund entmündigen, also, wovor haben Sie Angst?"

„Es wäre nicht ohne Grund, Bayless. Ich habe ... *Probleme*, die er gegen mich verwenden kann. Noch dazu ist wohl jeder Mensch ab einer bestimmten Geldsumme bestechlich. Sie kennen Ethan nicht. Wenn ich nicht tue, was er verlangt, wird er einen Albtraum aus meinem Leben machen", flüsterte sie und stützte sich an das Fensterglas. „Es wäre nur eine Frage der Zeit, bis er auch Ihnen schaden würde. Zumindest ... zumindest hat er mir die Option geboten, sich nach sechs Monaten von mir scheiden zu lassen."

„Das ist aber sehr großzügig von ihm", sagte Bayless und applaudierte. „Soll ich Ihnen mal was sagen, Katie? Ich denke nicht, dass er Sie so einfach heiraten kann. Und wissen Sie auch, wieso? Weil ich alles tun werde, um Sie davor zu schützen."

„Ach", hauchte sie und drehte sich in seine Richtung. „Und wie wollen Sie das machen? Ihn mit Blattgold bewerfen?"

„Mir fällt schon noch was ein."

„Danke, Bayless. Ich weiß das wirklich zu schätzen. Aber, ihm ein Glas Rotwein über den Anzug zu kippen, reicht da leider nicht aus. Ich will nicht, dass Sie sich einmischen. Sie wären am Ende der Verlierer."

„Wollen wir wetten?"

„Was sagt denn Nan dazu?"

Er war im Begriff zu antworten, als es an der Haustür schellte. Das musste das Essen sein.

Der Salat schmeckte vorzüglich. Obwohl Katie der Appetit nach Ethans Anruf gehörig vergangen war. Nein! Sie würde nicht zulassen, dass der Kerl ihr ständig die Laune verdarb. Also versuchte sie das Essen zu genießen und schaute grübelnd aus dem Fenster, wo der Regenbogen mehr und mehr verblasste. Warum wollte Bayless ihr helfen? Es spielte keine Rolle. Katie war zwar gerührt von seiner Sorge um sie, aber sie musste allein damit fertigwerden.

„So", sagte sie schließlich und tupfte mit einer Serviette über ihre Mundwinkel. „Soll ich schon weiterlesen?"

„Nur zu", erwiderte Bayless, und kaute sein Steak. „Hat es Ihnen geschmeckt?"

„Ja, es war vorzüglich. Eine gute Idee, bei Kenny zu bestellen."

Sie griff nach dem Buch und schlug es auf. Unten verriet die Haustür, dass Jonathan zurück war.

„Okay. Mal sehen, wie es David nach der Nacht so ergeht."

David lehnte im Schatten einer Zypresse an der Stallwand und kaute auf einem Gerstenhalm. Es war früh am Vormittag. Seit er vom See zurück war und seine Gitarre auf dem Heuboden verstaut hatte, war von Alice nirgends etwas zu sehen gewesen. David fuhr sich durch die Haare und dachte an die vergangene Nacht zurück. Er konnte nicht behaupten, viele Erfahrungen mit Mädchen gemacht zu haben, aber das, was zwischen Alice und ihm geschehen war, war aus der Tiefe seines Herzen gekommen. Es war echt gewesen, aufrichtig und ehrlich. Er wusste, dass er sie mit dem, was er gesagt, beziehungsweise was er nicht gesagt hatte, verletzt hatte. Ihre forsche, freche Art war nichts als die Fassade eines weichen, verletzlichen Kerns. Aber ... heiraten?

Hatte sie das ernst gemeint, oder war der Gedanke der Ekstase, in die er sie versetzt hatte, entsprungen? Er lauschte dem Rauschen des Windes im Geäst der Zypresse und sah Alice vor sich. Ihren weichen, wohlgeformten Körper, der wie Silber in den schwarzen Wellen trieb. Er schmeckte ihre Lippen, spürte die Hitze ihres Verlangens, sah das Licht der Sterne in ihren Augen. Eine magische Nacht, die all seine Sinne berauscht hatte. Wie geschaffen dafür, sich von ihr verführen zu lassen. Noch immer konnte er nicht glauben, dass es passiert war. Dass sie ihm gehört hatte. Dieses Mädchen, das ihm vom ersten Augenblick an den Atem geraubt und ihm das Gefühl gegeben hatte, ihn zu vervollständigen. Ihr unbändiger Durst nach Freiheit ließ ihn erschaudern. Ihre Fröhlichkeit steckte ihn an. Ihre Angst, zurück in einen Käfig zu müssen, legte sein Herz in Ketten. Und die Leidenschaft, die sie in der vergangenen Nacht gezeigt hatte, ließ ihn schwach werden.

Als vom Herrenhaus Stimmen herüber schallten, blickte David auf: Es war Alice, in einem cremefarbenen Sommerkleid, die aus der Haustür stürzte, die Hand an den Mund gepresst, Richtung Rasen laufend. Er wollte ihr entgegeneilen, als ihr Onkel ihr folgte.

„Alice", rief der ältere Mann mit harter Stimme. „Alice, komm sofort zurück!"

Sie gehorchte, blieb stehen und weinte bitterlich. Ihr Onkel erreichte sie, zog sie an der Schulter herum und maßregelte sie. Seine wild gestikulierenden Hände ließen auf einen Streit schließen, dessen Ursache David nicht kannte. Hin und wieder drangen Wortfetzen an seine Ohren, Schluchzer, die der Wind zu ihm herübertrug. Alice schüttelte heftig den Kopf und wandte sich ab. Das Gesicht ihres Onkels war hochrot.

„… spätestens morgen!", hörte Dave ihn schimpfen.

Sie erwiderte etwas, jedoch ohne Erfolg. Der Mann drehte sich um, stapfte die Treppe hinauf und verschwand im Haus. Ohne zu zögern lief Dave auf sie zu. Er hielt sich dicht am Rand der Rasenfläche, um ungesehen zu bleiben und der Sprinkleranlage aus dem Weg zu gehen.

„Alice", rief er gedämpft, als er in ihrer Hörweite war. Sie zuckte zusammen, drehte sich um und wischte sich die Tränen aus dem Gesicht. Als sie Blickkontakt hatten, schüttelte sie kurz, aber heftig den Kopf, und bedeutete ihm, im Hintergrund zu bleiben.

„Was ist passiert?", wollte er wissen. Alice legte einen Finger auf ihre Lippen und schaute ihn flehend an, konnte dann aber doch nicht widerstehen und schlich zu David hinüber.

„Du musst verschwinden", sagte sie, so leise es ging.

„Wieso, was ist passiert?"

„Er hat mitbekommen, dass ich mich letzte Nacht aus dem Haus geschlichen habe. Du kannst dir nicht vorstellen, wie er getobt hat. Er hat meine Eltern benachrichtigt. Sie kommen und holen mich ab."

„Das ist nicht dein Ernst!", rief er, ein wenig zu laut. „Wie alt bist du? Zwölf? Du musst nicht mit ihnen gehen, Alice."

„Das verstehst du nicht."

„Verdammt noch mal, du bist erwachsen!"

„Nicht in ihren Augen."

Er raufte sich die Haare.

„Was hast du gesagt, wo du gewesen bist?"

205

„Spazieren.“

„Und das hat er dir abgenommen?“

„Natürlich nicht.“ Sie weinte und vergrub ihr Gesicht in ihren Händen. „Was denkst du wohl, wieso ich von hier weglaufen will? Vielleicht verstehst du mich jetzt ... Ich will bei dir sein, Dave. Nimm mich mit ...“

„Pass auf“, flüsterte er, schaute sich um und fand einen spitzen Stein auf dem Boden. Er nahm ihn, schrieb damit etwas auf einen der Pflastersteine, die den Rasen umsäumten und sagte: „Das ist meine Handynummer. Ruf mich an, okay?“

„David ...“

Sie stürzte auf ihn zu, fiel ihm um den Hals und küsste ihn stürmisch.

„Ich liebe dich“, flüsterte sie, als ihr Onkel aus dem Haus kam und sie erblickte.

„Was zum Teufel ...?“, tobte er und rannte in ihre Richtung, so schnell seine kurzen, dicken Beine ihn trugen. „Wer ist das, Alice? Hey, das ist ein Privatgrundstück, verstanden? Verschwinden Sie, bevor Sie Bekanntschaft mit meinem Gewehr machen!“

„Ruf mich an“, wiederholte Dave, schaute ein letztes Mal in Alices Augen und sprang über den Zaun. Er lief über das angrenzende Feld, die Beschimpfungen ihres Onkels im Nacken, den Waldrand vor Augen. Alles, was er bei sich trug, war sein Handy.

Katie hielt inne. Ihr Herz überschlug sich fast.

„Lieber Himmel!“

Bayless klimperte mit dem Essgeschirr.

„Spannend, oder?“, fragte er.

„Ich leide richtig mit.“

„Keine Geschichte aus dem vorletzten Jahrhundert?“

„Überhaupt nicht. Ich kenne genug Menschen, die meinen, ihre Kinder seien ihr Eigentum und sie müssten sie bewachen und über sie bestimmen. Bis zu einem gewissen Alter ist das vollkommen in Ordnung. Aber

Alice ..." Sie schüttelte traurig den Kopf. „Glauben Sie mir, Bayless. Das könnte meine eigene Familie sein."
„So schlimm?"
„Schlimmer."
„Warten Sie ab, es wird noch spannender ..."
„Okay. Dann lese ich am besten direkt weiter."

„Es tut mir leid", sagte Onkel Ron. Er saß an seinem Schreibtisch, die Hände vor dem Bauch gefaltet und seufzte. „Ich hab dich gern, Alice, aber unter diesen Umständen ..."
Das Zittern ihrer Hände, die in Alices Schoß lagen, ließ die Spitze ihres feinen Sommerkleides vibrieren. Wohin mochte Dave gegangen sein? Und was, wenn sie den Stein nicht wiederfand, auf den er seine Nummer gekritzelt hatte? Sie musste ihn suchen. Unbedingt. Und Dave anrufen. Seine Sachen waren noch auf dem Heuboden. Die Cort Luce, Davids Westerngitarre. Sie schloss die Augen und dachte an seine Stimme. Die Melodie von Everything I Do ging ihr bereits den ganzen Tag durch den Kopf. Eine Träne rollte ihre Wange hinab. Eine einzelne Träne, die den ganzen Schmerz ihres Herzens beherbergte.
„Ich hatte keine andere Wahl, als Ben anzurufen. Dein Vater vertraut mir. Also, wer war dieser Junge? Jemand aus deiner Schule?"
„Nein."
„Ein Kerl aus Boston? Geht er demnächst auch nach Harvard?"
„Nein."
„Alice, so kommen wir nicht weiter! In einer Stunde sind deine Eltern hier, und dann musst du ohnehin mit der Wahrheit rausrücken. Ist er ein Landstreicher?"
Sie schwieg. Seltsamerweise war die Bezeichnung die zutreffendste. Aber sie gefiel ihr ganz und gar nicht.
„Alice, ist er ein Landstreicher?", wiederholte er.
Sie zuckte mit der Schulter. Onkel Ron schlug wütend mit der Faust auf den Tisch.
„Antworte mir!"

„*Er ist … er ist … Straßenmusiker.*“

Straßenmusiker. Das Wort hallte durch den Raum. Prallte an den Wänden ab, an den deckenhohen Bücherregalen. Es klang wie: Bettler. Ungeziefer. Das sagte jedenfalls Onkel Rons Gesichtsausdruck.

„Straßenmusiker“, *wiederholte er.*

„*Eigentlich ist er das nicht wirklich*“, *versuchte sie Dave zu verteidigen.* „*Er stammt aus Irland und …*“

Onkel Ron hob die Hand, um sie zum Schweigen zu bringen.

„*Sag deinen Eltern einfach, er ist ein Schulfreund, einverstanden? Alles andere bleibt unser Geheimnis.*“

„*Aber, Onkel Ron, …*“

„*Ich will nichts mehr hören.*“

„*Dave ist …*“

„*Dave?*“

„*Er ist …*“

„*Alice*“, *sagte er und erhob sich.* „*Du weißt, wie deine Eltern darüber denken. Unsere Familie ist sehr traditionell. Du willst sie doch nicht enttäuschen, oder? Du möchtest doch sicher, dass sie stolz auf dich sind.*“

„*Ich weiß nicht, ob ich das möchte!*“, *erwiderte sie trotzig.* „*Eigentlich möchte ich endlich mein eigenes Leben leben und …*“

„*Dein eigenes Leben leben?*“, *sagte Onkel Ron und stemmte die Hände in die Hüften.* „*Ich weiß nicht, ob ich das richtig verstehe. Aber höre ich da gerade etwas wie Undankbarkeit aus deinen Worten heraus? Weißt du eigentlich zu schätzen, wie gut es dir geht, Alice? Was deine Eltern alles für dich möglich machen? Wer in deinem Alter kann schon von sich behaupten, über eine eigene Kreditkarte zu verfügen? Und wer …*“

„*Onkel Ron!*“ *Alice hatte Tränen in den Augen.* „*Ich bin kein Kind mehr! Ich will mich nicht länger von meinen Eltern herumkommandieren lassen!*“

Er schnaubte und fuhr sich durch die spärlichen Haare.

„Genug jetzt. Besprich das mit Ben und Susan. Und schlag dir diesen Straßenmusiker aus dem Kopf. Ich meine es nur gut mit dir, hörst du?"

Sie nickte und gab auf. Es hatte von Anfang an nicht die geringste Chance bestanden, auf Verständnis zu stoßen.

„Siehst du. Also war ... Dave ... ein guter Schulfreund, der dich hier besucht hat. Weiter nichts. Und jetzt geh. Ich bin sicher, dass das Essen gleich serviert wird."

Ganz langsam stand Alice auf, verließ den Raum und schloss die Tür. Sie kam sich vor wie eine Strafgefangene, die soeben ihre Chance auf Bewährung verspielt hatte. Statt ins Speisezimmer ging sie in den Garten. Sie lief über den Rasen, in der kleinen Seitentasche ihres Kleides einen Zettel und einen Kugelschreiber. Wo war er? Wo war der Stein, auf den Dave seine Nummer geschrieben hatte? Fieberhaft begutachtete sie jeden Quadratzentimeter Pflaster, während ihr Herz zerbrach. Ihr Blick wanderte zum Waldrand. Dorthin, wo er verschwunden war. Sich Dave aus dem Kopf schlagen? Niemals! Sie würde um ihn kämpfen.

Katie nahm das Lesezeichen, legte es in das Buch und klappte es zu. Sie atmete tief durch und schaute ins Moor hinaus. Die Sonne schien. In der Ferne glitzerte das Meer.

„War's das?", fragte Bayless.

„Das war's. Zumindest für den Moment." Das Meer hielt ihren Blick gefangen. Wie oft schon hatte sie dorthin gehen wollen. Durch das Moor, bis hinunter an den Strand. Aus der unteren Etage ertönte fröhliches Pfeifen. Jonathan war guter Dinge.

„Darf ich Sie etwas fragen, Bayless?"

„Kommt ganz auf die Frage an."

„Worum geht es in dem Prozess? Es ist so, dass die Sache mich nicht loslässt. Vielleicht, weil ich selbst ständig mit solchen Dingen konfrontiert worden bin. Allein schon wegen meines Vaters."

Bayless änderte seine Sitzposition. Schritte ertönten, als er aufstand, um das Fenster in seiner Hälfte des Raumes zu schließen. Sie schaute hinüber und hoffte, vielleicht einen kleinen Teil von ihm zu Gesicht zu bekommen. Und wenn es nur der Ärmel seines Hemdes war. Aber er blieb unsichtbar. Sein Stuhl knarrte, dann herrschte Stille.

„Entschuldigen Sie, Bayless. Sie müssen nicht antworten."

„Darum geht es nicht."

„Worum geht es dann?"

„Ich versuche gerade, aus Ihnen schlau zu werden."

„Tatsächlich?"

„Sehen Sie, einmal sind Sie ganz offen. Sie plaudern über Ihr Leben, fragen mich wegen Ihres Verlobten oder Ihrer Freunde in London um Rat, erkundigen sich nach Nan oder diesem verdammten Prozess. Und dann wieder – bestehen Sie darauf, Privates von Ihrer Arbeit zu trennen."

Katie nickte und schaute wieder aufs Moor.

„Ich verstehe, was Sie meinen. Ich glaube, ich werde selbst nicht schlau aus dem, was ich tue."

Das war nicht gelogen. Es gab Momente, da verstand sie ihr Tun und Denken wirklich nicht. Sie konnte sich zwar erklären, wieso. Dr. Finnigan hatte es ihr immer wieder gesagt. Aber das hieß nicht, dass es sie nicht in den Wahnsinn trieb.

„Wenn Sie eine ehrliche Antwort auf Ihre Frage haben wollen, stelle ich zwei Bedingungen", sagte Bayless plötzlich.

Katie straffte ihren Rücken und hob die Brauen. Darauf war sie gespannt.

„Zum einen", fuhr er fort, „möchte ich, dass wir uns duzen. Ich meine, das hier ist schließlich kein Job im herkömmlichen Sinne, oder? Und zum anderen: Wenn jemand etwas auf dem Herzen hat – und sei es noch so privat – darf er es aussprechen. Natürlich auf die Gefahr hin, dass er keine Antwort bekommt, wenn der andere nicht antworten möchte."

„Aber das Tanzen bleibt. Ich meine, wir werden das nicht wiederholen."

„Einverstanden."

Einverstanden. Wieso, um alles in der Welt, hatte sie das mit dem Tanzen erwähnt? Für einen kurzen Augenblick hatte sie vergessen, dass es Nan gab.

„Also, worum geht es in dem Prozess? Und wieso soll er neu aufgerollt werden?"

Bayless seufzte.

„Jedenfalls bin ich kein Schwerverbrecher, falls du das denkst."

„Nein? Schade. Wäre doch spannend gewesen, oder?"

„Irgendwie schon. Aber ich glaube, viel mehr an Spannung in meinem Leben würde ich nicht ertragen."

Was war an seinem Leben denn spannend?, fragte Katie sich. Er saß hinter einer Trennwand, hatte eine attraktive, charmante Freundin, einen fürsorgenden Vater, eine Privatvorleserin. Ein Wort wie *eintönig* oder *langweilig* hätte es eher getroffen als *spannend.*

„Es geht um den Unfall", erklärte er. „Damals wurde mir die Schuld daran zugesprochen. Aus einem ... *Grund* ... soll jetzt alles noch einmal überprüft werden."

„Na, das klingt doch spannend."

„Leider, ja."

„Dann waren Sie ... warst *du* also schuld an dem Unfall?"

„Zum Teil jedenfalls."

„Nur zum Teil?"

„Ja."

„Und wer war für den anderen Teil zuständig?"

„Jemand anderes."

„Und wieso wurde dir die alleinige Schuld zugesprochen?"

Er schwieg. Nach den neuen Bedingungen, die er aufgestellt hatte, bedeutete das, dass er nicht antworten wollte.

„Warum hast du Angst vor einem neuen Prozess, wenn es doch nur besser werden kann? Mehr, als dass dir noch einmal Schuld gegeben wird, kann doch nicht passieren." Er schwieg.

„Oder hast du gerade davor Angst? Dass herauskommt, dass auch diese andere Person schuld war?"

„Nein."

„Ich verstehe das nicht. Vielleicht würde der andere auch zur Rechenschaft gezogen werden."

„Das wird weder geschehen, noch würde es mir im Nachhinein etwas nützen."

„Aber wieso nicht?"

„Einer der Gründe, wieso mein Vater und ich Irland verlassen haben, ist ...", sagte Bayless mit zerknirschter Stimme. „Wir haben unseren Betrieb verloren. Unseren Ruf, unsere Ehre, wenn du so willst. Der Prozess hat uns damals so viel gekostet, dass wir den Restaurationsbetrieb aufgeben mussten. Wir hätten die Kosten sonst nicht decken können."

„Wow. Das ist hart. Ihr musstet ganz allein für die Kosten aufkommen?"

„So ist es."

„Und wieso ist der andere Kerl ungeschoren davongekommen?"

Er schwieg. Katie stand auf, lehnte sich ans Fenster und massierte ihre Schläfen. Ihr Kopf schmerzte.

„Schuld, Teilschuld oder Unschuld", sagte er. „Was macht das für einen Unterschied? Mein Körper wird verbrannt bleiben. Und das, was ich verloren habe ... war mehr wert als alles Geld der Welt."

Eine Gänsehaut überkam sie. Er hatte also jemanden verloren. Ob es das Mädchen war, um das er gekämpft hatte, wie Jonathan ihr erzählt hatte? Hatte er sein Mädchen verloren?

„Und ... und es kann nicht doch sein, dass sie deine Unschuld beweisen?“

„Nein.“

„Wieso nicht?“

„Weil ich alles, was passiert ist, auf mich nehme.“

Sie schüttelte ihren Kopf. Sollte das begreifen, wer wollte. Sie tat es nicht.

„Es tut mir so leid, Bayless. Ich hatte keine Ahnung, dass du jemanden ...“

„Schon gut. Ich wäre jetzt gern ein bisschen allein.“

Das Wetter war unbeständig. Als der Wind, der vom Meer herüber wehte, auffrischte, zog sie die Strickjacke enger um ihre Schultern. Im nächsten Augenblick kam die Sonne hervor und schien mit der Wärme des Hochsommers. Katie lief Richtung Strand. Und dieses Mal, schwor sie sich, würde sie den Weg bis zum Ziel gehen. Sie wagte nicht, sich zum Haus umzudrehen, weil sie sicher war, dass am Fenster die Umrisse eines Mannes, der ihr nachschaute, zu erkennen gewesen wären. Die unzähligen Rätsel, die er ihr aufgab, verwirrten sie Tag für Tag mehr. Vielleicht sollte sie bis zum Abend bleiben und versuchen, das Buch durchzulesen, damit er sich ihr endlich zeige. Die Sache mit dem Paravent wurde immer kindischer. Katie verließ den Feldweg und hatte den Strand erreicht. Eine kleine Düne war das einzige Hindernis, das sie noch von der West Fleet trennte. Sie löste ihre Schuhe, lief durch den weichen Sand und erblickte das Meer. Glitzernd lag es in der Nachmittagssonne vor ihr. Am Horizont bildeten Tankerschiffe kleine, graue Punkte, die sich langsam Katies Blicken entzogen.

Katie ließ sich in den Sand fallen und inhalierte die salzige Brise. Das war etwas anderes als die Londoner Großstadtatmosphäre. Das Klingeln ihres Handys riss sie aus der Entspannung. Sie zog es aus ihrer Strickjacke und nahm den Anruf entgegen.

„Hallo, Katie. Hier spricht Dr. Finnigan."

„Hallo."

Wieso nur war ihr kein Moment in Ruhe und Frieden vergönnt?

„Wie geht es Ihnen?"

„Gut. Sehr gut sogar."

„Das freut mich. Ich habe kürzlich Ihren Verlobten getroffen. Dann gibt es also doch eine Hochzeit."

Katie stieß es bitter auf. Wut kochte in ihr hoch.

„Das wird sich zeigen", presste sie hervor. „Ist Ethan der Grund, wieso Sie anrufen?"

Der Doktor lachte.

„Nein, keineswegs. Ich habe interessante Neuigkeiten für Sie."

„Wirklich?"

„Ja. Ich komme in ein paar Tagen nach London. Es findet ein Kongress statt, zu dem ich eingeladen wurde. Ich dachte, die Gelegenheit wäre gut, sich mit Ihnen zu treffen. Was halten Sie davon?"

Katie vergrub ihre Zehen im Sand und zog eine Grimasse.

„Ich bin zur Zeit in Weymouth. Das ist etwa zwei Stunden von London entfernt. Mein *Verlobter* hat Ihnen doch sicher von meiner kleinen *Nebenerwerbstätigkeit* berichtet."

„Das hat er in der Tat. Aber, was sind schon zwei Stunden? Ich würde mich gern mit Ihnen treffen und mir ein Bild von Ihnen machen, Katie."

„Ich werde mal sehen, was sich machen lässt", antwortete sie und hoffte, noch eine Ausrede zu finden, um nicht nach London reisen zu müssen.

„Prima! Dann bleiben wir in Kontakt."

„Natürlich. Auf Wiederhören."

Sie verstaute ihr Handy und hatte alles Schöne am Meer aus den Augen verloren. *Wie würde es aussehen*, fragte sie sich. Ihr Leben in einigen Jahren? Wenn sie in die Zukunft schauen könnte, was für eine Katie würde sie vorfinden? Eine, die mit einem gut aussehenden, reichen Staatsanwalt verheiratet war? Den sie jeden Morgen mit einem Kuss weckte, dem sie den Kaffee reichte, den Krawattenknoten band, bevor er sich in seinen schneidigen Wagen setzte und zur Kanzlei brauste, während sie an der Fensterscheibe stand und ihm winkte? Ein- oder zweimal die Woche würde er mit ihr schlafen, sie zu langweiligen Geschäftsessen ausführen, ihr teure Kleider und Schmuck kaufen, um sie damit zufriedenzustellen, für den Fall, dass sie erwähnte, wie trist und eintönig ihr Alltag war. Hätte sie Kinder mit einem solchen Mann? Mit Ethan? War das die Katie, die sie in der Zukunft antreffen würde? Eine Katie, die traurig aussah und erste Falten in ihrem Spiegelbild erblickte? Eine Katie, die ein genugtuendes Lächeln ihrer Mutter erntete, wenn sie gemeinsam an einer Teetafel saßen und über Modesünden plauderten?

Sie schloss die Augen und fragte sich, was in dieser Zukunftsversion aus Emma und Pie geworden wäre. Ob sie noch in London lebten? Als Stationsleitung im *Elders* und als Filialleiter in einem Supermarkt arbeiteten? Stellen, die sie, ohne es zu wissen, bekommen hatten, weil ihre Freundin einen einflussreichen Mann geheiratet hatte? Sie würden glücklich sein. Hin und wieder würden sie sich an diese Freundin erinnern, die zurück nach Hause gegangen war.

Ein Dolch durchbohrte Katies Herz. Sie sah sich selbst als grauen Nebel, der über dem Leben ihrer Freunde hing, ihnen dabei zuschaute, wie sie lachten, scherzten, in einer chaotischen WG saßen und Pizza aus dem Karton aßen. Katie, der graue Nebel, der nicht länger Teil dieses Lebens war. Der unschön war, störte und das Sonnenlicht blockierte.

Ihre imaginäre Wolke zog weiter, Richtung Weymouth. Wo Bayless und Nan miteinander lebten. Frei von Sorgen und Prozessen, frei von Schulden und Schmerzen. Ihre vier Kinder liefen barfuß durch das Moor, jagten die Birkhühner und tollten am Strand durch die Wellen. Bayless baute Sandburgen mit ihnen. Nan lag im Bikini an seiner Seite und las ihm aus einem seiner unzähligen Bücher vor. Und Jonathan? Vielleicht hatten sie ihm längst ein Hügelgrab nahe dem Haus errichtet. Wilde Gräser und Rosen wuchsen darauf. Oder er hatte sich im hohen Alter eine kleine Werkstatt aufgebaut, in der Vater und Sohn Restaurierungsaufträge annahmen und sich in der Freizeit mit Blattgold bewarfen.

„Katie, reiß dich zusammen!", fuhr sie sich an. „Hör verdammt noch mal damit auf, in Selbstmitleid zu zerfließen!"

Sie erhob sich, wischte sich die Tränen von den Wangen und schlüpfte in ihre Schuhe. Das war nicht der Zeitpunkt, um über eine bemitleidenswerte Zukunft nachzusinnen. So wollte sie nicht leben. Trotzig stapfte sie zum Haus zurück.

„Du hast es lange am Meer ausgehalten", begrüßte Bayless sie.

„Du warst es doch, der allein sein wollte", erinnerte Katie ihn, und legte ihre Strickjacke über die Armlehne des Sessels.

„Mein Vater hat uns Tee gebracht. Und seine berühmten Scones."

„Das ist sehr nett von ihm." Katie nahm Platz, goss sich eine Tasse ein und trank vorsichtig einen Schluck. Dabei dachte sie an Nan, die nun wieder auf dem Weg nach Irland war.

„Ich beneide sie. Das tue ich wirklich", platzte es aus ihr heraus.

„Wen beneidest du?"

Katie erschrak darüber, dass sie ihre Gedanken laut ausgesprochen hatte. Bayless musste sie für verrückt halten.

„Die … die … Ich beneide … ich … ich habe nur laut gedacht."

„Lügnerin."

„Lesen wir weiter?"

„Du sprichst von *ihr*, hab ich recht?"

„Von Alice, ja."

„Katie, wieso …?"

„Ich will unbedingt wissen, ob sie seine Nummer auf dem Stein findet. Könnte doch sein, dass die Sprinkleranlage angeht und der Sprühregen die Spuren verwischt. Das wäre ziemlich dramatisch, oder? Oder dieser … *Jim Beam* …"

„*Jack Daniels.*"

„… zertrümmert aus Versehen Daves Gitarre auf dem Heuboden. Oder ihr Onkel kraxelt die Leiter hinauf, findet den Kram und ruft die Polizei, die dann eine Fahndung nach ihm rausgibt."

„Du solltest nicht mehr an den Strand gehen. Ich fürchte, die Luft bekommt dir nicht."

Katies Hände zitterten. Was geschah mit ihr? *Komm endlich hinter dieser bescheuerten Wand vor!*, wollte sie ihn anschreien. *Damit ich dir in die Augen sehen kann.*

„Bist du versorgt? Mit Tee und Gebäck?", fragte sie stattdessen.

„Bestens. Heute brauchst du mir nichts Essbares an den Kopf zu schmeißen."

„Vielleicht solltest du lernen, Worte zu fangen."

217

„Gut gekontert, Katie Hendriks. Sehr gut gekontert."
Sie klammerte sich an die Kordel ihres Kleides und schlug das Buch auf.

Weinend suchte Alice nach der Telefonnummer auf dem Pflasterstein. Sie musste sie finden, ehe es dunkel wurde. Ehe ihre Eltern eintrafen, um sie abzuholen. Ein Stoßgebet verließ ihre Lippen und dann ... dann machten ihre verschwommenen Blicke die feinen Linien aus, die auf einem der Steine zu ihren Füßen standen. Mit einer schnellen Geste wischte sie sich die Tränen aus dem Gesicht, griff nach Zettel und Stift und notierte die Nummer. Ihr Herz schlug ihr bis zum Hals. Sie hatte sie gefunden. Sie hatte sie tatsächlich gefunden! Alice konnte ihr Glück kaum fassen. Am liebsten wäre sie juchzend aufgesprungen und durch den Garten getanzt.

„Was tust du da?", hörte sie Onkel Ron vom Haus herüberrufen. Sie erschrak, erhob sich und zuckte die Schultern.

„Oh ... äh, ... da ... da sind Ameisen. Ich beobachte, wie sie ihre Eier unter die Erde tragen."

Schon wieder eine Lüge. Ihr Onkel schaute sie schräg an. Er schüttelte den Kopf und verschwand auf der Veranda. Alice nahm einen Erdklumpen und machte die Nummer auf dem Stein unkenntlich. Er durfte sie auf keinen Fall finden. Niemand durfte sie finden. Dann lief sie zum Stall hinüber. Die Luft war rein, also kletterte sie die Leiter hinauf. Oben auf dem Heuboden schaute sie sich um. Es kam ihr vor, als hätte sie Davids Zimmer betreten. Das Stroh, durch das sie so oft getollt waren. Die Küsse und Zärtlichkeiten, die sie miteinander ausgetauscht hatten. Die Sehnsucht, das Verlangen und das Kribbeln in ihrem Bauch, das seine sanften Berührungen in ihr geweckt hatten. Das Sonnenlicht, das durch die Holzbretter einfiel, ihre Schulter streifte, als wollte es sich nach Davids Verbleib erkundigen.

„Du weißt viel besser, wo er steckt", flüsterte Alice und sank schluchzend ins Stroh. Sie griff nach seiner Gitarre. Sie wusste nicht, wie man darauf spielte. Trotzdem nahm sie das Instrument, ließ

*ihren Zeigefinger über die dunkle Mahagonimaserung wandern,
schloss die Augen und dachte an die vergangene Nacht. Wie er ihr
Lied gespielt und dazu gesungen hatte und wie sie im Silberlicht des
nächtlichen Sees gebadet hatten. Schmerz erfüllte Alice. Schmerz
und Angst. Wie sollte sie ihm sein Instrument zukommen lassen?
Würde sie es in den Kofferraum von Dads Wagen schmuggeln
können? Und würde sie es zu Hause ebenso unbemerkt wieder
herausnehmen können? Und was, wenn jemand sie erwischte? Was
sollte sie sagen, wenn ihre Eltern sie fragten, wem die Gitarre
gehörte?*

*Im Hof ertönten Motorengeräusche. Alice erwachte aus ihren
Tagträumen und spürte einen bleiernen Kloß in der Kehle. Sie
kannte die Geräusche des Wagens. Ihre Eltern waren schneller
eingetroffen, als sie gedacht hatte. Kalter Schweiß bildete sich auf
ihrer Stirn, als die Türen klappten. Stimmen drangen an ihre
Ohren. Schritte entfernten sich Richtung Haus.* Jetzt oder nie,
*schoss es ihr durch den Kopf. Sie packte die Gitarre in den Koffer,
nahm Davids Rucksack, und kletterte die Leiter hinunter. Ein
Blick durch die Stalltür verriet, dass ihre Eltern im Haus
verschwunden waren. Sie sprintete zum Wagen, öffnete die
Heckklappe und verstaute das Gepäck. Zum Glück lag die
Hundedecke im Kofferraum. Wenn Lon und Lill, die beiden
Doggen, nicht auf der Rückbank saßen, legte Dad die Decke immer
ordentlich im hinteren Teil des Wagens zusammen. Alice breitete sie
in Windeseile über Daves Kram aus, um die Gitarre und den
Rucksack unsichtbar werden zu lassen. Vielleicht würde Dad nicht
darüber nachdenken, wenn er ihr Gepäck in den Kofferraum hievte.
Sie könnte ihn ablenken, indem sie eine Szene machte, weinte und
sich sträubte, mit ihnen heimzufahren. Einen Versuch war es wert.
„Alice?", rief Onkel Ron von der Veranda herüber. Sie warf die
Heckklappe zu und lief über die Wiese. „Wo steckst du denn schon
wieder?"*

„Ich bin hier!", erwiderte Alice. „Schon unterwegs."

„Prima. Du wirst erwartet."

Er sah aus, als wäre er erleichtert darüber, sie loszuwerden. Sie, die kleine, halbwüchsige Nichte, die sich nicht mehr kontrollieren ließ. Die etwas – und was genau, wollte er besser gar nicht erst wissen – mit einem Landstreicher angefangen hatte. Alice seufzte, tastete über die Tasche ihres Kleides und fühlte den Zettel darin. Den Zettel mit der Nummer, welche die einzige Verbindung zu einem neuen Leben in Freiheit war.

Katie klappte das Buch zu, legte es auf den Tisch und streckte ihre vom Sitzen steif gewordenen Glieder.
„Du hörst auf?", fragte Bayless.
„Ich hab seit fünf Minuten Feierabend."
Er lachte. Sein Lachen war jedes Mal wie die Betätigung eines Knopfes, der einen ganzen Schwarm Schmetterlinge in ihrem Bauch zum Leben erweckte. Sie konnte nichts dafür. Und wenn sie sich wehrte, flatterten sie nur umso heftiger.
„Schade, dass du gehen musst. Deine Anwesenheit tut mir wirklich gut."
„So etwas solltest du nicht sagen."
„Findest du?"
„Finde ich."
„Was denkst du über Dave und Alice?"
Katie stand auf, nahm ihre Strickjacke und schlüpfte hinein. Diese Frage stellte sie sich jeden Tag. Und mit jedem Satz, den sie las, fiel es ihr schwerer, sie zu beantworten.
„Ich hoffe, dass sie um ihre Liebe kämpfen. Und dass ihre Eltern ihn akzeptieren."
Er schwieg.
„Ich sehe alles genau vor mir", fuhr sie fort. „Das Gestüt, Onkel Ron, die beiden Doggen. Vor allem die beiden Doggen. Merkwürdig, oder? Wieso denke ich über die Doggen nach? Wo sie doch bloß in einem Nebensatz erwähnt werden."

„Das passiert mir auch oft. Ich mag Hunde. Ich mag eigentlich alle Tiere. Und wenn sie irgendwo erwähnt werden, denke ich über sie nach. Vielleicht, weil sie unkomplizierter sind als Menschen."

„Ja, das wäre eine Erklärung. Auf Wiedersehen, Bayless. Bis morgen."

„Komm gut heim, Katie."

Der Flur unten war dunkel. Aus der Stube ertönte Folkloremusik. Jonathan schaute seine Lieblingsshow. Katie klopfte kurz an, um sich zu verabschieden. Der alte Mann saß in einem der Ohrensessel und lächelte, als sie ihren Kopf durch die Tür steckte.

„Hallo, Jonathan. Bleiben Sie ruhig sitzen. Ich wollte nur auf Wiedersehen sagen."

„Ja, ja, das ist lieb, Mädchen. Wie war denn Ihr Tag?" Er klopfte den Takt der irischen Musik auf der Sessellehne mit.

„Danke, gut. Wir haben viel gelesen."

„Prima!"

„Also dann, bis morgen."

Sie winkte, doch bevor sie die Tür schließen konnte, hielt er sie zurück.

„Oh, Moment noch, Katie. Einen Moment." Er hatte Mühe, sich aus dem Sessel zu erheben. Dann schlurfte er zum Kaminsims und griff nach etwas.

„Jetzt hätte ich es beinahe vergessen. Ich soll Ihnen einen lieben Gruß von Nan bestellen. Sie war ganz traurig, weil sie Sie gern länger gesehen hätte. Ich glaube, sie mag Sie, Katie."

Katies Knie bebten. Sie erstarrte im Türrahmen.

„Wie ... wie kommen Sie denn darauf?"

„Ganz einfach", sagte er und kam zu ihr herüber. „Weil sie mir das hier für Sie gegeben hat. Ein kleines Geschenk. Ich schätze mal, weil Sie sich so gut um meinen Sohn kümmern. Das bedeutet ihr sehr viel. Da ist ein kleiner Brief dabei."

Er reichte ihr ein Päckchen mit einem Umschlag. *Das kann nicht wahr sein*, hallte es durch Katies Gedanken. Nan hatte ihr etwas geschenkt. Sie mochte sie. Während Katie sich Hals über Kopf in Bayless verliebte, dachte Nan daran, ihr ein Geschenk zu machen. Das machte die Sache nicht unbedingt einfacher. Ganz und gar nicht. Noch nie zuvor hatte Katie sich mieser gefühlt als in diesem Moment.

„Danke, Jonathan. Das ... das wäre doch nicht nötig gewesen. Ich ... ich mache doch nur meinen Job. Immerhin werde ich fürs Vorlesen bezahlt ..."

Er hob die Hände und lächelte unschuldig.

„Ich kann nichts dafür. Das war ganz allein Nans Idee. Sie ist ein liebes Mädchen. Ich weiß nicht, wie Bayless das alles ohne sie durchgestanden hätte."

Ich will das nicht wissen. Katie lächelte beschämt. *Ich will das alles gar nicht wissen.*

Sie radelte wie eine Verrückte durchs Moor. Die herrliche Landschaft, die Schafe, das Rauschen des Meeres – alles war ihr gleichgültig. Ihre Gedanken kreisten um das, was in ihrem Fahrradkorb lag. Wieso schenkte Nan ihr etwas? Dadurch war Katie gezwungen, sich mit ihr auseinanderzusetzen. Sie musste das Geschenk annehmen und es behalten. Sie musste sich bedanken, lächeln und höflich sein. Und ihr etwas zurückschenken. Katies Gedanken rasten. Was konnte nur in dem Päckchen sein? Was hatte Nan ihr geschenkt?

In Weymouth angekommen, lief Katie die Treppe zu ihrer Wohnung hinauf, legte das Geschenk auf den Küchentisch und umkreiste es, als wäre es die Tatwaffe eines Verbrechens, das sie gerade begangen hatte.

Katie fuhr sich durch die Haare, holte tief Luft und nahm das Päckchen in die Hand.

„Stell dich nicht so bescheuert an und mach es auf! Okay. Ich mache es auf ... Ach, Em, wenn du nur hier wärst und es für mich aufmachen würdest!"

Sie wollte kein Geschenk von Nan! Sie wollte Nan hassen. Weil sie sich in den Mann verliebte, der Nan gehörte. Dieses Geschenk verdarb alles.

Katie setzte sich an den Tisch, glitt mit dem Zeigefinger unter den Papierbogen und schlitzte ihn auf. Etwas Weiches. Und etwas Hartes. Sie zog eine Flasche heraus. Whiskey.

St Patrick's Irish Whiskey. *Lieber Himmel!* Hatte sie jemals in ihrem Leben Whiskey getrunken? Was für ein Geschenk war das?

Ihre Hand schlüpfte erneut in das Päckchen, und diesmal zog sie einen hübschen Sonnenfänger heraus. Er war aus Glas, ein irischer Segensgruß, den man ins Fenster hängen konnte. Umrahmt von grünen und goldenen, keltischen Ornamenten.

> *May the road rise to meet you,*
> *May the wind be always at your back,*
> *May the sun shine warm*
> *upon your face and*
> *the rain fall soft upon your fields,*
> *& until we meet again,*
> *May God hold you in the*
> *hollow of His hand.*

„Ach, so ein Mist", flüsterte Katie und war der Verzweiflung nahe. Das war so süß. So hübsch und liebevoll ausgesucht. Dafür konnte sie Nan nicht hassen. Das ging auf gar keinen Fall. Bevor sie das letzte Geschenk aus dem Papier zog, ging sie an den

Küchenschrank, nahm ein Glas heraus, öffnete die Whiskeyflasche und goss sich großzügig ein.

„Wie sagt ihr Iren noch gleich?" Sie erhob das Glas, prostete der imaginären Nan zu und setzte es an ihre Lippen. „*Sláinte!*"

Das letzte, was sie dem Päckchen entlockte, war ein hübsches Badehandtuch aus reiner Baumwolle. Schneeweiß mit Häkelbordüre, gestickten grünen Kleeblättern und einem gestickten grünen Irland-Schriftzug. Darauf nahm Katie einen weiteren Schluck Whiskey.

„Ich weiß, Dr. Finnigan. Alkohol ist nicht gut für mich. Aber das interessiert mich einen Scheißdreck. *Sláinte!*" Sie lehnte sich zurück und versuchte das Aroma ihres Drinks zu erschmecken. Bourbon, Holz, Malz, Früchte? Dann fand sie den Brief, der auf dem Papier klebte. Sie nahm den Umschlag, zog den Bogen heraus und begann zu lesen.

Liebe Katie,
wie schade, dass wir uns nur kurz begegnet sind. Dabei habe ich das Gefühl, Sie schon ewig zu kennen. Naja, das liegt natürlich an Bayless. Er erzählt so viel von Ihnen, übrigens nur Gutes. Ich hoffe, meine Geschenke gefallen Ihnen.
Ein Handtuch – für heiße Duschen an kalten Tagen.
Ein Suncatcher – für wärmende Strahlen, die durch Ihr Fenster fallen.
Ein guter Whiskey – für Wärme von innen, wenn die Dusche nur Ihre kalten Glieder erwärmt.

Ich weiß leider nicht, wann wir uns wiedersehen. Aber ich wünsche mir nichts sehnlicher, als mich irgendwann einmal als Ihre Freundin bezeichnen zu dürfen. Ich bin sicher, dass wir gut miteinander auskommen würden.
Bis dahin, herzliche Grüße!

Nan

P.S.:
Da liegt noch ein kleines Geschenk. Das dürfen Sie aber noch nicht
öffnen! Versprechen Sie es mir? Bayless sagte, Sie seien verlobt. Da
steht Ihnen ja noch eine sehr spannende Zeit bevor! Öffnen Sie das
kleine Geschenk also erst, wenn der große Tag gekommen ist …

Wieso nur war Katie nach Heulen zumute? Sie leerte ihr
Glas, hieß den Schwindel willkommen und goss sich nach.
Der Whiskey wurde mit jedem Schluck besser.

„Auf unsere Freundschaft, Nan. In einer Sache liegst du
nur leider völlig daneben: Wir werden bestimmt keine
Freundinnen werden. *Sláinte!*"

Sie nahm das kleine Geschenk an sich, das sie bislang
übersehen hatte, stand auf und legte es auf die Kommode.
Dort konnte es bis in alle Ewigkeit verrotten. Denn der
Tag, an dem sie Ethan heiratete, der würde niemals
kommen.

Sie taumelte zurück an den Küchentisch, nahm ihr Handy
und wählte eine Nummer. Sie benötigte mehrere Anläufe,
weil die Zahlen anfingen, vor ihren Augen zu tanzen.
Immer, wenn sie auf das Display drückte, drehte die Zahl
sich einfach weg. Sie wich ihr aus. Dann ertönte ein
Freizeichen im Hörer.

„Hallo?"

„Ha'o Bay'ess", lallte sie und gab sich alle Mühe, deutlich
zu sprechen.

„Katie?"

„Jawoll!"

„Geht es dir gut?"

„Jawoll."

„Das ist schön. Und wieso rufst du mich zu so später
Stunde noch an?"

„Nur so. Deine Liebste hat mir Geschenke geschenkt. Da hab ich mir gleich eingeschenkt."

Sie kicherte, und dabei schwappte etwas von der bronzefarbenen Flüssigkeit auf ihr Kleid.

„Nan hat ... Sie hat dir etwas *geschenkt*?"

„Jawoll."

„Und was hat sie dir geschenkt?"

„Einen Schancätscha. Und diesen Fusel. Und ein Handtuch. Aber das Beste ist das Geschenk für mich und Ethan. Sag ihr, sie kann es wiederhaben. Es wird keine Hochzeit geben. Nie. Niemals."

„Keine Hochzeit?"

„Jawoll."

„Miss Hendriks? Ich glaube, Sie sind sturzbetrunken. Wir sollten dieses Telefonat beenden, sonst wirst du es morgen ganz sicher bereuen und dir wünschen, im Erdboden zu versinken."

„Schmöglich. Also dann ... Släntscha."

„*Sláinte*."

„Habsch doch gesagt." Sie nahm einen weiteren Schluck. Was hatte er noch gleich gesagt? Egal. Er redete wie ihre Mutter. Wie ihre Mutter und Dr. Finnigan und Ethan zusammen.

„Brauchst du Hilfe?", fragte Bayless. „Soll ich meinen Vater schicken?"

„Nope."

„Denkst du, dass du morgen zur Arbeit kommen kannst?"

„Wieso denn nich?"

„Naja, weil ... weil ... Das wirst du morgen schon wissen. Ruf einfach kurz durch, falls du es dir anders überlegst."

„Jawoll."

„Gute Nacht, Katie."

„Nacht, Bay'ess. Weischt du eigentlisch, dass isch disch gern hab?"

Er schwieg, während sie in ihr Glas schaute und eine Stimme in ihrem Innern ihr zuflüsterte, dass das gerade nicht gut gewesen war. Gar nicht gut.

„Wir sehen uns dann morgen, Katie."

„Jawoll."

Wann immer sie ihr Kopfkissen auch nur einen kleinen Spalt weit anhob und das Sonnenlicht auf ihre Lider traf, wimmerte Katie und verkroch sich tiefer im Bett. Sie musste kündigen. Noch heute. Nie wieder würde sie ihm unter die Augen treten können. Nie wieder! Und alles wegen Nan! Katies Kopf dröhnte, die Welt um sie herum drehte sich. Und wenn sie sich richtig erinnerte, hatte sie sich in der Nacht zweimal übergeben. Aber das Schlimmste war, dass sie ihn angerufen hatte. Und dass sie sich nicht mehr lückenlos daran erinnerte, was sie ihm gesagt hatte. Etwas Schreckliches. Das wusste sie. Etwas furchtbar Schreckliches. Sie hob das Kissen an und schaute auf den Wecker. Es war nach zehn am Morgen. Sie war bereits eine Stunde zu spät. Als hätte sie noch nicht genug Kopfschmerzen, klingelte ihr Handy unbarmherzig schrill. Sie griff nach dem Telefon, das auf ihrer Kommode lag und nahm den Anruf an, um das Gerät zum Schweigen zu bringen.

„Guten Morgen, Katie", sagte der Bariton, und mit einem Seufzer zog sie die Bettdecke über ihren Kopf. *Bitte nicht!*, flehte sie innerlich. *Bitte, lass ihn alles vergessen haben. Oder es zumindest nicht aussprechen.*

„Wie ist der Kater denn so?"

„Scheiße. Ich meine ..."

„Und ist der Kater schlimmer oder dein schlechtes Gewissen?"

Sie biss in die Bettdecke.

„Oder beides?"

„Das ist nicht lustig", nuschelte Katie.

„Doch, das ist es."

„Hör zu, Bayless, ... Was immer ich gestern gesagt habe ..."

„... war zu meinem größten Vergnügen!"

„Es tut mir leid. Ich habe meine gerechte Strafe schon erhalten. Und ich muss ... ich muss ... kündigen."

„Du musst *was*?", rief er entsetzt.

„Autsch! Nicht so laut!"

„Wieso musst du kündigen?"

„Weil ich etwas Schreckliches gesagt habe und nicht Herrin meiner Sinne war und ich mich nicht mehr traue, zu dir zu kommen."

„Was hast du denn gesagt?"

„Hab ich vergessen."

Sein warmes Lachen hauchte ihr Leben ein. Sie saugte es in sich auf wie ein Schwamm das Wasser.

„Na, wenn du es vergessen hast, kann es ja nicht so schlimm gewesen sein."

„Doch. Das war es."

„Hör zu. Du schläfst jetzt deinen Rausch aus, und wenn es dir besser geht, kommst du später zur Arbeit. Ich denke, wir vergessen das Telefonat von gestern einfach und geben Nan und dem Whiskey die Schuld daran. Wie konnte sie dir auch so was schenken? Wo du doch keine Irin und nicht trinkfest bist. Ich werde mal ein Wörtchen mit ihr reden."

„Mh-hm."

„Prima. Mein Vater macht dir einen guten Tee. Er hat eine Spezialmischung für böse Kater."

„Mh-hm."

Wieso wurde sie das Gefühl nicht los, dass er sich über sie lustig machte?

„Und pass mit dem Fahrrad auf. Die Wege im Moor sind nicht breit genug für große Ausfallschlenker."

„Mh-hm."

„Also dann, *Sláinte!*"

„Wehe, wenn du dieses Wort nur noch einmal erwähnst!"

Am frühen Nachmittag hatte Katie sich soweit erholt, dass sie die Watercourse Lane entlangradelte. Die frische Luft wirkte Wunder. Katie genoss den Sonnenschein, der ihre Kopfschmerzen vollends vertrieb. Sie warf einen Blick in den Fahrradkorb, indem sie etwas für Bayless verstaut hatte. Das Törchen stand halb geöffnet. Sie schob das Rad zur Hauswand, nahm das Mitbringsel aus dem Korb und ging zur Tür. Drinnen war es still, und von Jonathan keine Spur. Die Treppenstufen knarzten, als Katie hinauf ins Obergeschoss ging und kurz anklopfte, bevor sie Bayless' Zimmer betrat.

„Oh, da ist jemand wieder unter den Lebenden."

Ohne zu antworten, ging sie auf den Paravent zu, stellte ihr Mitbringsel vor seinen Füßen ab und lief zum Tisch, wo sie sich in den Sessel setzte.

„Ist das der Übeltäter?", fragte er.

„Ja. Einer von ihnen. Ich dachte, er sollte in trinkfester Gesellschaft sein. Bei mir würde er sich im dunklen Schrank nur unbehaglich fühlen."

„Dankeschön! Sieh mal an, meine Nan hat Geschmack. Hast du nicht auf die Umdrehungen geachtet? Vierzig Prozent. Das ist kein Wasser, Katie."

„Ja, das habe ich schon mitbekommen. Wo ist denn Jonathans Wundertee?"

„In der Thermoskanne vor deiner Nase. Dad hat einen Arzttermin."

„Wirklich?" Katie goss sich etwas aus der Kanne in die Tasse, roch daran und rümpfte die Nase. Was war denn das für eine Mischung? „Geht es ihm nicht gut?"

„Ich habe keine Ahnung. Er hat mir nicht mal gesagt, dass er den Termin hat. Ich habe zufällig das Gespräch mitgehört, als er ihn ausgemacht hat." Bayless stellte den

Whiskey auf einer harten Unterlage ab. „Er will mich schonen. Das gefällt mir überhaupt nicht. Ich mache mir ehrlich gesagt Sorgen um ihn."

„Soll ich mal mit ihm reden?"

„Du kannst es ja versuchen. Aber versprich dir nicht allzu viel davon. Nicht einmal Nan sagt er was."

Das klang nicht gut. Katie nahm einen Schluck Tee und verspürte gleich darauf den Drang, ihn wieder auszuspucken. Aber sie schluckte ihn brav hinunter, in der Hoffnung, wieder eins mit sich zu werden.

„Soll ich vorlesen?"

„Ich würde sagen, ja. Du bist spät dran." Bayless lachte leise. Dieses wunderbare Lachen, das Katie schlaflose Nächte bereitete. Sie griff nach dem Buch. Ihr Magen rebellierte. Und das lag weder am Whiskey noch an Jonathans Tee.

Der Wagen schnurrte wie ein Kätzchen. Nur wenn man wusste, dass hin und wieder Hunde mitfuhren, konnte man den dezenten Geruch erfassen.

„Du hast Onkel Ron wirklich in eine unangenehme Situation gebracht", war das erste, was Alices Mutter während der Fahrt zu ihr sagte. „Und das, wo er dich so gern hat und wir dir damit eine Freude machen wollten, dass du die Ferien auf dem Gestüt verbringst."

„Ihr hättet mich nicht abholen müssen. Ich bin erwachsen, und Onkel Ron hätte den Mund halten können, wo er mich doch so gern hat."

„Alice!", rief Dad. Das war alles. Ihre Mutter war für die Standpauken zuständig. Und er dafür, sie hin und wieder mit seiner tiefen Stimme zu ermahnen.

„Was denn? Darf ich nicht sagen, was ich denke?"

„Es kommt darauf an, wie du es sagst, Kind", belehrte ihre Mutter sie. Alice rollte die Augen.

„Hast du uns nicht etwas zu sagen?"

„Ich wüsste nicht, was."

„Oh, das sehe ich anders."

„Mom, sag du es mir. Anscheinend weißt du mehr als ich."

„Zum Beispiel, wer der junge Mann war, von dem Onkel Ron gesprochen hat."

„So? Was hat er denn gesagt?"

„Dass dieser David ein Schulfreund von dir ist, der dich besuchen wollte."

„Wenn es so wäre, wär das ein Grund, mich abzuholen?"

Dad fuhr auf den Highway. Sein Unterkiefer zuckte. Aber er schwieg, wie immer.

„Du weißt, dass wir großen Wert darauf legen, deine Freunde zu kennen. Ich habe noch nie von einem David gehört. Ist er in deine Klasse gegangen?"

„Nein."

„Sondern?"

„Er ist kein Schulfreund." Alice befühlte die Kleidtasche. Der Zettel mit seiner Telefonnummer knisterte leise darin. Sie klammerte sich an ihn, als wäre er der Strohhalm, der sie vor dem Ertrinken bewahrte.

„Was hast du gesagt?"

„Er ist kein Schulfreund."

Die Züge ihrer Mutter versteinerten.

„Schau, was passiert ist, Ben. Sie ist so ausgefuchst, dass sie sogar deinen Bruder um den Finger wickelt, damit er für sie lügt."

Alices Vater schwieg. Wieso konnte er nicht einmal etwas erwidern? Diese Stille war zum Verrücktwerden. Ihr Vater gehörte in seinem Business zu den Erfolgreichsten, aber traute sich nicht einmal, seiner eigenen Frau zu widersprechen.

„Was ist mit meinem Auto?", fragte Alice schließlich.

„Victor holt es nachher ab. Nicht, dass dich das zu interessieren hätte. Du wirst den Rest der Ferien eh in deinem Zimmer verbringen und dich auf das Studium vorbereiten, Liebes."

„Wie bitte?!", unterbrach Alice ihre Mutter. „Du erteilst mir Stubenarrest? Hast du bemerkt, wie alt ich ..."

„Du bleibst in deinem Zimmer, bis dir wieder einfällt, woher du diesen David kennst", herrschte ihre Mutter sie an. „Ich hoffe doch sehr, dass du Anstand bewiesen hast. Es würde mir ungelegen kommen, dir auch noch einen Termin beim Gynäkologen machen zu müssen."

„Mom!"

„Mehr werde ich dazu nicht sagen."

„Das kannst du nicht machen! Ihr könnt mich nicht ewig wie ein kleines Kind behandeln! Schon mal daran gedacht, dass ich irgendwann einfach abhaue?"

„Diese Diskussion ist beendet."

Der eiskalte Tonfall ihrer Mutter brachte Alice zum Schweigen. Ihr wurde klar, dass ihre Mutter sie nie verstehen würde. Sie würde immer etwas gegen Alices Lebensfreude und ihren Freiheitsdrang haben. Und was Dave anging ... Darüber wollte Alice gar nicht erst nachdenken.

Ich gehe mit dir nach Irland, rief sie ihm in Gedanken zu, während ihre Hand nach dem Zettel in ihrer Kleidtasche griff.

Katie machte eine Pause, nahm einen Schluck des abscheulichen Tees und schüttelte sich.

„Lieber Himmel, das ist so bedrückend, findest du nicht?", fragte sie in Bayless' Richtung.

„Ja, das ist es."

„Mir ist ganz übel. Irgendwie ... irgendwie bereitet die Geschichte mir Bauchschmerzen."

„Möchtest du aufhören?"

„Nein."

Sie konnte nicht erklären, was sie fühlte. Die Beklemmung schnürte ihr die Kehle zu.

Daheim angekommen, fuhren sie durch das große gusseiserne Tor, das sich auf Knopfdruck öffnete, vorbei an den Überwachungskameras. Das majestätische Haus lag weit hinter dem Tor, wie ein alter, ehrwürdiger Mann, der an seinem Schreibtisch saß und alles beobachtete, was um ihn herum geschah. Die Villa von Alices Eltern stammte aus der Kolonialzeit. Die Arkaden, unter denen sich die vordere Terrasse befand, trugen Alices Balkon, der zu ihrer Etage gehörte. Wie oft hatte sie dort gesessen, gelernt oder mit ausgewählten Freundinnen – Töchter der Freundinnen ihrer Mutter – gespielt. Das war lange her. Und Alice vermisste diese Zeit in keiner Weise. Manchmal, wenn es in der Nacht zu heiß zum Schlafen gewesen war, hatte sie am Geländer gestanden und den Mond betrachtet. Dann hatte sie auf Sternschnuppen gewartet, um sich eine echte, richtige Freundin zu wünschen. Leider war ihr Wunsch nie in Erfüllung gegangen. Dave war der erste Mensch in ihrem Leben, der unvorhergesehen hineingeplatzt war. Der nicht im Plan ihrer Eltern vorkam. Der auf jeden Fall gelöscht werden musste, wenn es nach ihrer Mutter ging. Alices Finger zitterten. Der Zettel in ihrer Hand ließ ihr Herz höher schlagen. Bald würde der Moment kommen, in dem ihr Vater ihr Gepäck aus dem Wagen holte. Sie hoffte und betete zu Gott, dass er Daves Sachen nicht entdeckte.

Aber dann kam alles anders.

„Guten Abend, Victor", sagte ihr Vater zum Hausangestellten, als sie aus dem Wagen stiegen. Ihre Mutter warf Alice einen Blick zu, der bedeutete, dass ihre Eltern sie später zum Dinner erwarteten. Während ihr Vater mit Victor über einen anstehenden Ölwechsel fachsimpelte, begann der Rasen unter ihren Füßen zu vibrieren. Gleich darauf galoppierten zwei riesige Doggen um die Hauswand, sprangen auf Alice zu und ließen sich herzlich von ihr begrüßen.

„Lon! Lill! Kommt her, ihr Hübschen. Ja, ich hab euch auch vermisst!" Sie herzte die Tiere, ließ sich von ihnen übers Gesicht lecken und hatte Mühe, sich gegen ihre derben Leiber zu stemmen. Hin und wieder warf sie einen Blick in die Richtung ihres Vaters. Er und Victor gingen um den Rolls Royce, sein Baby, wie ihr Vater ihn nannte, herum, begutachteten die Reifen und den Lack.

„Gut, dann verbleiben wir so", beschloss ihr Vater, nickte zum Kofferraum und gab Victor eine letzte Anweisung: „Bitte bringen Sie doch das Gepäck meiner Tochter auf ihr Zimmer."

233

„Natürlich, Sir."

Alice wartete, bis ihr Vater hinter der Hausecke verschwunden war.
Victor, der sich bereits am Heck des Wagens zu schaffen machte,
lächelte ihr zu. Er war ihr heimlicher Vertrauter. Der einzige
Mensch an diesem Ort, der ein Herz besaß.

„Wie hat der kleinen Miss denn der Aufenthalt bei ihrem Onkel
gefallen?", fragte er mit einem Zwinkern. Lon und Lill machten
Sitz auf dem Rasen und sahen aus wie zwei Marmorfiguren.

„Es war wunderschön", gestand Alice und kraulte Lons Ohr. „Ich
habe jemanden kennengelernt, Victor. Er ist der Grund, wieso ich
jetzt wieder hier bin."

Victor nahm einen Koffer aus dem Royce, stellte ihn auf der
Einfahrt ab und schaute sie verständnisvoll an. Er war Vater von
fünf Kindern. Seine Familie lebte in einem heruntergekommenen
Stadtviertel am Rand von Boston.

„Verstehe", sagte er.

Alice ließ von Lon ab, legte ihren Zeigefinger an die Lippen und hob
die Hundedecke im Wagen an. Daves Rucksack und sein
Gitarrenkoffer kamen zum Vorschein. Victor hob eine
Augenbraue. Wenn er das tat, sah er genauso aus wie Mister
Spock. Alice hatte des Öfteren versucht, ihm beizubringen, das
Wort ‚faszinierend' mit dieser Geste zu kombinieren. Aber darauf
ließ er sich nur selten ein.

„Oh, ein Musiker. Ich hoffe, er spielt auch Jazz? Wie dem auch sei,
ich habe nichts gesehen und nichts gehört", sagte er, nahm ihr
Gepäck und lief um die Hausecke herum.

„Danke!", rief Alice ihm nach.

In Windeseile schnappte sie sich die Sachen aus dem Kofferraum,
faltete die Decke ordentlich zusammen und trug die Gitarre und den
Rucksack in den Geräteschuppen, um sie dort zu verstecken.
Niemand außer Victor würde diesen Schuppen je betreten.

Dann lief sie in ihr Zimmer hinauf. Sie hatte nicht vor, zum
Dinner wieder hinunterzugehen. Stattdessen zog sie ihre Kleider aus,
ließ sich ein heißes Bad einlaufen und stieg in die Wanne. Zwischen
den Schaumbergen fühlte sie sich geborgen und beinahe so frei wie in

der vergangenen Nacht, als sie mit Dave im Mondschein im See geschwommen war. Ihre Haut kribbelte, als sie an ihn dachte, und die Erinnerung an das, was noch in jener Nacht geschehen war, erregte sie. Sie griff nach dem Handy, das sie mit ins Bad genommen hatte. Ebenso nach dem kleinen Zettel aus ihrer Kleidtasche. Aufgeregt tippte sie die Ziffern ein und gab Acht, dass das Telefon nicht ins Wasser rutschte. Ihr Herz bebte und löste kleine Vibrationen auf der Wasseroberfläche aus.

„Hallo?"

Er war es! Es war seine Stimme. Ein angenehmer Schauer rieselte durch Alices Glieder.

„Hallo, David."

„Alice! Alles okay bei dir?"

„Ja ... und nein. Wo steckst du?"

„Hier und dort. Ich hatte noch etwas Kleingeld in der Tasche. Aber so langsam wird es echt eng. Können wir uns irgendwo treffen? Oder kann ich mir meine Gitarre bei dir abholen?"

„Was? Ist das alles?", fauchte sie. „Du machst dir Sorgen um deine Gitarre? Und was ist mit mir? Hast du mich schon vergessen?"

„Hm ..."

„Dave!" Sie schlug auf eine Schaumblase ein, dass es zu allen Seiten spritzte.

„Glaubst du ernsthaft, ich könnte dich einfach so vergessen? Hältst du mich für so eine Art von Typ? Aber von Luft und Liebe allein kann ich leider nicht leben, Alice. Ich brauche meine Gitarre, um mir etwas zu Essen zu verdienen."

Alice sank tiefer in die Wanne. Sie konnte ihre Emotionen nicht länger zurückhalten und fing an zu weinen. Der Schreck darüber, dass Onkel Ron sie erwischt hatte, dass Dave hatte abhauen müssen, dass ihre Eltern sie abgeholt hatten, und die Angst davor, ihr Vater könnte seine Sachen im Kofferraum finden ... Der ganze Druck fiel von ihr ab. Ihre Muskeln entspannten sich im warmen Wasser und die Gewissheit, dass Dave an sie dachte, dass er ...

„Hey, Alice, was ist los mit dir?"

„Ich will hier nicht bleiben! Bitte, nimm mich doch mit!"

„Wo bist du denn?“

„Zu Hause.“ Ihre Tränen tropften ins Wasser. „Ich halte das keine Minute länger aus. Meine Mutter macht mir das Leben zur Hölle. Ich habe Hausarrest, kannst du dir das vorstellen? Weil ich ihr nicht sagen will, wer du bist.“

„Und wo ist dein Zuhause? In Boston?“

Sie nickte, wischte sich durch die Augen, was sie nur noch nasser werden ließ, und nannte ihm ihre Adresse. „Aber vergiss es, du kannst nicht hierherkommen. Es ist wie ein Gefängnis. Ein Hochsicherheitstrakt mit Zäunen und Überwachungskameras. Wir könnten uns in dem Pub treffen, in dem wir an unserem ersten Abend zusammen gegessen haben. Weißt du noch?“

„Und wie willst du dorthin kommen, wo du doch Hausarrest hast?“

„Lass das mal meine Sorge sein.“

„Du würdest alles noch schlimmer machen, wenn sie das herausfinden.“

Er hatte recht. Ihre Mutter würde sogar so weit gehen und die Polizei einschalten. Auch wenn das lächerlich war. Aber ihre Eltern hatten Beziehungen, und das konnte ein übles Ende nehmen.

„Ich bin volljährig. Eigentlich können sie mir gar nichts“, sagte Alice trotzig.

„Wo ist dann das Problem?“

„Ganz einfach. Wenn ich nicht nach ihren Regeln tanze, setzen sie mich vor die Tür. Ohne Wohnung, ohne Geld, ohne das Ticket für Harvard und ohne mein Erbe. Verstehst du? Ich habe keine Gitarre, die mich ernähren könnte“, erklärte sie traurig. „Dave, meine Familie ist nicht so wie deine. Meine Eltern sind sehr traditionsbewusst, sehr konservativ. Sie haben meine Zukunft längst geplant. Und bisher habe ich mich auch nie dagegen gewehrt. Ich hatte nie den Mut dazu. Aber seit ich dich kenne, ist alles anders.“

„Hey, mir fällt schon was ein“, sagte Dave, während die Verbindung schlechter wurde. Ein paar Wortfetzen. Sie glaubte, etwas wie ‚Akku‘ zu hören. Dann war er weg.

„So ein Scheiß!“, rief Alice und warf das Handy auf den Badvorleger.

Katie atmete aus und strich sich durch die Haare.

„Der Kater?", fragte Bayless.

„Nein, dieser Ekeltee zeigt seine Wirkung."

„Dann *Sláinte!*"

„Ich will dieses Wort nie wieder hören!", rief sie und suchte nach etwas, das sie in seine Richtung werfen konnte. Aber dort war nichts. Stattdessen hüllte sein Lachen sie in einen Gänsehautkokon.

„Diese Geschichte schlägt mir echt auf den Magen, Bayless." *Diese Geschichte und ... du*, wollte sie sagen.

„Wir können jederzeit aufhören."

„Nein, das ist es nicht." Sie erhob sich, stellte sich ans Fenster und schaute zum Strand. Der Horizont verschmolz mit der nebligen Gischt. „Ich bin einfach erstaunt, dass der Autor dieses Buches die Sache ... Er trifft den Nagel auf den Kopf, verstehst du? Vielleicht denkt er, es ist nichts weiter als eine fiktive Geschichte. Aber das ist es nicht. Das ist die Realität. Und wenn du selbst aus so einer Familie kommst, dann ... Es berührt mich einfach. Alice tut mir so leid."

„Dann hatte ich Recht, als ich zu Beginn sagte, dass du Alice viel lieber mögen würdest als Brenda, oder?"

„Ja. Du bist der Größte."

„Danke, ich weiß."

Vielleicht sollte sie doch mal etwas nach ihm werfen.

„Hey", sagte sie und drehte sich um. „Wir haben bereits mehr als die Hälfte gelesen. Hast du Angst?"

„*Angst?* Ich? Wovor denn?"

„Davor, dass du dich mir sehr bald zeigen musst."

„Oh, ich finde, du solltest viel mehr Angst davor haben. Hast du vergessen, dass ich entstellt bin? Denk nur mal an *Die Schöne und das Biest.*"

237

„Dann brauche ich mich wirklich nicht zu fürchten. Denn wenn du so ein Biest bist, wie ich schön bin, hat die Sache mit der Angst sich erledigt."

„Katie Hendriks", sagte er feierlich. „Du stellst dein Licht gewaltig unter den Scheffel. Du bist ... du ..."

„Ja?"

Er wand sich in seinem Stuhl umher, als würde er mit sich ringen, es auszusprechen. Bestimmt dachte er an Nan und fürchtete, ihr auf eine Art untreu zu werden, wenn er sagte, was er dachte. Sie ging auf den cremefarbenen Raumteiler zu. Der Rahmen war aus Gusseisen gefertigt und die Zwischenwände mit dünnem Leinen bezogen. Gegen Abend, wenn die Sonne auf seiner Fensterseite stand, würde sein Schatten vermutlich darauf erscheinen. Dem Wetter nach zu urteilen, könnte es an diesem Abend passieren. Zuvor war es immer verregnet, bewölkt oder längst dunkel gewesen. Katie blieb so dicht vor der Trennwand stehen, dass sie glaubte, seine Wärme zu spüren. Seine Wärme, die pulsierte und ihr Herz zum Bersten brachte.

„Du meinst, wenn ich so schön bin, wie du ein Biest bist, würde ich deinen Anblick nicht ertragen?"

„Genau das."

Sie streckte ihre Hand aus, berührte den Leinenstoff und malte kleine Muster darauf.

„Ich glaube dir nicht", flüsterte sie.

„Es wäre besser, wenn du dich wieder setzt."

„Möchtest du, dass ich weiterlese?"

„Ja, das möchte ich."

Katie wusste, dass er das, was er eigentlich sagen wollte, nicht sagte. Und dass die Stichflamme in ihrem Herzen über genügend Kraft verfügte, den Raumteiler in Brand zu setzen. Also entfernte sie sich langsam von ihm, setzte sich in den Sessel und wartete eine Weile ab. So lange, bis ihr Atem sich beruhigt, die Schmetterlinge in ihrem Bauch sich niedergelassen hatten. Ihre Stimme bebte, als sie zu lesen begann.

Alice war aus der Wanne gestiegen, hatte sich abgetrocknet, die Haare gebürstet, nicht geföhnt. Die laue Sommernacht würde sich um ihre lang gewellte Mähne kümmern. Sie schlüpfte in ihre Schlafshorts und ein Top, weil sie das Zimmer an dem Abend nicht mehr verlassen würde, nahm sich ein Buch und trat durch das Flügelfenster auf den Balkon.

Die Pappeln, die das Grundstück säumten, bewegten sich kaum. Es war beinahe windstill. Die Beete waren gepflegt, der Rasen geschnitten, Lon und Lill lagen unter ihrem Balkon nahe einer Arkadensäule. Alice lehnte am Geländer, schaute zum Horizont und sehnte sich nach Dave. Dabei lauschte sie dem Summen der Bienen, die in der Dämmerung nach Nektar in der Kletterrose suchten. Ob er eine Möglichkeit fand, seinen Akku aufzuladen? Ob er sie auf andere Weise kontaktieren würde? Alles könnte so schön sein, *dachte sie.* Wenn dieser Ort kein Gefängnis und David bei ihr wäre.*

Sie legte sich in die Hängematte, schlug ihr Buch auf und las, bis das Sonnenlicht endgültig verschwand und die Buchstaben vor ihren Augen der Dunkelheit wichen. Dann erhob sie sich, holte ein paar Kerzen aus dem Zimmer, entzündete sie und las in ihrem Lichtschein weiter.

Als der Vollmond aufging, schlugen die Hunde an. Sie liefen zum Tor hinüber, bellten und Alice richtete sich auf.

„Lon! Lill! Kommt her, bei Fuß!", rief Dad von unten, woraufhin die beiden direkt kehrt machten und zu ihm liefen. „Brav. Na, kommt rein. Da ist nichts."

„Sperr sie in die Garage", hörte sie ihre Mutter sagen. „Ich hatte einen stressigen Tag und möchte schlafen."

Dann wurde die Terrassentür unten verschlossen und Ruhe kehrte ein. Alice zuckte die Schulter, widmete sich wieder ihrem Buch und lauschte den nächtlichen Rufen der Tiere.

„Autsch!", sagte sie, fuhr mit der Hand über ihren Oberarm, wo sie einen Schmerz verspürte. Vielleicht ein Moskito, der von den Kerzen angelockt worden war. Dann zwickte es erneut und etwas fiel leise zu Boden. Ein Kieselstein?

„Alice!", rief jemand zu ihr hinauf. Mit einem Satz sprang sie aus der Hängematte.

„David?"

„Pssst!"

„Wie bist du hier reingekommen?", flüsterte sie, während ihr Herz vor Freude klopfte.

„Die Hunde hätten mich beinahe verraten." Er zeigte zur Mauer hinüber, vor welcher Lon und Lill eben noch gestanden und angeschlagen hatten. David steckte die Hände in die Hosentaschen, grinste zu ihr hinauf und legte den Kopf auf die Seite.

„Na los, Rapunzel, willst du nicht dein Haar herunterlassen?"

Sie kicherte und hätte tanzen können vor Glück. Er war zu ihr gekommen. Er war tatsächlich hier!

„Ich komme runter. Wir nehmen den Dienstboteneingang."

„Den was?"

„Schrei nicht so rum, sonst weckst du meine Eltern."

Auf Zehenspitzen schlich sie nach unten in den Garten. Sie zog ihn aus dem Lichtkegel der Hauslaterne und hinein in das kleine Pinienwäldchen. Dann fiel sie ihm um den Hals, küsste ihn stürmisch und konnte kaum ihre Hände von ihm lassen.

„Ich hab dich vermisst", flüsterte sie. „Irre, was? Ich weiß nicht, was du mit mir angestellt hast, Fremder."

„Ich mit dir?"

„Lass mich nie wieder allein, Dave, nie wieder. Wenn du das nächste Mal abhauen musst, komme ich mit."

Sie nahm ihn bei der Hand, lief um das Haus herum in den hinteren Teil des Anwesens, wo Alice sicher war, dass es keine Überwachungskameras gab.

„Was ist das hier?", fragte er. „Ein Park?"

„Das ist unser Garten."

„Wow. Fast so groß wie ganz Irland."

„Du Spinner!" Sie lachte und knuffte ihm in die Seite.

David staunte nicht schlecht, als sie ihn über eine Wiese führte, durch die sich ein kleiner Bachlauf schlängelte. Eine Holzbrücke ging zum anderen Ufer hinüber, wo ein Pavillon inmitten blühender Rhododendronbüsche stand. Alice zog ihn hinein, schlang die Arme um seinen Hals, während ihre Augen im Mondlicht glänzten. Er strich ihre Haare zurück, küsste ihre Stirn, ihre Wangen, ließ seine Hände über ihren Rücken und unter ihr Shirt wandern.

„Ich habe nachgedacht", flüsterte er in ihr Ohr.

„Und worüber?"

„Über uns."

Das hatte er wirklich getan. Nachgedacht. Bevor er weiterredete, verschloss er ihren Mund mit seinen Lippen, ließ sich zu Boden gleiten und zog sie an sich. Er musste total verrückt geworden sein. Und er hatte keinen Schimmer, wie das alles funktionieren sollte. Aber der Tag ohne sie hatte sein Leben verändert. Als hätte er viele Stunden in Dunkelheit verbracht. Das Essen hatte ihm nicht geschmeckt, die Stadt war zu laut, zu grau, zu trist. In jedem Mädchen, das ihm auf der Straße begegnet war, hatte er ihr Gesicht, ihr Lächeln, ihre Grübchen gesehen. Das Schlimmste aber war, dass sein bisheriges Leben, sein Zuhause verblasste. Er konnte sich nicht vorstellen, jemals noch einmal von ihr getrennt zu sein oder ohne sie zurückzugehen.

„Alice", sagte er, „wenn es die einzige Möglichkeit für uns ist, zusammenzubleiben, dann werde ich dich heiraten."

Katie ließ das Buch in ihren Schoß sinken. Sie leerte ihre Teetasse, während ein warmes Kribbeln durch ihren Körper strömte.

„Ich weiß nicht", flüsterte sie. „Das ist doch sehr weit hergeholt, oder?"

„Was denn?", fragte Bayless.

„Naja, das mit dem Heiraten. Die beiden kennen sich doch gar nicht."

„Wo hast du während der vergangenen Tage gesteckt, Katie? Hast du nicht aufgepasst beim Vorlesen?"

„Was meinst du?"

„Ich meine Dave und Alice."

„Die meine ich auch."

„Dann hättest du nicht behauptet, sie würden sich nicht kennen."

„Natürlich kennen sie sich. Aber die paar Wochen ... Das reicht doch nicht aus, um mal eben zu heiraten."

„Für sie schon", erwiderte er. „Für sie reicht es aus. Vielleicht, weil sie selbst bemerkt haben, wie selten und wie stark ihre Liebe ist."

„Schon klar. Aber so was gibt es nur im Film. Oder im Buch. Im wahren Leben heißen die Menschen Ethan oder ..."

„Das *ist* ein Buch, Katie." Sein Lachen drang an ihre Ohren. Gut, dass er sie unterbrochen hatte, bevor sie das Wort *Nan* aussprechen konnte. Wenn er so sehr an diese Art von Liebe glaubte, wo war Nan dann? Wieso arbeitete sie in Irland und wieso sahen sie sich bloß an wenigen Wochenenden? Tolle Liebe!

„Lies einfach weiter. Ich bin sicher, dass du am Ende überrascht sein wirst."

„Meinst du?"

„Ja, das meine ich."

„Also gut." Sie überschlug die Beine und nahm das Buch wieder zur Hand.

Dave und Alice verbrachten die Nacht im Pavillon, im Silberschein des Mondlichts. Und diese Nacht stand der vorherigen am See in nichts nach. Vielleicht war sie ein wenig prickelnder, ein wenig inniger, weil Alice wusste, dass sie Dave nicht wieder verlieren würde. Weil sie sich ihrer Liebe sicher waren, weil sie von ihrer gemeinsamen Zukunft träumten und alle Zeit der Welt hatten, einander zu berühren, Zärtlichkeiten auszutauschen und die Nähe des anderen zu genießen. Als der Morgen graute, schlichen sie durch den Dienstboteneingang ins Haus. Sie führte ihn in ihr Zimmer, wo er eine Dusche nahm und todmüde in ihr Bett fiel. Sie musste keine Angst haben, dass irgendjemand ihn entdeckte. Für gewöhnlich kamen ihre Eltern nicht ohne Vorankündigung zu ihr hinauf. Alice schlüpfte in Jeans und T-Shirt, lief hinunter und saß pünktlich zum Frühstück am Tisch.

„Guten Morgen", verkündete ihre Mutter, als sie den Raum betrat. „Wir haben gestern beim Dinner auf dich gewartet."

„Ich habe ein Bad genommen und keine Lust mehr gehabt, herunterzukommen." Alice schaute sich um. „Wo ist Dad?"

„Er musste zur Arbeit. Ein wichtiger Kunde."

Ihre Mutter nahm Platz, Alice bediente sich am Kaffee und an den Pancakes. Sie nahm einen Löffel Ahornsirup und verteilte ihn großzügig auf ihrem Teller. Irgendwie musste sie es anstellen, ein zweites Frühstück nach oben zu schmuggeln.

„Willst du immer noch wissen, wer Dave ist?", fragte sie und biss in den tropfenden Pfannkuchen. Mom verschluckte sich an ihrem Fruchtsaft. Sie hustete und schaute Alice böse an.

„Natürlich will ich das wissen."

„Ich habe ihn neulich erst kennengelernt. In Boston. Er gefällt mir. Wir werden wohl heiraten."

Mom sackte in ihrem Stuhl zusammen. Sie war blass um die Nase und fächelte sich Luft zu.

„Das ... das ... Haha! Das ... das ..."

„Ja, ich bin auch ganz aus dem Häuschen. Schön, dass du dich für mich freust."

„Alice!"

„Geht es dir gut, Mom?"

„Ich fürchte, ich habe nicht ganz verstanden ..."

„Soll ich es noch einmal sagen?"

„Auf gar keinen Fall! Du wirst niemanden ... Du wirst ... Ich verbiete dir, diesen ... diesen ... Das ist ja die Höhe! Verschwinde in dein Zimmer! Ich will dich heute nicht mehr sehen, haben wir uns verstanden?"

„Natürlich." Alice nahm sich einen Teller, befüllte ihn mit
*Pancakes, griff nach dem Ahornsirup und nach dem Kaffee und
schleppte alles mit nach oben.*

Unten klickte die Haustür. Jonathan war zurück. Katie
hielt inne, und offenbar tat Bayless das gleiche.
„Tja, das war's dann wohl mit der Hochzeit, hm? Wie
kann sie es auch so brühwarm ihrer Mutter stecken. Daran
sieht man doch, wie unreif sie ist."
„Bitte rede nicht so über sie", sagte Bayless.
„Was?"
„Du sollst nicht so über Alice reden."
„Ist das dein Ernst?"
Er schwieg und sie fragte sich, ob er scherzte. Er nahm
sich die Geschichte viel zu sehr zu Herzen.
„Ich mache mir Gedanken, wie es meinem Vater geht.
Könntest du kurz nach ihm sehen? Er hatte doch den
Arzttermin."
„Sicher. Ist alles okay mit dir?"
„Ja. Ich fühle mich nur etwas ... neben der Spur."
„Wegen Jonathan?"
„Auch."
„Bayless, wenn du willst, hören wir für heute auf. Es ist
ohnehin schon spät ..."
„Nein, bitte nicht. Lass uns weiterlesen."
Wieso wurde sie das Gefühl nicht los, dass er sehr tief mit
der Geschichte verbunden war? Und wenn es so war,
wieso war es so? Das wollte sie unbedingt herausfinden.
„Gut. Ich schaue nach deinem Vater. Und dann lesen wir
weiter."

Jonathan war nirgends zu finden. Katie suchte in der
Stube, in der Küche, sogar im Gästezimmer nach ihm.
Erst da bemerkte sie, dass die schmale Tür zur Terrasse
angelehnt war. Sie ging hinaus in den Garten. Die Sonne

ließ ihre letzten Strahlen goldrot über das Moor fallen und tauchte es in ein magisches Licht. Auf der Bank unter der Trauerweide saß Jonathan, ein Glas Rotwein in der Hand, und schaute zum Horizont.

„Hallo", sagte Katie und lächelte.

„Hallo, Mädchen."

„Darf ich mich zu Ihnen setzen?"

Er rutschte zur Seite und klopfte auf den freien Platz neben sich.

„Danke." Katie setzte sich und verschränkte die Arme vor der Brust, weil es frisch war. „Ein schöner Abend, nicht wahr?"

„Wunderschön. Wollen Sie auch ein Glas Rotwein?"

„Oh, nein, danke. Ich habe noch den Kater-Tee intus. Vielen Dank dafür. Er wirkt Wunder." Katie räusperte sich verlegen. „Ich habe gestern Abend wohl zu tief in Nans Flasche geschaut."

„Dann hat ihr Geschenk Ihnen also gefallen?"

„Wenn man das so nennen kann ..."

Er lachte in sich hinein und nahm einen Schluck.

„Bayless macht sich Sorgen um Sie, Jonathan. Er hat mitbekommen, dass Sie beim Arzt waren und fragt sich, was Ihnen fehlt."

„Ach, was soll mir schon fehlen? Ich bin alt. Hat er das nicht bemerkt?"

„So alt nun auch wieder nicht."

„Hören Sie auf, mir zu schmeicheln. Das macht mich nicht jünger, Katie. Schmeicheln Sie Ihrem Verlobten. Wie es sich gehört."

„Ich bin nicht verlobt. Aber darum geht es nicht. Was soll ich ihm sagen? Wenn Bayless mich fragt. Er macht sich wirklich Sorgen. Vielleicht ist es sogar sein schlechtes Gewissen. Weil Sie sich so aufopferungsvoll um ihn kümmern."

Er schob den Unterkiefer vor, drehte das Glas in seiner Hand und beobachtete, wie die dunkelrote Flüssigkeit darin auf und ab schwappte.

„Wissen Sie, Katie, die letzten Jahre haben sehr an meinen Kräften gezehrt. Ich hatte mir meinen Ruhestand anders vorgestellt. Und jetzt, wo Sie hier sind, Sie und Nan, da komme ich mir allmählich überflüssig vor. Nicht im negativen Sinn, verstehen Sie mich nicht falsch. Eher in dem Sinn, dass ich die paar Tage oder Jahre – was macht das schon für einen Unterschied? – die ich hier noch habe, für mich nutzen möchte. Zudem vermisse ich Irland. Es war nicht einfach für mich, fortzugehen. Einen alten Baum verpflanzt man nicht, und da ist was dran. Ich habe fünfundsechzig Jahre meines Lebens in Cork verbracht. Mein Großvater wurde 1884 geboren. Er hat bei der Old IRA in diesem verdammten Unabhängigkeitskrieg gegen die Engländer gekämpft. Er würde sich im Grabe umdrehen, wenn er mich hier sehen würde, auf *deren* Land. Ich gehöre einfach nicht hierher. Auch wenn die Zeiten sich längst geändert haben, Katie. Ich will zurück, um in meiner Heimat zu sterben."

„Das verstehe ich gut", sagte sie und schaute in die Ferne. Daheim war daheim. Ganz gleich, wie es um die Familie stand. „Ich dachte, Sie hätten Ihr Haus verloren."

„Den Betrieb, ja. Das Haus haben meine Brüder übernommen."

„Wie wäre es, wenn Sie Ihre Brüder besuchen? Sie würden sich doch bestimmt freuen."

Er nickte und nahm einen weiteren Schluck Wein.

„Keine schlechte Idee. Keine schlechte Idee, Mädchen." Er ließ seine Augenbrauen wippen, schaute sie an und lächelte. „Seit Sie hier sind, fällt alle Last von mir ab. Es ist so schön, Sie bei uns zu haben."

Als sie die Treppenstufen nach oben nahm, dachte sie über seine Worte nach. Bayless saß an seinem Platz, die Sonne war untergegangen. Bestimmt hatte sie einen Schatten an den Paravent geworfen, während Katie mit Jonathan im Garten gesessen hatte. Wie gemein! Sie hätte ihn so gern gesehen.

„Hast du was aus ihm rausbekommen?", wollte Bayless wissen, sobald Katie den Raum betrat.

„Er sitzt mit einem Glas Rotwein auf der Bank im Garten. Ich liebe euren Garten! Habe ich das schon gesagt?"

„Ja, gerade eben. Und wieso war er beim Arzt? Fehlt ihm etwas?"

„Ja", sagte sie und nahm Platz. Die ersten Sterne funkelten über dem Moor. „Irland fehlt ihm. Seine Heimat. Ich wusste nicht, dass dein Urgroßvater bei der Old IRA war."

„Woher auch? Hat er gesagt, dass er Heimweh hat?"

„Ja, und ich kann ihn gut verstehen. Kann Nan ihn denn nicht mal mitnehmen? Sie arbeitet doch dort, oder? Ich habe ihm vorgeschlagen, seine Brüder zu besuchen."

„Wenn das ... *alles hier* ... vorbei ist ...", antwortete Bayless und klang gequält, „dann gehe ich mit ihm heim. Es ist meine Schuld. Ich habe ihn runtergezogen. Er musste mich immer wieder aufbauen. Und dabei ist er selbst auf der Strecke geblieben."

„Du darfst dir keine Vorwürfe machen. Jonathan hat das getan, weil er dich liebt. Ich wünschte, ich könnte das auch von meinen Eltern behaupten. Dass sie mich lieben und mir aufhelfen."

„Sie lieben dich auf ihre Art."

„Was meintest du vorhin? Mit ... *wenn das alles hier vorbei ist?*"

Er schwieg.

„Bayless?"

„Würde es dir etwas ausmachen, weiterzulesen?"

247

Katie seufzte, enttäuscht, keine Antwort zu bekommen. „Nein, es macht mir nichts aus." Sie schlug das Buch auf, und das einzig Gute daran war, dass es sich seinem Ende zuneigte.

„Was machen wir heute?", fragte Alice, lag auf dem Bauch neben Dave, ein Bein angewinkelt in der Luft, ihr Kinn auf die Hände gestützt und sah ihm dabei zu, wie er sich hungrig auf die Pancakes stürzte.
„Schlag was vor", sagte er kauend.
„Hm ..., wir könnten deine Gitarre aus dem Geräteschuppen holen und in die Stadt fahren. Du musst immerhin etwas Geld verdienen."
„Und dein Hausarrest?"
Sie prustete.
„Also gut. Holen wir meine Gitarre aus dem Geräteschuppen."
„Ich kenne da eine kleine Kirche. Der Pfarrer ist Ire."
David grinste und nahm einen Schluck Kaffee.
„Soll das eine Anspielung auf etwas sein?"
„Ich dachte nur, vielleicht reicht ihm ein Anruf in deiner Gemeinde. Wegen der Trauung und all dieser Papiere."
„Du meinst es echt ernst, oder?"
Sie schlug ihm auf den Rücken und warf ihm einen bösen Blick zu.
„Schon gut, schon gut. Wir können ihm ja mal Guten Tag sagen."

„Ich kann nicht glauben, dass sie das wirklich tun. Das ist Wahnsinn!"
„Ja, das ist es. Katie, warst du eigentlich nie jung? Warst du nie spontan?"
„Natürlich war ich das. Bestimmt sogar ... Nur es ist ... schon so lange her."
Er lachte, und jedes Mal, wenn er das tat, würde sie am liebsten aufspringen, zu ihm hinüberlaufen und ihm um den Hals fallen.
„Weil du ja auch schon *so* alt bist!"

„Das verstehst du nicht, Bayless. Ich mache keine Witze über Alice und du machst keine Witze über meine Vergangenheit."

„Das ist ein Deal."

„Und du meinst, deine Eltern bekommen es nicht mit, wenn du deine Etage einfach so verlässt?"

„Pah! Mein Dad sieht vor lauter Arbeit die Bäume im Wald nicht mehr. Und meine Mutter organisiert den diesjährigen Debütantinnenball. Da ist sie so beschäftig, dass sie keine Zeit hat, um auch noch nach mir zu sehen. Aber-", Alices gute Laune erhielt einen Dämpfer, „bislang habe ich auch nie die Regeln gebrochen. Sie würde im Traum nicht auf die Idee kommen, dass ich das Haus heimlich verlassen könnte."

„Tut mir leid, dass du meinetwegen die Regeln brichst."

„So ist es nicht. Früher oder später hätten sie mich ohnehin gehen lassen müssen. Spätestens ab dem Herbstsemester würde ich ihrer Kontrolle entkommen. Wenn ich an die Harvard gehe und sie zu Hause bleiben."

„Was willst du denn studieren?"

„Die Frage hat sich nie gestellt. Ich studiere das, was meine Eltern wollen. Wirtschaft, Rechnungswesen, Zahlen, ... Weil mir das so gut liegt. So gut, dass ich wahrscheinlich vor Ende des ersten Semesters rausfliege. Und dann können sie sagen: Du kommst am besten nach Hause, heiratest einen erfolgreichen Mann, setzt zwei Kinder in die Welt und gehst mit ihnen zum Babyschwimmen. Tja, so wird das ablaufen. Aber ich ändere jetzt einfach mal die Reihenfolge."

Sie sagten dem Pfarrer Guten Tag. Er stammte aus dem County Meath und hatte Daves Tante getauft, wie sich herausstellte. Die Welt war eben doch ein Dorf. Er versprach ihnen, sich um die Papiere zu kümmern und als Alice und Dave die Kirche verließen, schwebte sie wie im Himmel.

„Ich bin gespannt, ob ihr Plan funktioniert", sagte Katie und goss sich einen Schluck Wasser ein. Draußen war es längst Nacht geworden. „Lieber Himmel! Ich hab mal wieder die Zeit vergessen. Hoffentlich funktioniert das Licht an meinem Fahrrad."

„Wie wäre es, wenn du einfach hier bleibst?", schlug Bayless vor.

Katies Bauch kribbelte bei seinen Worten. Die ersten beiden Nächte, die sie dort verbracht hatte, waren eine Sache gewesen. Der Regen, der verpasste Zug, die schiefgelaufene Zimmerreservierung, Ethan. Seitdem war viel passiert. Das mit Nan und dass ... Katie schluckte. Dass sie sich in Bayless verliebt hatte. Gegen alle Widerstände. Sie wusste ja nicht einmal, wie er aussah. Bevor sie antworten konnte, schellte sein Telefon.

„Oh ... Moment, ich gehe raus", sagte Katie und erhob sich.

„Nicht nötig, das ist nur ein Freund von mir. Bleib ruhig sitzen."

„Okay." Sie nahm wieder Platz und blätterte in dem Buch herum.

„Hallo?", hörte sie Bayless sagen. „Oh, mit dir habe ich gar nicht gerechnet. Die Nummer ist doch die von Shane ... Verstehe. Sag ihm viele Grüße ... Ja, ist angekommen. Dad und ich haben uns sehr gefreut ... Ja, mir hat das Wochenende auch gefallen", sagte er und senkte die Stimme. Katie erstarrte. War das Nan am Telefon? Ob sie doch besser rausgehen sollte? „Er hat *angerufen*? Was hat Shane ihm denn gesagt? ... Verdammt, die Zeit wird knapp. Ich frage mich, was ihm solche Angst einjagt. ... Meinst du? ... Es tut mir leid, Liebes, ich kann gerade nicht sprechen ..."

„Ich kann rausgehen", flüsterte Katie. Aber Bayless winkte nur um die Ecke seines Raumteilers.

„Klar, ich sag es ihr. Hey, Katie? Nan würde dich gern sprechen."

Sie starrte in seine Richtung.

„Kommst du?"

„Klar ..." Sie stand auf, legte das Buch auf den Tisch und ging mit wackligen Knien auf die Hand zu, in der das Telefon lag. Was wollte Nan denn von ihr? Als sie das Gerät an sich nahm, berührten ihre Finger sich für den Bruchteil einer Sekunde. Katie hielt die Luft an. Bayless' Wärme sprang wie Elektrizität auf sie über.

„Hallo?", fragte Katie zaghaft in die Muschel.

„Hey, hallo! Wie geht es Ihnen denn so, Katie?"

„Ähm, ... danke, gut. Und selbst?"

„Fabelhaft! Ich mache gerade meine Urlaubsplanung und freue mich schon auf die Zeit in Weymouth."

„Prima. Oh, Nan, bevor ich es vergesse. Vielen Dank für Ihr Geschenk. Ich hab mich sehr darüber gefreut."

„Sie hat sich mit dem Whiskey betrunken! Wie konntest du ihr solchen Fusel schenken?", rief Bayless amüsiert aus seiner Ecke.

„Was, ehrlich? Das tut mir leid!"

„Ach, halb so wild ... Er übertreibt maßlos", sagte Katie und trat vor den gusseisernen Fuß des Paravents, dass er ins Wanken geriet. Der Mann dahinter lachte leise und flüsterte, ohne dass Nan es hören konnte: „Willst du mich umbringen?"

„Und ob ich das will!"

„Wie bitte?", fragte Nan.

„Der Whiskey war vorzüglich. Ich bin nur keinen Alkohol gewöhnt. Aber den Suncatcher habe ich direkt in mein Fenster gehängt und das Handtuch ist so hübsch! Das wäre wirklich nicht nötig gewesen."

„Doch, Katie. Ich wollte Ihnen eine Freude machen und Ihnen sagen, wie dankbar ich bin, dass Sie ihm vorlesen. Dann muss ich es wenigstens nicht tun. Jedes Mal zwingt er mich dazu, und ich kann die Geschichte echt nicht mehr hören. Obwohl sie so ergreifend ist. Aber vielleicht ist genau das der Punkt. Ich muss am Ende immer heulen wie ein Schlosshund. Ach, was rede ich. Benimmt er sich denn?"

„Doch, meistens."

„Ich bin so gespannt, was Sie zu dem Geschenk sagen, das Sie noch nicht auspacken durften. Sie haben es doch noch nicht ausgepackt, oder?"

„Nein, habe ich nicht. Es liegt brav in meiner Wohnung auf der Kommode."

„Sehr gut!"

„Darf ich Sie etwas fragen, Nan? Nur, dazu müsste ich kurz das Zimmer verlassen."

„Das Zimmer verlassen?", rief Bayless. „Nein! Das geht nicht! Du bleibst schön hier. Das ist unfair!"

„Klar, fragen Sie. Und wenn es ihn ärgert – klasse! Bringen wir sein Blut in Wallung!"

„Nan sagt, ich darf das Zimmer verlassen."

Bayless schnaubte. Es machte ihr großen Spaß, ihn zu ärgern.

„Sag ihr, dass sie das büßen wird!", rief Bayless ihr hinterher.

„Er sagt, dass Sie das büßen werden", gab Katie weiter. Nan lachte schallend.

„Darauf freue ich mich schon."

Katie drehte den Türknauf herum und ging auf den Flur. Sie war nervös. Ob Nan ihr die Wahrheit sagen würde?

„Okay, ich bin draußen."

„Was wollen Sie denn wissen, was er nicht hören soll?" Katie schaute durch das schmale Dachfenster auf die Straße. Der Mond erhellte die Nacht mit spärlichem Licht.

„Sie wissen, wie er aussieht, oder?" Was für eine dämliche Frage! *Natürlich weiß sie, wie er aussieht!* „Ich meinte ... gibt es einen Grund, wieso er sich versteckt? Ist er wirklich so entstellt oder menschenscheu? Ich werde daraus nicht schlau, Nan."

Sie schwieg und im Hintergrund ertönte ein Flüstern. Saß dieser Shane neben ihr?

„Es tut mir leid, dass ich Ihre Frage nicht beantworten kann, Katie. Ich bin zu Gast bei einem Freund von Bayless. Das hier ist sein Apparat und er muss ein dringendes Telefonat führen. Aber wir reden noch darüber, versprochen."

Das war die erbärmlichste Ausrede, die sie je gehört hatte.

„Natürlich. Also dann. Bis bald, Nan."

„Ja, bis bald."

Sie ging zurück ins Zimmer und drehte dabei das Telefon in ihren Händen.

„Und? Alle Geheimnisse gelüftet?"

„So neugierig? Du hättest einfach nur hinterherkommen müssen. Es wäre so einfach gewesen."

„Katie ..."

„Soll ich weiterlesen?"

Sein Stuhl knarrte.

„Hast du es dir überlegt?", fragte er.

„Mir was überlegt?"

„Ob du heute Nacht hier bleibst."

„Ich bin noch nicht sicher. Vielleicht funktioniert das Licht am Fahrrad ja."

„Hättest du was dagegen, wenn ich erzähle, wie es weitergeht?"

Katie nahm in ihrem Sessel Platz und rieb sich durch die Augen. Eine gute Idee. Sie war müde, und ihre Augen schmerzten.

„Gar nicht. Schieß los."

Wenn sie nur wüsste, in was für einem Verhältnis Nan und er zueinander standen. Führten sie überhaupt eine Beziehung? Wollte sie mehr, er aber nicht? Oder umgekehrt? Oder waren sie ein eingespieltes Paar, das einander blind vertraute und die Zukunft plante, in der sie wieder in Irland lebten und Kinder hatten? Sie blickte einfach nicht durch.

„Weißt du was?", sagte Katie und stand auf. „Ich fahre nach Hause. Ich bin todmüde und ich muss ... ich muss ... hier raus. Tut mir leid. Gute Nacht, Bayless."

„Was?"

„Wir sehen uns morgen. Das heißt, ich dich ja nicht."

„Es ist stockdunkel. Ich kann dich um diese Zeit nicht allein durchs Moor fahren lassen."

„Doch, kannst du. Ich bin schon groß."

„Katie, bitte ... Tu das nicht."

Für einen winzigen Moment zögerte sie. Da war etwas in seiner Stimme. Etwas wie Angst oder Verzweiflung. Er machte sich tatsächlich Sorgen um sie.

„Du könntest mich fahren. In dem Pickup."

„Du bist so ein Sturkopf."

„Hey", flüsterte sie und ging zum Paravent hinüber. „Ich rufe dich an, okay? Sobald ich in der Wohnung bin, rufe ich dich an. Dann kannst du beruhigt schlafen."

„Das wäre nett von dir. Danke."

Das Licht an ihrem Rad funktionierte. Katie fuhr durch die Nacht, und während die Lichter von Weymouth näher kamen und das Licht im Fenster der Monahaughns immer kleiner wurde, zog sie ihr Handy aus der Tasche und wählte Emmas Nummer. Mit ihrer Freundin zu sprechen nahm ihr das Gefühl von Beklommenheit. Vielleicht hätte sie doch besser im *Fairy Cottage* übernachtet. Ein einsames Moor in der Dunkelheit konnte wirklich gruselig sein.

„*Was* tut sie?", rief Pie im Hintergrund. „Sie radelt *wo* hin? Erinnere sie an die Moorleichen, Em."

„Halt den Mund, das ist wohl das Letzte, was sie in diesem Moment hören will!"

„Ihr seid klasse!", rief Katie und lachte. „Mit euch im Ohr fühle ich mich schon viel besser."

Sie erzählte von Nan und von dem Geschenk, das sie ihr gemacht hatte. Von Dave und Alice, von Jonathan und Dr. Finnigan, der sie in London treffen wollte.

„Das ist eine Superidee!" Em freute sich. „Erstens, weil wir dich dann wiedersehen. Und zweitens, weil dein Neurologe sich ein Bild von dir machen kann."

„Und drittens, weil du dann nicht mehr allein in einem dunklen Moor bist", rief Pie dazwischen. „Vorausgesetzt, du schaffst es bis nach Hause. Erst neulich ist in der Nähe von Weymouth ein psychopathischer Mörder aus einer Anstalt entkommen. Sie haben es im Radio gesagt. War es nicht so, Emma? Und sie haben ihn noch nicht gefunden."

„Die einzige Leiche, die es hier gleich gibt, wirst du sein, wenn du nicht endlich deine Klappe hältst!", schimpfte Em.

Katie erreichte die ersten Häuser.

„Ich vermisse euch! Euch und eure genialen Dialoge."

„Hast du schon Geranien in deine Balkonkästen gepflanzt?", fragte Pie.

„Nein. Dazu hatte ich noch keine Gelegenheit. Vielleicht mache ich es noch. Ich bin jetzt da. Lebend. Also, schlaft gut und hört auf zu streiten."

„Schlaf du auch gut, Süße. Und halte uns auf dem Laufenden."

„Das tue ich. Gute Nacht."

Katie hatte das Rad in den Keller gestellt, sich einen Joghurt aus dem Kühlschrank genommen und war erschöpft auf das Sofa gefallen. Bayless. Sie musste Bayless anrufen, damit er beruhigt schlafen konnte.

„Hallo?", fragte der Bariton, und sie stellte sich vor, wie er noch immer hinter dem Raumteiler saß und seinen Stuhl knarren ließ. Obwohl das sehr unwahrscheinlich war.

„Hier ist Katie."

„Gott sei Dank. Dann bist du angekommen."

„Hattest du etwas anderes erwartet?"

Er lachte leise. Irgendwie erleichtert.

„Jetzt komm mir nicht mit dem Psychopathen, der ausgebrochen ist. Pie hat mir alles erzählt. Ich habe Emma unterwegs angerufen. Eine sehr unterhaltsame Fahrt durch das nächtliche Moor."

„Deine Freunde haben ja einen vorzüglichen Humor."

„Du hast ja keine Ahnung!"

„Wieso bist du nicht geblieben?"

„Weil ich ... weil ..." Ihr war schwindelig. Was sollte sie antworten? Die Wahrheit? Dass sie ihre Gefühle nicht mehr unter Kontrolle hatte? Dass sie am liebsten zurück nach London gehen und ihn vergessen würde? Dass es nicht ihre Art war, sich in eine Beziehung einzumischen? „Weil ... Im Vertrag steht nichts von einer Nachtzulage. Und als deine Privatkrankenschwester würde dich eine Nachtschicht richtig teuer zu stehen kommen. Deswegen. Und weil meine Augen schmerzen und ich furchtbar müde bin."

„Stimmt. Die Nachtzulage. Vielleicht können wir die nach deiner Probezeit in einer neuen Klausel hinzufügen."

„Vergiss es! Ich lese nur bei Tageslicht."

„Soll ich dir noch erzählen, wie es weitergeht? Oder liegst du schon im Bett?"

„Nein. Ich habe gerade einen Joghurt gegessen. Erzähl ruhig. Wenn ich irgendwann nicht mehr antworte, bin ich wahrscheinlich eingeschlafen. Dann legst du einfach auf."

„Prima. Hauptsache, du schnarchst mir nicht ins Ohr."

Sie machte es sich auf dem Sofa bequem. Da er sie nicht sehen konnte, genoss sie es, sich frei zu bewegen und dabei seiner Stimme zu lauschen. *Wenn das Buch zu Ende ist*, dachte sie, *kündige ich. Und bis dahin ... bis dahin bin ich über beide Ohren in ihn verliebt.*

„Gut, wo waren wir ... Ach, ja. Dave und Alice sind in Boston. Die Sonne scheint, die Luft riecht nach der Fülle des Sommers. Touristen stehen Schlange vor den Sehenswürdigkeiten, vor Hot-Dog-Buden und Souvenirläden. Kinder tragen Luftballons vor sich her, Taxen warten auf gute Einnahmen. David nimmt Alice bei der Hand, und sie schlendern durch den Park. Irgendwie kommt er sich vor, als würde er sie schon sein ganzes Leben lang kennen. Er denkt nicht groß darüber nach, wie oder wo ihre Zukunft spielen wird. Er weiß nur, dass er nie wieder ohne sie sein will. Im Common Public bleibt er an einer belebten Stelle stehen, stellt seinen Gitarrenkoffer auf und nimmt sein Instrument heraus. Alice setzt sich auf eine Bank und beobachtet, wie er sich den Gurt umlegt und die Saiten stimmt. Das erste Lied ist ein irisches von Glen Hansard. Leute bleiben stehen, lauschen seinem Gesang und werfen Geld in seinen Koffer. Alice schaut mit einem Lächeln zu, bewundert ihn und erinnert sich an ihre erste Begegnung. Es war die Musik, die sie auf ihn aufmerksam gemacht hat. Weil sie ehrliche, selbst gemachte Musik mehr als alles andere liebt. Nicht wie ihre Freundinnen, die auf Boygroups oder elektronische Musik stehen. Sie schaut ihn an und lässt seine Stimme ihr Herz berühren. Bist du noch wach?" Katie brauchte einen Moment, um zu begreifen, dass er sie gemeint hatte. Viel zu tief war sie in das, was er erzählte, versunken.

„Ja. Ich bin noch wach. Ich habe die Szene vor Augen, als würde ich selbst dort stehen, seiner Musik lauschen und ... ihm mein Herz schenken. Erzähl weiter."

„Sie schließt die Augen, nimmt jeden Ton, jede Note in sich auf. Dabei fragt sie sich, ob er weiß, wie talentiert er ist. Die Interpretation seiner Lieder gefällt ihr besser als die Originale. Vielleicht liegt das aber auch einfach daran, dass sie alles an ihm liebt. Wahrscheinlich hätte er grottenschlecht singen können und sie hätte ihn trotzdem angehimmelt."

Katie lachte.

„Das kann ich mir nicht vorstellen!"

„Nein?"

„Absolut nicht."

„Tja. Das werden wir wohl nie erfahren."

„So, wie ich sie einschätze, kann sie gute Musik von schlechter unterscheiden. Er ist ihr doch deshalb überhaupt erst aufgefallen."

„Stimmt. Also gut. Der Tag im Park ist jedenfalls perfekt. David nimmt richtig viel ein. Und dann passiert etwas, was nicht hätte passieren dürfen. Ein Schatten legt sich auf Alices Gesicht, jemand stellt sich direkt zwischen sie und das wohltuende Sonnenlicht, das ihre Haut wärmt. Oh, es ist echt spät. Du solltest schlafen."

„*Was?*"

„Du hast vorhin gesagt, dass du müde bist."

„Bist du wahnsinnig? Ich will wissen, wer es ist! *Wer* stellt sich ihr in den Weg? Bayless! Jetzt erzähl schon!"

Er gähnte lang und ausgedehnt. Katie war vom Sofa aufgesprungen und raufte sich die Haare.

„Erzähl!"

„Immer mit der Ruhe. Ich muss erst mal nach meinem Vater schauen ..."

„Du bist echt fies!"

„Ja, da hast du recht. Es macht Spaß, dich zu ärgern. Jetzt weißt du, wie ich mich gefühlt habe, als du mit dem Telefon und Nan auf den Flur gegangen bist."

Sie grummelte in den Apparat hinein. Plötzlich lachte Bayless laut und herzlich.

„Das war ein Scherz! Ich erzähle gleich, wie es weitergeht."

„Ich hätte nicht gedacht, dass du so nachtragend bist. Außerdem hat Nan meine Frage ohnehin nicht beantwortet."

„Braves Mädchen. Ich habe auch lange gebraucht, um ihr Manieren beizubringen."

„Wer ist es? Wessen Schatten legt sich auf ihr Gesicht?"

„Alice öffnet die Augen und erschrickt. Sie wird ganz blass, während David die Szene nicht entgeht. Er dreht sich von ihr weg, um nicht mit ihr in Verbindung gebracht zu werden. Und das ist auch gut so. Vor Alice stehen ihre Mutter und zwei andere Damen, die für die Organisation des Debütantinnenballs zuständig sind. Gut, dass die beiden dabei sind. Sie retten Alice in diesem Augenblick den Hintern. Noch bevor ihre Mutter zu einem verbalen Schlag ins Gesicht ausholen kann, ruft Mrs Landry: ‚Oh, Susan! Wie schön, dass wir Alice treffen! Ich habe sie ja schon eine halbe Ewigkeit nicht mehr gesehen. Wie groß sie geworden ist. Und so attraktiv! Ein hübsches Mädchen, wirklich.'

Susan reißt sich mit aller Gewalt zusammen, beißt die Zähne aufeinander und lächelt eisig.

‚Hallo, Mrs Landry', sagt Alice mit ihrer zuckersüßen Stimme. ‚Wie geht es denn Charlotte? Seit dem Abschlussball bin ich ihr nicht mehr begegnet.'

Mrs Landry ist hocherfreut, dass Alice sich nach ihrer Tochter erkundigt. Und während sie erzählt, wie toll Charlotte reiten kann, wie viele Auszeichnungen sie im Country Club beim Schwimmen und Golfen erhalten hat, tauschen Alice und ihre Mutter vielsagende Blicke aus. Und das, was Alice in den Augen ihrer Mutter zu sehen glaubt, macht ihr Angst: ‚Wie konntest du es wagen, dein Zimmer zu verlassen?'

Die Konversation endet schnell und abrupt, als Susan ihre Begleiterinnen auffordert, sich zu beeilen, um einen wichtigen Termin nicht zu verpassen. Ein letzter Blick, ein tödlicher, und Alices Augen füllen sich mit Tränen. Sie will nicht zurück nach Hause. Denn sie weiß, wenn sie zurückgeht, wird sie David nie wieder sehen."

Katies Atmung hatte sich beschleunigt. Die Geschichte ging ihr unter die Haut. Und seine Stimme. Die Art, wie er erzählte, trieb nicht nur Alice Tränen in die Augen.

„Wie geht es weiter? Sie kann doch unmöglich nicht zurück nach Hause gehen. Ich meine ... ihre Mutter würde sicher ganz Boston mobilisieren, um Alice zu finden."

„So ist es."

„Und jetzt?"

„Jetzt, liebe Katie, endet meine Geschichte. Wenn du nicht müde bist, ich bin es. Und damit du gut schlafen kannst, sage ich nur so viel: Daves und Alices Abenteuer nimmt ein bisschen die Wendung von *Romeo & Julia.*"

„*Was*? Sie ... sie *sterben*?", rief sie entsetzt.

„Nein. Sie sterben nicht. Aber das erfährst du morgen."

„Das kannst du nicht machen! Du kannst mich doch nicht erst ..."

„Gute Nacht", sagte Bayless und legte auf. Für eine gefühlte Ewigkeit drang das Besetztzeichen an Katies Ohr.

Eine Wendung wie bei *Romeo & Julia.* Natürlich starben sie! Wieso hatte er das gesagt? Wie sollte sie jetzt noch ein Auge zutun? Katie sank auf das Sofa und erinnerte sich daran, was er ganz zu Beginn gesagt hatte, als sie Brenda kennengelernt hatte. *Keine Angst, in diesem Buch stirbt niemand.* Nun gut. Vielleicht starb ja wirklich niemand.

Als sie am nächsten Morgen beim Frühstück saß und in der Tagespost blätterte, klingelte Katies Handy. Sie schluckte die Eier mit Speck hinunter und nahm den Anruf an.

„Guten Morgen, Katie", tönte es an ihr Ohr.

„Oh, Sie sind aber früh dran, Dr. Finnigan."

„Ja, ich komme gerade von einem Notfall. Und da dachte ich, vielleicht erwische ich Sie noch vor der Arbeit."

„Was gibt's denn?", fragte Katie und leerte ihre Kaffeetasse.

„Ich wollte Ihnen sagen, dass die Unterlagen wieder bei mir angekommen sind. Sehr schön. Umso mehr freue ich mich darauf, Sie Ende der Woche in Weymouth zu treffen."

„In *Weymouth*?", fragte sie verwundert. „Ich dachte, Sie kommen nach London?"

„Richtig. Aber ich kann mir die Zeit nehmen, Sie zu besuchen. Dann müssen Sie die Strapazen nicht auf sich nehmen."

„Ha! Strapazen? Ich hätte mich mit meinen Freunden getroffen."

„Keine Ursache, Katie. Ich komme Sie gern besuchen. Die Ortschaft soll sehr idyllisch sein."

„Ja, das ist sie in der Tat."

„Prima. Sie schreiben hier, dass Ihre Schwindelanfälle sich häufen. Darüber sollten wir unbedingt reden."

Mist, habe ich das wirklich geschrieben?

„Verstehe. Dann also Ende der Woche?"

„Ich melde mich, sobald ich in Weymouth bin."

„Einverstanden."

„Passen Sie auf sich auf, Katie."

„Immer doch."

„Und denken Sie daran, was ich Ihnen gesagt habe. Setzen Sie sich nicht unter Druck, lassen Sie los, Katie. Sie müssen lernen, loszulassen."

„Ich weiß. Danke."

„Sie dürfen sich nicht von Ihrer eigenen Psyche blockieren lassen."

„Das ist leichter gesagt als getan."

„Es ist gut, dass wir uns sehen. Es gibt einiges zu besprechen."

„Ja. Auf Wiederhören."

Katie ließ das Telefon auf die Tischplatte sinken. Der Appetit war ihr vergangen.

Lassen Sie los, Katie. Sie müssen lernen, loszulassen. Wie oft hatte sie diesen Satz schon gehört? Sich während der unzähligen Sitzungen vorgestellt, wie sie sich an einen kleinen Ball klammerte. Und dann hatte sie die Faust geöffnet, um den Ball fallen zu lassen. *Verdammter Ball!* Sie trat gegen das Tischbein; die Kaffeetasse fiel zu Boden und zerschellte. Niemand hatte eine verdammte Ahnung von diesem Ball, der wie Klebstoff an ihr haftete. Sie hatte die Schnauze voll vom Loslassen! Sie war froh, dass sie Fahrradfahren, lesen und schreiben und einfach überleben konnte. Sie ließ den Kopf auf den Tisch sinken und begann zu weinen. Das war einer jener Tage, an denen ihr klar wurde, dass ihr Leben ein Trümmerfeld war. Ein tropfender Schwamm, der ihre Tränen nicht halten konnte.

Irgendwann rappelte sie sich auf, sammelte die Porzellanscherben vom Boden und warf sie in den Mülleimer. Dann nahm sie ihre Strickjacke, wischte sich die Tränen mit dem Ärmel aus dem Gesicht und holte ihr Fahrrad aus dem Keller.

„Guten Morgen!", rief Bayless, als sie sein Zimmer betrat. Er schien guter Dinge zu sein. Katie hingegen fühlte sich erschöpft. Müde, erschöpft und leer.

„Ja, was das Wetter angeht, ist es wohl ein guter Morgen." Die Sonne schien warm vom Himmel herab. Das Moor leuchtete in den saftigsten Grüntönen, und die Vögel zwitscherten inbrünstig. Katie sank in den Sessel, legte ihre Strickjacke über die Lehne und schaute zum Strand hinunter.

„So schlimm?", fragte Bayless sanft. „Du hast doch wohl nicht wieder einen Kater?"

„Nein. Ich habe heute Morgen einen Anruf von meinem Arzt erhalten. Er kommt Ende der Woche nach Weymouth und will mich sehen."

„Oh. Bist du ... bist du krank?"

„*Krank* ..." Katie lachte auf. „Wenn man es so nennen will."

„Davon wusste ich nichts."

„Woher auch?"

„Kann ich dir irgendwie helfen?"

„*Du mir?* Ich kann mir ja nicht mal selbst helfen. Und mein Arzt erst recht nicht. Also. Lass uns lesen. Das bringt mich auf andere Gedanken."

„Katie", sagte Bayless, und die Wärme in seiner Stimme drang in ihr Herz. „Ich wollte dir nur sagen, dass ich ein guter Zuhörer bin. Und das betrifft nicht nur das Vorlesen."

„Ich weiß. Danke."

Sie holte tief Luft, nahm das Buch und schlug es auf.

„Gut ..., wo ist die Stelle? Boston ... Boston ... Hier. Der Common Public Park. Ein Schatten legt sich über die Bank ... Ihre Mutter erscheint ... Lieber Himmel, du hast das aber wirklich detailgetreu nacherzählt."

„Tja, auch darin bin ich gut."

„Halt die Klappe. Du bist in einem überproportionierten Maß von dir selbst überzeugt. Hat dir das schon mal jemand gesagt?"

„Nein, noch nie. Darf ich das als Kompliment auffassen?"

„Natürlich nicht! Das war konstruktive Kritik. Denk mal drüber nach."

„Ich werde mich ernsthaft mit deinem Einwand beschäftigen."

„Vorsicht, Bayless. Ich bin heute wirklich nicht in Stimmung. Also halt deinen Sarkasmus im Zaum."

„Tee?"

Sie griff nach dem erstbesten Gegenstand und warf ihn in seine Richtung. Es war dummerweise ihre Strickjacke, die dran glauben musste. Und die brachte den Paravent mächtig ins Wanken.

„Vielen Dank dafür. Die riecht fantastisch! Welches Waschpulver benutzt du?"

Ihre Hände ballten sich zu Fäusten. Er roch doch nicht allen Ernstes an ihrer Strickjacke!

„Du bist echt krank!", fauchte sie.

„Ich hab nie etwas anderes behauptet."

„Gib mir die Jacke wieder!"

„Holst du sie dir sonst?"

„Davon kannst du ausgehen."

„Lies doch erst weiter. Ich verspreche, dass ich sie ganz ordentlich über meine Stuhllehne hänge und sie dir unversehrt zurückgebe, sobald du heimradeln musst."

Ein tiefes Knurren grollte in ihrer Kehle. Aber je länger sie darüber nachdachte, desto mehr gefiel ihr der Gedanke. Vielleicht roch die Jacke ja später nach ihm.

„Wehe, du hängst sie nicht über deine Stuhllehne."

Er schwieg. Katie strich über ihre Jeans und begann zu lesen.

„Was soll ich denn jetzt machen?", rief Alice und ihre eiskalten Hände zitterten. David hatte seine Gitarre abgelegt und sich zu ihr auf die Bank gesetzt.

„Jetzt beruhige dich erst mal."

„Spinnst du? Ich soll mich beruhigen? *Hast du nicht gesehen, was gerade passiert ist? Du hast ja keine Ahnung, was mich zu Hause erwartet!" Sie warf sich schluchzend an seine Brust. „Ich ... ich kann nicht zurück, Dave!"*

„Hey", sagte er, streichelte über ihren Kopf und hauchte einen Kuss in ihre Haare. „Was hältst du davon, wenn ich dich begleite?"

„Wie meinst du das? Wie stellst du dir das vor?"

„Ganz einfach. Ich komme mit, rede mit deiner Mutter und erkläre ihr, dass es meine Schuld war und dass es mir leid tut."

„Ha! Du bist so süß! Willst du, dass sie dich den Hunden zum Fraß vorwirft?"

„Meinst du diese netten Doggen von gestern? Die würden mich eher abschlecken, als mich auffressen."

„David, das ist nicht lustig!"

„Das weiß ich selber. Aber hast du eine andere Idee?"

„Ja! Wir gehen zur Bank, ich hebe so viel Geld wie möglich mit meiner Kreditkarte ab und dann buchen wir den nächsten Flug nach Irland und verschwinden."

Er schüttelte den Kopf und raufte sich die Haare.

„Was? Das wäre eine Menge Geld."

„Das ist mir egal. Ich mache so was nicht. Das ist keine schöne Art, seine Familie zu behandeln. Findest du nicht?"

„Familie? Das ist keine Familie! Du hast vielleicht eine daheim. Deswegen verstehst du auch nicht, wie es ist, so eine zu haben wie ich!"

„Alice! Alice, jetzt reiß dich mal zusammen." Er nahm sie in die Arme. Sie zitterte am ganzen Körper.

„Ich halte das nicht aus. Wenn du mich nicht von hier fortbringst, dann …"

„Hey, ich bin doch bei dir. Du brauchst keine Angst zu haben, okay? Ich bringe dich von hier fort. Aber bis dahin müssen wir einen kühlen Kopf bewahren."

Sie schaute auf, Tränen der Verzweiflung glänzten in ihren Augen, als sie flüsterte: „Irgendwas Schreckliches wird passieren. Ich spüre es. Irgendwas wird uns voneinander trennen. Glaub mir, Dave, ich kann es fühlen. Das halt ich nicht aus! Ich weiß nicht, wie ich ohne dich leben soll."

„Das ist doch Unsinn. Es wird überhaupt nichts passieren. Wir heiraten und dann verschwinden wir von hier."

Er stand auf, sammelte das Geld aus seinem Koffer und steckte es ein. Dann packte er seine Cort Luce ein und zog sanft an Alices Arm. „Komm. Ich begleite dich noch nach Hause."

„*Wie du meinst*", sagte sie geknickt. „*Aber für alles, was ab jetzt geschieht, trägst du die Verantwortung.*"

Katie ließ das Buch in ihren Schoss sinken und schauderte. Die feinen Härchen auf ihrer Haut stellten sich auf. „Das ist schrecklich", flüsterte sie. „Ich hab Angst, dass wirklich was passiert. Bitte sag mir, dass sie Unrecht hat, Bayless. Dass sie mit ihrer Vorahnung falsch liegt."

„Lies einfach weiter, dann weißt du es."

„Wie kann dich das auf einmal so kalt lassen?"

„Es ist doch nur ein Buch, nicht wahr? Ein fiktiver Roman."

Katies Finger waren kalt, als sie die Seite umblätterte und weiterlas.

Alice schwieg, während sie ihrem Zuhause näher kamen. Sie hatte seit dem Park nichts mehr gesagt. Aber ihre Hand klammerte sich an seine. So sehr, dass es ihn fast schmerzte. David fragte sich, wovor sie solche Angst hatte. Er konnte sich nicht vorstellen, dass es Eltern gab, die ihrer Tochter das Leben so schwer machten. Das konnte er einfach nicht. Vielleicht hatte sie recht, wenn sie sagte, dass seine Familie anders war. Er dachte an die Zeit in Irland zurück. An seine glückliche Kindheit an der rauen, wilden Küste. Wenn er mit den Jungs losgezogen war, die Tinkerpferde aus Doyles Stall gestohlen hatte und über die endlosen Hügel und Felder galoppiert war. Er dachte an die Gemütlichkeit im Cottage seines Onkels zurück, wenn Tante Moira ihm an kalten Winterabenden eine Tasse heißen Kakao gereicht und er den Geschichten über den heiligen Finbarr, über die Normannen oder den Unabhängigkeitskrieg gelauscht hatte. Das war für ihn Familie. Natürlich wurde auch gestritten, geflucht und getrunken. Aber in der nächsten Sekunde wurde gesungen, getanzt und gelacht. War das nicht das Normalste der Welt? Bei Alice wohl nicht.

„Ich liebe dich", flüsterte sie, bevor sich das Tor blinkend öffnete. In ihren Augen lag die wunderschönste Unschuld, die er je gesehen hatte. Er ließ seine Gitarre zu Boden sinken, schlang die Arme um Alice und küsste sie. Ihre Lippen zitterten, Tränen mischten sich in ihren Kuss. Das war der Moment, von dem er zehren würde. Auch wenn er es zu dem Zeitpunkt noch nicht wusste.

Katies Stimme brach. Ihre Knie waren ganz weich geworden, und sie war froh, dass sie im Sessel saß. Sie wischte sich eine heimliche Träne aus dem Augenwinkel. „Mann, das ist echt dramatisch", murmelte sie.
Bayless schwieg. Katie brauchte einen Moment, bevor sie weiterlas.

„Meine Handynummer hast du ja", sagte David, als sie seinen Rucksack aus dem Geräteschuppen holten. Alice nickte.
„Gut. Du erreichst mich zu jeder Tages- und Nachtzeit."
„Und dein Akku?"
„Hier im Rucksack ist mein Ladegerät. Ich werde irgendwo in einem Café die Leitung anzapfen. Jetzt mach nicht so ein Gesicht. Du bist erwachsen, vergiss das nicht."
„Danke, dass wenigstens du das so siehst."
Dave schlang die Arme um Alices Taille und strich ihre zerzausten Haare zurück.
„Kannst du noch bleiben, bis meine Mutter zurückkommt?", fragte sie. „Sie ist sicher nicht vor dem Nachmittag zu Hause."
„Klar kann ich das."
Das Herz brannte in Alices Brust. Sie hatte Angst, ihn gehen zu lassen. David streichelte ihre Wangen. Sein Kuss war zärtlich. Und als seine Lippen an ihrem Hals hinab wanderten, sank sie tiefer in seine Arme. Sie wollte alles von ihm, weil er ein Teil von ihr war. Er war der Teil ihres Lebens, den sie liebte.
„Vielleicht gibt es in eurem gigantischen Garten ja noch ein Fleckchen, das du mir zeigen möchtest", flüsterte er ihr ins Ohr.
Katie spürte die Hitze in ihren Wangen und schaute zu Boden.

„Da gibt es tatsächlich etwas, was du noch nicht kennst. Komm mit!"

Sie nahm ihn bei der Hand, lief durch das Pinienwäldchen, über die angrenzende Wiese und blieb an dem Bachlauf stehen.

„Okay, Schuhe aus. Es gibt nur die Holzbrücke beim Pavillon. An dieser Stelle müssen wir so durch."

„Ich kann aber nicht schwimmen."

Alice lachte schallend und schlug ihm an die Brust.

„Idiot! Sollte der Pegel deine Knöchel überschreiten, wäre ich durchaus bereit, dich zu retten. Ich bin Rettungsschwimmerin, musst du wissen."

„Dann hoffe ich sehr, dass der Pegel meine Knöchel überschreitet."

David schlüpfte aus seinen Schuhen, warf sie über den Bach, packte Alice und hob sie hoch. Sie kicherte und klammerte sich an ihn, als er sie durch das Wasser trug. Dabei musterte sie sein Profil, die markanten Gesichtszüge, seinen Dreitagebart und stellte sich vor, er würde sie bis ans Ende der Welt tragen. Am anderen Ufer angekommen, setzte er sie ab und griff nach seinen Schuhen.

„Hol dir ja keine Erkältung."

„Versprochen."

Sie lief weiter über die Wiese, bis zu einem Holzschuppen, der an einen Wald grenzte, der nicht mehr Teil des Grundstücks war.

„Na, komm schon!"

„Was ist denn das für eine Bude?"

„Mein Dad hat sie vor Jahren als Geräteschuppen benutzt. Bis Victor den neuen oben am Haus gebaut hat. Seitdem wohnen hier nur noch die Mäuse. Und ganz früher", fügte sie hinzu, während sie die knarrende Tür öffnete, „habe ich hier oft mit meinen Cousins übernachtet. Meistens habe ich aber in der Nacht zu weinen angefangen, und mein Dad musste mich ins Haus holen. Dann haben die Jungs mich ausgelacht und allein hier geschlafen."

„Ach, solche Heulsusen kenne ich. Meine kleine Cousine Rory ist auch so jemand. Feuerrote Haare, Sommersprossen bis zu den Ohren und eine große Klappe, die einem Angst machen kann. Aber sobald es dunkel wird und man auch nur an das Wort ‚Kobold' *denkt, bekommt sie einen Schreianfall. Solange du in meiner Gegenwart nicht zu weinen anfängst, ist alles gut."*

„Dann mach mir eben keine Angst", flüsterte sie und schmiegte sich an ihn, während die Tür hinter ihnen zufiel. Dave schob Alice an die morsche Rückwand der Scheune und küsste sie. Irgendwo im Dachstuhl gurrten Tauben. Sie flatterten herum und wirbelten Staub und Federn auf.

Er würde Alice nie vergessen. Ihre weichen Lippen, ihre langen Haare, die Art, wie sie ihn anschaute. Ihre Leidenschaft, ihre Berührungen auf seiner Haut. In dem Moment schwor er sich, dass er nie wieder eine andere Frau anschauen würde. Alice – sie oder keine.

Er ließ sich Zeit dabei, sie auszuziehen, sie in seinen Armen zu spüren, sie festzuhalten, zu küssen, zu lieben. Er vergaß die Welt um sich herum, war bereit, alles, sogar sich selbst für sie aufzugeben. Sie entfachte ein Feuer in ihm, eine nie gekannte Flamme, die sein Herz verzehrte. In ihren Augen sah er dieselbe Sehnsucht, dieselbe Liebe, die ihn erfüllte.

Er nahm ihren Geruch in sich auf. Ihren Anblick, ihre Schönheit, als sie atemlos an seiner Seite lag.

Katie klappte das Buch zu und nahm schweigend einen Schluck Wasser. Bayless bewegte sich in seinem Stuhl. Die Stille um sie herum wurde mit jedem Atemzug unerträglicher.

„Wie geht es weiter?", fragte Katie.

„Ist dir das Buch abhanden gekommen?"

„Ich will es von dir hören. Meine Stimme ist schon ganz rau, und mein Hals kratzt."

Er raufte sich wohl die Haare. Sie konnte es nur erahnen.

„Sie liegen noch eine Weile da. Schauen sich an, genießen den Augenblick. Irgendwie spüren sie beide, dass sich etwas verändern wird. Aber niemand kann es greifen. Sie setzen sich auf, ziehen sich an. Alice weiß, dass es an der Zeit ist, zu gehen. Sie versucht, ihre Haare zu entwirren und sie notdürftig in ein Zopfband zu zwängen. David lacht, zupft Federn aus ihren Strähnen. Taubenfedern. Sie schüttelt ihre Kleider aus, die etwas staubig geworden sind und schlüpft hinein. Alice kämpft mit den Tränen. Aber sie hat ja versprochen, in seiner Gegenwart nicht zu weinen, also reißt sie sich mit aller Macht zusammen. Dabei denkt sie an die kleine Rory.

‚Hast du Angst?‘, fragt Dave und hebt ihr Kinn an.

‚Und du?‘

‚Nein.‘

‚Lügner.‘

Er umarmt sie, sie flüstern sich gegenseitig Mut zu. Alice schafft es nicht länger, ihre Tränen zu unterdrücken. Aber sie weint leise, während das Hemd an seiner Schulter langsam aufweicht.

‚Es ist Zeit für mich zu verschwinden‘, sagt Dave schließlich. ‚Lass den Kopf nicht hängen. Du hörst von mir, versprochen.‘

Alice kann nicht antworten, nur stumm nicken. Und dann verlassen sie die Scheune.“

„Mir wird ganz schlecht, wenn ich daran denke, dass Alice jetzt eine Standpauke von ihrer Mutter zu hören bekommt“, unterbrach Katie ihn.

„Du solltest es lesen. Glaub mir.“

Die Art, wie Bayless die Geschichte erzählte, berührte Katie. „Wo ist Jonathan?“, fragte sie, weil sie noch nicht bereit dazu war, weiterzulesen.

„Er wollte nach Weymouth fahren und einkaufen. Er ist sicher bald zurück.“

„Gut ... Vielleicht helfe ich ihm später beim Einräumen der Einkäufe, oder beim Kochen.“

„Darüber würde er sich sicher freuen.“

Die Sonne neigte sich dem Horizont zu, als Dave und Alice über die Wiese liefen und durch den Bach wateten. Sie schwiegen. Die

Hände ineinander verschlungen, den Augenblick genießend. Mit jedem Schritt, den sie dem Haus näher kamen, versteinerte Alice immer mehr.

„Wir hätten es tun sollen", flüsterte sie.

„Was hätten wir tun sollen?"

„Das Geld abheben und einen Flug nach Irland buchen. Wir hätten es tun sollen. Jetzt ist es zu spät."

„Nein, es ist nicht zu spät. Wir machen das. Aber zuerst heirate ich dich. Schon vergessen?"

Ihr Lächeln war so weich wie der irische Tau am Morgen.

„Ich liebe deine Grübchen", sagte Dave und lächelte zurück.

„Sie ist da." Alices Blicke fielen ins Leere, als sie mit dem Kopf in Richtung Einfahrt deutete, wo ein schwarzer Rolls Royce parkte.

„Wer, die Queen? Oder eure First Lady? Ich meine, wow! Schau dir nur mal die Karre an!"

„Dave, hör auf damit. Du solltest verschwinden, bevor sie dich sieht!"

„Keine Panik. Ich bin schon weg." Er nahm Gitarre und Rucksack, und als sie das Tor erreicht hatten, umarmte Alice ihn zum Abschied.

„Puh, das ist wohl die Ruhe vor dem Sturm, was?", kommentierte Katie.

„Das ist wie Achterbahn fahren. Es geht rauf und wieder runter." Bayless klang nervös.

„Sie sehen sich doch wieder, oder? Ich meine, Dave lässt Alice nicht im Stich, hab ich recht?"

„Vielleicht liest du einfach weiter. Dann erfährst du es."

„Du hast gut reden!", rief Katie. „Nachdem du das Buch sicher schon hundertmal gelesen hast. Ich meine, woher solltest du sonst wissen, wie es weitergeht?"

„Ja. Woher sollte ich es sonst wissen."

„Alice!", hallte es an ihren Ohren, als sie das Haus betrat. Ihre Mutter stand mit in die Seiten gestemmten Armen vor ihr. „Was

fällt dir ein, dich mir zu widersetzen? Und wie siehst du überhaupt aus? Dein Kleid ist völlig verdreckt! Bist du jetzt in der Gosse gelandet? Das schlechte Gewissen hat dich wohl heimgetrieben. Hast du mir nichts zu sagen?"

Während Alice nach Worten suchte, deutete ihre Mutter auf eine der Überwachungskameras, die alles aufzeichneten, was sich vorne am Tor bewegte.

„Dieser junge Mann, den du da gerade verabschiedet hast. War er das?"

„Ja, Mom, das war ..."

„Wie kannst du es wagen, ihn hierher zu bringen?! Hierher, in unser Haus! War das nicht dieser ... Straßenmusiker, der heute im Park gespielt hat?"

Das Gesicht ihrer Mutter verzog sich bei dem Wort „Straßenmusiker" zu einer Grimasse. Als hätte sie beim Aussprechen auf etwas Ekelerregendes gebissen. Alice nickte.

„Ja, Dave spielt Gitarre und singt dazu. Damit verdient er sein Geld, um sich seine kleine Auszeit in den Staaten zu finanzieren. Ich finde das sehr ..."

„Grundgütiger! Verschon mich mit diesen Absurditäten! Tiefer hättest du wohl nicht sinken können."

„Mom! Es reicht! Ich werde mir nicht länger vorschreiben lassen, mit wem ich mich treffe! Ich liebe David! Hast du das endlich begriffen? Und ich werde mit ihm fortgehen. Ob dir das passt oder nicht!"

Ihre Mutter schnappte nach Luft und lachte hysterisch auf.

„Liebe? Was weißt du schon von Liebe, Alice? Das ist lächerlich. Man verliebt sich doch nicht mir nichts, dir nichts in den nächstbesten Jungen aus der Unterschicht, nur um seinen Eltern eins auszuwischen. Ich dachte, du hättest die Pubertät längst überstanden. Und jetzt, rauf auf dein Zimmer! Ich habe keine Nerven für eine derartige Unterhaltung."

„Die Nerven wirst du aber haben müssen, wenn du erfährst, dass ich ..."

„Alice!", rief ihre Mutter mit hochrotem Gesicht. „Ich verbiete dir, diesen Jungen auch nur ein einziges Mal wiederzusehen! Hast du

272

mich verstanden? Ich verbiete es! Sollte ich erfahren, dass du es doch tust, schicke ich dich auf eine elitäre Hochschule nach Europa, wo man dir Manieren beibringt und wo du unter Leute kommst, die zu unserer Familie passen. Und jetzt entschuldige mich, ich habe einen Debütantinnenball zu organisieren.

„Europa?" Alice stampfte mit dem Fuß auf. „Nur zu! Das Angebot nehm ich liebend gern an! Zufällig kommt David nämlich von dort.

Draußen fuhr ein Wagen vor. Katie legte das Buch zur Seite und streckte sich.

„Ich glaube, dein Vater ist zurück", sagte sie und stellte sich an das große Fenster. Eine Gänsehaut hatte sie wieder während des Lesens überkommen. Sie verschränkte die Arme vor der Brust und rieb darüber, um die Kälte zu vertreiben.

„Wenn du mich nett bittest, gebe ich dir deine Strickjacke zurück", bot Bayless ihr an. Sicher schmunzelte er dabei.

„Oh, wirklich, das würdest du tun?"

„Wenn du mich nett bittest."

„Lieber Bayless, wärst du bitte so freundlich, mir meine Strickjacke zu reichen? Mir ist ein wenig kalt, und wenn du sie nicht augenblicklich rausrückst, wird dir das leid tun, du Mistkerl!"

„Der Anfang war gar nicht übel. Der Mittelteil schwächelt sehr und der Schluss ... Nein. So wird das nichts."

„Her. Mit. Meiner. Jacke."

„War das ein zusammenhängender Satz?"

„Gut. Dann komme ich eben und hole sie mir." Sie marschierte schnurstracks auf den Paravent zu, und als sie gerade um die Ecke schauen wollte, hielt er ihr die Jacke hin.

„Mit den besten Grüßen zurück."

„Du Feigling!", sagte Katie und schnappte sich ihr Kleidungsstück.

„Schon möglich. Aber du hast das letzte Wort noch nicht gelesen."

Katie schlüpfte in ihre Jacke, und gleich darauf wich die Gänsehaut einem warmen, wohligen Gefühl.

„Ich bin kurz unten und schaue nach deinem Dad."

„Danke."

Während Katie die Treppe hinunterging, dachte sie über Dave und Alice nach. Wie es wohl mit den beiden weiterging. Würden sie sich wiedersehen? Oder war Dave nicht nur durch das Tor, sondern auch aus Alices Leben verschwunden?

„Hallo, Katie", sagte der alte Mann, der müde auf der Küchenbank hockte und sie anlächelte. „Alles okay bei Ihnen da oben?"

„Ja, alles okay. Hallo, Jonathan. Wie geht es Ihnen?"

Er zuckte die Schultern.

„Ich war in Weymouth. Heute gibt es nur Pizza. Aus dem Karton. Ich hatte keine Lust, etwas zu kochen. Der Kreislauf spinnt ein wenig."

„Wieso haben Sie denn nichts gesagt? Ich hätte Ihnen gern geholfen und etwas gekocht."

„Sie helfen uns doch schon, indem Sie hier sind und diesem Sturkopf da oben vorlesen."

„Er ist wirklich stur", sagte Katie mit einem Zwinkern und setzte sich zu Jonathan auf die Bank. Ihre Strickjacke hatte Bayless' Geruch angenommen. Immer wieder steckte sie ihre Nase in den Stoff, um daran zu riechen. Das Gefühl, das sein Duft in ihr auslöste, war unbeschreiblich. Das schlechte Gewissen Nan gegenüber machte das nicht unbedingt besser.

„Kann ich Ihnen noch mit den Einkäufen helfen?", fragte Katie.

„Nicht nötig, Mädchen. Ich habe nur ein paar Dinge für den Kühlschrank besorgt. Ich lege mich jetzt ein paar

Minuten aufs Ohr, und dann kümmere ich mich um die Pizza. Das schaffe ich schon." Er tätschelte ihre Hand. „Wirklich."

„Gut, wie Sie meinen. Ansonsten, Sie wissen ja, wo ich bin."

„Allerdings."

Die Sonne stand über dem Moor im Zenit. Am Horizont war ein kleiner Punkt auszumachen, ein Schiff, das sich nach und nach Katies Blicken entzog.

Das letzte Kapitel hatte die Atmosphäre zwischen Katie und Bayless verändert. Sie wusste nicht, wieso das so war oder ob er dasselbe empfand. Es war merkwürdig, solche Emotionen mit einem fremden Menschen zu teilen. Aber war er das eigentlich noch? Ein *Fremder*? Hatte sie nicht längst das Gefühl, ihm zu vertrauen? Katie ertappte sich dabei, wieder an ihrer Jacke zu riechen. Sein Geruch löste eine verbotene Sehnsucht in ihr aus. Und Ethan? Nie hatte sein Geruch sie so berührt, so fasziniert wie der, der ihre Strickjacke und den ganzen Raum um sie herum erfüllte.

„Was denkst du, wie es weitergeht?", durchbrach Bayless' Stimme die Stille. Katie schaute weiterhin aus dem Fenster und fühlte sich unangenehm ertappt.

„Mit Dave und Alice?"

„Ja."

Sie zuckte die Schultern und schaute einem Vogel nach, der sich von einer Moorspirke erhob und durch die Lüfte segelte. „Erzählst du es mir?"

„Er ist erst mal verschwunden."

„Ja, das habe ich mitbekommen. Und was wird aus der armen Alice?"

„Das ist eine gute Frage. Was wird aus der armen Alice? Ich könnte mir vorstellen, dass sie sich tagelang in ihrem Zimmer verkriecht. Vielleicht tritt sie auch in einen

Hungerstreik. Sie weint ununterbrochen. Nachts steht sie auf ihrem Balkon, schaut zum Mond hinauf und wartet auf David. Oder auf seinen Anruf."

„Sie könnte ihn anrufen."

„Das könnte sie. Aber sie tut es nicht."

„Weil sie zu stolz ist?"

„Weil sie alles getan hat, um ihm ihre Liebe zu zeigen. Jetzt ist es an ihm. Sie weiß, dass er die Entscheidung treffen muss. Weil er frei ist. Sie will, dass er sich meldet, weil er sie liebt. Weil er sie wirklich mitnehmen will, so wie er es versprochen hat. Und nicht, weil er Mitleid oder Pflichtbewusstsein ihr gegenüber empfindet."

„Und meldet er sich?" Katie drehte sich vom Fenster weg und goss Wasser in ihr Glas.

„Am dritten Abend, nachdem er durch das Tor verschwunden ist, sitzt sie unter einem sternklaren Himmel auf der Wiese, ganz in der Nähe des Bachlaufs. Ihre Eltern sind auf einer Veranstaltung in Boston, daher hat sie sich aus ihrem Zimmer gewagt. Sie fühlt sich leer. Vielleicht verraten, verlassen. Sie ist sich seiner Liebe nicht mehr sicher. Alice ist am Boden zerstört und fragt sich, ob er nur mit ihr gespielt hat. Sie geht jeden Moment, den sie miteinander verbracht haben, noch einmal in Gedanken durch. Ein falsches Wort? Ein zu derber Scherz? Hat sie ihn verletzt? Wollte er nichts weiter, als mit ihr schlafen, weil sich die Gelegenheit dazu geboten hat? Ist er ein so guter Schauspieler?

Sie kann sich nicht vorstellen, ihr Leben wie bisher fortzuführen. Der Schmerz, der in ihr brennt, reißt ein Loch in ihr Herz. Nein, sie will so nicht leben. Sie will fort."

Katie setzte sich, nahm einen Schluck und spürte die Sehnsucht, die Alice beherrschte, in sich selbst.

„Dann hat er also wirklich nicht angerufen?"

„Alice fasst einen Entschluss. Mittlerweile ist sie wütend. Enttäuscht. Sie fängt an, David zu hassen. Dafür, dass er sie zurückgelassen hat. Dafür, dass er nicht anruft. Sie steht auf, will zurück ins Haus gehen und in einen schweren, harten Panzer schlüpfen. Nie wieder wird jemand ihr wehtun, das schwört sie sich. Und dann durchbricht ein Handyklingeln die Nacht.

‚Hallo?‘, sagt sie.

Ein paar Minuten zuvor hätte sie ihn gern verprügelt. Aber jetzt rollen Tränen über ihre Wangen.

‚Es tut mir leid, dass ich mich so spät melde‘, sagt er. Sie nickt und presst sich die Hand an den Mund, um nicht laut zu schluchzen. Er soll nicht wissen, dass sie weint. Dass sie an ihm und seiner Liebe gezweifelt hat.

‚Wo steckst du?‘

‚Ich hab ein Motel gefunden. Das Zimmer ist fast noch schöner als deins.‘

Sie lacht. Und weint. Beides zugleich.

‚Dann hast du eine Menge Geld verdient.‘

‚Für diesen Palast hier reicht es jedenfalls aus.‘

‚Und was hast du jetzt vor?‘

Immer wieder schüttelte in stiller Weinkrampf sie. Sie reißt sich zusammen, damit er es nicht hört.

‚Father Odhran hat mich angerufen. Also, wenn wir noch an dieser Sache interessiert sind, können wir jederzeit zu ihm kommen.‘

‚Du meinst ... du redest von ... ist das ...?‘

‚Ja, das meine ich. Ich rede davon, dass wir beide heiraten werden.‘

Jetzt schafft sie es nicht länger, ihre Tränen zu verleugnen. Sie sinkt in die Knie und weint bitterlich. Wie hatte sie ihn nur so falsch einschätzen können?

‚Ist es gut oder schlecht, dass du weinst?‘

‚Gut‘, schluchzt sie. ‚Verdammt gut.‘

‚Schön. Dann sehen wir uns morgen?‘

‚Ja! Wir sehen uns morgen.‘

‚Komm einfach rum. Ich stehe sowieso auf dem Kirchplatz, um meine Einnahmen ein wenig aufzustocken.‘

‚Ich liebe dich, David‘, sagt sie und ihre Stimme bricht. ‚Ich liebe dich.‘"

„Du verdammter Geschichtenerzähler!", rief Katie.„Jetzt habe ich trotz der Strickjacke eine Gänsehaut."

„Da drüben in der Schublade liegt ein Pulli aus Schafwolle. Du kannst ihn gern überziehen. Falls es dich nicht stört, dass er kratzt und noch immer penetrant nach seinem Spender riecht."

Sie schüttelte den Kopf und lachte. Sein Humor und sein Charme gefielen ihr.

„Danke, ich glaube, da friere ich lieber. Wie wollen die beiden denn heiraten? Geht das einfach so? Ohne Gäste, ohne Kleid, ohne Ring. Das ist doch traurig!"

„Ohne Kleid? Davon war nie die Rede. Und wer braucht schon Gäste? Alices Eltern wären sowieso nicht gekommen. Dave und Alice haben doch sich. Mehr braucht es nicht für eine Hochzeit. Oder?"

Eine romantische und zugleich sehr unkonventionelle Einstellung, wie Katie fand.

„Okay. Dann lass mal hören. Darauf bin ich wirklich gespannt."

„Nein."

„Nein? Was heißt hier nein?"

„Das liest du mir vor. Dafür bist du immerhin hier."

Katie murrte, griff nach dem Buch, leerte ihr Glas und suchte die Stelle heraus.

„Denkst du, wir schaffen es noch vor der Pizza?", fragte sie noch.

„Wenn mein Vater sagt, dass er sich kurz hinlegen will, können wir froh sein, wenn er bis zum Abend wieder aufwacht."

„Gut. Dann gehen wir jetzt auf eine Hochzeit.“

„Nicht so eilig, junge Frau“, hallte eine Stimme durch das riesige Treppenhaus. Alice erstarrte. „Wo willst du hin?“

„Ich ... möchte ein bisschen raus und frische Luft schnappen. Falls du es nicht bemerkt hast, ich habe die letzten Tage ausschließlich in meinem Zimmer verbracht, Mom.“

Alices Mutter musterte sie von oben bis unten. Sie zog eine Braue hoch.

„Du willst frische Luft schnappen. In einem Rockabillykleid? In diesen Schuhen? Aber natürlich. Wo doch dein Vater für die Kosten aufkommt.“

„Mom, dieses Kleid ist zwei Jahre alt. Ich habe es auf dem Schulball getragen, erinnerst du dich? Es ist kein besonderes.“

„Gut, meinetwegen. Geh ein bisschen frische Luft schnappen. Aber sei pünktlich zum Dinner zurück. Dein Dad bringt jemanden mit, den du kennenlernen solltest. Jemanden, der viel passender ist als dieser Landstreicher.“

Tränen bildeten sich in Alices Augen, wenn sie daran dachte, dass dies die vorerst letzte Begegnung mit ihrer Mutter war. Weil sie bis zum Dinner längst verheiratet sein würde und mit David durchbrennen wollte.

„Mom“, sagte sie und fiel ihr in die Arme. Für einen Moment wusste ihre Mutter nicht, wie sie reagieren sollte. Zuneigung zu zeigen, gehörte nicht gerade zu ihren Stärken. Dafür schlang Alice ihre Arme noch fester um die schmale Frau.

Wenn Mom Dave doch nur akzeptieren würde, dachte sie. Sie war auf dem Weg zu ihrer Hochzeit und ihre Eltern würden nicht dabei sein. An ihrem großen Tag. Sie würden es verpassen, weil sie zu stur waren. Zu hartherzig und zu engstirnig.

„Mom, verzeih mir, dass alles so gekommen ist. Es tut mir leid, dass wir uns gestritten haben. Ich wollte dir sagen, dass ich dich liebe.“

„Alice …" Ihre Mutter fühlte sich unbehaglich und schob sie zurück. „Alice, ich weiß, dass du … Ich hab dich auch gern, mein Kind. Geh jetzt. Wir sehen uns beim Dinner."

Ihre Mutter drehte sich um, und Alice schaute ihr nach, bis sie im Arbeitszimmer verschwunden war. Sie schaute sich im Haus um, die Treppe hinauf, über die Gemälde, die an den Wänden hingen. Sie atmete den Duft von getrockneten Rosenblättern ein, die Rosita zu verteilen pflegte. Alice nahm in ihrem Herzen Abschied von all dem. Weil sie nicht wusste, was geschehen oder wann sie zurückkommen würde. Am Abend würde sie bereits mit Dave in einem Flugzeug Richtung Irland sitzen.

„Lebt wohl", flüsterte sie den beiden Doggen zu, die sie treu bis zur Garage begleiteten. Lon und Lill wedelten mit den Schwänzen, als sie in den blauen Chevy Camaro stieg, in dem sie David vor ein paar Wochen mitgenommen und auf den Heuboden des Gestüts geschmuggelt hatte. Das Tor öffnete sich, als sie rückwärts aus der Garage setzte, die Einfahrt hinunterfuhr und ihr Zuhause hinter sich ließ.

Katie hielt inne. Ein heißkalter Schauer lief ihren Rücken hinab. Sie schüttelte sich unwillkürlich.

„Du bist so still in deiner Ecke", sagte sie.

Bayless antwortete nicht. War er überhaupt noch da?

„Hallo, schön, dass Sie da sind", sagte Father Odhran, der Alice vor der Kirche entgegenlief. Sein Akzent war ein wenig anders als der von David. Das lag wohl daran, dass er aus dem Osten Irlands stammte.

„Wir sind da drüben. Ihr Verlobter und ich verstehen uns wirklich gut. Wir haben zusammen gesungen. Die alten Lieder … Habe ich die lange nicht gehört!" Er schüttelte gedankenverloren den Kopf. Dabei wehten seine grauen Haare im Wind. „Hübsch sind Sie. Keine alltägliche Braut. Aber David ist ja auch kein alltäglicher Bräutigam. Wussten Sie, dass ich seine Familie kenne? Mögen sie mir verzeihen, dass ich ihren Sohn auf so unirische Art traue. Ich rede zu viel, oder? Das tue ich immer, wenn ich nervös bin. Und vor einer Hochzeit bin ich immer nervös. Viele meiner Gemeindemitglieder bewundern mich für mein Talent zu predigen. Aber, soll ich Ihnen was sagen? Auch da bin ich nervös. Und dann rede und rede und rede ich. Mit Talent hat das nichts zu tun."

Alice lachte. Er schaffte es wirklich, ihr die Nervosität zu nehmen. „Da ist Ihr Junge. Ich lasse Sie kurz allein. Kommen Sie einfach rein, wenn Sie soweit sind."

„Danke!"

Dave blieb stehen, als er sie sah. Er hatte seine Gitarre verstaut. In seinem Rucksack hatte sich wenig befunden, was sich für eine Hochzeit geeignet hätte. Also hatte er einfach seine Bluejeans angelassen und von Father Odhran ein Hemd bekommen. Als Landsmann, hatte der alte Pastor gesagt, müsse man sich schließlich aushelfen. Aber Alice ... Sie war natürlich perfekt. In jeder Sekunde ihres Lebens. Sie trug ein weißes Neckholderkleid im Rockabillystil mit kleinen schwarzen Punkten, einer riesigen schwarzen Schleife an der Seite und schwarzer Tüllspitze. Ihre Haare fielen in leichten Wellen über ihre Schultern. David fehlten die Worte.

„Bist du soweit, Fremder?", fragte Alice mit leicht geröteten Wangen.

„Und du?"

„Nein. Ich habe mich eben von meiner Mutter verabschiedet."

„Verabschiedet?"

„Ja. Ich gehe nicht zurück. Wenn ich dich heirate, dann gehöre ich zu dir." Sie sah zu Boden.

„Hey, jetzt vergiss das alles mal für einen Moment", sagte David, hob ihr Kinn an und küsste sie. „Immerhin ist das heute unser Hochzeitstag. Lass uns reingehen. Father Odhran ist schon ganz aufgeregt."

„Das stimmt. Er ist niedlich."

„Bayless? Bist du ... eingeschlafen?"

„Nein."

„Gut. Soll ich weiterlesen?"

„Ja."

„Ich dachte nur, weil du so ... so still bist."

Er schwieg. Lieber Himmel, wieso sagte er denn nichts? Katie ließ ihren Fuß nervös auf und ab wippen und las weiter.

Alices Knie zitterten, als Dave ihre Hand nahm und sie zum Altar führte. Immer wieder fragte sie sich, ob das hier wirklich geschah. Ob es ein Traum war oder ob ihre Mutter im letzten Moment hereinplatzen und alles verderben würde. Nie zuvor in ihrem Leben hatte sie so etwas Verrücktes getan. Sie war stets ein braves Kind gewesen, das sein Zimmer aufräumte, seine Hausaufgaben ordentlich erledigte, niemals Schimpfworte benutzte. Alice hatte sonntags weiße Rüschenkleider und Lackschuhe getragen. Ihre Puppen waren nie dreckig oder ungekämmt gewesen. Und wenn ihr Vater ihr abends beim Zubettgehen Geschichten vorgelesen hatte, war sie in die fremden Welten eingetaucht. Das waren schöne Erinnerungen. Aber in diesem Moment fragte sie sich unwillkürlich, ob sie wirklich Kind gewesen war, im Gegensatz zu David:

Dave war keinen einzigen Tag sauber heimgekommen. Er hatte auf der Schulbank geflucht wie ein Rohrspatz, und anstelle der Hausaufgaben hatten er und seine Familie sich jeden Abend zum Musizieren in dem Pub getroffen, der seinem Onkel und den Cousins gehörte. Und jetzt waren sie beide in einer Kirche und schritten auf den Altar zu. Ganz allein. Eine Hochzeit, die ihre Eltern nicht erlaubten und von der seine nichts wussten. Und doch floss ihr Herz über vor Liebe. Alice kannte zwar Geschichten über diese Art von Liebe, aber sie selbst zu erleben, war etwas völlig anderes. Sie war überwältigt und verängstigt zugleich.

Aber sie war auch wild entschlossen, es durchzuziehen. Weil David anders war als jeder Mann, den sie kannte. Er war die Freiheit, nach der sie sich sehnte. Er war spontan, witzig, tiefgründig und verrückt. Und für sein Alter sehr reif. Eine Kombination, die sie vorher noch nie angetroffen hatte.

Father Odhran traute sie. Ein einziger Moment, ein paar wenige Worte, die ein ganzes Leben versprachen. Worte, die sie aneinander banden, unzertrennlich machten und das besiegelten, was ihre Liebe längst vollzogen hatte.

Katie zitterte. Die Gänsehaut war trotz der Strickjacke zurückgekehrt. So war es immer, wenn jemand heiratete. Sie fühlte sich in das Geschehen involviert. Eine derart tiefe Liebe ließ sie ehrfürchtig schaudern. Auch wenn es nur ein Roman war.

Als sie die Kirche verließen, wussten sie, was es hieß, einen solchen Tag als den schönsten im Leben zu bezeichnen. Arm in Arm, die Hände fest ineinander verschlungen, schlenderten sie über den Kirchplatz. Plötzlich blieb David stehen, zog Alice in den Schatten einer Ulme und küsste sie lange und zärtlich. Sein Kuss war weich, seine Hand streichelte ihren Nacken, vergrub sich in ihrem Haaransatz. Alice vergaß alles um sich herum. Es gab nur sie und ihn. Und das Kribbeln in ihrem Bauch, das von der Gewissheit herrührte, vollkommen und für den Rest ihres Lebens ihm zu gehören. So standen sie eine Weile da, schweigend, die Nähe des anderen genießend, jung, verliebt und glücklich. Und nichts auf der Welt hätte sie je trennen können.
„Ich liebe dich", flüsterte David.
Alice antwortete mit einem Kuss, bevor sie ihn zum Auto zog. „Komm."
„Und wohin fahren wir?"
„In dein Motel?"
„Ich stelle nur schnell meine Klamotten in den Kofferraum", sagte er und nahm die Gitarre und den Rucksack, während Alice einstieg und sich anschnallte. Bis zum Dinner hatten sie noch viel Zeit. Und wer wusste schon, ob sie überhaupt daran teilnehmen würden.

Bayless verlagerte ständig sein Gewicht, was jedes Mal seinen Stuhl knarren ließ. Er schwieg. Und wenn Katie mal eine längere Pause einlegte, fehlten seine Kommentare. Sie fragte sich, ob es ihm gut ging.

Das Motel war klein und nicht besonders sauber. Es lag nahe der I-90, des längsten Interstate Highways der USA. Sie stellten den Wagen auf dem Parkplatz ab, und als Dave sie über die Schwelle der hässlichen, grauen Motelzimmertür trug, kicherte Alice.

„So habe ich mir das nicht gerade vorgestellt“, räumte sie ein.

„Hab ich mir gedacht. Das liegt eindeutig daran, dass du unglaublich verwöhnt bist. Damit ist jetzt Schluss. Dein Mann ist ein einfacher Straßenmusiker. Komfort war gestern“, scherzte David.

„Hab ich da vielleicht unüberlegt gehandelt? Eine Blitzhochzeit zählt doch sicher nicht als echte, oder?“

„Die ist so echt, wie dieses Bett unbequem ist“, sagte Dave und warf Alice auf die Matratze. Dann verschloss er die Tür, zog seine Schuhe aus und legte sich zu ihr.

Alice spielte mit den Haarsträhnen, die in seine Stirn fielen, schaute ihn an und fand keinen Moment ihres bisherigen Lebens, den sie als glücklicher bezeichnet hätte.

„Aller Komfort der Welt wäre nichts ohne dich“, flüsterte sie. Dann beugte sie sich über ihn, küsste ihn und begann, sein Hemd aufzuknöpfen. Plötzlich hielt sie inne und lachte.

„Was ist los?“

„Mach du das lieber. Ich muss immer daran denken, dass du es dir von einem Priester geborgt hast.“

„Danke, dass du mich daran erinnerst. Bevor ich vergesse, es ihm zurückzubringen.“

Sie kicherte erneut, er küsste ihre Grübchen. Alice fühlte sie sich wie im Himmel. Sie schliefen miteinander, und es war wie beim ersten Mal. Nur schöner, wie Alice fand. Weil er jetzt ihr Mann war und sie seine Frau.

Am frühen Abend verließen sie das Motel, gingen Hand in Hand über den Parkplatz, als Alice an ihrem Wagen stehenblieb.

„Ich denke, wir sollten zu meinen Eltern fahren. Sie erwarten mich zum Dinner. Ich könnte ein paar Sachen zusammenpacken, die ich mit nach Irland nehmen will."

„Soll ich solange irgendwo warten?"

„Quatsch! Du kommst natürlich mit. Ich möchte, dass sie dich kennenlernen und endlich ihre Vorurteile begraben."

Dave überlegte kurz. „Also los, fahren wir zu ihnen", rief er.

Alice ließ den Schlüssel vor Davids Nase baumeln. „Ich weiß doch, wie gern du den Wagen mal fahren willst. Das habe ich sofort bemerkt, als ich dich aufgesammelt habe."

„Du denkst, ich will diesen Wagen fahren?" Er lachte. „Als ob ich noch nie am Steuer eines teuren Autos gesessen hätte."

„Hast du auch noch nie."

„Okay", sagte David und gab sich geschlagen. „Du hast recht. Hab ich noch nie."

„Sei bloß nett zu ihm."

„Das lasse ich mir nicht zweimal sagen." Er schnappte sich den Schlüssel und stieg ein.

„Vergiss aber nicht, dass du nicht in Irland bist, okay? Bei uns fährt man auf der richtigen Seite der Straße."

„Echt? Und ich dachte, ihr fahrt rechts."

„Sehr witzig."

Er startete den Motor und der Camaro heulte auf.

„Jetzt werde ich ihm mal ein paar Töne entlocken, die du bestimmt noch nie von ihm gehört hast."

„Ich kann's kaum erwarten."

Alice legte den Sicherheitsgurt an und verschränkte die Arme vor der Brust. Dave lenkte den Wagen vom Parkplatz auf die Straße.

„Dann willst du deinen Eltern also brühwarm erzählen, dass wir geheiratet haben?"

Sie zuckte die Schultern.

„Vielleicht. Vielleicht auch nicht. Ich überlege noch, womit ich sie mehr schocken könnte. Damit, dass wir heimlich geheiratet haben oder damit, dass ich mit dir nach Irland durchbrenne."

„Ist das dein Ernst?"

Auf dem Highway herrschte Feierabendverkehr. Ein Auto reihte sich ans andere. Hin und wieder mischten sich LKW dazwischen. Dave fuhr konzentriert, weil er noch nie zuvor auf der rechten Straßenseite gefahren war.

„Wieso nicht? Auf der anderen Seite reicht es wahrscheinlich auch schon aus, wenn sie dich mit mir zusammen sehen", sagte Alice.

„Das denke ich auch. Trotzdem sollten wir von vornherein mit offenen Karten spielen, finde ich."

Von links scherte ein Motorrad aus und setzte zum Überholen an. David bemerkte es im Rückspiegel.

„Überlass das bitte mir, okay? Ich denke, ich kenne meine Eltern besser als du und kann einschätzen, wann der richtige Zeitpunkt gekommen ist, um es ihnen zu sagen."

„Und was willst du tun, wenn sie mich rausschmeißen? Spätestens, wenn wir zusammen verschwinden, wird es Ärger geben. Oder denkst du, sie lassen dich einfach mit mir gehen?"

„Nein. Sie sperren mich wieder in mein Zimmer. Aber dann haue ich durch den Dienstboteneingang ab."

„Alice", sagte Dave und drosselte das Tempo, als er vom Highway abfuhr. Der LKW hinter ihm fuhr ziemlich dicht auf. „Ich mag diese Heimlichtuereien nun mal nicht. Entweder ganz oder gar nicht. Wenn wir jetzt schon hinfahren, sollten wir auch ehrlich sein."

Alice schnaubte verärgert. Sie war trotzig wie ein kleines Kind. Dave brachte weitere Argumente vor, und irgendwann eskalierte der Streit. Sie hielt ihm vor, sich in Dinge einzumischen, von denen er nichts wusste. Und er fuhr ihren Wagen zu hart an. Dave wurde wütend, fuhr zu schnell und bemerkte zu spät, dass die Ampel vor ihm auf Rot schaltete. Er versuchte noch zu bremsen. Aber der Camaro schlitterte auf die Kreuzung, gerade, als ein Van von rechts kam. Alice schrie auf, dann erfasste der Van sie mit voller Wucht, Glas splitterte und Blech krachte auf Blech. Der Camaro schleuderte herum, überschlug sich. Alles geschah viel zu schnell.

Irgendwann bewegte sich nichts mehr. Alles war totenstill. Nur der Motor tickte und es roch nach Benzin, das austrat. Ein paar Sekunden oder Minuten vergingen. Wie in Zeitlupe. Davids Kopf schmerzte, die beiden Airbags waren durch den Unfall ausgelöst worden. Er schaute zu Alice hinüber, und plötzlich schoss Adrenalin durch seinen Körper. Ihr Kopf war an das Beifahrerfenster geschleudert worden. Die dem Fenster zugewandte Seite ihres Gesichts war blutverschmiert. Sie war nicht bei Bewusstsein.

„Alice!", rief er und berührte sie an der Schulter. „Alice! Hey, wach auf ... Wir müssen hier raus ... Der Wagen fängt Feuer ..."

Und das tat er. Das Benzin, das austrat, entzündete sich am heißen Motor und schlug bereits Flammen. David versuchte, sich aus dem Wagen zu befreien, aber das Blech war so verzogen, dass die Tür sich nicht öffnen ließ. Und seine Beine ... Er konnte seine Beine nicht bewegen. Sie waren eingeklemmt, und bei jedem Versuch, sie freizubekommen, durchbohrte ihn ein stechender Schmerz.

„Hilfe!", rief Dave. Passanten waren an der Straße stehengeblieben. Aus der Ferne ertönte ein Martinshorn. „Helfen Sie uns! Alice, wach auf, Alice! Hilfe!"

Sie rührte sich nicht, und als die Flammen in den Innenraum eindrangen, geriet er in Panik.

Katies Magen zog sich zusammen. Sie hatte nicht damit gerechnet, dass Dave und Alice etwas zustoßen würde. Mit zitternden Fingern strich sie sich die Haare zurück. „Bayless?"

Er schwieg. Nur sein schwerer Atem war zu hören.

„Bayless ... Es wird doch alles gut gehen, oder? Du hast gesagt, dass niemand in diesem Buch stirbt."

Er bewegte sich. Aber er schwieg.

„Jetzt sag doch was!"

Ihre Angst nahm lebhafte Züge an.

„Bayless!"

„Tust du mir einen Gefallen?" Seine Stimme klang schwach und gebrochen. So fragil kannte sie ihn gar nicht. „In dem Schrank da vorn. Gleich neben dir. In dem Schrank liegt etwas. Würdest du es mir herüberreichen?"

„Was?"

„Bitte."

„Und was soll ich dir herüberreichen?"

„Wenn du den Schrank öffnest, wirst du es schon sehen."
Sie war ziemlich durcheinander. Katie erhob sich, ging
zum Schrank hinüber und öffnete ihn. Im ersten Moment
wusste sie nicht, was er meinte. Dort hingen ein paar
Winterjacken. Ein Schal. Aber dann ließ sie ihren Blick
nach unten wandern. Und als sie sah, wovon er
gesprochen hatte, erschrak sie. Sie musste sich irgendwo
festhalten, um nicht zusammenzusacken. Ein Gefühl von
Taubheit überkam sie, als sie den schwarzen Koffer
erblickte. Es war ein Gitarrenkoffer. Und irgendwas sagte
ihr, dass das, was sich darin befand, eine Cort Luce war.
Eine Westerngitarre aus Mahagoniholz. Katie schwankte,
fiel zurück in ihren Sessel und spürte, wie alles Blut in ihre
Füße sackte.

„Bitte", flüsterte sie. „Bitte sag mir, dass das nicht wahr
ist! Dass das nicht deine Geschichte ist. Dass du nicht
David bist und dass du sie nicht verloren hast. Bitte sag
mir, dass du Alice nicht verloren hast!"

„Ich weiß nicht, ob ich sie verloren habe. Aber ich bin
dabei, es herauszufinden. Gibst du mir die Gitarre?"
Sie begriff nicht, wie er das meinte. Seine Worte gingen
ihr durch Mark und Bein. Es war seine Geschichte. *Er* war
David. Mit zitternden Händen griff Katie nach dem
Koffer, nahm ihn aus dem Schrank und ging zum
Paravent hinüber.

„Danke", sagte er müde, als sie ihm die Gitarre vor die
Füße schob. „Du kannst dann für heute Schluss machen,
Katie."

„Bist du sicher?"

„Ja."

Sie stand einen Moment unentschlossen da. „Hör zu, Bayless, ich würde dich jetzt ungern allein lassen. Ich meine, … Ich kann zuhören, wenn du reden willst."

Vier Mal ertönte ein leises Klacken, als er die Schnallen des Koffers öffnete. Dann lachte er leise. Eine Saite erklang, als er beim Herausnehmen des Instruments darüber strich.

„Weißt du, wie lange ich nicht mehr gespielt habe?"

„Nein."

„Sieben Jahre. Seit dem Unfall habe ich sie nicht mehr angerührt. Nicht mal aus dem Schrank genommen."

„Denkst du, du kannst es noch?"

„Das ist wie Fahrradfahren. So was verlernt man nicht. Vielleicht sind meine Finger etwas eingerostet."

Katie lehnte sich an die Wand nahe dem Paravent. Sie wollte in seiner Nähe sein. Um da zu sein, wenn der Schmerz über seinen Verlust zu groß wurde.

„Hättest du was dagegen, wenn ich noch bleibe?", fragte sie zaghaft.

Er antwortete nicht. Katie schloss die Augen und hörte, wie Bayless mit der Hand über die Saiten strich, über das Holz.

„Nimm es mir nicht übel, aber ich wäre jetzt gern allein, Katie."

Sie schaute traurig zu Boden. Wie gern hätte sie seiner Stimme, seiner Musik gelauscht und sich vorgestellt, Dave würde für Alice singen. Für seine Alice, deren Schicksal sie tief bewegte.

„Wie du meinst. Ich sehe nur schnell nach Jonathan, bevor ich fahre. Dann … dann bis morgen, Bayless."

„Ja, bis morgen."

Sie drehte sich um, ging zur Tür, und bevor sie den Knauf herumdrehte, hielt er sie zurück.

„Hey, Katie, bevor ich es vergesse."

„Ja?"

„Erschrick nicht, wenn du in deine Wohnung kommst. Könnte sein, dass dort jemand auf dich wartet."

„Was? In *meiner* Wohnung? Wer denn?"

„Der Eigentümer. Er besitzt einen Schlüssel."

Ihre Hand erstarrte am Türknauf.

„Das ... das geht nicht. Ich meine, ..."

Er lachte und ein angenehmer Schauer durchfuhr sie.

„Keine Angst. Ich verspreche dir, du wirst dich auf die Begegnung freuen. Es ist niemand, der in deinen Sachen herumschnüffeln würde."

„Wenn du meinst."

„Bestell bitte liebe Grüße von mir."

Sie drehte den Knauf herum und verschwand im Flur. Wer würde dort auf sie warten? In ihrer Wohnung? Der Gedanke gefiel ihr nicht. Als sie die Treppe hinunterging, hörte sie, wie er zu spielen begann. Jeder Ton, jeder Gitarrenklang ging ihr unter die Haut.

Sie konnte nicht glauben, dass er sieben Jahre lang nicht gespielt hatte. Für eine Weile blieb sie auf der Treppe stehen, um ihm zu lauschen. Wie gern würde sie zurückgehen und ihm zuhören.

„Jonathan?", rief sie und lief in die Stube. Von dem alten Mann war nichts zu sehen. Vielleicht war er ins Bett gegangen. „Jonathan?"

Katie wagte einen Blick in das Zimmer, in dem Bayless einmal mit Nan telefoniert hatte. Es war tatsächlich Jonathans Zimmer. Er lag auf dem Bett, eine Hand unter dem Kopf, die Beine angewinkelt und schlief tief und fest. Sie war unsicher, ob sie ihn aufwecken sollte. Aber weil er schon sehr lange schlief, ging sie zu ihm und berührte ihn leicht an der Schulter. Er öffnete die Augen, orientierte sich und schaute in ihr Gesicht.

„Entschuldigen Sie, dass ich Sie aufwecke. Ich verabschiede mich für heute."

„Was? Schon? Wie spät ist es denn?"

„Es ist gleich zwei."

„Oje ... Die Pizza. Tut mir leid ... Ich wollte nur kurz ..."

„Alles gut, Jonathan. Keine Sorge. Bayless ist oben und spielt Gitarre."

Die Augenbrauen des alten Mannes zuckten.

„Er tut *was*?"

„Er spielt Gitarre."

„Katie ... was haben Sie ...? Wie haben Sie ...? Wissen Sie, seit wann er das nicht mehr getan hat?"

„Ja. Seit sieben Jahren."

Er richtete sich auf, strich seine Haare glatt. Seine Augen wurden feucht.

„Er spielt Gitarre", wiederholte er, als wollte er sich selbst versichern, dass es tatsächlich geschah.

„Und er spielt verdammt gut. Ich habe ihn auf der Treppe gehört. Er wollte nicht, dass ich bleibe."

„Jetzt wird alles gut, Mädchen." Er griff nach ihrer Hand und tätschelte sie. „Jetzt wird alles gut."

„Auf Wiedersehen, Jonathan."

Als sie durch das Moor radelte, wanderten Katies Blicke an den Horizont. Der Himmel war strahlend blau, aus der Ferne rauschte das Meer, und irgendwo blökten Schafe. Unzählige Gedanken schossen ihr durch den Kopf. Was war mit Alice geschehen? Hatte sie den Unfall überlebt? War rechtzeitig Hilfe gekommen?
Jedenfalls erklärte das brennende Auto Bayless' Narben. Er hatte in dem Wagen gesessen. Mit ihr. Mit seiner Alice. Katie verspürte ein Stechen in ihrer Brust. Wieso nur nahm die Geschichte sie derart gefangen? Und wer erwartete sie in ihrer Wohnung? Sie trat kräftiger in die Pedale. Sie konnte es nicht erwarten, zu erfahren, wem die Wohnung gehörte. Vielleicht einem Schulfreund von Bayless aus Irland? Am liebsten hätte sie Em angerufen und ihr alles erzählt. Aber zuerst musste sie Gewissheit

haben und die Dinge, die geschahen, begreifen. Emma würde alles bis ins Detail hinein wissen wollen. Und solange Katie es selbst noch nicht begriff, musste sie es noch für sich behalten.

Als sie das Rad in den Keller brachte, wurden ihre Knie ganz weich. Ihr Herz schlug schnell. Und dann steckte sie den Schlüssel ins Schloss, öffnete die Tür und ging hinein. Drinnen war es still. Sie legte ihren Schlüssel auf die Ablage und ging in die Wohnküche. Sie spürte, dass jemand dort war. Und es war eindeutig eine Frau, das erkannte sie am Parfüm. Ein blumiger Duft, den sie zuvor schon einmal wahrgenommen hatte. Und dann sah sie sie. Die blonde Frau stand am Balkonfenster und besah sich den Suncatcher mit dem irischen Segensspruch.

„Ich wusste, dass Sie ihn in dieses Fenster hängen würden. An dieser Seite steht die Sonne die längste Zeit des Tages. Es gefällt mir, dass Sie ihn aufgehängt haben."

„*Nan?*"

Die junge Frau drehte sich um, lächelte und strahlte dieselbe aufmerksame Präsenz aus wie an dem Tag, als sie ihr im *Fairy Cottage* zum ersten Mal begegnet war.

„Hallo, Katie."

„Wow", sagte sie und verschränkte die Arme vor der Brust. „Nie im Leben hätte ich gedacht, dass Ihnen diese Wohnung gehört. Ich meine ... ich bin sprachlos."

„Ja, das habe ich mir schon gedacht. Entschuldigen Sie, dass ich einfach in Ihre Privatsphäre eingedrungen bin."

„Schon okay. Bayless hat mich vorgewarnt."

Als sie seinen Namen erwähnte, schaute Nan zu Boden. Katie hätte schwören können, dass ihre Wangen leicht erröteten.

„So? Hat er das?"

„Ja."

„Wie geht es ihm denn?"

292

„Heute nicht so gut. Er hat mich heimgeschickt. Wir sind fast durch mit dem Buch."

„Verstehe."

„Wollen wir uns nicht setzen, Nan? Ich könnte uns einen Kaffee machen. Oder lieber Tee?"

„Sehr gern. Ich nehme einen Tee."

Nan setzte sich, während Katie den Wasserkocher einschaltete und nach zwei Tassen griff.

„Was führt Sie denn hierher?", fragte Katie und musterte ihren Besuch von der Seite. Nan war ohne Zweifel eine attraktive Frau. Sie trug ein dunkelblaues Kostüm, die langen, schlanken Beine hatte sie überschlagen und die blonden Strähnen aus dem Pony mit zwei Klammern zurückgesteckt.

„Ich wollte einfach mal Hallo sagen, weil ich gerade in der Nähe bin", antwortete sie. „Ich mag Sie, Katie. Vielleicht ist es ganz gut, dass wir zwei uns mal unterhalten. Ohne ihn."

„Da könnten Sie recht haben."

„Unsere erste Begegnung war ja leider nur sehr kurz. Und als ich Sie fragen wollte, wie Ihnen die Wohnung gefällt, sind Sie Hals über Kopf aus dem Haus gejagt und davongeradelt. Sie hätten sich mal sehen müssen! Dass Sie die Schallmauer nicht durchbrochen haben …" Nan schmunzelte.

Katie lächelte beschämt, während sie den Tee aufgoss. Was sollte sie darauf antworten? Dass sie das Weite gesucht hatte, weil sie sich in den Mann verliebt hatte, der Nan gehörte?

„Wie finden Sie ihn denn?", hakte ihr Gast nach und nahm einen Schluck Tee.

„Wen?"

„Na, Bayless, natürlich!"

„Wie soll ich ihn schon finden? Zum einen versteckt er sich ja nach wie vor hinter dieser lächerlichen Wand. Und zum anderen ist er mein Chef. Wie findet man seinen Chef? Gute Frage."

Es war ihr sehr unangenehm, in ihrer Gegenwart über ihn zu sprechen. Hoffentlich bemerkte sie nicht, was sie wirklich für ihn empfand.

„Also, so nüchtern wie Sie möchte ich auch mal über ihn reden können", erwiderte Nan, ließ sich in die Stuhllehne sinken und seufzte. Ihre Augen glänzten, und Katie beneidete sie um ihn. „Wenn ich nur an ihn denke, schmelze ich schon dahin. Wie weit sind Sie denn im Buch?"

Katie verrührte Kandis in ihrem Tee.

„Es ist gerade passiert. Der Unfall. Er ... er hat sie verloren, oder? Er hat seine Alice verloren. Ich will Ihnen nichts vormachen, Nan. Ich habe herausgefunden, dass Bayless David ist. Es hat lange gebraucht, bis ich dahintergekommen bin. Aber jetzt verstehe ich viele seiner merkwürdigen Reaktionen, die er während des Lesens gezeigt hat. Dass er oft betroffen war. Nachdenklich oder traurig. Ich hatte angenommen, dass er den Roman sehr ernst nimmt. Und das tut er ja auch. Aber jetzt verstehe ich, wieso. Und, Gott, er tut mir so leid."

„Mir tut er auch leid."

„Was ist passiert? Hat Alice den Unfall nicht überlebt?" Nan wandte sich hin und her, als drückte sie sich vor der Antwort. Aber keine Antwort war Antwort genug.

„Wie haben Sie ihn eigentlich kennengelernt?", fragte Katie, um ihr aus der unangenehmen Situation zu helfen. Nan erhob sich, ging zurück an das Balkonfenster und schaute hinaus. Es dauerte eine Weile, bis sie antwortete.

„Sie müssen nicht danach fragen, Katie. Eigentlich wissen Sie längst, wie ich ihn kennengelernt habe."

„Woher sollte ich das wissen? Er hat es mir nie erzählt."

„Liegt das nicht auf der Hand?", fragte sie und drehte sich langsam zu ihr um. „Was denken Sie denn, wer ich sein könnte, wenn Bayless David ist?"

Für einen Moment konnte sie ihr nicht folgen. Ihre Stirn lag in Falten, als sie über die Frage nachdachte. Natürlich, es machte Sinn, dass die anderen Figuren des Romans auch real waren.

„Sind Sie etwa ...?"

„Lassen Sie mich Ihnen auf die Sprünge helfen. Wissen Sie, Katie, *Nan* ist nur mein Kosename. In Wahrheit heiße ich Brenda. Brenda Spencer."

Katie riss die Augen auf und starrte sie ungläubig an.

„Dann ... dann sind Sie ...?"

„Richtig. Ich bin nur die Flugbegleitung."

„Lieber Himmel! Wer hätte das gedacht? Ich hab Sie von Anfang an gemocht. Und jetzt ... Ich meine, jetzt, wo er Alice verloren hat ... jetzt gibt es doch noch ein Happy End für Sie und ihn."

„Wo denken Sie hin?", fragte Nan und drehte sich wieder dem Fenster zu. Katie vernahm ein leises Schluchzen.

Wieder einmal begriff sie nicht. „In einer Sache haben Sie recht. Ich liebe ihn. Seit der ersten Sekunde, als ich ihn damals auf der Landstraße gesehen und mitgenommen habe. Er hat mich sofort fasziniert. Seine leichte Art, sein Charme. Er war so frei, so spontan. Was hätte ich drum gegeben, meinen Rucksack zu packen und mit ihm zu gehen? Aber ich hatte nie die geringste Chance. Und dann hat er Alice getroffen. Ich war immer nur die Flugbegleitung, Katie. Wie oft habe ich ihm meine Liebe gestanden. Irgendwann habe ich damit aufgehört, weil ich mir lächerlich vorgekommen bin. Weil er niemals eine andere Frau so lieben wird, wie er Alice liebt."

Ihre schmalen Schultern zitterten, als sie sich Tränen aus dem Gesicht wischte. Die zierliche Frau wirkte jetzt noch zerbrechlicher, noch zarter. Ein Kloß steckte in Katies Kehle.

„Das wusste ich nicht", flüsterte sie. „Ich hatte gedacht, Sie und er ... Sie und er wären ein Paar."

Nan lachte. Sie schüttelte den Kopf und schaute sich zu ihr um.

„Sie haben keine Ahnung, wie sehr ich mir das wünsche. Oder gewünscht habe. Die vergangenen sieben Jahre waren, als würde ich gegen ein Gespenst ankämpfen. Gegen ein Phantom in seinem Kopf. Aber jetzt ... jetzt ist alles anders. Er hat immer an seine Liebe geglaubt. Alice war der Grund, wieso er aus dem Koma erwacht ist. Alice war der Grund, wieso er gekämpft und sich nicht aufgegeben hat, sondern jeden Tag aufs Neue gegen das Unmögliche angetreten ist. Alice. Nicht Brenda. Und wenn ich ihm gesagt habe, dass das alles vollkommen sinnlos ist, wissen Sie, was er dann geantwortet hat?"

Katie schüttelte den Kopf.

„Er hat gesagt: ‚Brenda, du weißt doch, man sieht sich immer zweimal im Leben.'"

Nan weinte und gerade, als Katie sich erhob, um sie zu trösten, hob sie den Kopf, schluckte ihre Tränen hinunter und versuchte zu lächeln.

„Schon gut, Katie. Bemühen Sie sich nicht. Es geht mir gut. Wirklich. Ich habe meinen Weg gefunden, damit umzugehen. Ich habe Bayless schon fast losgelassen. Ich bin bereits dabei, zu gehen. Ich drehe mich einfach um, nehme meinen Rollkoffer und steige in die Maschine. Shannon – Boston. Einen Tag Aufenthalt und zurück. Bayless sagt immer, dass er mich um den Jetlag nicht beneidet. Dann lache ich. Und wenn er mich lachen sieht, ist er glücklich."

„Oh, Nan ..."

„Ich sollte meinen Tee trinken. Er ist sicher längst kalt."

Sie kam zurück an den Tisch, und als sie sich setzte, bewunderte Katie ihre Stärke. Sie leerten ihre Tassen und schwiegen für eine Weile. Beide waren in ihren eigenen Gedanken gefangen. Und doch gab es etwas, was Katie noch immer nicht verstand.

„Wenn er also David ist und Sie Brenda ... Und wenn er sagt, dass man sich immer zweimal im Leben sieht ... Wer ... wer ist dann Alice?"

„Kommen Sie", sagte Nan, stand auf, nahm ihre Tassen und trug sie zur Spüle hinüber. „Ich bin mit dem Wagen da. Ich setze Sie bei ihm ab. Und dann finden Sie es einfach heraus. Einverstanden?"

„Aber er hat mich gebeten ..."

„Ich weiß. Aber mir hat er am Telefon gesagt, dass das der Plan ist."

„Der ... *Plan*?"

„Ganz recht."

Während sie im Wagen saßen, schwiegen sie. Katie schaute aus dem Fenster hinaus auf die herrliche, nachmittägliche Landschaft. Birkhühner liefen durch das Moor, Möwen taumelten im Wind, und das Haus der Monahaughns kam immer näher. Katies Kopf surrte und kribbelte wie ein riesiger Ameisenhaufen. Bilder zuckten vor ihrem inneren Auge auf. Schwarzweiße, aschfahle, solche, die sie nur zu gut kannte und solche, die sie nicht einzuordnen wusste. Einige hatte sie lange nicht gesehen, und andere mischten sich mit ihren Vorstellungen, Fantasien und Mosaiken aus der nicht allzu fernen Vergangenheit.

Und dann stoppte der Wagen vor der Bruchsteinmauer. Nan ließ den Motor laufen und schaute zu ihr herüber. „Da wären wir."

„Kommen Sie nicht mit rein?"

„Nein. Heute ist kein guter Tag für mich. Aber es wäre lieb, wenn Sie mir John herausschicken würden. Er und ich haben noch etwas zu erledigen."

„Oh, wie schade. Ich dachte, ..."

„Es ist besser so, glauben Sie mir."

„Gut, also dann. Vielen Dank fürs Herbringen."

„Gern geschehen. Wir hoffen, Sie hatten eine angenehme Reise. Bitte klappen Sie Ihre Tische hoch und bringen Sie Ihre Sitze in eine aufrechte Position. Brenda-Driving wünscht Ihnen einen unvergesslichen Aufenthalt."

Katie lachte und schaute dankbar in ihre Richtung. Bevor sie ausstieg, sagte Nan:

„Hey, ich habe das übrigens ernst gemeint. Was ich in meinem Brief geschrieben habe. Ich würde mich freuen, wenn wir irgendwann einmal Freundinnen wären."

„Das würde mich auch freuen, wirklich, Nan. Warum fangen wir nicht gleich damit an und duzen uns?"

Nan lächelte.„Das ist eine tolle Idee!"

„Du bist eine sehr beeindruckende Frau, Brenda."

„Danke! Ich geb mir Mühe", sagte sie mit einem Zwinkern. „Hey, vergiss John nicht."

„Ich schicke ihn raus."

Katie stand am Küchenfenster und schaute durch die kleinen Häkelgardinen hinaus auf den Feldweg, wo Jonathan in den Mini Cooper stieg und mit Nan davonfuhr. Ein Kribbeln breitete sich in ihrem Magen aus, wenn sie daran dachte, dass sie nun ganz allein waren. Bayless und sie. Wohin mochten Nan und der alte Mann fahren? Was hatten sie zu erledigen? Sie wusste es nicht. Katie drehte sich vom Fenster weg, zog die Strickjacke enger um ihre Schultern und lief über die Treppe nach oben. Und wenn Bayless doch gern allein wäre? Was hatte Nan gemeint, als sie sagte, so sei der *Plan*? Oben angekommen, klopfte sie vorsichtig an die Tür. Es dauerte einen Moment, bis er sie hereinbat. Katie drehte den Knauf herum und betrat das Zimmer.

„Hallo", sagte sie.

„Hallo."

„Ich hoffe, ich störe nicht. Aber Nan sagte, ich soll ..."

„So ist es. Schön, dass du hergekommen bist."

„Ich dachte nur, weil ... Du wolltest doch allein sein."

„Ich war ja schon allein. Oder wo hast du während der vergangenen Stunden gesteckt?"

Sie schmunzelte. Seit sie erfahren hatte, dass er und Nan kein Paar waren, erfüllte sie eine Leichtigkeit, ein beinahe greifbares Prickeln, und sie wehrte sich nicht mehr dagegen, wenn er mit seinem Charme die unzähligen Schmetterlinge in ihrem Bauch aufscheuchte. Sie ging zum Fenster und schaute hinaus.

„Ich habe nicht gerade schlecht gestaunt, als ich Brenda in meiner Wohnung angetroffen habe."

„*Brenda*?"

„Gehörte das auch zu dem *Plan*, dass ihr mir verschweigt, wer sie ist und dass ihr die Wohnung gehört?"

„Möglich wäre es."

„Erzähl mir von ihr, Bayless."

„Du weißt doch längst alles über sie."

„Ich weiß nur, dass ich recht hatte."

„Womit?"

„Dass sie sich vom ersten Moment an in dich verliebt hat. Und dass ich sie gern habe."

Er schwieg. Katie besah sich die Moorspirken, die sanft im Wind auf und ab wehten.

„Sie tut mir nur so leid. Dass du ihr nie eine Chance gegeben hast. Dass du ..."

„Hör auf damit." Seine Stimme klang gequält. „Du hast keine Ahnung, wovon du da redest."

„Ich finde, wir sollten das Buch zu Ende lesen. Es ist nicht mehr viel. Und dann ..." Sie drehte sich dem

Paravent zu, „dann werde ich aus meinem Sessel aufstehen und deine Mauer einreißen."

„Ich halte mein Wort. Das habe ich schon immer getan."

„Prima. Also, fangen wir an." Katie setzte sich, nahm das Buch zur Hand und schlug es auf. Dabei fiel ein brauner Umschlag heraus, der ihr zuvor nie aufgefallen war. Sie nahm ihn an sich, und während sie ihn in den Händen hin und her drehte, sagte Bayless: „Nicht jetzt, Katie. Bitte leg ihn zur Seite. Du kannst ihn öffnen, sobald du zu Ende gelesen hast."

„Was ist das?"

„Sobald du zu Ende gelesen hast."

Er machte sie neugierig. Und die Sehnsucht, ihm endlich in die Augen zu schauen, wuchs mit jeder Minute. Seit sie wusste, dass *er* es war, dass es *seine* Geschichte war, nahm sie jedes Wort neu und aus einer anderen Sichtweise in sich auf. Es berührte sie tiefer, sie nahm Anteil an seinem Schmerz, an seinen Ängsten. Sie sah ihn vor sich, wie er an Alices Seite in dem Wagen saß und um ihrer beider Leben bangte. Katie atmete tief durch und als sie vorzulesen begann, bebte ihr Atem.

„Hilfe!", rief Dave. Passanten waren an der Straße stehengeblieben. Aus der Ferne ertönte ein Martinshorn. „Helfen Sie uns! Alice, wach auf, Alice! Hilfe!"
Sie rührte sich nicht, und als die Flammen in den Innenraum eindrangen, geriet er in Panik. So gut er konnte, beugte er sich zu ihr hinüber, löste ihren Sicherheitsgurt und versuchte, an den Türgriff zu gelangen. Er musste sie aus dem Wagen schaffen, bevor alles brannte. Der Rauch, der sich im Innenraum entwickelte, wurde immer quälender.
„Alice! Wach auf! Wir müssen hier raus!"
Die Passanten standen am Straßenrand und starrten entsetzt auf das Geschehen. Wahrscheinlich fürchteten sie, der Wagen könnte jede Sekunde explodieren, was natürlich nur in Actionfilmen

vorkam. Wenig später trafen Feuerwehr und Krankenwagen an der Unfallstelle ein. David verlor das Bewusstsein, als die Flammen die Ärmel seines Hemdes versengten. Die Hitze wurde unerträglich. Der stickige Rauch machte das Atmen unmöglich, und das Plastik des Armaturenbretts begann zu schmelzen.

Viel später würde er erfahren, dass man es während einer mehrstündigen Operation geschafft hatte, die Masse aus verbranntem Stoff und Plastik, die mit seiner Haut verschmolzen war, von seinem Körper zu entfernen. Dass die Rettungskräfte zuerst die Beifahrertür mit einer hydraulischen Schere geöffnet und Alice geborgen hatten. Später. Viel später. Als er aufwachte und nichts mehr war, wie es sein sollte.

Mit zitternden Händen klappte Katie das Buch zu. Das war's. Sie hatte das letzte Wort gelesen. Trotzdem blieb sie schweigend sitzen und starrte auf den Einband in ihrem Schoß. Das Buch war zu Ende. Aber es gab noch zu viele ungeklärte Fragen. Sie brauchte Gewissheit, bevor er sich ihr zeigte.

„Was ist aus dem Fahrer des Vans geworden, der in euch hineingekracht ist? Hat er den Unfall überlebt?"

„Schwerverletzt, ja. Es stellte sich heraus, dass er mit überhöhter Geschwindigkeit und unter Drogeneinfluss am Steuer gesessen hatte, womit ihm eine Teilschuld zugesprochen werden sollte."

„Aber du hast gesagt, dass du die alleinige Schuld bekommen hast. Wieso? Es war nicht ausschließlich deine Schuld."

„Doch, war es. Auch ich bin zu schnell gefahren, schuldig. Ich habe mich mit Alice gestritten, schuldig. Ich habe die rote Ampel zu spät bemerkt, schuldig. Ich habe ihr Leben aufs Spiel gesetzt und sie verloren. Schuldig. Ich hätte auf sie hören sollen. Als sie sagte, dass wir ihr Konto plündern und nach Irland abhauen. Als sie sagte, dass sie es besser einschätzen könne, wann ihre Eltern von unserer Hochzeit erfahren sollten. Aber ich habe nicht auf sie gehört. Sie hatte mir die Verantwortung für das, was geschehen würde, überlassen. Weil sie gespürt hat, dass etwas Schreckliches passieren wird. Ich habe nicht auf sie gehört. Schuldig."

„Bayless, das ist doch …"

„Möchtest du jetzt den Umschlag öffnen?"

Katie zupfte eine Fluse von ihrer Jeans. Das war doch Wahnsinn! Es war ein Unfall. Das hätte jedem passieren können. Solche Dinge geschehen nun einmal. Und Bayless nahm Lasten auf sich, die er nicht auf sich nehmen sollte.

„Bayless, bitte tu das nicht. Du hast genug gelitten. Es ist an der Zeit, die Vergangenheit ruhen zu lassen."

„Bevor du meinst, etwas dazu sagen zu können, öffne erst mal den Umschlag. Bitte."

Katie verstand nicht, wovon er sprach. Aber sie nahm die braune Hülle, fuhr mit dem Daumen unter den Verschluss und griff hinein. Katie zog mehrere Großaufnahmen heraus. Fotos, die eine Szene zeigten, die ihr das Blut in den Adern gefrieren ließ. Tränen traten in ihre Augen. Der Schock, den die Bilder in ihr auslösten, reichte weiter, drang tiefer in ihr Bewusstsein, als sie ahnte.

Erinnerungen zuckten durch ihr Gedächtnis. Was tot gewesen war, erwachte zu neuem Leben. Ein Schalter legte sich in ihrem Kopf um, und alles, was im Verborgenen geschlummert hatte, kam zurück.

Lassen Sie los, Katie, hallten Dr. Finnigans Worte in ihr nach. *Sie müssen lernen, loszulassen.* Und plötzlich fiel der Ball, den sie krampfhaft in Händen hielt, aus ihrer Faust zu Boden. Sie starrte auf das Foto. Auf den blauen Chevy Camaro, der an der Seite völlig eingedrückt war. Die Motorhaube war gefaltet wie eine Ziehharmonika. Der Innenraum war ausgebrannt. Blut klebte an der Scheibe. Es war ihr Wagen gewesen. Der Wagen, mit dem sie nach Boston gefahren war, um sich mit einer Schulfreundin zu treffen. Dazu war es aber nicht gekommen. Sie hatte einen jungen Straßenmusiker in dem Wagen mitgenommen, weil er noch keine Unterkunft für die Nacht hatte. Sie hatte ihn auf dem Dachboden des Pferdestalls von ihrem Onkel versteckt, der Peter hieß und nicht Ron, und einen Reiterhof hatte, kein Gestüt.

Und ihr Name war nicht Alice. Ihr Name war Katie. Katie Hendriks.

Victor und Rosita hatten auch andere Namen. Ebenso wie ihre Eltern. Aber das spielte keine Rolle, denn der Kern der Geschichte war so wahr wie die Tatsache, dass der Mann hinter dem Raumteiler ihr Ehemann war. Bayless McClary aus Cork. Sie hatte gleich gespürt, dass der Name auf dem Einschreiben ihr von irgendwoher bekannt vorkam.

Katie schlug die Hände vors Gesicht, während die Fotos zu Boden segelten. Ein herzzerreißendes Schluchzen entfuhr ihr, das ihr Leben zurückbrachte. Ein Leben, das der Unfall in ihrem Kopf ungeschehen gemacht hatte. Ein Leben, von dem ihre Eltern und Ethan ihr nie etwas erzählt hatten, weil sie von Anfang an gegen Bayless gewesen waren und weil der Unfall das perfekt passende Puzzleteil war, nach dem sie gesucht hatten. Ein Puzzleteil, das zu dem Bild passte, das sie von Katies Leben gemalt hatten.

Katie schluchzte. Ihr Körper erzitterte. Plötzlich ergab alles Sinn. Alles fügte sich ineinander. Auf diesen Moment hatte sie seit sieben Jahren gewartet. Dass ihre Erinnerung zurückkam. Dass die verlorenen Bilder, die ein schwarzes Loch in ihrem Kopf hinterlassen hatten, zurückkamen und die Lücken schlossen. Sie hatte schon aufgehört, daran zu glauben, dass es je geschehen würde. Aber jetzt geschah es, mit einer solchen Wucht, dass sie nichts als schluchzen konnte. Und als sie die Hand spürte, die sich auf ihre Schulter legte, schaute sie auf in sein Gesicht. Sie schaute in seine klaren, grünen Augen. Bemerkte die schwarzen, leicht gewellten Haare. Er war groß, gut gebaut und sah genauso aus, wie sie ihn sich immer vorgestellt hatte. Und nun wusste sie auch, wieso das so war.

„Ich kenne dich", presste sie hervor und lehnte ihren Kopf an seinen Oberschenkel. „Ich weiß, wer du bist und ich weiß auch, wer Alice ist."

„Katie", flüsterte er, und zog sie aus dem Sessel in seine Arme. „Katie. Endlich! Endlich habe ich dich zurück! Nach sieben Jahren. Ich habe nie aufgehört, daran zu glauben."

„Bayless", sie drückte sich an seine Brust und fühlte sich um eine Ewigkeit betrogen. „Sie haben es mir nicht erzählt. Sie haben mich belogen. In all den Jahren ..."

„Es tut mir so leid. Es tut mir leid, dass wir uns im Wagen gestritten haben. Dass ich zu unaufmerksam war, um die Ampel zu sehen."

„Nein! Ich hätte dich in Ruhe lassen müssen. Du bist doch vorher noch nie auf der rechten Seite gefahren. Ich habe dich überfordert."

Alles war wieder präsent. Als wäre es erst gestern geschehen. Sein Geruch. Seine Stimme. Seine Berührungen, als er ihr über den Kopf streichelte und sein Gesicht in ihren Haaren vergrub. Die Brutalität, mit der die Bilder auf sie einprasselten, war unerträglich.

„Ich erinnere mich", schluchzte sie. „An dich. An unsere gemeinsame Zeit ... an ... *alles*!"

„Katie, ..."

„Ich muss ... erst mal hier raus ... Ich brauche Zeit, es zu begreifen. Entschuldige mich ..."

Katie riss sich von ihm los, stürzte zur Tür und lief aus dem Zimmer. Ihre Kehle schnürte sich zu, sie hatte das Gefühl, an der Realität zu ersticken. Sie stolperte die knarrende Treppe hinunter, durch den Flur und aus dem

Haus. Eine frische Meeresbrise schlug ihr entgegen. Sie rannte durch das Törchen, auf den Feldweg, Richtung Strand. Aus der Ferne hörte sie die Brandung. Seevögel kreischten, und es war, als vermischte sich ihr Leid mit dem Klagen der Möwen. Sie rannte weiter, blind vor Tränen, und doch hatte sie nie klarer gesehen, als in diesem Moment. Als sie den Strand erreichte, fiel sie in den Sand, blieb liegen und weinte den Schmerz von sieben verlorenen Jahren heraus. Eindrücke, Bilder, Erinnerungen brachen hervor, als wären sie nie fort gewesen, sondern nur an einem dunklen Ort in den Tiefen ihrer Seele versteckt. Der erste Blickkontakt, als sie den Straßenmusiker auf dem Platz mitten in Boston angesprochen hatte. Sein Lächeln. Die Art, wie er sie angesehen hatte, als sie nachts im See gebadet hatten. Ihre erste Liebesnacht unter einem sternklaren Himmel. Die Gewissheit, dass ihre Eltern ihn nie akzeptieren würden, die Angst, ihn zu verlieren. Father Odhran, die Hochzeit, der Geruch des muffigen Motelzimmers an der I-90. Nichts war verloren, alles war wieder da, und sie hasste sich dafür, es nicht eher ans Licht gebracht zu haben. In ihrer Verzweiflung suchte sie nach ihrem Handy, wählte Emmas Nummer und als ihre Freundin immer wieder fragte, was mit ihr los sei, konnte sie nur weinen.

„Katie, jetzt rede mit mir! Was ist passiert? Soll ich die Polizei alarmieren?"

„Er ist ... Ich ... ich bin ..."

„Was bist du? Bist du verletzt?"

„Nein ..."

„Bist du überfallen worden?"

„Ich ... ich erinnere mich", sagte sie und setzte sich auf. Für einen Moment war nur das Rauschen der Wellen zu hören. Und Katies Atem, der sich langsam beruhigte.

„Du erinnerst dich? An ... an den Mann, der dich überfallen hat?"

„Em! Ich *erinnere* mich!"

„Du meinst ...?"

„Ja!"

Emma kreischte. Und im nächsten Moment war sie ganz still.

„Es ist alles wieder da. *Alles*! Er hat mir dazu verholfen. Er war es. Er war es schon immer."

„Erzähl! Ich will alles wissen! Wie ist es passiert? Und wer hat dir dazu verholfen? Etwa dieser Monahaughn?"

Ems Stimme zu hören tat so gut. Katie wurde gefasster, strich die zerzausten Haare aus ihrem Gesicht und klopfte den Sand aus ihren Kleidern.

„Du wirst es nicht glauben. Du wirst denken, ich hätte den Verstand verloren."

„Jetzt sag es doch!"

„Ich bin verheiratet. Ich erinnere mich an alles. Ich bin mit Bayless verheiratet. Seit sieben Jahren. Seit dem Tag, an dem der Unfall passiert ist."

Ihre Freundin brachte keinen Ton heraus. Katie nutzte den Moment und erzählte ihr alles, was sie wissen musste. Emma fehlten die Worte. Es war ja auch zu verrückt, um es zu glauben! Je länger Katie darüber redete, desto sicherer fühlte sie sich in ihrer neuen, alten Haut. Desto mehr Bilder, Emotionen, Gerüche aus der Vergangenheit tauchten auf.

„Es ist einfach unfassbar! Kannst du dir das vorstellen? Es macht klick, und ich bin wieder da. Em! Ich wünschte, du wärest hier. Ich wünschte, ich könnte dich in die Arme nehmen."

„Oh, das wünschte ich auch! Am liebsten würde ich sofort zu dir fahren! Aber weißt du was? Da gibt es jemanden, der dich ganz sicher sofort in die Arme nehmen würde, oder?"

Katie schaute zu Boden und spürte, wie die Hitze in ihre Wangen stieg.

„Ich weiß nicht, ... ob ich dazu schon bereit bin. Müsste ich nicht Dr. Finnigan anrufen?"

„Geht es dir denn schlecht?"

„Überhaupt nicht. Es fühlt sich ... komisch an. Aber ich glaube, es ging mir in den letzten sieben Jahren nie besser."

„Also, wieso willst du ihn anrufen? Stell dir vor, Ethan kommt irgendwie dahinter und erfährt, dass eure Hochzeit und die Sache mit der Kanzlei platzt? Weck keine schlafenden Hunde, Katie. Die wachen noch früh genug auf."

„Du hast recht." Katie malte mit dem Finger Muster in den Sand. „Em?"

„Ja?"

„Ich habe Angst."

„Wovor hast du Angst?"

„Denkst du, es wäre möglich, dass ... dass ich alles wieder vergesse? Dass meine Erinnerungen wieder verschwinden?"

„Nein, das denke ich nicht. Dein Gehirn hat doch keine Folgeschäden davongetragen. Und anscheinend sind die psychologischen Blockaden endlich überwunden."

Katie nickte und ließ den weichen, von der Sonne aufgewärmten Sand durch ihre Finger rieseln.

„Danke, Em. Von allen hast du mir immer am meisten beigestanden. Ich weiß nicht, wie ich das ohne dich geschafft hätte."

„Und genau aus dem Grund tust du jetzt genau, was ich dir sage: Geh zu deinem Mann und rede mit ihm. Ihr beide habt euch bestimmt eine Menge zu sagen, oder?"

„Ich denke schon."

„Also."

„Du bist die Beste."

„Ich weiß. Und ich sterbe vor Neugier! Ich will ihn sehen! Kommt so schnell es geht nach London. Das ist die verrückteste Geschichte, die ich je erlebt habe! Ich glaube, ich darf es Pie nur noch nicht erzählen. Er würde sofort zu Jefferson Barns rennen und es im Radio verkünden lassen."

Katie lachte. Es war ihr erstes Lachen, seitdem sie sich wieder vollständig fühlte. Und es war so befreiend.

Sie blieb noch eine Weile am Strand sitzen, schaute aufs Wasser hinaus, lauschte dem Schmatzen der Wellen und suchte nach der schönsten Erinnerung, die von den vergessenen zurückgekehrt war. Die Erinnerung daran, als sie Bayless zum ersten Mal begegnet war.

Sie stieg aus dem Wagen und entlockte der Zentralverriegelung ein Zwitschern. Ein Blick auf die Uhr verriet, dass sie gut in der Zeit lag. Charlotte und sie wollten sich in einem Club treffen. Das hieß, viel mehr wollte ihre Mutter das. Weil Charlottes Mutter und ihre Mutter den diesjährigen Debütantinnenball organisierten. Und weil Katie immer Kontakt mit den Töchtern der Freundinnen ihrer Mom pflegen musste.

Die Sonne war längst hinter den riesigen Hochhäusern der Metropole verschwunden und blinzelte nur noch hier und dort durch schmale Gassen oder schien glitzernd über den Charles River. Unzählige Touristen waren an dem Frühsommerabend in der Stadt unterwegs. Düfte drangen aus den Straßencafés und Restaurants, Autos hupten, Kinder weinten, und aus der Ferne hörte sie Gesang, begleitet von Gitarrenklängen. Katie blieb stehen und schaute in die Richtung, aus der die Musik kam. Da sie genügend Zeit hatte, lief sie über den Platz und entdeckte den jungen Mann, um den sich eine kleine Zuhörerschar versammelt hatte.

Everything I Do von Bryan Adams, war ihr absoluter Lieblingssong und sie war auf Anhieb von dem Musiker fasziniert. Er hatte Talent, das sah sie sofort. Sie lehnte sich an eine Straßenlaterne und lauschte. Es war, als würde die Gitarre zu seinem Körper gehören. Er und sein Instrument waren eins. Seine

308

Baritonstimme vervollständigte die Melodie, verwob sich mit den Klängen und machte sie zu einem harmonischen Fluss. Katie schloss die Augen, ließ sich von ihm gefangen nehmen und verzaubern. Seine Worte trafen direkt in ihr Herz, sein europäischer Akzent hatte etwas unglaublich Charmantes an sich. Der Applaus seiner Zuhörer ließ sie die Augen wieder öffnen und als sie bemerkte, dass es wohl das letzte Lied für den Tag gewesen war, stieß sie sich von der Laterne ab und ging zu ihm hinüber.

„Soll das schon alles gewesen sein?", fragte sie und verschränkte die Arme vor der Brust.

„Was meinst du damit?"

Er war Ire. Und das klare Grün seiner Augen hatte er ohne Zweifel aus seiner Heimat mitgebracht. Die Art, wie er mit ihr redete, gefiel ihr. Er war ganz anders als die Jungs, die in ihre Schule gegangen waren oder die im Country Club am Pool lagen und einen auf cool machten, dass sie fürchtete, das Wasser des Schwimmbeckens könnte gefrieren. Er war ein richtiger Kerl. Mutig, sich auf einen belebten Platz zu stellen und aus voller Seele zu singen. Er war nicht wie all die Snobs, die sie nur langweilten. Er hatte etwas Raues, Ursprüngliches an sich. Und als sie ihm die Hand hinstreckte und er kurz, aber fest einschlug, durchfuhr sie ein betörender Schauer.

„Ich bin Katie."

„Hi."

„Und du bist …?"

„Müde und hungrig."

Katie schlang die Arme um ihre Beine und beobachtete, wie ihr Schatten im Sand länger wurde. Die Wellen rollten auf den Strand, und als sie an seine freche Antwort von damals zurückdachte, musste sie immer noch lächeln. Das war der Moment gewesen, in dem sie sich hoffnungslos und Hals über Kopf in ihn verliebt hatte. Sie konnte nicht beschreiben, wie glücklich, wie dankbar sie war, dass ihre Erinnerungen an ihr Leben, an die Liebe ihres Lebens zurückgekehrt waren. Sie erhob sich, klopfte noch einmal den Sand aus ihren Kleidern und war bereit, sich ihm und der ganzen Wahrheit zu stellen. Während sie zurück zum Haus ging, schaltete sie ihr Handy aus. Sie wollte durch nichts und niemanden gestört werden. Der Abend gehörte ganz ihr und Bayless. Ihnen und dem, was sie einander zu erzählen hatten. Und als das *Fairy Cottage* größer und größer wurde, kam es Katie vor, als hätte es ihre Amnesie nie gegeben. In ihrem Herzen hatte sie nie aufgehört, ihn zu lieben.

Die Bruchsteinmauer lag friedlich im Dämmerlicht, ließ sich zur Nacht von Moosen bedecken. Katie bemühte sich, das Törchen nicht quietschen zu lassen, um die Idylle nicht zu zerstören. Dankend nickten die Rosenköpfe ihr zu.

In der Küche brannte Licht. Sie ging durch den schmalen Flur zur Garderobe und legte ihre Strickjacke ab. Bayless hatte ein Feuer im Kamin gemacht. Die Flammen züngelten an Torfbriketts und sorgten für eine heimelige Atmosphäre. Essensgeruch stieg in ihre Nase.

„Ich bin hier drüben", rief er aus der Küche. Ihr Herz klopfte beim Klang seiner Stimme. Als sie sich zu ihm gesellte, lächelte er sie an, ohne von seiner Arbeit abzulassen. Er kochte, und sah dabei ziemlich geschickt aus. „Wie geht es dir? Hat dir der Spaziergang gut getan?"

Katie staunte über seine Selbstbeherrschung. Dass er so ruhig mit ihr redete. Als wären sie nie getrennt gewesen. Er musste umkommen vor Sehnsucht nach ihr. Sie rechnete ihm hoch an, dass er ihr Zeit gab, ihr inneres Chaos in die richtige Bahn zu lenken.

„Ja, sehr sogar. Ich war unten am Strand und habe kurz mit Emma gesprochen."

„Das ist schön. Ich wollte dir nachlaufen, aber dann habe ich gedacht, dass es vielleicht besser wäre, dich allein zu lassen."

„Danke." Sie spielte mit dem Saum ihrer Bluse. „Bayless ... Ich weiß im Moment nicht, wie ich ... oder was ich ... Ich meine, nicht dass du denkst, ich würde nichts mehr für dich empfinden oder ... dir nicht sofort um den Hals fallen wollen. Es ist nur, ich bin völlig durcheinander. Was da gerade in meinem Kopf passiert ... Verstehst du, was ich sagen will?"

„Katie, du hast nichts falsch gemacht. Ich habe sieben Jahre auf dich gewartet. Da kommt es auf ein bisschen mehr oder weniger auch nicht mehr an. Sobald du soweit bist, darfst du mir natürlich jederzeit um den Hals fallen, da sage ich bestimmt nicht nein."

„Prima. Ich lasse es dich wissen, wenn es soweit ist." Sie warf einen Blick in die Töpfe. „Was kochst du denn da?"

„Naja, da mein Dad uns verhungern lässt, und wir doch irgendwas essen müssen ... Ich garantiere allerdings nicht dafür, dass es schmeckt."

Katie lachte und lehnte sich an die Arbeitsplatte. Es war gut gewesen, auszusprechen, was sie belastete. Jetzt konnte sie seine Nähe besser ertragen. Sie hatte nicht gewusst, was er von ihr erwartete.

„Wann kommt Jonathan denn zurück?"

„Nicht vor morgen. Nan hat strikte Anweisungen bekommen."

Während Bayless die Kartoffeln putzte und in Scheiben schnitt, musterte Katie ihn von der Seite. Sie hätte schwören können, dass sie ihn genau so in Erinnerung hatte. Eine seltsame Vorstellung. Aber sie traf zu. Wenn sie ihn anschaute, war es, als wäre sie wieder neunzehn. Als hätte sie ihn gerade erst kennengelernt und seiner Musik gelauscht. Er war derselbe. Nur um ein paar Jahre reifer. Das helle Shirt, das er trug, gab einen Teil der Narben auf seinen Armen preis.

„Wenn du fertig bist mit Starren, könntest du dich um das Gemüse kümmern", sagte er mit einem Grinsen. „Ich fürchte, ich habe das Fleisch viel zu früh angebraten. Es wird wohl kalt sein, bis wir essen."

„Das macht nichts. Und was das Starren angeht: Ich sehe dich gerade zum ersten Mal seit langer Zeit. Also habe ich alles Recht der Welt, dich anzustarren, oder nicht?"

„Na gut, dann starr mich halt an. Aber das Gemüse wäscht sich trotzdem nicht von allein."

Sie ging ihm zur Hand und musste sich immer wieder fragen, ob das alles ein Traum war. In Gedanken kontrollierte sie akribisch, ob ihre Erinnerungen noch da waren. Sie spulte jede einzelne ab. Immer und immer wieder. Dabei kämpfte sie gegen ihre Tränen.

„Ist das alles wahr?", fragte sie. „Ich habe Angst, dass ich aufwache und du wieder der geheimnisvolle Fremde hinter dem Raumteiler bist. Und ich nur Katie. Katie mit der Watte im Kopf. Ich habe solche Angst, Bayless."

Er hielt inne und nahm sie in die Arme. Schweigend hielt er sie fest. Sie verbarg ihr Gesicht an seiner Brust, während stumme Tränen über ihre Wangen rollten.

„Es ist wahr", flüsterte er. „Das wird nicht passieren, Katie. Du wirst nicht aufwachen und alles vergessen haben. Und selbst wenn. Ich würde dich immer wieder an uns erinnern. Ich würde immer wieder um dich kämpfen. Weil ich dich liebe."

Sie wusste nicht, was sie sagen sollte. Der Augenblick überwältigte sie. Katie hob den Kopf und schaute Bayless an. Er legte seine Stirn an ihre Stirn. Und als er sie küsste, sanft und behutsam, als hätte er Angst, sie zu verletzen, waren sie Dave und Alice, die im Gras am See saßen und die Welt um sich herum vergaßen. Seine Hände fuhren durch ihre Haare. Ganz langsam schob er Katie mit dem Rücken an die Arbeitsplatte.

„Bayless", flüsterte sie und lockerte die Umarmung. „Das Essen ... wir sollten ..."

„Du hast recht. Entschuldige." Er trat einen Schritt zurück und holte tief Luft. „Ich wollte dich nicht überfordern."

„Ich weiß. Ich muss das erst mal begreifen. Das alles ... Würdest du es mir erzählen?"

„Dir was erzählen?"

„Was ich in den vergangenen Jahren verpasst habe. Wie es nach dem Unfall mit dir weitergegangen ist. Ich würde es gern wissen, um die Lücken in meinem Kopf zu schließen."

Als er endlich in eine andere Richtung schaute, entspannte sie sich. Der Kuss ... er hatte so viel in ihr ausgelöst. Eine Gefühlslawine überrollte sie. Katie wollte es langsam angehen lassen. Ganz langsam.

„Wie es nach dem Unfall mit mir weitergegangen ist?" Sein Gesichtsausdruck veränderte sich. Ein Schatten legte sich auf seine Züge, und Katie erahnte den Schmerz, den er durchlebte.

„Ich hasse diesen Teil", sagte er. „Denn es ist der Teil ohne dich. Ein Teil, der viele Versprechen nicht halten konnte. Wie das, das ich dir vor dem Altar gegeben habe." Bayless holte tief Luft.

„Hat Father Odhran von dem Unfall erfahren?", fragte Katie.

„Ja. Er hat mich mehrfach im Krankenhaus besucht, meinen Dad vom Flughafen abgeholt und ihn zu mir gebracht. Father Odhran ist mittlerweile verstorben." Katie nickte betreten, säuberte die Karotten und gab sie zu den Erbsen.

„Nach dem Unfall", fuhr Bayless fort und legte Kartoffelecken auf ein Blech, „sind wir beide in das gleiche Krankenhaus eingeliefert worden. In der Notaufnahme haben sich unsere Wege dann endgültig getrennt. Ich bin direkt in den OP gekommen. Verbrennungen zweiten, teilweise dritten Grades, Rauchvergiftung; es sah nicht gut für mich aus, und ich weiß bis heute nicht, wieso ich das überlebt habe. Ich glaube, der alte Pastor, mein Dad und halb Irland haben für mich gebetet. Für zwei oder drei Wochen lag ich im künstlichen Koma, wurde immer wieder operiert, bandagiert, transplantiert und in einem sterilen Zimmer versorgt."

Er schob das Blech in den Ofen, der neben dem zu befeuernden Herd stand, auf dem Jonathan immer kochte. Dann schaute er sie an. „Du sagst mir Bescheid, wenn ich aufhören soll, ja? Wenn es dir zu viel wird. Ich möchte dich damit nicht überfordern."

„Schon okay." Katie schluckte. Ja, es war furchtbar, zu hören, wie schlecht es um ihn gestanden hatte. Aber sie brauchte die Gewissheit. Sie musste das alles wissen, um an der Stelle anzuknüpfen, wo sie einander verloren hatten.

„Gut. Hier ist ein Topf für das Gemüse. Kannst du es aufsetzen?"

„Klar." Sie nahm den Topf und achtete darauf, seine Hand nicht zu berühren. Sie fürchtete, ihn dann nicht wieder loslassen zu können. Katie füllte Karotten und Erbsen hinein und tat, worum er sie gebeten hatte. „Dein Dad ist also nach Boston gekommen?"

„Ja, nachdem er über den Unfall informiert worden war, hat er sich sofort in den nächsten Flieger gesetzt. An meinem Bett hat er dann Brenda kennengelernt. Sie ist jedes Mal, wenn sie den Flug von Shannon hatte, zu Besuch gekommen. Sie hatte sich schon gedacht, dass etwas nicht stimmt, weil ich lange nicht erreichbar gewesen war."

Katie lächelte. Der Gedanke, dass Bayless während der schweren Zeit nicht allein gewesen war, tröstete sie.

„Wollen wir uns setzen?", fragte er und zeigte zum Kamin. „Das Essen braucht noch einen Moment."

„Gern."

Sie nahmen Platz, während das gelborangefarbene Licht den Raum erhellte. Draußen war die Sonne gerade untergegangen. Für eine Weile schauten sie schweigend ins Feuer. Dabei wurde Katie bewusst, wie vielseitig Feuer war. Es konnte Wärme spenden, Leben retten, wüten, toben, zerstören. Während es ihnen jetzt eine heimelige Atmosphäre bescherte, hatte es Bayless vor Jahren verbrannt und ihm beinahe das Leben genommen.

„Wie ist es weitergegangen?", fragte sie, um die Gedanken zu vertreiben.

„Irgendwann wurde ich verlegt. Auf die normale Station. Es folgten alle Arten von Therapien. Aber niemand konnte mir sagen, was aus dir geworden war. Ich habe alles versucht. Es war, als hätte es dich nie gegeben. Das hat mich fast in den Wahnsinn getrieben."

Katie lachte gequält. Sie strich über das Muster der Sessellehne.

„Ich weiß, wieso du mich nicht gefunden hast. Ich war längst in einem anderen Krankenhaus. In einem … *qualitativ hochwertigeren*, wie meine Mutter sich wohl ausdrücken würde."

Bayless nickte.

„Kurz, nachdem ich verlegt worden war, klopften zwei Männer an meine Tür", erzählte er weiter. „Ein Officer und ein Anwalt, die mich zu dem Unfall befragen wollten. Der Polizist stellte sich als Officer Kipper vom Boston Police Department vor. Der andere Kerl stellte sich überhaupt nicht vor. Er stand nur in der Ecke und sah mich an, als würde er mir jeden Moment an die Kehle springen. Der Polizist fragte nach meinem Namen und ob ich mich an das Geschehene erinnerte. Ich ...", Bayless seufzte, „ich habe ihn nach dir gefragt. Aber die beiden Kerle schauten sich nur komisch an und niemand gab mir Auskunft über dich."

Während er erzählte, bemerkte Katie die tiefe Traurigkeit in seinem Blick.

„Dieser Anwalt hob bei meiner Frage nach dir eine Augenbraue. Anscheinend hatte ich sein Interesse geweckt", fuhr Bayless fort.

Katie massierte ihre Schläfen. Vielleicht war es doch nicht gut, dass sie das alles erfuhr. Sie wusste es nicht. Aber sie wusste, dass sie es wollte. Und sie wusste noch etwas: „Lass mich raten, wer der Anwalt war."

„Ethan."

„Hast du diesem Officer Kipper denn nicht gesagt, dass wir verheiratet sind? Er hätte dir doch Auskunft geben müssen."

„Hab ich nicht. Ich habe gleich gespürt, dass irgendwas nicht stimmt. Dass dieser Anwalt dahinter steckt. Im ersten Moment habe ich mich gefragt, wieso er deine Eltern nicht mitgebracht hat. Aber später wusste ich, wieso."

Eine Gänsehaut überkam Katie, und Tränen sammelten sich in ihren Augen.

„Er war bei dir", flüsterte sie. „Er hat dich gesehen. Er hätte mir sagen können, dass du lebst. Aber in all den Jahren hat er mich belogen, mich dazu gebracht, einer Hochzeit mit ihm zuzustimmen."

„Katie, vielleicht sollten wir aufhören. Du hast heute viel durchgemacht. Ich schaue kurz nach dem Essen. Versuch dich zu beruhigen."

„Ich bin ganz ruhig. Glaub mir. Es ging mir nie besser. Und so langsam wird mir vieles immer klarer."

Bevor Bayless sich erhob, tat er, was sie zu vermeiden versucht hatte, und legte seine Hand auf ihre Hand. Seine

Wärme strömte durch ihren Körper. Sie hatte fast schon vergessen, wie Liebe sich anfühlte. Aber mit seiner Berührung machte er sieben verlorene Jahre beinahe ungeschehen. Sie erinnerte sich an jeden Moment, in dem er sie berührt hatte. Schon damals hatte sie sich gegen die Anziehungskraft, die er auf sie ausübte, nicht wehren können. Wie sonst hätte sie sich so schnell, so unsterblich in ihn verlieben können? Er verschwand in die Küche, klapperte mit Geschirr und Besteck. Als er zurückkam, hatte sie die erste Enttäuschung über Ethan in den Griff bekommen.

„Das Essen ist gleich soweit. Nur noch ein paar Minuten", sagte er und nahm wieder Platz.

„Konntest du dich an den Unfallhergang erinnern?", fragte Katie.

„Ja, an alles. Am meisten an dich und an das, was ich dir angetan hatte. Der Officer hat sich alles notiert und gesagt, dass es wohl eine Anzeige und einen Prozess geben würde. Er hat sich dann ziemlich schnell verabschiedet. Und dieser schmierige Kerl ... Ethan ist geblieben."

„Er wollte dir doch sicher keinen Beistand vor Gericht anbieten, oder?"

Bayless lachte.

„Wo denkst du hin? Darauf kommst du nie: Erst tat er so, als würde er etwas wie Mitgefühl für meinen Zustand aufbringen. Aber er hat sehr schnell bemerkt, dass ich ihm das nicht abkaufe. Und dann ist er mit der Sprache rausgerückt."

„Und was hat er gesagt?"

Bayless zuckte die Schultern. „Er hatte irgendwie herausgefunden, dass wir geheiratet haben. Und er hat es für sich behalten. Nicht mal deine Eltern wussten davon."

Katie starrte ihn mit großen Augen an.

„Er hat mir die Scheidungsunterlagen überreicht und mir im Gegenzug sein Wort gegeben, dass es zu keiner Anzeige, keinem Prozess und keiner Schuldzuweisung kommen würde, wenn ich unterschriebe. Ethan wollte mich einfach nur loswerden. Mich auf schnellstem Weg außer Landes wissen."

Katie schaute auf und versuchte, in Bayless' Mimik zu lesen.

„Du machst Witze!"

„Hab ich die Pointe verpasst?"

Ihre Augen weiteten sich. „Er hat dir nicht die Scheidungspapiere überreicht!"

„Doch, das hat er. Aber wie du siehst, habe ich bis heute nicht unterschrieben. Und das war auch gut so."

Sie stand auf, lief eine Runde durch den Raum und raufte sich die Haare.

„Das ist so typisch für ihn! Dieser ... dieser Heuchler! Was hast du zu ihm gesagt?"

„Ich hab ihm gesagt, dass ich mich weigere, zu unterschreiben. Woraufhin er mir gedroht hat."

„Ja, darin ist er der Beste!"

„Ich wollte wissen, was mit deinen Eltern ist, ob sie das einfach so machen würden, dir deinen Ehemann wegzunehmen, mich einfach aus deinem Leben zu löschen. Aber Ethan hat sehr deutlich gemacht, dass sie am längeren Hebel sitzen und sowieso keine Ahnung von unserer Hochzeit haben. Ihm ist deine Amnesie sehr gelegen gekommen. So war es also, als hätte es mich für dich nie gegeben. Mein einziger Trost war, dass ich auf die Weise nun doch Auskunft über dich bekommen hatte. Dass du lebst, das war alles, was ich wissen wollte. Es verlieh mir Kraft zu kämpfen."

Katie schüttelte ununterbrochen den Kopf. Wut und Schmerz und Trauer über alles, was Ethan ihr angetan hatte, kochten in ihr hoch. Ihre Eltern hatten also keine

Ahnung gehabt, dass sie verheiratet war. Sie fragte sich, ob das den Lauf der Dinge geändert hätte. Wenn sie Bescheid gewusst hätten.

„Weißt du, was mich am wütendsten macht?", fragte sie und ging zurück zu ihrem Ohrensessel. „Dass dieser Miesling die Kanzlei meines Vaters übernimmt. Alles, was Dad sich aufgebaut hat … Dieser Gauner bekommt es als Lohn für seinen Verrat."

„Bekommt er sie denn? Ich dachte, die Kanzlei gibt es nur im Doppelpack mit dir? Demnach müsste ich sie kriegen. Eine interessante Vorstellung, findest du nicht?" Bayless grinste amüsiert. „Und jetzt komm. Wir sollten etwas essen."

Er stand auf, griff nach ihrer Hand und zog sie aus dem Sessel. Die Selbstverständlichkeit, mit der er sie behandelte, vermittelte ihr ein Gefühl von Sicherheit. Sie gab dem Drang, ihm nahe sein zu wollen, einfach nach, lehnte sich an seine Brust und schloss die Augen. Bayless umarmte sie. Ja, er war es. Und alles, was sie ihm vorgelesen hatte, entsprach der Wahrheit. Als er über ihren Rücken streichelte, traf sie eine Erkenntnis: Ganz egal, wie und wo oder wie oft er ihr im Leben begegnen würde, sie würde sich immer neu in ihn verlieben. So, wie sie sich in den Mann im Radio, in den Mann hinter dem Paravent verliebt hatte.

„Die vergangenen Wochen müssen sehr schwer für dich gewesen sein", flüsterte sie. „Mich zu sehen. Zu wissen, wer ich bin und dich hinter diesem Ding verkriechen zu müssen."

„Schsch", machte er und hauchte einen Kuss auf ihre Stirn. „Lass uns nicht mehr davon reden."

„War das der Grund, wieso du mit mir getanzt hast?"

„Ich musste es versuchen. Ich war zu ungeduldig. Vielleicht hätte ich ja Glück gehabt und deine Erinnerung wäre eher zurückgekommen."

„Ich wünschte, das wäre sie."

„Jetzt ist sie es ja."

Sie nickte, und als ihre Knie zu weich wurden, löste sie sich aus seinen Armen.

„Wollen wir im Garten essen?", fragte Katie. „Es ist zwar schon fast dunkel, aber nicht besonders kalt."

„Eine gute Idee. In der Kommode da drüben findest du ein Tischtuch. Geschirr und Besteck habe ich schon bereitgelegt. Ich werfe nur schnell noch ein paar Briketts ins Feuer. Falls es uns draußen doch zu kalt wird, können wir uns später am Kamin aufwärmen."

Katie ging in die Küche, nahm das Tischtuch und das Geschirr und trug es in den Garten. Der Mond ging über dem Moor auf, während der Himmel im Westen den letzten Glanz des Tages reflektierte: rot, violett und dunkelblau. Katie deckte den Tisch und setzte sich, als Bayless mit zwei großen Windlichtern herauskam. Da blitzte eine weitere Erinnerung in ihrem Kopf auf.

„Stimmt etwas nicht?", fragte Bayless.

„Doch. Ich musste nur an etwas denken. Etwas, das mir gerade wieder eingefallen ist."

„Und an was hast du gedacht?"

„Die Kerzen, der Mond, die angenehme Brise. So habe ich viele Abende auf meinem Balkon verbracht. In der Hängematte liegend, mit einem Buch in der Hand. Auch an dem Abend, als ..."

„... jemand mit Kieselsteinen nach dir geworfen hat?"

„Genau. Ich wette, unsere Hunde haben gespürt, dass du kein Einbrecher warst. Sonst hätten sie nie so schnell Ruhe gegeben."

„Ich mochte sie. Wie hießen sie noch gleich im echten Leben?"

„Bark und Bella."

„Wie alt sind sie geworden?"

„Bark musste mit fünf Jahren eingeschläfert werden, ein Herzfehler. Bella hat sehr nach ihm gejammert. Scheinbar hat sie sich nach seinem Tod ganz allein für das Bewachen des Grundstücks verantwortlich gefühlt. Sie ist neun Jahre alt geworden, was für eine Dogge ein beachtliches Alter ist."

„Und deine Appaloosa? Leben die noch?"

„Sie sind putzmunter. Jedenfalls waren sie das, als ich Boston vor ein paar Jahren verlassen habe und nach London gegangen bin. Onkel Peter hegt und pflegt seine Pferde."

„So wie seinen Rasen."

Katie lachte. Bayless ging ins Haus und kam wenig später mit dem Essen wieder heraus.

„Ich hab das Fleisch noch mal aufgewärmt. Trinkst du einen Rotwein mit mir?"

„Nur für den Fall, dass du Nans Whiskey schon allein geleert hast."

„Selbst wenn ich das nicht getan hätte, den bekommst du sicher kein zweites Mal angeboten."

Das Essen schmeckte hervorragend. Bayless konnte fast so gut kochen, wie er sang. Während sie aßen, beobachtete sie ihn. Immer mehr Details fielen ihr auf, immer kleinere Bruchstücke ihrer Erinnerung kehrten zurück. Sie würde keinen Schritt mehr ohne ihn machen und ihn sogar mit nach Boston nehmen, zu Dads Feier, falls er sie begleiten wollte. Und wenn ihre Eltern etwas dagegen haben sollten, würden sie beide wegbleiben. Aber noch gab es viele Dinge zu klären. Sie wollte nichts überstürzen.

„Was hat es mit dem Prozess auf sich, der neu aufgerollt werden soll?", fragte sie und nahm einen Schluck Wein.

„Und mit eurem Namen. Monahaughn. Hat das etwas mit Ethan zu tun?"

321

„Ja", sagte er. Die Brise, die von Moor und Meer herüberwehte, roch nach aufspritzender Gischt, nach der Süße des Frühsommers. „Weil ich die Scheidungspapiere nicht unterschrieben habe, hat es eine Anzeige und einen Prozess gegeben. Du weißt ja, wie einflussreich Ethan ist. Er hat es geschafft, diesen Vanfahrer aus der Sache herauszuboxen. Ich habe die Hauptschuld bekommen und wurde, sobald ich reisefähig war, aus den USA ausgewiesen. Und dich ... dich habe ich nie wieder gesehen. Mein Vater und ich mussten für die gesamten Prozesskosten aufkommen. Teilweise sogar für meine Behandlung im Krankenhaus. Irgendwann konnten wir die Belastung nicht mehr tragen und mussten den Restaurationsbetrieb verkaufen. Ich glaube, ab da kennst du die Geschichte. Wir haben Irland verlassen und auch unseren Namen geändert, weil Ethan einfach keine Ruhe gibt. Aktuell droht er damit, den Fall noch mal auszupacken, um mich endlich dazu zu bringen, die Scheidung einzureichen. Er bekommt langsam Panik wegen der Partnerschaft. Mein Anwalt, Shane, ein guter Freund, kümmert sich um den Schriftverkehr und den Papierkram. Daher das Einschreiben von neulich."

„Ich weiß gar nicht, was ich sagen soll. Das ist ... unfassbar."

„Ja, das ist es."

„Wie konntest du so ruhig bleiben, als ich dir von Ethan erzählt habe? Als er hier war und ich mit ihm ausgegangen bin?"

Bayless seufzte und ließ sich in die Stuhllehne zurückfallen.

„Ich bin nicht ruhig geblieben. Was meinst du, wieso es meinem Vater in letzter Zeit so schlecht geht? Es hat ihn große Anstrengung gekostet, bei diesem Spiel mitzuspielen. Mich zurückzuhalten, als dieser Kerl in der Stadt war. Bedank dich bei Jonathan, dass es nur ein Glas

Wein war, das sich über seinen Anzug ergossen hat. Wenn Dad mich nicht zurechtgewiesen hätte, ... ich weiß nicht, wozu ich fähig gewesen wäre, Katie."

Sie nickte. Und gleichzeitig durchbohrte ein Schwert ihre Seele, wenn sie daran dachte, dass sie in Erwägung gezogen hatte, Ethan zu heiraten.

„Möchtest du noch von den Kartoffeln?", fragte er.

„Nein, danke. Es war sehr lecker."

„Du bist jetzt an der Reihe."

„Womit?"

„Wie hat Alice die letzten Jahre verbracht?"

Katie drehte ihr Weinglas und beobachtete das Lichtspiel der Kerzenflammen, die sich darin brachen.

„*Alice*", flüsterte sie mit einem Lächeln. „Ich lag drei Monate im Koma. Meine Eltern haben die besten Spezialisten Neuenglands hinzugezogen. Unter anderem meinen Neurologen, Dr. Finnigan. Niemand konnte sagen, ob ich je wieder aufwachen würde. Und dann, kurz vor der Verlegung in ein Pflegeheim, ist es passiert. Als ich meine Augen öffnete, standen sie alle um mich herum. Mom, Dad, Ethan; der Mann, den meine Mutter mir am Abend unserer Hochzeit beim Dinner vorstellen wollte. Es war, als wäre ich gerade geboren worden. Mein Kopf war leer. Da war nichts. Gar nichts. Ich schaute in die verschwommenen Gesichter, die mich anlächelten, zu mir sprachen, und sie alle waren mir fremd. Nach ein paar Tagen sind fundamentale Erinnerungen wie das Alphabet, Rechnen, Schreiben, Sprechen zurückgekehrt. Laufen musste ich so gut wie neu erlernen. Allein schon deshalb, weil meine Muskeln sich in der Zeit des Komas zurückgebildet hatten. Es war ein sehr langer und harter Weg. Meine Eltern haben alles für mich getan. Das kann ich ihnen nicht vergessen. Ergotherapie, Physio-, Logo-, Psycho- und Musiktherapie. Weiß der Himmel, was sie alles mit mir angestellt haben. Aber der Großteil meiner

Erinnerungen blieb verloren. Ethan kümmerte sich aufopferungsvoll um mich. Er saß jeden Tag an meinem Bett. Hielt meine Hand, las mir vor, half mir beim Essen. Meine Eltern schätzten ihn sehr, und so gab es für mich keinen Grund, es nicht auch zu tun. Sie sagten, er und ich wären ... vor dem Unfall ein Paar gewesen."

Bayless fuhr sich mit der Hand durchs Gesicht und schloss die Augen. Sein stiller Schmerz trieb ihr Tränen in die Augen.

„Es tut mir leid", flüsterte Katie mit gebrochener Stimme. „Es tut mir so leid."

„Du kannst nichts dafür. Woher hättest du auch wissen sollen, dass sie dich belügen?"

„Ich glaube, in meinem Herzen habe ich gespürt, dass es nicht wahr ist. Jedes Mal, wenn er mich küsste, war da diese innere Abwehr. Ich habe mich nie wohl gefühlt in seiner Nähe. Dankbar, ja. Für alles, was er für mich getan hat. Aber da war nie etwas wie Zuneigung oder Wärme. Ich versuchte, mich an die Zeit mit ihm zu erinnern. Aber es ging nicht. Dr. Finnigan sagte, dass ich an einer retrograden Amnesie leide. Mein Gehirn war nach dem Unfall zwar völlig ausgeheilt, aber irgendetwas hielt den Gedächtnisverlust aufrecht. Er sagte, es gebe psychische Faktoren, die dafür verantwortlich seien. Daher litt ich oft unter Schwindelattacken. Ich hatte Angst, loszulassen, die Kontrolle zu verlieren. Vielleicht, weil mein Unbewusstes und mein Herz gespürt haben, dass du fehlst. Dass sie dich aus meinem Leben ausradiert hatten."

„Katie", hauchte Bayless und griff nach ihrer Hand. In seinen Blicken lag so viel Gefühl. Ein ganzes Universum aus Liebe. Er streichelte ihre Hand.

„Als ich entlassen wurde, machte Ethan mir den ersten Antrag. Ich lehnte ab, weil ich nicht sicher war, ob die Dankbarkeit, die ich für ihn empfand, ausreichend war, um ihn zu heiraten. Vielleicht hoffte ich auf mehr Feuer, auf Leidenschaft, auf Liebe. Vielleicht, weil ich all das schon in dir gefunden hatte und mich unbewusst danach sehnte. Er blieb hartnäckig und meine Eltern verlangten, dass ich mehr Zeit mit ihm verbrachte. Irgendwann habe ich einen seiner Anträge angenommen. Ich hatte ja keine Ahnung, dass es ihm nur um die Karriere ging."

Bayless schwieg und hielt noch immer ihre Hand. Als der Wind auffrischte und ein kühler Schauer Katie frösteln ließ, stand er auf.

„Lass uns reingehen. Du bist ja schon ganz kalt."

Gemeinsam trugen sie Töpfe und Geschirr in die Küche. Bayless stellte die Weinflasche und ihre Gläser im Wohnzimmer ab und ging zum Kamin. Katie beobachtete, wie er sich mit einer Hand am Sims abstützte und die andere in der Hosentasche versenkte. Und wie er so dastand und in die knisternden Flammen starrte, wusste sie genau, woran er in dem Moment dachte. Behutsam berührte sie ihn am Arm.

„Es ist nie passiert", sagte sie leise. „Ethan hat mehr als einmal versucht, mit mir zu schlafen. Aber ich konnte nicht. Zum Glück hat Dr. Finnigan ihm immer wieder erklärt, er solle mir mehr Zeit geben. Es ist nie passiert, Bayless."

Er atmete hörbar aus.

„Danke, dass du es mir gesagt hast. Ich weiß nicht, ob ich den Mut gehabt hätte, dich danach zu fragen."

Während das Licht des Feuers ihre Schatten an den Wänden tanzen ließ, hielt Bayless sie mit seinen Blicken gefangen. So standen sie einfach nur da. Schwiegen, genossen den Moment und die Nähe des anderen. Katie spürte, wie ihr Inneres mehr und mehr zur Ruhe kam. Wie sie das Geschehene, das Vergangene akzeptieren konnte und zuließ, sich ihm Stück für Stück anzunähern.

„Ich hätte gern noch einen Schluck Wein." Sie nahm in einem der Sessel Platz und lächelte Bayless auffordernd zu. Er schenkte ihr ein und setzte sich zu ihr.

„Zwei Jahre nach dem Unfall musste ich weg aus Boston", fuhr sie fort. „Ich habe es einfach nicht länger ausgehalten. Meine Eltern, vor allem meine Mutter, setzte mich wegen der Hochzeit immer mehr unter Druck. Dad spannte Ethan in der Kanzlei ein, um ihm alles beizubringen, was er von seinem zukünftigen Partner erwartete. Sie hielten mich an der kurzen Leine. Behandelten mich wie ein kleines Kind. Und ich wollte einfach nur neu anfangen. Ihnen und mir beweisen, dass ich ein eigenständiges Leben führen konnte. Ich bin abgehauen, ohne ihnen Bescheid zu sagen. Nach London. Du kannst dir nicht vorstellen, wie meine Mutter getobt hat."

„Das war die einzig richtige Entscheidung."

Katie nickte und nahm einen Schluck Wein.

„Zuerst wusste ich nicht, was ich mit mir und meiner neu gewonnenen Freiheit anfangen sollte. Und meine Eltern waren so nett, meine Kreditkarte sperren zu lassen. Sie wollten mir zeigen, dass ich es keine zwei Tage ohne Dads Finanzspritze aushalten würde. Und dann ...", Katie lächelte, „dann traf ich Em. Den wunderbarsten Menschen, der mir je begegnet ist. Abgesehen von dir, natürlich."

„Das hätte mich auch gewundert. Also, dass es jemanden gibt, der es mit mir aufnehmen könnte."

„Halt den Mund, du eingebildeter Kerl!"

„*Sláinte*", sagte Bayless und hob sein Glas.

Katie lachte kopfschüttelnd, bevor sie weitersprach.

„Em bot mir nicht nur ein Zimmer in ihrer WG an. Sie verhalf mir auch zu der Ausbildung zur Krankenschwester. Danach haben wir zusammen in verschiedenen Häusern gearbeitet. Im Krankenhaus auf einer Kinderstation, in einem Altenpflegeheim. Du kannst dir nicht vorstellen, wie gut mir das getan hat. Anderen Menschen zu helfen, nachdem ich selbst so viel Hilfe bekommen hatte. Endlich hatte ich das Gefühl, etwas von dem, was mir gegeben wurde, zurückzugeben. Tja, und dann ... dann bin ich auf die Idee mit Jefferson Barns gekommen."

Bayless' Miene verzog sich zu einem Grinsen.

„Du hast mir noch gar nicht erzählt, wie du von der Sendung erfahren hast", sagte sie. „Ich meine, das kann doch nur ein Zufall gewesen sein, oder?"

„Zufall, Vorsehung, Schicksal, Gnade Gottes – nenn es, wie du willst. Ich sage dir nur, was ich auch Nan immer sage: Man sieht sich immer zweimal im Leben."

„Ernsthaft?"

„Nan hat vor vielen Jahren mal eine Kollegin gehabt. Sie haben zusammen bei der Aer Lingus gearbeitet. Auf einem Flug nach München gab es so heftige Turbulenzen, dass die Maschine um ein Haar abgestürzt wäre. Daraufhin hat diese Kollegin ihren Job an den Nagel gehängt und ist zum Radio gegangen. Ihr Name ist Jen."

„Hör auf! Du nimmst mich auf den Arm!"

„Kein Witz. Jen ist Barns' rechte Hand im Sender. Du kennst sie?"

„Und ob! Sie hat mir deine Adresse gegeben und dich in der Leitung gehalten."

„Ja, das ist sie."

Katie leerte ihr Glas und konnte nicht glauben, was er da sagte.

„Jen und Brenda sind noch immer sehr gute Freundinnen. Sie plappern ohne Punkt und Komma. Jedes Mal, wenn Nan hier ist, verzieht sie sich stundenlang zum Quatschen. Ich habe mich immer köstlich über ihren Mitteilungsdrang amüsiert. Jedenfalls war diese Jen über alles, was mich betrifft, im Bilde."

327

„Wie schrecklich! Ich wette, Nan hat Jen ihr Herz ausgeschüttet, weil du sie regelmäßig hast abblitzen lassen!"

„Gut möglich. Aber letzten Endes verdanken wir es den beiden, dass du und ich heute Abend hier sitzen. Als du dich bei *Find your Job* beworben hast, hat Jen es Brenda brühwarm erzählt. Ich habe die Sendung eingeschaltet und dort angerufen."

Katie war zu Tränen gerührt. Sie erhob ihr Glas, bereute, dass sie es schon geleert hatte und sagte: „*Sláinte*, Brenda! Du hast ein großes Herz, dass du den Mann, den du liebst, freigegeben hast. Das ist sehr edel von dir."

„Ich weiß, wie schwer es ihr gefallen ist", sagte Bayless.

„Sie ist wirklich ein Juwel."

„Aber wie konntest du dir so sicher sein, dass ich dein Stellenangebot annehmen würde?"

„Katie. Solche Dinge passieren nicht ohne Grund. Diese Verkettung von Zufällen. Dass Jen im Flieger die Hosen voll hat, bei Barns anfängt, Nans beste Freundin bleibt, du dich dort bewirbst und all diese Sachen. Außerdem habe ich nie an deiner Neugier gezweifelt. Ich wusste, wie ich dich kriegen würde. Weil du immer noch den gleichen flippigen Geist in dir hast, der nach dem Unbekannten, dem Spontanen und Verrückten sucht. Und für den Fall, dass alle Stricke gerissen wären ... Jen hatte ja deine Adresse."

„Du hinterlistiger ... ausgefuchster ..."

„Vorsicht, eine vorlaute Amerikanerin wie du würde bei einem streitlustigen Iren ganz sicher den Kürzeren ziehen."

„Ich liebe dich, Bayless McClary! Habe ich dir das schon mal gesagt?"

„Nicht in den letzten sieben Jahren."

Sie lachten, schauten sich an und hatten es geschafft, dort anzuknüpfen, wo sie einander verloren hatten. Das Grün seiner Augen wirkte im Schein des Feuers wie das Moor im Mondlicht. Katie streckte die Hand aus und als ihre Finger sich berührten, spürte sie dasselbe Kribbeln wie in jener ersten Nacht, als sie am Ufer des Sees gesessen und ihre leidenschaftliche Liebe entdeckt hatten.

„Habe ich einen Wunsch frei?", flüsterte sie.

„Nur einen?"

„Fürs Erste nur einen."

„Kommt ganz auf den Wunsch an."

„Spielst du mir etwas auf deiner Gitarre vor?"

Bayless lachte und trank seinen letzten Schluck Wein.

„Weißt du, es gab eine Zeit, da haben die Leute mich für solche Dinge bezahlt."

„Wer sagt denn, dass ich das nicht auch tue?"

„Und was zahlst du?"

„Das kommt ganz darauf an, wie gut dein Gesang nach sieben Jahren und einer Flasche Wein noch ist."

„Die Herausforderung muss ich wohl annehmen", sagte er und erhob sich. „Ich weiß schon, welches Lied ich spiele."

Katie folgte ihm nach oben. Als sie sein Zimmer betraten, sah Katie sich um. Der Paravent war verschwunden und erstmalig bekam sie einen Eindruck von dem Teil des Raumes, der ihr bis dahin verborgen gewesen war. In der Mitte stand ein Bett, es gab ein Fenster, einen Sessel und den Gitarrenständer, auf den Bayless zuging.

„Dieses Zimmer wirkt ganz anders, wenn man es als Ganzes betrachtet."

„Ja. Du musst es bei Tageslicht sehen. Ich meine – alles."

„Das werde ich bestimmt mal."

„Willst du dich setzen?", fragte Bayless, griff nach der Gitarre, legte sich den Gurt um und stimmte die Saiten.

„Nein, ich mag die Fensterfront und den Blick ins Moor. Oder ich stelle mir vor, dass ich auf einem belebten Platz in Boston stehe, angelehnt an eine Laterne und einem Straßenmusiker lausche."

Und genau das tat sie, als er *Everything I Do* zu spielen begann. Schon die ersten Akkorde bereiteten ihr eine Gänsehaut. Katie schloss die Augen. Sie wollte nicht glauben, dass er sieben Jahre lang nicht gespielt hatte. Sie lehnte ihre Stirn an das kühle Glas, verinnerlichte jeden Ton, jede Note, jedes Wort des Textes, der ihnen wie auf den Leib geschrieben war. Noch am Morgen war sie ohne den geringsten Verdacht in diesem Zimmer gewesen und hatte ihm vorgelesen. Nicht ahnend, wer der Mann hinter dem Paravent war. Das alles musste ein Traum sein. Und sie hoffte, nie mehr zu erwachen. Nie war ihr etwas richtiger erschienen, nie hatte sie das Gefühl gehabt, angekommen zu sein. Und nie hatte seine Stimme sie so berührt. Seine Stimme, die alle Erinnerungen an ihn und ihre gemeinsame Zeit in ihr wachrief. Katie wehrte sich gegen kein einziges Bild, sondern hieß ein jedes willkommen, um es mit einer Träne, mit einem Herzschlag zu zählen. Sie sah ihn im Stall von Onkel Peter vor sich, als er in der Dunkelheit nach der Leiter gesucht und sie ihn einfach geküsst hatte. Oder als sie nachts zum See geritten waren und er dicht hinter ihr gesessen, seinen Arm um ihre Taille gelegt und sie die Wärme seines Körpers in ihrem Rücken gespürt hatte.

Sie war bereit. Bereit, ihrem Verlangen nachzugeben. Es war alles geklärt, was geklärt werden musste. Kein Grund, sich ihm länger zu entziehen. Und als ihre Sehnsucht übermäßig wurde, drehte sie sich um, ging langsam auf ihn zu und nahm ihm die Gitarre aus der Hand. Er sah sie schweigend an, ohne sich zu rühren. Sie flüsterte seinen Namen, und als sie die Arme um seine Hüften legte, nahm er ihr Gesicht in seine Hände und küsste sie. Ihr Atem vermischte sich mit seinem, Katies Tränen vereinten sich mit ihrem Kuss. Das, was der Unfall und die Zeit ihnen genommen hatten, löste sich auf wie ein Nebelfeld am Morgen. Sie hatten einander wiedergefunden. Bayless streichelte ihre Wangen, ihren Hals, jeden Zentimeter ihrer Haut, als wollte er sich vergewissern, dass sie tatsächlich bei ihm war. Zärtlich küsste er ihre Stirn, ihre Schläfen, ließ seine Finger durch ihre Haare gleiten. Katie lehnte sich an seine Brust und inhalierte seinen Geruch. Sie spürte seine Wärme und das Spiel seiner Muskeln durch den Stoff des Shirts. Er war real, und seine Präsenz raubte ihr den Atem. Langsam streichelte er über ihren Rücken, hinterließ dabei sanfte Schauer auf ihrer Haut. Ihre Hände wanderten unter sein Shirt, ertasteten die Narben auf seinem Bauch und seiner Brust.

Als er sie hochnahm, zum Bett trug und sie auf die weiche Matratze sinken ließ, seufzte sie leise. Wenn er Jahre, Monate, Wochen und Tage auf diesen Moment gewartet hatte, ließ er es sich nicht anmerken. Er entfachte dasselbe Feuer, dieselbe Leidenschaft in ihr wie damals. Seine Lippen folgten seinen Fingern, als er die Knöpfe ihrer Bluse öffnete und jeden Zentimeter ihres Körpers mit Küssen bedeckte. In ihrer Erinnerung flatterten Tauben durch den Dachstuhl des alten Geräteschuppens. Katie zog ihn an sich, um ihn nie wieder loszulassen. Es war wie in jener Nacht am See, als die Unendlichkeit des Sternenhimmels alle Gesetze von Raum und Zeit außer Kraft gesetzt zu haben schien. Es gab nur sie und ihn. Ihre Liebe und Leidenschaft, mit der sie einander neu entdeckten und sich an der Nähe des anderen betranken. Sie liebten sich langsam und zärtlich, als wäre es das erste Mal. Und irgendwie war es das auch, nach all der Zeit.

Als Katie am frühen Morgen erwachte, lag Bayless dicht an ihrer Seite. Sie beobachtete ihn beim Schlafen, betrachtete sein entspanntes Gesicht und die zerzausten Haare. Die Sonnenstrahlen, die das Moor und das Fenster durchwanderten, schienen bis in ihr Herz. Er sah glücklich aus, friedlich. Sein Atem ging ruhig und gleichmäßig. Allmählich wurde ihr klar, wie sehr er in ihrem Leben gefehlt hatte und dass sie ihre Liebe nicht länger verstecken mussten. Katie konnte sich kaum an ihm sattsehen.

Gleichzeitig fragte sie sich, wie er sich anfühlen würde, der erste Tag, an dem sie mit all ihren wiedergekehrten Erinnerungen aufgewacht war. Der erste Tag ihres neuen Lebens mit Bayless. Und als sie so da lag, ihn anschaute und über alles, was in den vergangenen Tagen und Jahren geschehen war, nachdachte, kam ihr der Suncatcher von Nan in den Sinn.

Möge die Straße uns zusammenführen
und der Wind in deinem Rücken sein.
Sanft falle Regen auf deine Felder
und warm auf dein Gesicht der Sonnenschein.
Und bis wir uns wiedersehen, halte Gott dich fest in seiner Hand.

***

Das Sonnenlicht, das durch das Fenster hereinfiel, blendete Bayless' Augen. Er setzte sich auf und sah seine Frau an der großen Fensterfront stehen. Seine *Frau*. Wenn er ehrlich war, hatte er vor langer Zeit aufgehört, daran zu glauben, dass er sie je wiedersehen würde. Dass sie sich an ihn, ihr vergangenes Leben und ihren gemeinsamen Sommer erinnern würde. Dass sie sich aus den Fängen ihrer Familie befreien und unverheiratet bleiben würde. Dass sie ihn noch immer liebte. Erst in diesem Moment wurde ihm klar, wie leer es ohne sie in seinem Innern gewesen war. Wie wenig das Leben ihn hatte beeindrucken können. Wie sehr sein Vater und Nan ihn aufrecht gehalten und Stärke für ihn bewiesen hatten.

Und jetzt war sie dort, seine Frau. Und er hatte nicht vor, sie ein zweites Mal zu verlieren.

Er stand auf, stellte sich hinter sie und legte die Arme um sie. Katie lächelte, schmiegte sich an ihn, als sie gemeinsam über die Sümpfe zum Meer schauten.

„Guten Morgen", sagte sie. „Ich habe ein bisschen in dem Buch geblättert. Du hast so tief geschlafen, da wollte ich dich nicht wecken."

Bayless warf einen Blick auf den Einband, der auf dem Tisch lag und dachte daran, wie er ihre Geschichte aufgeschrieben hatte.

„Ich hatte Angst, dass die Zeit irgendwann kleine oder größere Löcher in meine Erinnerung fressen würde", sagte er. „Darum habe ich die Geschichte festgehalten. Darum habe ich *dich* in ihr festgehalten."

Katie drehte sich um und küsste ihn. Sie ahnte wohl, dass sie das Ausmaß seiner Verzweiflung nie begreifen würde.

„Weißt du, dass ich ziemlich oft am Flughafen gewesen bin? Ich habe am Schalter gestanden und wollte mir ein Ticket nach Boston kaufen."

„Weil man sich immer zweimal im Leben sieht?", fragte sie, und schaute wieder ins Moor, wo Möwen über den Horizont schwebten.

„Ich hätte alles getan, um dem Schicksal auf die Sprünge zu helfen."

„Du wärst zu mir nach Hause gekommen? Obwohl du von Ethan gewusst hast?"

„Was hätte ich zu verlieren gehabt?" Bayless löste sich von ihr und setzte sich in den Sessel, aus dem sie ihm immer vorgelesen hatte. „Ich wäre einfach zu den Orten gefahren, an denen wir uns begegnet sind. In der Hoffnung, dir dort über den Weg zu laufen. Vielleicht hätte ich eine Begegnung provoziert, dir in die Augen geschaut und gehofft, dass du dich erinnerst."

Katie sah ihn traurig an. Als hätten seine Worte ihr das Herz gebrochen. Sie hockte sich vor den Sessel.

„Wie geht es jetzt weiter?", fragte sie.

„Mein Dad will mit Nan nach Irland gehen und seine Familie besuchen. Euer Gespräch hat ihn nachdenklich gemacht. Und was uns angeht", er griff nach ihrer Hand, „entweder wir lassen uns scheiden oder wir erklären Ethan, dass du nicht mehr zu haben bist."

„Ich denke, die erste Version würde ihm besser gefallen."

„Das denke ich auch."

„Also, lassen wir uns scheiden!"

Bayless stieß an ihre Schulter, und weil Katie in der Hocke saß, verlor sie das Gleichgewicht und fiel rücklings zu Boden.

„Hey, was fällt dir ein?", schimpfte sie lachend.

„Du hast mich doch darum gebeten, dass ich dich schubse."

„Hab ich das?"

„Laut und deutlich."

„Daran kann ich mich gar nicht erinnern!"

„Muss eine Nachwirkung der Amnesie sein."

„Bayless McClary, du hast einen kohlrabenschwarzen Humor!"

„Da kann ich wohl nicht widersprechen." Er half ihr auf die Beine und küsste sie.

„Dann begleitest du mich nach Boston?", wollte sie wissen.

„Ich kann es kaum erwarten."

***

Katie lenkte den roten Pickup durch die Feldwege und aus dem Moor heraus. Unterwegs wählte sie die Nummer ihrer Mutter. Da es in Boston noch Nacht war, antwortete die Mailbox.

„Hallo, Mom. Ich wollte nur sagen, dass ich euch in den nächsten zwei Wochen besuchen komme. Sag Ethan, dass ich mit ihm, Dad und dir reden möchte. Wir hören voneinander."

Direkt danach rief sie Dr. Finnigan an. Er war bereits in England und nahm den Anruf entgegen.

„Katie, wie schön, dass Sie sich melden. Wie geht es Ihnen?"

„Ziemlich gut. Können wir uns doch in London treffen? Ich plane, meine Freunde zu besuchen. Am Ende verpassen wir uns, wenn Sie extra nach Weymouth kommen."

„Wenn es Ihnen keine Umstände bereitet und Sie ohnehin herkommen. Natürlich können wir uns in London treffen."

„Prima! Ich melde mich, sobald ich dort bin."

Kurz darauf bog sie in die Einfahrt ihrer Wohnung. Sie packte ein paar Sachen zusammen und legte auch das Päckchen von Brenda dazu, das sie noch nicht geöffnet hatte. Bevor sie die Wohnungstür hinter sich zuzog, hielt sie kurz inne. Noch immer kam ihr alles wie ein Traum vor. Wie würden ihre Eltern, Ethan und Dr. Finnigan reagieren, wenn sie ihnen erzählte, dass ihre Erinnerung zurückgekommen war? Katie seufzte, und machte sich auf den Weg zurück zu ihrem Mann.

„Was ist das?", fragte Bayless, als sie das kleine Geschenk zwischen den Frühstückstellern auf dem Tisch ablegte. Er hatte ein Feuer im Kamin gemacht und ein herzhaftes Essen zubereitet.

„Ich weiß es nicht", sagte sie und nahm Platz. „Es ist ein Geschenk von Brenda. Sie hat mir verboten, es zu öffnen."

„Und du hast dich daran gehalten?"

„Wieso hätte ich mich nicht daran halten sollen?"

Er setzte sich zu ihr und schenkte ihr eine Tasse Tee ein.

„Weißt du, was ich mich gerade frage?", sagte Katie und schaute Bayless an. „Eigentlich haben wir uns damals doch kaum gekannt, oder? Wie lange waren wir zusammen? Vier Wochen? Fünf? Du musst ganz schön verrückt sein, sieben Jahre auf eine Frau zu warten, die du nur ein paar Tage lang geliebt hast."

„Wenn du nicht sofort den Mund hältst oder anfängst zu essen, schmeiße ich dich raus."

Katie lachte, griff nach seiner Hand und wurde wieder ernst.

„Wirklich, Bayless. Was hast du dir dabei gedacht?"

„Vielleicht dasselbe, was du dir gedacht hast, als du Ethans Anträge immer wieder abgelehnt hast. Katie, wir hatten geheiratet. Das war kein Scherz für mich. Wie hätte ich je eine andere Frau nehmen oder dich vergessen können, ohne zu wissen, was aus dir geworden war? Ohne einen Schlussstrich unter uns setzen zu können. Die sieben Jahre haben keine Rolle für mich gespielt, weil ich wusste, dass du – dass wir – die Chance verdienen, selbst zu entscheiden, wie es weitergehen soll. Und solange Ethan nicht aufgehört hatte, mich mit Drohungen und Prozessen zu erpressen, hatte ich Hoffnung, dass ich dich zurückbekomme. Seine Angst hat meine Hoffnung bestärkt."

Seine Worte rührten sie zu Tränen.

„Und denkst du, dass wir es schaffen?"

„Wer kann das schon sicher sagen? Ich, für meinen Teil, möchte es jedenfalls versuchen."

„Das will ich auch", flüsterte sie und lehnte sich an seine Schulter.

„Reich mir mal das Päckchen. Mir hat Nan nicht verboten, es zu öffnen."

Bayless löste das Papier, griff hinein und zog eine CD heraus.

„Schade, kein Whiskey", sagte er und zwinkerte ihr zu. Es war *Everything I Do* von Bryan Adams. Katie staunte nicht schlecht, als Bayless die CD-Hülle herumdrehte und auf der Rückseite eine Widmung samt Autogramm des Musikers entdeckte:

To Katie & Bayless, 'cause it's worth fightin' for!

„Wow." Katie war sprachlos.

„Da ist ein Brief dabei. Liest du ihn vor?" Bayless reichte ihn ihr.

Liebe Katie,
wenn du dieses Päckchen öffnest, ist der große Tag also gekommen. Ich wusste, dass du dich für den richtigen Mann – deinen Mann – entscheiden würdest. Auch wenn ich am Ende die Verliererin bin, ich bin glücklich, dass ihr euch wiedergefunden habt. Du bist die einzige Frau, für die ich bereit bin, ihn endgültig loszulassen. Werdet glücklich!
Zu dem Geschenk: Ich habe die CD in einem Laden in Boston gefunden und wusste, dass ich sie für Bayless kaufen wollte. Keine Ahnung, wieso ich sie in meinem Rollkoffer vergessen habe. Sie lag ein paar Wochen darin. Und dann – als hätte Gott es so gewollt – sitzt Bryan Adams in der First Class, weil er ein Konzert in Dublin gespielt hat. Du kannst dir nicht vorstellen, wie mir die Kinnlade heruntergefallen ist. Ich bin wie eine Irre aus dem Flieger, zu meinem Spind, hab die CD herausgekramt und hätte um ein Haar die Maschine verpasst und meinen Job verloren. Aber! Er hat unterschrieben. Für euch.
– Nan

Zwei Wochen später

Katie erwachte vom Geräusch der Dusche im Bad. Sie gähnte und streckte sich. Das Hotelbett war unglaublich bequem. Sie legte ihre Hand auf die Stelle, an der Bayless gelegen hatte; sie war noch warm. Durch die Vorhänge drangen Sonnenstrahlen herein, und der Straßenlärm war schwer zu überhören. Es musste ein Dreivierteljahr her sein, dass sie zuletzt in Boston gewesen war. Und der Besuch war alles andere als angenehm gewesen. Es war seltsam, wieder in ihrer Heimat zu sein.
Katie kuschelte sich tiefer in die Bettdecke und ließ ihre Gedanken schweifen. Obwohl sie, seitdem ihre Erinnerung zurückgekehrt war, keinen Tag ohne Bayless verbracht hatte, gab es immer noch Momente, in denen sie sich fragte, ob sie träumte. Oder wie es sein konnte, dass sie so viel Glück verdiente. Ein Lächeln umspielte ihre Mundwinkel, als sie an die vergangenen zwei Wochen zurückdachte, die sie bei Em und Pie in London verbracht hatten.
Vor allem der erste Tag, als ihre Freunde Bayless kennengelernt hatten, war ihr in lebhafter Erinnerung.

Sie hatten den roten Pickup in der Tiefgarage geparkt. Da Nan und Jonathan in Irland waren, konnten sie das Auto nutzen und waren damit nach London gefahren.
„Warte", sagte Katie, bevor Bayless aussteigen konnte. „Ich muss dir was sagen."
„Du musst mir was sagen?"
„Es geht um Pie." Sie spielte mit einem ihrer Ringe und wusste nicht, wo sie anfangen sollte. „Er ist ein bisschen übergeschnappt.

338

Könnte sein, dass er sich merkwürdig verhält. Aber so ist er immer. Am besten, du nimmst nicht ernst, was er von sich gibt."

„Okay. Sonst noch was?"

„Ja."

„Was denn? Muss ich in der Wohnung meine Schuhe ausziehen und in rosa Schläppchen schlüpfen?"

„Das würde ich gern erleben. Aber das ist es nicht."

„Was ist es dann?"

„Ich liebe dich", sagte sie, zog ihn an sich und küsste ihn.

Pie hatte seinem Namen alle Ehre gemacht und einen Apfelkuchen gebacken. Als sie gemeinsam mit Em am Tisch saßen, starrte er Bayless ununterbrochen an.

„Jetzt wissen wir nicht, was aus Paul geworden ist", sagte er. „Was, wenn du auch mit Paul verheiratet bist und dich nicht erinnern kannst, Katie?"

„Pie!" Emma warf ihm einen vernichtenden Blick zu.

„Was? Ich benehme mich doch. Aber es könnte doch sein. Woher wusstest du, wer von den beiden dein Ehemann ist, Katie?"

„Ich wusste es nicht. Das war der Trick an der Sache."

„Jedenfalls wissen wir jetzt, wie Bayless aussieht. Und ich finde, er sieht ziemlich gut aus. Findest du nicht auch, dass er gut aussieht, Emma?"

„Doch, das finde ich. Und weil er hier mitten unter uns sitzt, sollten wir aufhören, so über ihn zu reden. Also halt endlich die Klappe und iss deinen Kuchen!"

Allem Anschein nach hatte Bayless seinen Spaß. Em rollte die Augen.

„Hey, was habt ihr heute Abend vor?", fragte Emma, um eine vernünftige Unterhaltung bemüht.

„Ich treffe mich mit Dr. Finnigan. Er ist in der Stadt und möchte mich sehen", erzählte Katie.

„Prima!", rief Pie. „Dann könnten Emma und ich deinem Mann was vorlesen."

„Unbedingt!" Bayless schmunzelte.

„Vergiss es! Du bleibst zu Hause, während ich ihm London zeige. Ist das okay für dich, Katie?"

„Klar. Lass dir mal die Kapelle zeigen, die er restauriert hat. Ich habe sie vorhin schon gesehen. Du wirst staunen!"

Das Handy klingelte und riss Katie aus ihren Erinnerungen.

„Hallo?"

„Hallo, Mädchen, hier spricht Jonathan."

Sie lächelte beim Klang seiner Stimme.

„Jonathan! Wie schön, von dir zu hören! Wie geht es dir? Was machen deine Brüder? Du bist aber früh wach!"

„Oh, ich bin so froh, dass ich hergekommen bin! Ja, ich bin gerade aufgestanden. Hier in Cork ist es sechs Uhr früh. Colum ist gestern wieder einmal Großvater geworden! Es ist ein kleiner Sean. Ich habe euch leider nicht erreicht, weil ihr im Flieger wart. Mary und Paddy sind überglücklich!"

„Oh, das sind tolle Neuigkeiten! Bestell allen unsere Grüße und Glückwünsche!"

„Danke, danke, das werde ich machen. Wo ist denn Bayless?"

„Er steht unter der Dusche. Soll er dich zurückrufen?"

„Ach, das eilt nicht. Ich wollte nur hören, ob ihr gut angekommen seid und ob alles in Ordnung ist."

Katie malte Kreise auf das Betttuch. Ihr fiel ein, wie schlecht es ihr ging, wenn sie an die Begegnung mit Ethan und ihren Eltern dachte.

„Alles bestens. Wir sind gut angekommen. Mach dir keine Gedanken, Jonathan."

„Ich hoffe nur, dass dieser Anwalt mit sich reden lässt."

„Er wird wohl kaum eine andere Wahl haben."

„Gut. Dann hören wir uns. Ich kann gar nicht sagen, wie froh ich bin, dass wir dich wiederhaben, Mädchen."

„Danke, Jonathan. Liebe Grüße an Nan. Und bis bald."

Katie sank wieder in die Kissen und dachte an das zurück, was Dr. Finnigan ihr in London gesagt hatte.

Es war ein schöner Sommerabend. Unzählige Touristen flanierten durch die Londoner Innenstadt. Katie wartete in einem Straßencafé auf Dr. Finnigan und winkte ihn zu sich, als sie ihn sah.
Er schlängelte sich durch die Tische und Stühle und bahnte sich einen Weg zu ihr.
„Katie! Sie sehen fabelhaft aus!", rief er.
„Vielen Dank. Genauso fühle ich mich auch."
Er hatte sich kaum verändert, trug einen grauen Anzug, die dunklen Haare zeigten erste Grauansätze an den Schläfen. Sein offenes Lächeln und seine unverblümte Art hatte sie immer an ihm geschätzt. Er setzte sich und sie bestellten einen Kaffee.
„So, dann geht es Ihnen also wirklich gut. Das höre ich gern."
„Und wie geht es Ihnen? Ist der Kongress so trocken, wie man ihn sich vorstellt? Oder besser?"
„Eher so, wie man ihn sich vorstellt", gab Dr. Finnigan zu und lachte. „Umso mehr freut es mich, Sie zu treffen. Erzählen Sie mir, wie es Ihnen geht, Katie. Was machen die Schwindelanfälle?"
„Sie sind fort", sagte sie, als die Bedienung den Kaffee brachte.
„Fort?"
„Vollkommen verschwunden."
„Interessant. Seit wann ist das so?"
„Hm, lassen Sie mich nachdenken." Sie heuchelte ein Grübeln.
„Wenn ich ehrlich bin, seit dem Tag, an dem meine Erinnerung zurückgekehrt ist."
Der Teelöffel rutschte ihm aus der Hand und fiel scheppernd auf die Untertasse.
„Genau kann ich das aber nicht sagen."
„Ihre Erinnerung ist zurückgekehrt?"
„Ja."
„Vollständig?"
„Ich denke schon."

„Katie, das ist ... das ist ... Ich weiß nicht, was ich sagen soll! Nicht, dass ich nicht mehr daran geglaubt habe. Als Mensch habe ich die Hoffnung nie aufgegeben. Aus medizinischer Sicht hingegen ... sieben Jahre, das ist immerhin ein beachtlicher Zeitraum. Gab es ein Schlüsselerlebnis? Etwas, wovon Sie klar sagen können, dass es das Ereignis ausgelöst hat?"

„Allerdings. Ich bin jemandem begegnet, der mir vor dem Unfall sehr viel bedeutet hat." Katie nahm einen Schluck Kaffee und spielte mit einer Papierserviette. „Er hat mir Fotos des Unfallwagens gezeigt. Etwas, was meine Eltern nie getan haben. Und plötzlich war alles wieder da. Es war ... überwältigend und beängstigend zugleich. In der ersten Zeit hatte ich schreckliche Angst, dass ich meine Erinnerung wieder verlieren könnte. Aber das ist nicht passiert. Im Gegenteil. Mit jedem Tag hat sich alles gefestigt. Immer mehr Details kamen ans Licht."

Dr. Finnigan nickte und sah aus, als würde er sich alles, was sie sagte, geistig notieren.

„Interessant. Darf ich fragen, wer diese Person ist, der sie begegnet sind?"

„Ja, es ist der Mann, der meinen Wagen damals gefahren hat. Eine witzige Begebenheit, übrigens. Wussten Sie, dass ich verheiratet bin? Es war mein Mann, der am Steuer gesessen hat. Wir haben am Tag des Unfalls geheiratet. Und Ethan wusste davon. Er hat es weder mir noch meinen Eltern gesagt."

Der Doktor starrte sie mit großen Augen an. Er sank in die Stuhllehne und kratzte sich am Kinn. So sprachlos hatte sie ihn noch nie gesehen. Er wirkte sonst stets sehr gefasst.

„Katie, ..."

„Ihnen wurde wohl auch so einiges verschwiegen, was?"

„Das würde Ihre psychologische Blockade erklären. Es könnte tatsächlich die Ursache dafür sein, wieso Sie sich so lange Zeit nicht erinnern konnten. Eine Amnesie muss stets mit Vorsicht behandelt werden. Das Vorenthalten wichtiger vergangener Ereignisse ist aber vollkommen inakzeptabel. Ich weiß nicht, was ich sagen soll."

„Tja, fragen Sie mich mal."

„Wenn Sie wüssten, wie lange ich über meiner Fachliteratur gesessen und darüber nachgedacht habe, wieso Ihr Fall so verzwickt ist. Da war Mr Miller, der vorgab, Ihr Verlobter zu sein. Ihre Eltern, die alle Hebel in Bewegung gesetzt haben. Nichts wies auf irgendwelche Störfaktoren hin. Ich wäre fast daran verzweifelt, dass Sie nicht loslassen konnten." Er leerte seine Kaffeetasse und schüttelte immer wieder den Kopf. „Dann sind Sie also verheiratet. Wer hätte das gedacht! Und wo steckt Ihr Mann? Ist er Ihnen hier durch Zufall über den Weg gelaufen?"

Katie lächelte.

„Meine Freundin Emma zeigt ihm ein bisschen was von London." Sie erzählte kurz davon, wie Bayless sie gefunden hatte, während Dr. Finnigan ihr gespannt zuhörte.

Im weiteren Verlauf des Gesprächs stellte sich zudem heraus, dass ihr Vater zwar Herzmedikamente nahm, seine Erkrankung jedoch längst nicht so ernst war, wie Ethan behauptet hatte. Er würde die Wahrheit ohne Probleme vertragen können.

„Vielen Dank, Dr. Finnigan", sagte Katie, als sie sich schließlich verabschiedeten. „Das Gespräch war sehr aufschlussreich. Es war schön, Sie zu treffen."

„Ich habe zu danken. Bitte kommen Sie mich doch mal in der Praxis besuchen, sobald Sie wieder in Boston sind. Es würde mich freuen, Ihren Mann kennenzulernen. Er muss ja ein ausgesprochen interessanter Mensch sein, wenn er all die Jahre auf Sie gewartet hat."

„Das ist er in der Tat. Wir kommen Sie gern besuchen."

Zu wissen, dass die Wahrheit ihrem Vater nicht schaden würde – zumindest nicht in dem Maß, wie sie befürchtet hatte – half Katie erheblich über die Angst des bevorstehenden Treffens hinweg. Sie warf einen Blick auf den Wecker. Es war kurz nach elf am Vormittag. Sie hatten am Vorabend erst spät im Hotel eingecheckt, und ihre Eltern hatten keine Ahnung davon, dass Bayless sie begleitete, geschweige denn existierte.

In diesem Moment kam er aus dem Bad, die feuchten Haare in der Stirn, ein Handtuch um die Hüften gewickelt. Die Szene erinnerte Katie an jenen Morgen vor sieben Jahren, an dem er in ihrem Zimmer übernachtet und sie zum Frühstück Pancakes hinauf geschmuggelt hatte.

„Dein Dad hat angerufen", sagte Katie.

„Wie geht es ihm denn?", fragte Bayless, und setzte sich zu ihr auf die Bettkante

„Sehr gut. Das Baby ist da. Ein kleiner Sean. Sie sind alle ganz aus dem Häuschen."

„Das glaube ich sofort." Er ließ seine Finger durch ihre Haare gleiten. „Hast du Angst, Katie?"

„Ich weiß es nicht. Vielleicht vor Ethans Reaktion, wenn er dich sieht. Oder davor, meine Eltern für immer zu verlieren." Sie schmiegte ihr Gesicht an seine Hand.

„Ich denke nicht, dass du deine Eltern für immer verlieren wirst", sagte er und küsste ihre Stirn. „Immerhin bist du ihre einzige Tochter. Sicher werden sie schockiert sein", er küsste ihre Wange, „dass du einen einfachen Straßenmusiker geheiratet hast", er hauchte ihr einen Kuss auf die andere Wange. „Aber sie werden auch von Ethan enttäuscht sein, weil er sie belogen hat", seine Lippen strichen über ihre Lippen, „und jetzt will ich das alles für einen Moment vergessen."

Katie lachte, zog ihn unter die Decke und in ihre Arme.

„Denkst du, wir könnten damit punkten, dass du gar kein Straßenmusiker bist?", flüsterte sie, als sein Handtuch zu Boden fiel.

„Wir sollten es wenigstens erwähnen."

Am Nachmittag spazierten sie durch Boston. Entlang der State Street und über den belebten Platz, an dem sie sich zum ersten Mal begegnet waren. Der Pub, in den Katie ihn mitgenommen hatte, war einer Fast-Food-Kette gewichen. Als sie den Boston Common durchquerten und

Katies Zuhause immer näher rückte, nahm sie Bayless'
Hand, um ihre Aufregung zu verdrängen.

„Meine Mutter hat ja schon ein Riesentheater gemacht, als
ich sagte, dass ich in ein Hotel gehe, anstatt zu Hause zu
schlafen", sagte sie.

„Du hast mir gar nicht erzählt, wie du dich dafür
gerechtfertigt hast."

„Ich habe ihr gesagt, dass ich erst mal in Ruhe ankommen
will. Und dass ich später immer noch zu ihnen kommen
könnte."

„Und du bist sicher, dass du erst allein gehen willst?"
Sie hatten sich in einem Restaurant, unweit ihres
Elternhauses, verabredet.

„Ja. Mom und Ethan würden dich sofort erkennen und
damit wäre unser Gespräch von vornherein beendet. Am
besten, du setzt dich an einen Tisch nahe der Tür, so dass
sie dich nicht unbedingt sehen können. Ich gebe dir ein
Zeichen, sobald du dazukommen kannst. Oder auch
nicht. Vielleicht gehe ich auch, ehe es soweit kommt. Das
hängt ganz davon ab, wie sie sich benehmen."

„Du schaffst das", sagte Bayless und legte den Arm um
ihre Hüfte.

Katie betrat das Restaurant fünf Minuten vor Bayless. Sie
ging auf den Tresen zu und ließ sich an den Tisch bringen,
der auf den Namen ihrer Eltern reserviert war. Die
anderen waren bereits da und warteten. Sie begrüßten
Katie überschwänglich.

„Da bist du ja, Liebes! Wir dachten schon, du hättest uns
vergessen", sagte ihre Mutter und drückte sie kurz und
kühl an sich. Sie sah aus wie immer: Ihre Mutter trug
einen teuren Hosenanzug, Goldschmuck, viel zu viel
Make-Up und hatte es mit dem Selbstbräuner eindeutig
übertrieben. Katie hatte das schon immer als

unangebracht empfunden. Für eine Frau fortgeschrittenen Alters war es, ihrer Meinung nach, ein absolutes No-Go. „Hallo, Mom. Dad, Ethan."

„Katie", ihr Vater reichte ihr die Hand und lächelte. Seine Augen sprachen Bände. Er hatte sie furchtbar vermisst.

„Willkommen daheim, Liebling." Ethan zog sie an sich und wollte ihr einen Kuss aufdrücken. Katie wich zurück und setzte sich auf den freien Stuhl.

„Schön, dass ihr dieses Treffen einrichten konntet."

„Aber, Liebes, das ist doch selbstverständlich! Wenn unsere Tochter nach so vielen Jahren zurück nach Hause kommt, wird das auch angemessen gefeiert! Ethan hat für morgen einen großen Empfang im Country Club geplant. Erzähl es ihr, Ethan."

„Ach, das können wir später tun", sagte er und griff nach Katies Hand. „Erst mal sollten wir den Champagner öffnen. Du siehst fantastisch aus, Liebling."

„Ja, dieses Kleid ist ..." Katies Mutter zog eine Augenbraue hoch. Sie suchte wohl nach Worten, die Katies dezente Garderobenwahl zu beschreiben vermochten. „*Europäisch.*"

„Was immer es ist", sagte ihr Vater, „es steht dir ausgezeichnet. Ich hatte ganz vergessen, wie natürlich schön meine Tochter ist."

„Danke, Dad."

Katie entzog Ethan ihre Hand und senkte den Blick. Der Gedanke, ihrem Vater wehtun zu müssen, quälte sie. Ein unauffälliger Seitenblick verriet ihr, dass Bayless ein paar Tische weiter saß. Er war in eine Zeitung vertieft und trank ein kühles Bier. Zu wissen, dass er dort war, gab ihr das Gefühl von Sicherheit.

„Ethan hat recht", verkündete sie. „Wir sollten den Champagner öffnen. Ich habe euch etwas mitzuteilen!"

„Hört, hört!", rief ihre Mutter und zupfte an ihrer Brosche, während Ethan die Flasche entkorkte und ihnen einschenkte.

„Pass auf, dass du dir nicht wieder den Anzug ruinierst", flüsterte Katie ihm zu.

„Wie du siehst, gibt es hier keine betrunkenen Engländer ohne Manieren."

„Bist du sicher?"

Er lächelte sein eisiges Lächeln, hob sein Glas und fragte: „Worauf trinken wir, Katie?"

„Zuerst auf meinen Dad, den ich sehr liebe. Darauf, dass er bald in den wohlverdienten Ruhestand gehen wird. Auf meine Mom, die immer nur mein Bestes wollte. Ich habe zwar selbst noch keine Kinder, aber ich kann mir denken, dass es schwer sein muss, sie zu vernünftigen und verantwortungsbewussten Menschen zu erziehen. Euch ist es jedenfalls gelungen. Dafür bedanke ich mich von Herzen!"

Ihre Mutter stutzte, ihr Vater lächelte. Ethan schaute, als würde er noch immer auf den Toast warten.

„Hast du nicht was vergessen? Etwas sehr Wichtiges?", fragte er.

„Ja, richtig! Fast wäre es mir entfallen. Ich trinke darauf, dass meine Erinnerung zurückgekehrt ist. *Sláinte*!"

Sie nahm einen Schluck des prickelnden Getränks, während Ethan sein Glas sinken ließ. Ihre Mutter fiel in die Stuhllehne und fächelte sich Luft zu. Und ihr Vater? Er stand auf, ging um den Tisch herum und zog Katie in seine Arme. In seinen Augen standen Tränen.

„Ist das wahr? Ist das wirklich wahr?"

„Ja, Dad. Es ist wahr. Ich erinnere mich an alles!"

Auch ihre Augen wurden feucht. Noch nie zuvor hatte sie erlebt, dass ihr Vater eine Gefühlsregung in der Öffentlichkeit zeigte. Dass er überhaupt eine zeigte und sein Anwaltsgesicht ablegte. Vielleicht hatte ihr Unfall ihn verändert. Ihm gezeigt, worauf es wirklich ankam im Leben.

„Katie", flüsterte er und seine Stimme bebte. Er küsste sie auf die Wange. „Mein Mädchen. Dem Himmel sei Dank!"

„Wie ... wie meinst du das denn?", fragte Ethan und lachte unbeholfen. „Du erinnerst dich? Woran denn genau?"

„An *alles*, Schatz. Das sagte ich doch."

Ihre Mutter war ganz blass geworden.

„Das ist ja nicht zu glauben! Ich kann es gar nicht glauben. Weiß Dr. Finnigan denn schon ...?"

„Ja, ich habe mit ihm gesprochen. Er ist ganz begeistert und hat mich darum gebeten, ihn in der Praxis zu besuchen."

Dad nahm wieder Platz und wischte sich ununterbrochen die Tränen aus den Augen.

Katie wandte sich Ethan zu. „Würde es dir etwas ausmachen, mich kurz mit meinen Eltern allein zu lassen, Liebling?"

„Nein, natürlich nicht", stammelte Ethan. „Ich meine, ja ... Doch, würde es! Ich bin immerhin Teil der Familie. Wo wir doch verlobt sind. Und ich ... die Kanzlei übernehmen werde."

„Er hat recht", sagte Dad. „Es gibt nichts, was er nicht auch hören sollte."

„Wie ihr meint." Katie atmete tief durch. Sie schaute sich unauffällig nach Bayless um.

„Wir sind ganz gespannt", sagte Ethan. Kaum zu glauben, dass er nicht von sich aus das Weite suchte. „Erzähl uns doch, wie es dazu gekommen ist."

„Tja, das war ziemlich aufregend, kann ich euch sagen. Am besten erzähle ich euch das Gleiche, was ich auch Dr. Finnigan schon gesagt habe: Durch Zufall sind mir Fotos des Unfallwagens in die Hände gefallen. Und dann kam eines zum anderen. Erst waren es nur Fragmente. Aber dann wusste ich sehr schnell wieder, was passiert war.

Schade, dass ihr mich nie mit den Bildern konfrontiert habt."

„Liebes, wir wollten dich diesem Trauma nicht noch einmal aussetzen", verteidigte ihre Mutter sich.

„Ja, genau", fiel Ethan ein. „Wir hatten das in Absprache mit den Ärzten so beschlossen. Sie waren auch der Ansicht, dass ..."

„... es besser wäre, mir zu verheimlichen, wer der Mann war, der den Wagen gefahren hat, Ethan? Wolltest du das damit sagen?"

Er rutschte nervös auf seinem Stuhl herum. Kleine Schweißperlen bildeten sich auf seiner Stirn. Ihre Mutter fächelte sich wieder Luft zu, ihr Vater schwieg, während er aufmerksam der Unterhaltung lauschte. Dass er ein guter Zuhörer war, ein Mann, der analysierte, durchdachte, Argumente nüchtern gegeneinander abwog, hatte ihn zum besten Anwalt Neuenglands gemacht.

„Catherine, liebe Güte! Nicht nur, dass dieser Straßenmusiker deinen Wagen zu Schrott gefahren und dich beinahe in den Tod gerissen hätte. Was war er denn schon? Ein kleiner Urlaubsflirt, der nicht weiter erwähnt werden musste. Wieso hätten wir dir von ihm erzählen sollen? Nachdem wir froh waren, dass du überlebt hattest und er aus unserem Leben verschwunden war. Das mit euch hätte den Sommer ohnehin nicht überdauert."

„Deine Mutter hat recht", sagte Ethan und streichelte Katies Nacken. „Du hast doch *mich*. Einen grundsoliden Mann mit einer Zukunft, die dir niemand sonst bieten könnte."

Sie schob seine Hand von sich. Der Schmerz über das, was ihre Mutter gesagt hatte, lähmte sie.

„Es wird dich interessieren, Mom, dass er kein Straßenmusiker ist, sondern Restaurator. Bis er seinen Betrieb aufgeben musste." Beim letzten Satz warf sie

Ethan einen verächtlichen Blick zu. Er fuhr sich durch die Haare und wurde immer nervöser.

„Hat Ethan euch denn nicht erzählt, dass ich diesen kleinen *Urlaubsflirt* geheiratet habe? Wieso hast du eigentlich mehrfach um meine Hand angehalten, *Schatz*, wo du doch die ganze Zeit über wusstest, dass ich dich überhaupt nicht mehr heiraten kann?"

Katies Vater fiel alles aus dem Gesicht. Und ihre Mutter bekam einen Anfall von Schnappatmung.

„Was redest du denn da?", wollte sie wissen.

„Ja! Was redest du da? Willst du mir irgendwas unterstellen, Katie? Willst du dich ernsthaft mit mir anlegen?" Ethan schnaubte.

Katie griff nach ihrer Handtasche und zog einen Stapel Briefe heraus. Es waren Kopien der Korrespondenz zwischen Shane, Bayless' Anwalt, und Ethan.

„Hier, Dad, die sind für dich", sagte Katie, und schob sie über den Tisch. „Diese Unterlagen werden alles erklären."

„Darf ich das mal sehen?", fragte Ethan, und wollte die Briefe an sich nehmen.

„Nein, sie sagte, die Unterlagen sind für mich", sagte Katies Vater entschieden und nahm den Stapel an sich.

„Bayless und ich haben am Tag des Unfalls heimlich geheiratet. Ich weiß, dass es nicht in Ordnung war, euch zu hintergehen. Aber leider habt ihr nie viel auf meine Wünsche gegeben. Und ihr hättet ihn nie akzeptiert. Als wir unterwegs waren, um es euch zu sagen, ... Naja, ihr wisst ja, was dazwischen gekommen ist."

„Ich lasse mich *so* nicht behandeln!", rief Ethan und schlug wütend auf den Tisch. „Das wird noch ein Nachspiel haben!"

„In der Tat", erwiderte Dad, der sich durch die ersten Zeilen gelesen hatte.

„Ich weiß nicht, was ich sagen soll", sagte ihre Mutter und wurde immer blasser. „Ich weiß einfach nicht, was ich sagen soll. Und du wusstest davon, Ethan?"

Ethan packte Katie hart am Arm.

„Das wird dir noch leid tun", zischte er. „Dir und diesem ... *diesem* ... Ich bringe euch vor Gericht! Der Prozess wird wieder aufgerollt. Ich mache euch fertig, das schwöre ich!"

„Ich denke, es ist besser, wenn du vorerst gehst, Ethan", sagte Katies Vater in strengem Ton. „Wir reden später darüber."

Ethan sprang wütend auf und stürmte aus dem Restaurant.

„Sieh an, sieh an", fuhr Katies Vater fort, als er einen Brief nach dem anderen durchblätterte. „Das ist ja wirklich interessant. Meine Tochter ist seit sieben Jahren verheiratet und niemand hat mir etwas davon erzählt."

„Glaub ja nicht, ich hätte das gewusst!", rief ihre Mutter. „Im Übrigen hast du ja selbst miterlebt, wie verdreht das Mädchen gewesen ist, als wir es von Peters Hof abgeholt haben. Wer hätte denn ahnen können, dass sie diesen Burschen mir nichts, dir nichts heiratet?"

„Was mich betrifft, ich hätte jedenfalls nichts dagegen, ihn kennenzulernen", erwiderte Katies Vater. „Immerhin verdanken wir es ihm, dass ich mir das mit meiner Partnerwahl für die Kanzlei noch mal in aller Ruhe überlegen kann."

Katie lächelte. Ihr fiel ein Stein vom Herzen.

„Du willst ihn kennenlernen, Dad? Hast du ein Glück. Zufälligerweise habe ich ihn mitgebracht."

Danke

... an meine Betaleser/innen Kathrin Klatt, Sylvie Hoffmann, Sonja Heger, Kerstin Bebensee, Rudolf Köster. Ihr seid so hilfreich gewesen! Danke für eure vielen Anregungen, für die Tipps zum Plot, für eure Vermutungen und eure Adleraugen, die auf Fehler gestoßen sind, die sich erfolgreich vor mir versteckt hatten.

Sylvie und Kathrin, danke für die Lachanfälle beim Lesen und das Brainstormen für den Titel! Mein Bauch tut jetzt noch weh ... Gut, dass Bayless das alles nicht mitbekommen hat. Und was das Ende angeht: Ich warte immer noch auf Eis und Schoki!

Rudolf, du solltest mal über eine Karriere als Lektor nachdenken. ;)

Kerstin, ich warte auf deine Fortsetzung zur „Feuerseele"!
Sonja, ich habe mit dir mitgefiebert. :)

Danke, Elias, für die Freiheit, die du mir zum Schreiben einräumst, während du mit Orks kämpfst und die Welt rettest. *Bhebak.*

Danke an *Officer Kipper*, der sich kurzzeitig aus der Wache einer beschaulichen Stadt in NRW ins Police Department nach Boston versetzen lassen hat.

Danke an die Nanos! Eine meiner liebsten Facebookgruppen. Weil sie motivieren, mitstreiten, verlegen und verlegen lassen, plotten und counten, was das Zeug hält! Ihr seid super!

Und natürlich ganz herzlichen Dank an Frau Mainka, meine Lektorin bei *Forever*. Dank Ihnen habe ich mich direkt wohlgefühlt! Danke für die tolle Zusammenarbeit, für Ihr Entgegenkommen und den freundlichen Austausch.

Danke allen meinen Leser/innen, die mich von Anfang an begleitet haben! Es macht Spaß, für euch zu schreiben. :)

Mehr von Julia Beylouny?

https://www.facebook.com/JuliaBeylouny/

Und wer mehr über Katie, Bayless und Nan erfahren möchte …
„Erinner mich zu leben" ist ab Dezember 2017 im Handel erhältlich!

FSC
www.fsc.org

MIX

Papier aus ver-
antwortungsvollen
Quellen
Paper from
responsible sources

FSC® C105338